沉浮

戴中明◎著

文匯出版社

图书在版编目(CIP)数据

沉浮 / 戴中明著. —上海:文汇出版社, 2019.4

ISBN 978-7-5496-2832-2

Ⅰ. ①沉… Ⅱ. ①戴… Ⅲ. ①长篇小说-中国-当代
Ⅳ. ①I247.5

中国版本图书馆 CIP 数据核字(2019)第 056593 号

沉浮

著　　者 / 戴中明
责任编辑 / 熊　勇

出版发行 / 文匯出版社
上海市威海路 755 号
(邮政编码 200041)
印刷装订 / 成都勤德印务有限公司
版　　次 / 2019 年 4 月第 1 版
印　　次 / 2019 年 4 月第 1 次印刷
开　　本 / 787×1092　1/16
字　　数 / 380 千
印　　张 / 19

ISBN 978-7-5496-2832-2
定　　价 / 45.00 元

目 录
CONTENTS

沉
浮
长篇小说

楔　子

芦苇枯黄了，风沙啦沙啦一路摇过去，让季节的衰败一眼望不到头。芦花把珍藏已久的洁白情意在荡子里一点一点抽取开来，丝丝缕缕绵绵不绝，浮动着一季生命最后的白色风景。风景难留，芦花最终点点片片带着生命的轻叹飘落水上，无可奈何随寒水流逝得无影无踪。

夕阳一点点收走了它遍洒在芦荡里的亮色，用渐渐加重的水墨涂染这里的天和水。原本在苇尖盘旋、啁啾的白鹭、灰喜鹊、鸳鸯、斑鸠也收起了它们最后的歌，钻到苇子里准备悄然入梦了。

突然芦苇一阵窸窣响，苇丛间走出一男一女来。男的被打得遍体鳞伤，原本破旧的单薄棉袄被打成了片片垂挂的“八卦衣”，并糊满血迹。他爬满伤痕的脸上凝着血痂，粗厚的嘴巴喘息不止，慌张乱转的眼珠碰到每一处景色都触出惊惧的电流。他的世界摇摇晃晃，他不知他的生命和感情有何处可安放。那年轻女子则不同了，她虽扶着他行走很吃力，忽闪转悠的明快眼神却在芦荡晚色中流溢着明媚风情。她如挣脱罗网的小飞鸟，欢快地把眼神四处放飞，不时碰触出亮闪闪的光来，再伴以激动的大呼小叫，惊得苇子里的野鸟又扑啦啦地腾空飞起，成为晚色里的一道褐色风景。女子则用一长串脆亮的笑声撞击眼前的风景，让受惊的野鸟四处乱窜，也让荒凉、灰暗的芦荡有了几许难得的生机。

“秀苇，逃命要紧，快走吧！”

“蒲生哥，歇会吧，现在不会再有人追来了。”

秀苇将蒲生缓缓扶坐在地上。蒲生屁股刚一落地，便痛得哎哟哎哟叫起来。她又慢慢将他挪到另一处草地上，他疼痛才稍稍缓解些。他灰头土脸，眼里堆积着越发黯淡的阴云，显现着对前程茫茫的深度忧虑。

“逃出来就好啦！我们再也不用看那些人的脸色了！”她用手绢帮蒲生擦去脸上冷汗，又取出带来的糕馒，一点点撕下喂到他嘴里。

“荡子好进，可要逃出难啊。”蒲生眼神依旧与暮色同步，一点点暗下去。

秀苇把他头拨正，让两人四目相对。她把清幽幽的眸光探到他眼里，明朗乐观在他眼底点出一点亮。他心底有亮光了，整个人的状态也随之有好转。他愧疚地笑笑，是的，关键时刻一个大男人怎不如女的。他向她点点头。

她乘势泛滥一下女儿情，撒娇地倚到他肩头说：“我漂亮吗？”

她貌美如花，春辉闪动的眼神烫得他忽然有些结巴：“漂……漂……很漂亮。”

“你真的喜欢我吗？”

“喜……喜欢，喜欢。”

她眸子里跳出火焰，把这危险的世界照得很温情。她一点点地把自己红得发烫的脸庞朝他靠过来，那发烫的气息和幽幽肤香在他面前萦绕着，让他置身情感的春潮中而忘了危险和伤痛。她眼光四溢，透着情感的电，照得他有些心跳。这，不是自己一直想要的吗？他很想把脸靠上去，吻住自己的心上人。可关键时刻，他停住了。她是个富家大小姐，如果不是自己，她怎会被绑到这险境？

她嗔怪地瞥他一眼，不管这危险世界装满寒流还是烈火，只顾惬意地把自己脸轻埋到他胸膛里，让紧张已久的自己终于可休憩一会。他搂住她，浑身像透电一样微微战栗。他爱恋而愧疚的泪长长淌在这幸福时光里。是的，自己不能再这样慌乱无主了，她是为我而作出巨大牺牲的，自己如果不能有力保护好她，那就是浑蛋！

他知道，现在还不是享受温情的时候，需以高度戒备应对随时发生的危险，同时随着暮色降临，逼人的寒气正日渐加重，如暴露在野外会被冻坏的。他知道荡子深处有个放鸭棚，放鸭老人早就惨死于兵荒马乱中，但像衰老生命一样依旧立在荒野的破败草棚，仍可姑且遮挡世间的寒气。

秀苇不肯起来，蒲生再三催促、拉扯，两人才互相搀扶着，拨开层层苇丛，深一脚浅一脚摸索着走，终于在天黑尽前找到了破草棚。

他不敢说这里是放鸭老人为反抗兵匪洗劫鸭群而惨死之地，也不敢说自己曾在这里救过另一位落难女子，只是与秀苇相抱相拥躲藏于此，聊避风寒。

想不到这荒野中被世人遗忘的摇晃在寒风里的血腥之庐，却成了今夜唯一收留他们的避难处。草棚虽四处灌风，但乱世中能以自己的残破之躯庇护落难之人，给人心灵留一点暖，这就够了。

夜风摇撼着草棚，风声、水声、芦苇摇曳声、野兽哀嚎声声声入耳。秀苇寒冷、紧张、畏惧却又透着点从未体验过的兴奋、好奇。在一圈稻草的遮挡及蒲生双臂有力的拥抱下，她渐渐感到不怎么冷了，漆黑的眼眸在暗夜里划着冒险、刺激的弧线。对涉世不深的她来说，抛弃大小姐身份而冒死逃出来，其后果意味着什么她也不是不知。她虽在漆黑中望不到明天的样子，但有这一刻的行动、体验就够了。

蒲生浑身是伤，仍忍痛牢牢护着她。他始终没想去占有她，只是怜爱、愧疚地一遍遍吻她的秀发和耳垂，话语感动而颤抖："都怪我，都怪我，拖累了你……"

秀苇用手捂住他嘴："路是我选的。"

他们直到下半夜才迷迷糊糊睡着。凌晨时分，忽有"沙啦沙啦"声响起，一条小船擦着两边芦苇沿着狭窄水道划来。机警的蒲生猛然惊醒，赶紧搀着秀苇躲到了苇丛里。这里目标太大，只能夜间过来。他们摇摇晃晃、跌跌撞撞，在昆虫蹦跳嘶鸣、弥散着野草腐败气息的苇丛间艰难向前走。枯黄的芦苇柔中有刚，刷在脸上、手臂好疼……

转眼五天过去了，他们还是陷在荡中出不去。而带来的十多只糕馒也已吃光。开始两天，秀苇还忽闪着眼里亮光，兴奋地捉昆虫、追小鸟，并使劲摇着蒲棒，让悠悠蒲絮在她生动的视线里连成她憧憬的灿烂景画。可是她眼里闪烁的火花一点点少了，那不时抛出的、爆发力强并惊动野鸟乱窜的欢笑声也没有了。荡中逃难生活的艰辛令她震惊，光是每天捉迷藏般躲避一队队追捕的大兵就让人力气耗尽。此刻的她，浑身无力，一坐下就不想爬起，原本白净、秀气的脸庞染上了疲惫的浅黄色，稍稍凹陷的眼眸仅有幽微的光在吃力抗争着。她刚刚吃了一把野荸荠引起胃部不适，结果一阵呕吐。

蒲生赶紧过来照顾。现在他伤口已基本愈合，体力也有所恢复，只是常以歉疚、担忧的目光看着秀苇。她放着养尊处优的大小姐不做，来跟他过冒险逃难的苦日子，他感到自己有些残忍。他说："现在后悔还来得及，要不你先回去吧！"

“我就算死在这里，也决不回去！”她倔强地说，“难道你想叫我生不如死吗?!”

她手无缚鸡之力，困境中内心却很强大。他从后背一把抱住她，噙着泪对自己说：一定不要辜负她，要像守护生命一样保护好她！

到了第六天，蒲生刚在草地上打个盹，忽然发现秀苇不见了。原来她独自去前面挖野荸荠了。

突然前面传来穿过芦苇的沙沙脚步声。他情知不妙，赶紧飞步上前找秀苇。突然苇地里传来秀苇凄厉的呼救声，等他飞奔过去时，三个扛枪的还乡团匪徒已围住了她！

还乡团原本就是由地痞、流氓纠合于一起的乌合之众，他们打仗没多大本事，横行乡里却有一手。这几个匪徒蓦地见荒野中送来个小美人，立时放浪淫笑着抱住她。

蒲生断喝一声：“不许你们碰她！”他奔上前就抢夺秀苇。

穷凶极恶的匪徒将他一顿猛揍，打得他伤口重新迸裂，鲜血淋漓了衣裤。他躺在地上动弹不得，眼睁睁地看着匪徒一个个抱来搂去并用围满胡须的臭嘴胡乱吻向秀苇的脸。

匪徒嘴里的恶臭涌向秀苇的面容，她被熏得差点晕过去。她拼命躲闪，还是被匪徒你一口我一嘴地吻到了。她使劲挣扎，怎奈哪是他们对手。她大叫：“蒲生哥，快来救我！”

蒲生情急中猛喊：“共军来啦！共军来啦……”

就在匪徒张皇四顾时，秀苇撒腿便逃。匪徒知诈后，再度扑过来。

秀苇情知难逃，见身旁有块高大的墓碑，便猛然刹住脚步，一昂头颅，大喊：“畜生！我宁可去死，也决不让你们玷污！”匪徒一愣神，就在他们再度动手要抓时，秀苇已猛然朝墓碑撞去！

一道艳丽的热血从秀苇头部喷射而出，也让蒲生头脑“嗡”的一声灵魂出窍。他迷乱在这红红的世界里了，他又是舞手又是乱叫，却拨不开眼前的红、救不回自己的心上人。

气急败坏的匪徒用枪杆狠砸向蒲生。蒲生当即昏死过去。

这天的风有点怪，吹得芦苇声声如泣。往日平平静静连绵到天边的芦花，今天却上下翻飞，纷乱起落在水天间，用飞舞的白色歌吟倾洒荒野的悲情。

已经醒来的蒲生把秀苇抱在怀，长长的泪水滴落在他起起落落的凄苦命运里。他的手在苍茫世界乱抓乱舞，却抓不住他的人、他的情、他生命着落的根。他多像飞旋的芦花啊，哪里有他停留的地方？

他不管了，他不顾了，在芦荡里疯狂嘶喊起来，哪怕把大兵引来一枪把他崩了。划船经过这里的农人、渔夫一个个唏嘘感叹，如今谁不是乱世里的一片芦花，谁能把控得住自己？

他忽然又一遍遍撕扯着自己头发大骂起自己。我真该死，为什么要打盹？自己为什么偏偏不甘寂寞要癞蛤蟆吃天鹅肉去追富家大小姐？自己从小就被算命先生打为灾星了，谁碰到谁倒霉，可我为什么还要让一个个纯情女子栽倒在自己面前？我还是人吗?!

暮色又一点点降下来，他的天地一点点变得黑暗。在这沉浮不定的尘世，他不知道接下来该做些什么，他不知道自己该往何处去……

第一章　芦荡历险

三年半前，即 1943 年夏，蒲生还是水城陆家米行的小伙计。这一天，他将要和伙计阿才一道摇船去长沙镇进货。

天色微明，蒲生从位于城郊结合部的家中出发，进城门，跨石桥，踏上沿河铺设的青石街，向米行进发。

这是一座苏中腹部著名的水城，水网交错，河道纵横。小城四面环水，四周有城门、城楼、水关把守各重要关口，内有市河网格状交错其间，形成水城一体、临水而居、汲水而生、家家枕河的城市格局。曾有邑人作诗云："吾邑独少宛马来，大泽茫茫不通陆，外人羡作桃花源，万钱争租一间屋。"

淡雅的晨雾勾勒出水城疏淡、迷离的水墨画韵。桨声欸乃的市河，小船驶进这恬淡画意里，木桨溅起的水珠弄湿了早晨的宁静。水城女子操舟弄桨运送早货，她们长辫摇摇，身姿婀娜，一汪清泉般的眼眸就如晨雾润过一样，水灵灵、亮闪闪，在美丽早晨喷吐着人杰地灵的生动清辉。河边烧饼师傅的炉火升起来了，给水城早晨的画轴染上了一点红。进城卖瓜果蔬菜、鱼虾蟹螺的多起来了，清亮悠长的叫卖声划破清晨的朦胧诗意，给水城城景装进了别样的灵动与喧响。

市河两岸，依次排开木行、米行、漆器行、珠宝行、皮货行、鲜货行、烟酒行、钱庄、布店、茶楼等，鳞次栉比铺开水城的清明上河图，因而有"市廛百货灿百行"之誉。

陆家米行就坐落在这里。临河的米行与陆家大院相连，大院则由大门、仪门、照厅、厅屋、厢房、花园等组成，狮子盘球的巨型石鼓镇守院门。进得里来，曲径通幽，门内有门，屋与花园相通，廊与栏杆同延伸。老板陆永福，人称陆财神，他经营的米行几乎掌控着水城整个中西部的粮油零售和批发。他依仗其财力还在园内引水凿池，中建舫厅，常请来戏班、乐班表演，并邀社会名流前来阁中观戏、听乐、赏景，有“莲红仙媛都争艳，歌妙游鱼渐出听”之妙。

不过，近年来陆家米行生意不好做了，园中戏班的演出也渐少了。自二皇（伪军）盘踞水城后，局势不稳，盘剥加重，导致货源趋紧、市场萎缩。陆财神为求保护，各种攀附、结交自然也耗资巨大，极大消耗了陆家财力。更令陆财神焦虑的是，水城除有二皇把守，尚有小股日军活动，另有国军残余、共军游击队散于草泽水洼间，四方势力互有渗透，局势不稳成为笼罩于生意人心头的最大梦魇。而以打家劫舍为生的凶残水匪则是水运生命线上的巨大威胁，陆财神为周旋巴结、交保护费而被搅得焦头烂额。陆家米行所需货物量巨大，除客户送上门的，还要安排专人去定点产销粮油大户定期进货。伙计们每次外出进货都提着一颗心，生怕遭遇水匪打劫。蒲生这次外出进货，自然也暗暗担心。老奶奶三天前就开始燃烧高香，祈求菩萨保佑平安。

蒲生走进园子，与正凝目沉思的陆大老板打了声招呼。陆财神看也没看他一眼，只在鼻孔里哼了一声。蒲生知道，老板架子大，哼一声就算是给面子了。他继续往前走，领取中午干粮等物，与阿才一道走向米行大码头。

就在这时，一个身轻如燕的美丽影子掠到他面前，两泓清水般的明眸在他眼前转动无限的灵润之光和欢愉之情。小姑娘大大咧咧地抓住他：“蒲生，今天出去啦？”

蒲生几乎被她美丽的眸光照晕了。他憨厚而快乐地咧开嘴笑了。

站在他面前的，是准备去学堂上学的陆家大小姐秀苇！

她是他心目中暗暗喜欢的女子。他喜欢她的一颦一笑，喜欢她把明媚的风情撒在他一天天生活里。他喜欢把自己置于她清幽幽的眸光下，喜欢她把甜美的笑意一点点漾在他生命里，让他暗恋的时光多一种美丽的滋味。

“秀苇，你怎么和他在一起？”

身后冷冰冰蹦过来的一句话，把蒲生傻傻凝视的感觉搅碎了。他掉过头，两束幽冷逼人的目光让他心头一凛。又是那个讨厌的高白平！

高白平是县警察局局长的大公子，他追秀苇已有一段时间了。这些天，他天天来接秀苇上学。而陆财神巴结局长大人还来不及，自是不会反对他们

交往。

高白平拉过秀苇的手，责怪道："和穷伙计这样近乎，你不怕有失身份？"

秀苇秀眉一簇，挣开他手说："伙计就不是人啦？！"

垂头丧气的蒲生一听此言，眼里立即跳跃出生动辉光。他好兴奋，大小姐是把伙计平等看待的！

高白平一见她生气，赶紧拿出他缠女人的大本事好言哄骗，并重抓住她的手。秀苇不再生气了。他们便一起离去。高白平临走时还狠狠横了蒲生一眼。

蒲生赶紧垂下眼皮，他一个在人群中卑微得可忽略不计的小角色，根本没有挑衅高白平的资本。不过，在高白平离开后，蒲生抬起的眼皮下尽是憎恶的光。

他幼时也曾是富家小公子，只是……他挥挥手，不想让自己再度坠入噩梦般难再回首的往事中。他憎恨命运的怪手对他无情的操弄。如果昔日身份还在，他岂不会大大方方表露自己对心中女神的喜爱？可如今，这巨大的身份落差……他轻叹口气，盘踞心底多年的失落阴云又爬在他眼底，让他前面的路没有光亮。

阿才催说不早了，该上船了。蒲生这才登上了运米的大木船，扯起风帆，与阿才一道合力摇起木橹。不过，他万万没想到，这趟出行，却改变了他的生活内容。

出城不远，就到了芦苇荡。今天的雾霭仍没有散的样子，让人看不清所罩着的里面的内容。船在白雾下擦着芦苇、菖蒲缓缓而行，阔阔的草叶上滑落的晶亮露珠打在身上清凉清凉的。船过处，蓦地一条大花鱼从晃动的浮莲叶片下蹦跳而出，在晨光下划过大自然的优美弧线。船边，一株株吐着水泡的水草微微摇漾，小鱼小虾或蛰伏其间或摇头摆尾地游来游去。真是"一塘蒲过一塘莲，荇叶菱丝满水田"，景色真美。蒲生每每把船篙插下，总有鱼刺溜穿出老远，激起蒲生多少梦想的涟漪。秀苇几次提出叫蒲生带她到荡里玩。如果真的两人共乘一船，深深感触水底世界的奇妙，让青青莲叶和浮萍从手间漏过，让娇艳的荷花摇香在两人生动的笑脸间，该多好。不过，梦想只能在心底绽开芬芳的花儿，在严酷的现实里是行不通的。他，也是断不能带秀苇出来冒险的。

他轻叹一声，前面忽见一个早起的渔夫顶天立地的朦胧剪影，又见张开着能吞吐天地的梦想大网从天而降，悠然降落水面，搅起蒲生心头波纹一片。蒲生感叹，如果生活就这样宁静如诗淡如画多好。可是，如今这最宁静处也是最危险处，优美风光中潜藏的惊涛骇浪或许转瞬就会吞噬你面前美妙的一切！

果然，船行不远，蒲生就遭遇了做米行伙计以来最大的危险……

这边出了危险，前面还浑然不知！

在前面的芦荡深处，有鱼儿击水的啵喇声从茭白、菖蒲丛中传出，更有一个身姿曼妙的美人鱼轻盈穿行水中。初升的太阳在雾气萦绕下朦朦胧胧，让你看不清这是鱼还是人。直至走近才会看清，原来这是一个 19 岁左右的美丽村姑，正用腰间系着的一根绳索远远牵着一只小木盆，在水中摸鱼虾河蚌呢！她有着水葱般纤细的腰肢和滴进水珠般水汪汪、晶亮亮的眼眸，她轻灵如鱼运动水上，自然如画。

她已摸了近半盘的河蚌及小鱼小虾，正准备返还拿到镇里去卖，脚底碰触到的一个大而坚硬的东西让她留下了来。这一留，让她面临不测灾祸！

这是一只比碗还粗大得多的特大蚌，取出它颇费周折。女子如鱼儿般在水面一闪，便已潜入水底，扒泥取蚌。正伸出柔软肉体懒洋洋休憩的巨蚌遭遇意外袭击，便猛地闭紧坚硬蚌壳，将她食指牢牢夹住。她愈使劲往外抽，蚌便夹得愈紧。她在水中进退不得，如不能迅速挣脱回到水上，会有性命之忧。她忍痛用另一只手使劲扒开蚌两边淤泥，最终将巨蚌托出水面。蚌也毫不客气地愈夹愈紧，夹得她手指鲜血直淌。水里滚大的女子毫不畏惧，抓起木盆里另一只大蚌便往它身上砸，直至砸碎蚌壳，她手指才好不容易抽出来。再看看那蚌，摊开的软肉竟有小儿人头大，吓得她直吐舌。

“哈哈哈哈哈……”

这惊心动魄的画面，看得旁边几个人爆发出粗野笑声，惊得苇子里的野鸟扑啦啦乱窜。

女子一惊，赶忙游到苇丛边，端着木盆爬上苇地，准备闪身而去。可是迟了，几个扛枪的水匪已猛扑而上，揪住了她双肩。

女子惊呼：“救命！”

水匪一边抓住她往空旷草地上拖，一边大叫：“丫头片子，告诉你，我们

是孙骡子的徒弟，落在我们手里，神仙也救不了你！哈哈……”

女子闻听“孙骡子”这令人毛骨悚然的名字，当即面如死灰！

河湾边，停靠着一只大木船。木船上除了蒲生和阿才，还有一个端着长枪横眉怒目的水匪。蒲生的船，正是这伙匪徒劫持的。

举目荒凉、人烟稀少的芦苇荡，按理是远离喧嚣和纷争的一方净土，然而自日寇侵占水城后，这里却成了多方势力攻与防、征剿与游击的前沿地带，而一些被打散的游兵残匪与地痞、流氓相勾结混杂其中，干些打家劫舍、偷鸡摸狗的勾当，使茫茫大芦荡成了危机四伏的险境。这里的船民、渔民虎口中经营生计，提着脑袋行船、撒网，随时可能遭遇不测。

这天早上，蒲生和阿才撑着进货的木船驶进狭窄的苇间水道。船在浅水中擦着芦苇“沙啦沙啦”行进在朦朦雾水中，一团一团的白雾撞面而来，让张皇四顾的蒲生心中坠坠不安。

突然，随着一声断喝，三个端着长枪的家伙蹦出苇地，还有一个竟是从水底飞起来的，带着巨大水花飞落船上。蒲生、阿才吓得三魂悠悠七魄荡荡，身子哆哆嗦嗦，几乎站立不住。水匪全都上船后，挥舞枪托将两人一顿猛打，并喝叫：“孙骡子是我们的老大，不想死的快留下买路钱！”

一听“孙骡子”三字，蒲生、阿才立即面容失色！

孙骡子是水上帮派的大佬，他常年混迹水上，实施打劫。据说他有一套水上漂的神功，他能借助两张芦席隐伏水上，随水漂流。遇有商船经过，他能突然飞跃而起降落船上，持刀弄枪震慑所有人。他有句老话，要命的留下钱货，否则他疾掠而过间，便会割耳挖眼，叫你残疾甚至送命。其出手之准之狠，令人惊骇。孙骡子之名声震城乡，一批批水上流氓纷纷归附之，形成水城的一大水上帮派。水城视水上运输为生命线的大中商号纷纷上门定期缴纳过路钱以期苟安于一时。

蒲生一听“孙骡子”三字，浑身一颤栗，不由自主信手摸了摸口袋。水匪随即扒光他衣服，仅有几张大饼和几个铜板。匪徒一脚将赤身裸体的他踢倒在船舱内。

阿才倒是机灵，赶紧摸出零钱和中午的口粮奉上，点头哈腰地说：“各位爷啊，我们是陆家米行的，我们陆老板每季度都去孝敬孙爷的。”

水匪也一脚将他踢倒。

阿才被踢得鼻青眼肿，他虽痛得龇牙咧嘴，心里痛骂要扒光所有水匪的祖坟，可依然把哭笑不得的奇怪笑纹挂满脸上，口中仍不住叫“爷”。

水匪叫道：“起来吧！”

蒲生爬起来，匆匆套上衣裤。他和阿才依水匪之命，把船撑向不可知的地方。

一路上他们还暗自庆幸：幸好陆老板采取的是记账式付款，如把购米现款带在身上，虽孝敬过买路钱，也难保这些翻脸无情的家伙不打劫。

船行不远，便遇见摸蚌女子。

在湖荡人家，每个女子都是操舟弄鱼的好手，为了生存她们凭借自己的机灵与水上恶霸、匪徒周旋，成为穿行水上的美丽精灵。可今天，这位专注摸蚌的女子太大意了，水匪悄悄包抄过来居然都未察觉！

女子美人鱼般水淋淋的娇美身姿，早诱得几个匪徒满眼邪光怒放。他们将她拖到空旷草地后，嘻嘻淫笑着便要动手动脚。

女子情知大祸将临，却又不甘束手被宰，其轻盈身姿一晃悠竟晃出几步远。转瞬之间，她已闪到河边，欲投河而逃。如她真能如鱼入水，茫茫水荡便是她施展矫捷身手的最好天地，水匪不一定再能将她捉住。可是，她没有赢得这至关重要的入水机会，水匪已闪身而上搂住其腰肢。

水匪再也不给她任何机会，直接将她甩倒。

女子大喊救命，求救的眼光撞击天，撞击地，天地没有回应。她用哀婉的眼光摇撼芦苇，芦苇垂首，爱莫能助。

就在这时，蒲生不小心碰到了女子的眼神。这是怎样一种眼神啊！涌满泪水的求救的眼，像钩住一根救命稻草般急切伸来无助、祈求而无尽哀怜的光，看得他心神震颤，看得他一生不能忘记！

可是，他还是选择漠视她的求救，耷拉下脑壳。他看惯了人间的烧杀和不平，他看得惊心动魄却又无动于衷。当年他全家遭殃，他求助的目光横扫全世界，又有谁伸来怜悯的手救他上岸？他一夜间从高贵的小少爷堕为人人可踩他一脚的落难穷鬼，在漫漫时光中忍受别人居高临下的漠视、轻蔑和欺侮。在这个人人自保都艰难的世界，谁帮得了谁呀？因而他在女子求救中强求自己不动声色。

女子拼命挣扎，把凄厉的呼救声撒遍水荡，撒到天边，可并没有风云变

色的奇迹出现。当她最后以无限哀婉、绝望的眼神回望他一眼时，他的心碎了。他遥远的目光里又隐现出当年他求救却无助的形影相吊的影子，眼里竟泛出点点泪花。

在女子的呼救声里，他手脚哆嗦，他心神迷离，他突然愤怒地捏紧了拳！

阿才见他神情异样，急忙悄悄踢他一脚，并以眼神示意他，这是别人的事，千万别没事惹事给自己招风险。阿才又一努嘴，意思是旁边还有一个端枪的水匪看守着他们。

蒲生心中一惊，方才有所醒悟。这时他又想起养父财顺时时叮嘱的安分守己、决不惹事的生存良方。是的，事不关己、高高挂起，这是最好的生存之道。何况自己手无寸铁，自保尚不能还谈何救人？

于是，他别过脸去，以躲避眼前的惨相。他心痛非常，却又冷血无比。人，活在这悲剧不断上演的乱世间，真不容易。

在船舱里看守的那个矮脚虎（矮个子）早就急不可耐了，直接跳上了岸，也不管船上之人了。

阿才赶紧摇摇蒲生的肩，意思是机不可失，时不再来，赶紧跳水逃跑。

蒲生目光呆滞，面色茫然。

阿才又擂他一拳。

蒲生猛然惊醒。是的，逃命要紧。

两人静悄悄滑入水中，潜水而逃。等水匪过来时，茫茫水荡早不见了人影。

蒲生和阿才见水涉水，遇草地就拨开芦苇没命奔跑。脚戳破了，手臂、脸部被柔韧的芦叶划出一道道印痕，他们也没丝毫缓一缓狂奔的脚步。又一条河道挡住了去路，他们立即猛冲入水，掀起的巨大水浪冲击得一条正昂首游来的长水蛇一阵颠簸。发晕的水蛇还没明白是怎么回事，就被迎面相撞的蒲生一把抓住，并扔得老远。被搅晕的还有一条大鲫鱼，在搅乱的水浪中乱窜，竟钻入了蒲生的裤子，被蒲生抓个正着。

接着他们遇到一个进城的小划子船。蒲生把大鲫鱼给了船夫，船夫把他们带进了城。

蒲生跌跌撞撞闯进自家院里，舀起一瓢水就一顿猛灌。喝完水，他就扶着破旧的门扉“呼哧呼哧”直喘粗气。他充血的眼珠愣愣的有些散光，头发有些反常地蓬乱着，潮湿的衣服、光着的脚板都显示他的不同寻常。

自进门起，养父财顺的目光就随他转。财顺早就从他反常的举止及脸部、手脚的印痕和血迹里判定一定出了事。等蒲生喘好气，财顺直截了当地问："出了什么事？是不是粮船出事了？"

蒲生点点头。

财顺脸色一变。他默不作声地掏出长烟杆，点上烟，把满脸愁绪深埋在缭绕的香烟里。他自收养蒲生以来，一直在担惊受怕中度过，他要稳住摇撼在风雨里的小家有多难。他虽时时叮嘱蒲生不惹事，但他也知道是祸躲不过，该来的还会来。

一看到蒲生失魂落魄地跑回来，老奶奶就心跳跳的紧张个没完。她赶紧点上香烛，颤颤地跪下连连叩首，在"阿弥陀佛"的祷告中把满脸的虔诚摆放到飘飘悠悠的香烟中。一阵风灌进来，蜡烛的火舌顿然可怕地吐得老长，逆袭的香火直击老人的面孔。老人暗叫不妙，慌忙把整个人都趴倒在地，连连以头叩地，并祈祷佛祖保佑，佑护孙儿逢凶化吉。

在一旁发怔的蒲生，眼前又划过被欺凌女子的求救眼光，那简直是远远递来的伤心的河啊，那么绝望，那么哀怨。这悲绝的眼光简直望透了自己的懦弱，望穿了自己的冷血，让他一辈子都排拒不了那透心的哀怨和苍凉。是的，阿才的提醒也没错，别人受苦受难关你屁事，不能有事没事把自己也掺和进去。可是，心冷如铁的他，仍有不知名的幽微火焰烤着他，让他不安，让他驱不走女子有魔力的求救眼光。

他忽然打来井水，抓起洋碱洗起手来。他碱擦了一遍又一遍，仍觉得手很脏，故擦洗个没完没了。女子在他面前被一群禽兽活生生强暴的画面又在他恍惚视线里上演了，女子的呼救一遍遍传响在生命隧道里，让他惊魂，让他无处逃遁。

财顺夺走洋碱，厉声说："快把事情原原本本讲给我听！"

于是，蒲生详详细细把今天的遭遇讲给老爹听。当讲到一个清纯如水的良家女子被一群禽兽糟蹋了时，财顺把饱经沧桑的满脸皱纹纠结到一起，手里的长烟杆干举着，任凭风中明明暗暗的烟锅把扯不尽的香烟缭绕在他心头的愁结里。"唉——"他一声长叹，荡过他风雨人生多少的悲酸和无奈。

财顺毕竟是个闯过风浪的人，他果断掐灭烟火，搁下烟杆，直挑问题核

心："每人都有一本难念的经，别人的事就不管它啦！你火烧眉毛的事，是要把船的问题解决好！"

"啊……船……船……"蒲生结结巴巴，他一时还没把思绪从女子身上调转过来。

"船现在哪里？"

"不……不知道……"

财顺青筋暴突的粗糙大手猛然扑到桌面上，吓了蒲生一跳。

"船贵如命！你拿什么还？你呀你，被一个女人搞得神魂颠倒！"财顺横眉怒目，满屋直转。

蒲生猛然醒悟，自己一直在为别人愁，可自己天大的祸事降临了——船丢了，惜财如命的陆老板马上就要上门追讨！是啊，船贵如命，自己就是把一条贱命堵上去，也填不满巨大的债务黑洞啊！

蒲生真的慌了，手足无措地问："爸，怎……怎么办？"

财顺把掐灭的烟锅重新点燃，只顾埋头一口一口粗重地抽烟，心头郁积的愁绪愈堆愈深，解不开化不去。

老奶奶一颗晃荡的心撞击得她摇摇晃晃、头晕目眩。她一拍巴掌，颤悠悠地吐出句："怎么好哟！"她赶紧颠着小脚重跑到香案前，取出一把用麦秸秆做成的经文条，一根一根地念经。念完了，她把一把经条投到火盆，猛地一股火焰腾起，照得花白的头发和沟壑纵横的老脸异常怕人。

蒲生深深自责，全怪自己惹了塌天大祸，难道全家只剩一夜逃亡的路子了？

财顺猛搁下烟杆，用纸包了些饭团，一把抓起猎枪说："走，我们去荡中找船！"

老奶奶一听去荡中找船，忙摇晃着身子跑过来，一把抓住财顺手说："儿啊，不能去啊，那里危险！"

财顺推开老母的手，带领蒲生冲出了院门。

屋内，传来老奶奶惊慌失措的哭叫声……

原本透亮的云层渐渐渗出阴暗的底色，遮掩了原本的透明和亮丽。风也渐渐有些大了，随意揉擦和揪扯着这对父子的头发。财顺急速划着小划船，向城外的荡中进发。尽管沧桑岁月在他面孔上留下了蛛网似的密集皱纹，但隐藏在粗长浓黑的眉毛下的大眼，却闪烁着机敏、犀利的光。他在长年水上滚爬中练就了侦测危险的超凡本领，比如他能从隐隐传来的声响中判定是否为日本鬼子的铁板船（军舰），他远远的从行船姿态中能判断是商船、渔船还是农用船，他能从拨动芦苇的沙啦声中测定行走苇地的是好人还是歹人，从而在遇到情况时能及时避险。而一旦真的与歹徒在荡中遭遇了，他也有一套与之周旋的逃生本领。这些，他也多次对蒲生说了，可蒲生实际应对起来却屡屡不准。

财顺把船划进荡子，机警的目光时时扫描四周情况。他见蒲生脸上有些倦容，赶紧提醒说："提点神！"他还取出带来的饭团说："吃点吧！"

老爹这一说，蒲生方才觉得饿了，他接过饭团，三口两口便吃掉了一大块。吃了点东西，他来了精神，心想，离出事已过去两三个钟头，现在自己还能再找到木船吗？那个被残害的姑娘现在怎么样了？

一路还算顺利，没遇到什么危险的船和人。财顺按蒲生指点，把船划向出事地点。远远地，就见一条大船在水中随水飘悠。财顺这才眉舒眼展，放松地轻叹一声说："菩萨保佑，船还在！"

蒲生直接就要划向大船，财顺不允。他悄悄把小船隐于芦丛中，自己走进苇地几处侦测，确定周边没有水匪后，这才启动双桨划向大船。

蒲生趴上米行大船，兴奋得直跳跃。财顺则麻利地将风帆降下来，以缩小在水中的目标。他还将小船系于大船尾，大手一挥舞："回家！"

蒲生手扶着橹却迟迟不动，目光遥遥放射到女子出事的那片草地。在老爹的催促下，他结结巴巴地提出请求："能不能去看看……那个……那个姑娘还在不在那了……"

财顺立即吹胡子瞪眼珠，在他的生命哲学中，安分守己、不惹是生非该是人生遵循的第一准则，每人生死贵贱自有天命，千万不要管别人事！他自然要横加阻止，而一向温顺、听话的蒲生今天却犯起了牛脾气，偏要上岸去瞧一瞧。

老爹急得大发雷霆："我大风大浪过来的人，多管闲事必定没有好结果，教你多少年了，做事怎么还是一根筋?！看看天色，还不快走！"

蒲生冷脸坐在船帮上就是不愿摇船。他也知道自己犯不着为了别人不相干的事而与自己有哺育之恩的养父闹翻脸，可女子那在他心灵中烙下印痕的

求救目光，在他心头留下了一个结，他不能不偶尔违背下老爹教给的准则。

财顺是典型的刀子嘴豆腐心，他嘴里反对，可还是把船摇向岸边。他并不是个冷血无情之人，而是世间的纷争让他麻木了，他是有心无力，不愿以身犯险，置身事外是无奈的自保选择。

船到岸边，财顺叮嘱："看一眼就回，这里不可久留！"

"哎！"蒲生以从未有过的弧线高度飞身上岸，疾步奔向出事的那片草地。

前面，一幅令人触目惊心的画面让他惊恐失色，他惊天骇地的凄厉叫喊划破芦荡的沉寂："爸，你快来，你快来看啊！"

在被踩踏得一片狼藉的草地上，女子仰面朝天，肌肤尽露，脱血的脸惨白如纸，下身一汪汪血迹令人毛骨悚然！女子出血不少、气息奄奄，也不知昏死在此多久了。

闻言赶忙奔过来的财顺只看了一眼，就赶紧移过脸去，有浑浊的泪浮现而出。他一跺脚，大喊："丧尽天良，该千刀万剐啊！"

他虽心生悲悯，却又阻止蒲生靠近女子："破红的女人最不洁，最污秽，别靠近，别把晦气惹上身！"

蒲生急得直跳："爸，这都什么时候了，救人要紧！你快帮助看看还有没有救！"

财顺勉为其难地伸出手去探女子的鼻息，自己则始终侧过脸不看女子。他说："还有点气。听我的，快去拔艾蒿，先把她的血给止住。"

老人目光很老辣，仅凭刚过来时远远的一瞄，就知女子的血还没完全止住。他知道艾蒿有止血、止痛、消炎之功能，知道乡间许多药草的功效。生活的多难让他成了活医箱。

蒲生赶紧扯来一把艾蒿叶，洗净放到嘴里嚼烂了，就要给女子敷伤。他目光落在女子上身，蓦地惊呆了！

姑娘的上衣已被撕成丝丝缕缕的破条，那微微起伏的胸脯，半遮半掩地露出来。

陡地一股陌生而奇异的感觉爬上他心头，手脚也微微颤抖起来。他从没有过这样的感觉，自己这是怎么了？

从少爷到伙计，这一沉重的跟头让他跌成了贱民，让女人离开了他。他有愿望，他有要求，可是他的手够不到女子，即使他施一点小计谋，也只是给自己留一点虚无的安慰。他以复杂的眼神看着面前来来去去的女子，可无论他高兴不高兴，他都碰不到女人。现在，竟然有一个女子躺在他面前，他想怎么看就可怎么看。他本身就是个有小计谋的人。

不过，他清醒地明白自己的使命：救人！我是有小计谋，但我不是坏人！对，不看！不看！

他背过脸，以嚼烂的艾蒿叶为其敷伤止血后，又将自己的褂子脱下给姑娘穿上，让她不再露着。

做完这一切，他竟像攀越了万重高山，像快虚脱了一样瘫坐在地。

财顺叹息一声说："唉，那就走吧！"

这时，沉闷的雷声也提醒他们该走了！

蒲生抬头看天，只见团团乌云聚集着，翻滚着，把天空压得很低，像要塌下来的一堵堵破墙。天越来越暗，在雷声中一道道闪电游蛇般在云堆里乱窜。风起水澎湃，芦苇摇曳起伏。

不好！一场暴雨就将来临！

财顺催促道："还不快走！"

蒲生一指女子说："把她带走吧！要不她会死的！"

"小子，你不要太过分！"老头子暴跳如雷，"把不洁的人带回家，会给家里带来血光之灾的！你少给我招惹晦气！"

蒲生苦苦哀求："带她走吧，这毕竟是一条命啊！不行就带她到厨房吧！"

"厨房也不行！我们对得起她了，生死就看天命吧！"

蒲生在姜家十几年，从未这样和养父吵过，他其实也犯不着为别人不相关的事和老爹过不去。他不是个多崇高的人，他也不想多惹事，可他今天就想救救这素不相识的女子。他继续苦求："一旦大暴雨冲下来，她会没命的。她即使不死，再有水匪来，也会要她命的。"

看惯人间悲愁的财顺感觉自己还是不够心狠和淡定，他指点蒲生说："离这不远有个鸭棚，你赶紧送她去吧！"

"哎！"蒲生眼里扫过喜悦的光。

"快去快回！风大，我要在这看船，也为你们看着点。"

"好的！"

蒲生原本想背着女子走的，但怕这一折腾又引起她伤处流血，故改为小

心翼翼地把她抱起来，用两手托着走。他生活中没有女人。他曾渴望拥有梦中女神秀苇，但是他得不到。现在他平生第一次抱着这位是生是死都说不清的女人走，他说不出是喜是悲。不过，他这样一个低贱的人，也能托着一个女子的生命朝前走，他很自豪。这女子虽惨遭不幸并气息幽微，但如花少女的周身青春气息依然在，她飘悠的体香、幽幽的鼻息弥散在他渴望爱的心田里，让他神迷。他渴望自己能托着一位女子温暖的生命向前走，但不知这样的路是否走得通。

一道闪电划破厚厚的云层，瓢泼似的雨粒随即自天而降，正好落在女子的脸上、身上。蒲生让女子侧过身，用自己宽厚的胸膛贴着她，尽量减少雨水对她的侵袭。他见沟跨沟，见水涉水，只一会工夫就被浇成了“落汤鸡”。

雨下得更大，整个芦荡笼罩在蒙蒙的雨网中，十米外的景物都有点模糊不清。蒲生因走得太急，脚下一滑，人立马倒地。他情急中让自己腿和屁股落地，女子仍紧紧被他抱在怀里，未碰到地上泥水。为此，他还被地上泥水呛进一口。他抹一把脸上泥迹，竟看到手上有股红血丝随雨落下。这一定是刚才在苇地里横冲直撞一顿狂跑时脸被苇叶划破的。这时他已顾不了许多，稳稳抱住女子站起来，继续朝鸭棚的方向走。

虽然这女子并不是他的情人，但救护的这短短的时间让他悟到，看来爱一个人并非是拥有其身体这么简单，而是要对她的生命、对她的一切百倍用心呵护。他，能拥有这样的机会吗？

他终于抱着女子钻进了放鸭老人的破草棚。这是他第一次进草棚。放鸭老人死了，却还用自己在风雨中搭成的残破之家，为别人遮挡风雨，这让蒲生说不出是喜是悲。草棚已很破旧了，就像老人的残躯在极力为避难的人姑且挡一些风雨。棚顶多处漏雨，地上又多阴湿，这样他就不能让女子平躺在这，更不放心把女子一个人丢在这任其自生自灭。他抱着女子在棚里直转。怎么办？怎么办？

忽然他发现怀里的女子嘴唇发乌，身子发颤发烫。不好，她严重失血，又遭遇风寒侵袭，她脆弱的生命怎经受得了？

棚内无任何可取暖之物，他只有将她搂在自己宽阔的胸膛，用男子的阳刚之气为她传递特别的温暖。这时，他感到怀里的她微微颤动了一下。他不知道她何故颤动，只是用自己结实有力的胳膊将她搂紧，以尽量多传递些暖意给她。

女子的反应不止这些，她两眼还微微睁开一条缝，嘴微微颤动，但说不出话。

他赶紧对她说："我是米行的伙计蒲生，我是来救你的，不是坏人。我不会丢下你不管的。"

女子听后又合上眼，再度陷入昏迷。她开始发烧，身子像个滚烫的火炉。

外面，风在吼，雨更大。突然，风夹着冷雨灌入小棚，使土坯墙上的泥迹哗哗直掉。蒲生打了个寒噤。他不禁为怀里这脆弱的生命担忧。他以前没有为女人担忧过。这种他以前从未体验过的担忧真不是一般的深切。

雨终于小下来了。

他一边抱着女子，一边腾出手来到外面拔了两节芦根，用水洗净后放在一破瓦片里捣出其汁液，一点点地给女子喂下。老爹曾告诉他，芦根是民间常用的一种土药，具有清火去热、生津利尿、止呕止咳的功效。

突然，附近的苇丛里传来几个人的走路、说话声：

"妈的，这场雨打得老子都没法躲！"

"在荡子里转了一天，都没弄到什么大的猎物！"

"那里不是有个茅草棚吗，我们先去避一阵子！"

不好，水匪又来了！我们这回定然凶多吉少！蒲生急忙将姑娘摆在墙角里，抄起一根短棍。可是，他却慌得手脚直哆嗦，心几乎提到了嗓子眼。他这才悟到养父"安分守己、决不惹事"的真谛，自己不听老人言吃亏在眼前，这下真的身陷危险中了。这时他真的有些后悔了，惹这事真不合算！不过，他没有退路，只有提着性命和对方周旋了。

几个水匪端枪闯进草棚，一眼就看到在墙角瑟缩打抖的蒲生和躺在一边的女子，勃然大怒。为首的矮脚虎眼球暴突，挥拳就打："臭小子，这女人你也敢抢，找死！这回看你往哪逃！"

蒲生还没来得及捂住被猛击的腹部，另一水匪的枪柄已猛击而来，打得他头晕目眩，几欲昏厥。匪徒们踢的踢，踩的踩，打得蒲生鼻青脸肿、晕晕乎乎。

水匪们打够了，又把淫邪的目光射向昏迷中的女子。如果他们再度作恶，女子必死无疑！

蒲生后悔，愤怒，想挺身而起，又懦弱无比，他也说不清自己是个什么样的人了。难道，还要让他再眼睁睁看一场匪徒强暴的惨剧吗?!

“砰——”一颗子弹穿过芦荡，惊得在芦丛里避雨的各式野鸟惊慌地在芦荡上空乱窜。

蒲生兴奋异常，立即大喊大叫：“新四军来啦！新四军来啦!”

一听“新四军”三字，正准备将黑手再度伸向女子的水匪惊慌失色，逃得比狗还快。不过，矮脚虎却不愿放过蒲生，溜到棚外还又折过身来，举起刺刀就往蒲生胸膛猛刺。

“砰——”这回枪离得更近了。

矮脚虎手一抖，刺刀刺偏在蒲生左肩上。

水匪钻进苇地，逃得无影无踪。

蒲生不敢久留，忍着左肩的剧痛托起女子，可是刚颤颤跑两步，又颓然将女子放下。他左肩鲜血直流。他真的抱不动了。

财顺提着猎枪从苇丛中跳出来。显然刚才就是他放枪将匪徒吓跑的。

财顺见蒲生受伤，赶紧从自己身上撕下一块布条帮他匆匆包扎上，然后抱起女子就跑。痛得龇牙咧嘴的蒲生赶忙跟着走。

蒲生惊喜地问：“爸，你愿意把她带回家啦?”

“什么都别说，赶紧走!”

蒲生心头一热。老爹外表冷漠、自私，可关键时刻还是有一颗热腾腾的心散发可贵的温情的。

财顺家住在城边小河旁，出门便是河。财顺除编织渔网以养家糊口外，还常常划只小船、背起猎枪去城外芦苇荡打猎。他有着一双鹰隼般锐利、机警的眼，有猎物划过他视线，很难逃脱他的枪口。他一般舍不得吃，总是把打得的野鸡野鸭送到集市里卖，用以补贴家用。不过他偶尔也会提一两只到家宰杀，来改善蒲生和老母的伙食。时光从他身边穿梭而过，他在芦荡里走过了青年、中年，又踏进老年的门槛。还是这片荡，可荡里潜伏的不安宁气息却越来越令他的老眼疑惑了。他望不懂这纷乱的世道，为了自求安宁他只得收起猎枪和船，把一声长长的浩叹留在这他从小爬摸滚打的熟悉天地。不过，生存是越勒越紧的无情绳索，为了生存他和许多猎人、渔人还是不时往这里闯。他凭着自己的机警和灵敏，一次次避开了打劫行凶的水匪。而他每次出行，都有八旬老母一炷高香的虔诚相伴随。水匪见他是个没什么油水可榨的糟老头，没兴趣多为难他，只是顺手拎走他打的猎物便扬长而去。

今天，他只是为找回米行木船才去荡里的，一生怕惹事的他对被水匪残害的女子自然不愿出手相救。一生看惯了人间惨剧的他，虽内心同情却早已不知该如何表示愤怒了，只是极力让自己躲得远远的，以免惹祸上身。今天，面对蒲生的坚持，他内心一声长叹，年轻人还没吃够惹事的苦头。不过，蒲生的执着还是让他长期掩藏心底的古道热肠有所释放。他让蒲生抱着女子去鸭棚避雨，自己则在雨中机警地扫视周边水道和苇丛，为他们把风。

当风雨中隐隐透来芦苇异样响动时，财顺暗叫一声不好，定是水匪！果然，那几个残害女子的匪徒又出现了。他们走东窜西，骂骂咧咧，寻找可避雨之地。财顺提起猎枪暗暗尾随在后。

待雨水渐小并最终停止时，水匪已一脚闯进破草棚。里面很快传来打骂声，被打的自然是蒲生。财顺火速从密封的小铁盒内取出火药，藏在苇丛中朝破鸭棚方向放了一枪。水匪误以为克星新四军来了，慌忙退出草棚。那个矮脚虎居然又折回身，端起刺刀朝蒲生猛冲而去。财顺急急再放一枪，吓退了水匪。他又朝匪徒逃跑的方向再放两枪，待彻底驱离水匪后自己才钻出芦丛接应蒲生。今天，是他这位面冷心热的老人救了蒲生和女子……

细碎的冷雨仍在飘洒，水面漾起一圈圈波纹。财顺急速摇橹，他虽早已浑身尽湿，可动作依然那么敏捷。

一小时后，木船停靠米行码头。

平时吝啬得不轻易花一枚铜钱的财顺，这回却直接雇了一辆板车，将女子送往家门口的小诊所。而蒲生的伤凭土法上马拖拖就能治好。

这陡地剧情反转，蒲生也觉得惊奇。他一步三晃勉强坚持着跑到家，一仰到床上就不能动弹，意识渐渐模糊，直至人事不知……

第二章　病中生情

等蒲生迷迷糊糊醒来时，财顺透着忧虑目光的老眼在自己面前渐渐清晰。抓着药碗的老爹不知守在他面前多久了，那爬满皱纹的深黑的脸异样凝重。

他并不知道，在他昏迷之际，老爹已对他伤口进行了紧急处置。财顺一发现他昏迷，就赶紧抓一把香灰敷在他伤口上，阻住了血水流淌。在民间土法中，香灰不光能止血，还有利于伤口愈合的独特疗效。随后，财顺又扯块白布给蒲生进行了包扎，继而又搭配自采的土药草熬制汤药……

见蒲生醒来，财顺阴云覆盖的眼窝里露出了光亮："醒来就好，醒来就好。"

蒲生一抬身子，肩伤便是一阵钻心的痛。他并不关心自己的伤情，只是急着追问："她呢？那姑娘呢？她……她怎么样了……"

"我在厨房放了张铺，她在那躺着呢。命，总算保住了。"

蒲生这才稍稍放心。他忽然发觉屋内多了许多杂草，这些应该是老爹从野外采回的土药草。他知道，自己和女子这一负伤，又要让老爹辛勤积攒几年的可怜积余荡然一空了，他为自己贸然惹事而给家里带来的巨大压力感到羞愧。是的，在这兵荒马乱的人世间，安分守己、不惹事是多么重要啊。

看着精心呵护自己的养父，蒲生愧疚而又感动，感觉有股酸涩的热腾腾的雾气从心间爬上喉头、钻进眼窝，让他泪眼模糊。由于自身之故，而导致老爹倾尽家财已不止一次了。貌似低调实则并不安分的自己，来到这个家或许就是给老爹添乱的。

记得他刚走入这个家庭时，有着一双与幼小年龄极不相称的眼——异常阴沉并横扫对这个世界的不平。由于常常遭受周边公子哥儿的嘲弄、欺凌，这位曾经的公子爷与富家子弟发生了大战。他被打得浑身是伤，而心里的伤更是被击得鲜血淋漓。愤怒在他心底的荒原燃起大火，他在被围殴中绝地反击，以力大势沉的一拳击伤一位小公子。结果可想而知了，养父财顺谦卑地低下身子去替他收拾残局。大老板将一口浓痰吐到他面上，糊满他的眼并在脸上流。老爹低贱得如条狗直求饶，他把人的自尊爬行在屈辱的祈求过程中，可怜的男人尊严被踩了又踩。最后，老爹是背着一身债务才好不容易将这事摆平的。蒲生的一个激动，一次惹事，让破落的家经历了一次触目惊心的风雨摇撼。还好，这家还是颤巍巍地站住了身子。从此，老爹的叮嘱声声不息，成为拖在长长岁月里的永恒之音："记住，别惹事。"

是的，别惹事，这些年蒲生已经做得很好了，在平静外表下只让那不服的暗流荡漾在看不见的心底。可是这一次，他还是管不住自己的内心，一次激动又给养父带来巨大的被动……

老奶奶又点燃高粱秸秆来测凶险了。当秸秆的火呈现火红时，她就大呼不好，赶忙用燃烧的秸秆在地上画圆圈，试图用圆满化解凶兆。她眼神慌乱，两手打抖，她虽十分同情那落难女子，但将这破红的不洁之人带回家会不会带来不吉和灾祸，她感到恐惧。几根高高的大香点起来了，她把整个人都蜷缩到畏惧和虔诚里，在缭绕香烟中一遍一遍叩首，嘴里喃喃祈祷。

蒲生看了心中生悲，自己多管闲事给家里带来莫大的物质和精神压力，真是不应该。他又把目光转向厨房。是自己的冲动救下了一条鲜活生命，这难道有错吗？可是……他忍着左肩疼痛，坚持要下床看望女子。财顺阻挡不住，就让他去了。

用土坯和茅草搭成的简易厨房，雨天还会漏雨，现在却能庇护落难的生命。在阴暗狭小、散发着淡淡霉味的厨房里，两张大凳搭上木板，就成了女子养伤的临时的床。床边被老奶奶放上砸碎的破碗及刀斧等物，意为祛除邪气、阻挡凶险。

女子命保住了，却浑身发烫，呓语不断。她迷迷糊糊中或许沉浸到一个可怕世界中，她逃跑，她挣扎，她反抗，却逃不脱血盆大口对她的吞噬。她叫不出，挣不脱，嘴里呜呜啊啊不知说些什么。蒲生抓住她发颤而滚烫的手，希望把自己的关心、怜爱传递给她，让她好受些。他也知道自己并不是多好的人，却不知今天何故冒着生命危险来救护她。他也受伤了，并连累了家人，可是却救了一条性命。他一时眼神有些复杂，可透出的却是无限关爱的光。

老爹刚喂她吃过熬好的汤药，自己也不知该做些什么，就这样抓着她手傻傻坐在一旁，让时间在他们中间穿过。

突然，女子一声惊叫划破了她苦苦挣扎的梦中世界。脸上汗珠滚滚的她终于从恐怖梦境中醒来，直直的惊惧眼神还没有完全从梦里凶境挣脱出来。

蒲生取来手巾给她擦汗，她却推开他手，惊恐地说："你……你是谁？你是谁？"

她看到了陌生的面孔、陌生的环境，还发觉自己一身衣服都被换了。经历大脑短暂的空白后，上午惨痛的经历又被唤醒过来。她连连惊呼，头部抬起试图爬起来，可她因失血过多太过虚弱了，她无法撑起身子，头依然嗡嗡的响，天地依然在她面前飞旋。她感觉自己又进入梦中苦挣扎、逃不脱的困境了。

蒲生赶紧说："姑娘，别怕，我是救你的蒲生，是我把你救到这儿的。"他还把自己被刺伤的左肩给她看，告诉她自己为救她还被水匪刺了一刀。

他小心托住她紧张抬起的头，然后缓缓放到枕上，又用手巾细心帮她擦去脸上、手上的出汗。他把满眼温存的光一点一滴浸入她眼底，试图抹去她的惊疑、恐惧，给她以安全、信任感。

她叫道："快走！"她声音很微弱，却用尽了全部气力，透着撕心裂肺的悲怆。

他只得后退几步。他理解她。她受尽了伤害，不要打搅她，让她一个人好好休息。身心的创伤，是需要时间来治愈的。

他走出厨房，走出院子，走进空旷的小巷。经这一折腾，他肩上的刀伤又剧痛起来，而且这刀伤连着心，让他感到心头一悸一悸的疼。血水又透过香灰和白布渗出来。他感到这是自找的。他不仅给家人带来血光之灾的恐怖心理阴影，而且他玩命的举动并得不到被救人的理解。他又一次怀疑自己的冲动是否值得。

一阵风荡过空荡荡的小巷，他心里感到莫名其妙的空得慌。他眼前忽然飞起了小星星，像飞虫般飞荡在有些变形的小巷。他出了身冷汗，头感到有些眩晕。他伸手拂了拂，却拂不去巷子里满目的星星。

在飞溅的星花中，他隐约看到一个有屋子高大的巨人朝他走来。他有些恍惚了，揉揉眼，竟发现巨人越走越高大，还对他露出了可怕的狞笑。他浑身哆嗦，想躲，却定在墙边一步也走不开。巨人走到他身边，又朝他一笑，露出满口巨大獠牙。

蒲生惊恐一叫，想逃，却发现巨人一闪又消失得无影无踪了。天啊，这难道是老人们传说中巡街的巷神？

老奶奶曾对他说过，男人比女人火旺高，大人比小孩火旺高，健康的人比病人火旺高，火旺高的人能克邪气和鬼神。人虚弱时是火旺最低时，这时往往能看到鬼和神，容易中邪。难道自己真的看到巷神了？如果真的如此，自己是真的惹了灾星了，这不，连巷神都来示警了！老人口中的血光之灾会不会真的降临？

蒲生惊惧不已，口中哇哇直叫。老爹财顺闻声而出，将他扶回屋内。老爹责怪道："才受了伤，叫你别出来的，你不听！"

蒲生一仰在床上，便陷入半迷糊中。财顺赶紧重新给他敷香灰和包扎，并熬汤药。奶奶赶忙为他站水碗。

水碗中的筷子突然倒下，奶奶惊呼："不好，你惹了神灵！"她拿了一大把纸，在他身上拂了拂，并叫他对着纸哈一口气，然后颠着小脚来到巷里点燃。在满巷飘悠的纸灰中，奶奶默默祷告，祈求一应神灵宽恕蒲生的无意冒犯。

蒲生肩伤引发炎症，高烧长时间不退，整个人迷迷糊糊神志不清。老爹用尽自己的土药方都无法控制他的刀伤，最后只得咬咬牙，把他送到诊所。医生为蒲生缝合了伤口，并给他注射了几针西药，才控制伤势。

蒲生伤病有所好转，已是三天后了。他视线里渐渐清晰的老爹的面孔愈发憔悴、苍老了。端着药碗的老爹，那布满血丝的昏黄眼里透出无尽的忧虑、关爱之光，令蒲生动容、哽咽。而顶着一头花白而凌乱之发的老奶奶也一刻没闲着，除念经求佛外，还专门请对门的老石匠凿了个"泰山石敢当"的石块，嵌于院门旁的山墙脚下，以此扶正气、镇邪气。

蒲生坚持要下床给老爹和老奶奶下跪，以表达自己无以言表的感恩和愧疚之情，被老爹制止了。老爹说："一家人，不说两家话。"蒲生把歉疚的长泪洒满在自己复杂情感里，洒满在他们收养自己这些年的情深日子里。他很想用自己的忏悔之泪化解两位长辈心头沉沉的忧虑，化解笼罩在家里的看不见的不吉阴影。可是，他做不到，唯有以泪洗面表露愧疚之心。

老爹抚着他手说：“好啦，别哭了，以后记着这次教训，别轻易惹事就行了。”

蒲生含泪点点头。

这时老奶奶又过来了，她含混不清的老眼里伸出探究之光，在蒲生脸上瞄来瞄去。她怀揣着疑问闭闷了几天，早就想问了。她的问题在她心中很重要，不能不问。如不问，这个问题会把她憋死的。

“奶奶，你想问什么就说吧。”

奶奶却说出了一个蒲生想象不到的问题——触犯了何方神灵？她说从站水碗得知，蒲生触怒了神灵，但不知是触犯哪尊神灵，这个问题不解决，家里会有灭顶之灾的。

蒲生吓了一跳，真有这么严重吗？自己只不过救了人，神灵也会大怒？还严重到要把好好一个家压垮？

蒲生不在意地说：“奶奶，你是念经念多了，哪有这么可怕？神灵难道就这么自私，不允许做好事？”

奶奶吓得慌忙伸手遮住他嘴，并取了块饭团在马桶边上蹭几下，逼着他吃下去，意为年轻人不懂事，吃的是脏食以至满口胡话，神灵当不得真。她还点烛焚香，把自己深埋在无限虔诚里，连声祷告，祈求神灵恕罪。

蒲生虽在心中暗自责怪奶奶太过迷信，但对奶奶被自己吓得这样也很懊恼、内疚，便忍着肩部伤痛跪到香案前磕头、认错。

奶奶继而又来探问蒲生触犯的是哪方神灵了。蒲生便向奶奶说了那天在巷子里恍惚看到高大巨人的事。

“巷神！”奶奶惊叫一声，这两个字冥冥中的巨大魔力击得她身子直颤，几乎要瘫倒。老爹赶紧扶住她。

“快，快扶我去敬香！”奶奶惊慌地说，“一定是巷神在巡街时看到了我家有邪气，才现灵报警的！”

老爹、蒲生也吓坏了，赶紧扶着奶奶走到巷上，齐齐跪下，把点着的香高高举过头顶，又随俯下的身子把香插到小板凳上的香炉里。

奶奶一遍遍以头叩地，惹得一旁围观的小孩哈哈发笑。而奶奶却以如入无人之境的博大虔诚坚定不移地磕头，直至把头磕出了血。

蒲生心疼地一把拉住奶奶说：“别磕了，别磕了，都是我的错，要磕也应我磕!”

蒲生也连连叩头，把额头磕出了血迹。

奶奶满意地点点头，说这样神灵才会宽宥你。

突然，在他们身后跪下一个人，竟是那个被救的年轻女子!

原来，一家人的动作惊动了在柴房养伤的她。她以一张煞白的失血的面孔，硬撑着走出来了！她无限愧疚地跪倒在他们身后，并连连磕头。

“都怪我！都怪我！是我给你们一家带来不祥的！就让我走吧!”

一家人慌忙把女子扶起来，安慰她说，不怪你，不怪你。奶奶还抚着她手说：“姑娘啊，道理我们都懂，我们一家也不是无情无义的人。”

一家人把她搀扶到柴房，嘱她躺下好好休养。

老爹说：“姑娘，你太虚弱了，等再养几天身子好些了，我们再送你回家。”

几天的救治和相处，她早已明白了一切。她又要下跪感谢，被老爹和奶奶扶起。

柴房里只剩下蒲生和女子二人了。他已知道，女子名叫水儿。水儿深深看了他一眼，便快速收回眸光，苍白的脸上染上了淡淡红晕。

水儿不说话，蒲生也尴尬地立在那说不出一句话。他做出个要把她扶坐下的动作，水儿却轻轻推开他手，用轻得像蚊子哼的声音说：“大伯都告诉我了，谢谢你救了我。”

蒲生立时兴奋异常，千言万语齐涌喉咙口，却笨嘴笨舌的不知说什么好，嘴巴动了一气才吐出语无伦次的话：“不……不要紧的，应……应该的……”

他还想再说什么，却发现水儿已转过脸去不再理他。他又走到她正面，水儿却眼帘低垂，目光冷淡。她见他站着不走，再度别过脸去，用淡然中透着哀婉的眼神望着不可知的地方。

蒲生傻乎乎站了一会，只好干巴巴地说了句：“你好好休息吧。”便赶忙跑了。

人说女子是一本难以读懂的书，现在看来果然如此。她在短短时间内神情几变，让人难以看懂。他在离开厨房时，竟有淡淡的说不出的眷念和遗憾。

水儿暂时寄住他家，养着身心两重伤。在那个年代，失贞对女人来说意味着什么，她有着清醒认识。贞洁重如命，如今这个大是大非的珍贵的东西

被伤天害理的水匪夺走了，自己如何才能在别人怪异的目光和诸多非议中存活下去？自己已是残花败柳之身，如何苟活于世，真的很难。

她知道失踪的这段日子，家里人一定急疯了，她也曾想托财顺大伯帮助捎个信，可她很恐惧回家后的日子，无法坦然让自己存活在乡邻指指戳戳的杀人的议论中。所以她宁愿暂时寄居在这没人知道的地方，把可怕的秘密锁在这陌生之地。

天，又渐渐暗下来，小小煤油灯火在黑暗中抖动着幽微的光，一如自己残破的梦想在无望地挣扎。小小的柴房将她的世界收缩得很小很小，她够不到她的天，摸不到她的地，在越收越紧的小木屋里难以自在喘口气。“唉——”她叹口气，胸中吐出的沉痛郁积在沉沉的空气中，伸手触一把全是愁。她想用视线望穿这密封的愁绪，却穿不透、挤不出，只能把幽暗的眼光收回到绝望的眼窝里……

泪，又流下来了，在自己被毁灭的年华里痛苦地流，流往那不可知的生命未来……

次日一大早，蒲生便忍着左肩伤痛，坚持用右手给她端来了红糖蛋茶。在那个物质绝对匮乏的年代里，红糖绝对是穷人的奢侈品，蒲生家平常舍不得吃，却每天坚持给她打一只鸡蛋做成红糖蛋茶，这是水城人家生孩子坐月子的女人才享有的待遇。红糖蛋茶滋阴养血，水儿明白这家人这么做的用意。因而这几天，她是噙着泪水吃蛋茶的。

此刻，蒲生把红糖蛋茶端到她面前，她却不肯吃。蒲生舀了一勺红糖茶喂到她嘴里，她轻轻咽下了。真甜。她用羞涩的眼光快速从他脸上掠了一下，又赶紧垂下长长的睫毛，苍白的脸上飘上了浅浅的红云。每次看到这个男人，她总是心绪复杂。他是除匪徒外唯一看过她身体、唯一触摸过、抱过她的男人。一个男人看了、抱了她的身体，从那年代的传统观念来想，她就只能是他的人了。这个念头一旦飘上她心头，她又喜又悲，喜的是自己这残命又有活下去的机会了，悲的是自己大好的青春梦想被水匪残忍掐灭，自己别无选择只此一途了。

这几天一直控制住的悲痛又爬上她喉头，令她流泪。蒲生很贴心地用手巾帮她擦去眼泪。她嗔怪地瞥他一眼，还不是你的人呢，真是多事。

蒲生想方设法哄水儿把蛋茶吃下去。就这样，他喂她一口一口地吃完了蛋茶。虽然水儿自始至终没有和他说一句话，他却在喂蛋茶的过程中，感受到了怜惜女人的幸福滋味。

蒲生也知自己并非一个多好的人，虽然自己并不像阿才那样精明和势利，可骨子里吃亏和赔本的买卖他是不会做的。可是这一次，在一个鲜活生命的生与死面前，他却最终一反常态，冒险救人。这样的冲动，可不符他平日的性情特点。他是个命运多舛的穷小子，身边素来缺红颜，他从来没摸过女孩的手，更别说看过女孩的身体。那日，当水儿躺在他面前时，他第一次有了青年男子的心跳。当然，在他的情感中又多了一份挺身救护的自觉和责任。所以，从他托起女子身体的那一刻起，他就有了从未有过的抢救她、守护她的使命感，就有了要和她发生一点什么的生死情缘之感。人说失贞的女人可弃之如洗脚布，他却对她分外珍爱，别人如不要，他要，他喜爱！所以，当水儿从他手上复活过来时，她就成了自己要守护的命根子。

这时，他也想过自己的梦中女神秀苇。他喜欢看她的笑脸，喜欢听她的笑声，喜欢看着她从身边荡过去的美丽样子，可是她是只能远望和存在于梦想中的仙子，他永远摸不着她。命运真是造化弄人，如不是家庭变故，他原本也是可以努力追求他心仪的梦中女子的，可是……他拂拂手，不再想这些令他痛心的事了。好好珍惜眼前他所救护的人，才是最实际的。

蒲生端着空碗出来时，奶奶有些诡异地对着他笑。他不知奶奶何故有如此奇怪表情。

奶奶把他招到一边，低声说："你觉得这个姑娘怎样？"

蒲生一惊，不知奶奶要表达何意。

奶奶说："我看你对这姑娘不错，要不把她说给你？"

蒲生终于明白了奶奶的意思。她见自己对水儿关怀备至，便想牵线做成好事。他羞赧一笑。

"别不好意思，送上门的孙媳妇不要白不要。"

"奶奶，你不是说她……带来晦气的吗？"

"一码事归一码事。等她病好除了晦气，就没事了。"

蒲生很佩服奶奶，她虽老眼昏花，但很能阅读年轻人的情事，她虽是老迷信，但在送上门的重大机遇面前她还能灵活应变，化不利为有利。他说："那……那奶奶你就说说吧。"他一说完，脸已满是通红。他赶紧走开，眼里

有幸福的光闪过。

他很感激奶奶。奶奶说出了他不便启齿的话。他正愁没法表达自己的心意呢。如不能在水儿康复前表露此意，到时她一走，再表达的机会可能就永远失去了。

再说他也不是多君子的人，他救人也只是灵光一现，送上门的女人不要白不要。他的条件如此糟糕，正常娶妻会困难重重，这样一个现成的机遇他自然不会轻易错过。何况这女人也不差，他喜欢。虽然她……不过他不嫌弃，他要。

再说奶奶。她不经意中瞥见蒲生喂水儿吃蛋茶是那样体贴、细心，心中怦然一动：他们成为一对不也挺好吗？虽然她不满一个失贞、见红的女人把晦气带进家，可令人头疼的孙儿的婚事更重要。再说事情已经发生了，如把不利化为有利的重大机遇，不就正好解决了孙儿的大事？当然自己还要水儿走一下民间习俗中的“转运桥”，以便去除她的晦气和厄运。

奶奶走进柴房，在水儿简陋的小床边坐下，轻轻握住她的手一遍遍抚摩，眼里温情点点，晃在水儿面前。水儿轻轻叫了声奶奶。奶奶便开心地笑了，说了很多很多，比如你要什么尽管对奶奶讲，你就把这里当作自己的家，要多住些日子，把身体养得棒棒的。她还满含歉意地说，别怪奶奶让你住柴房，这是规矩，你下次再来，就把大房间腾出来让你住。

水儿感动得说不出什么话，只是喃喃叫着，奶奶，奶奶。

奶奶和她相处时间不长，却喜欢上了这个丫头，心中更想撮合成好事。她东扯一句、西问一下地了解了一番她和她家的情况后，便开始用话语试探她的态度。

水儿听懂了她的意思，苍白的脸染上了浅浅羞涩的红晕。她想抽回自己的手，不想奶奶却抓得更紧了。

奶奶又问：“你看看，我们家蒲生怎么样啊？”

一句话，勾起了水儿无尽伤心事。她本来是个清清白白的黄花大闺女，可恶的匪徒夺去了她的贞洁，让她只剩下半条残命苟活于世，更失去了对婚姻的选择权。想想如今她仅剩下依托于蒲生来活命这一条路，不由悲意盈满胸间，并化为酸楚之泪一点一点流下来。

奶奶也流出了泪：“这世上做女人真难。可怜的丫头……”

水儿泪越流越多，她把头靠到奶奶怀里，终于“呜哇”一声哭出来，泪水如急雨般狂扫着自己耻辱的心。她太虚弱了，这一哭竟使她身子软软的有些支撑不住了。

奶奶赶紧扶着她躺下身子，安慰地说：“丫头，别伤心，先养好身子，将来如到了我家，我们姜家一定好好待你。”

泪水朦胧，心儿已碎，水儿还能说什么呢？她只希望自己的残败之躯不管栖落在哪，都能安稳些吧。

这，只是她残存的可怜梦想，然而难测的未来却更加凶险、可怕……

以后的几天，蒲生一直在做着梦，因为奶奶的话把他心头点得一片亮堂。他照例天天喂水儿吃蛋茶，天天悉心照料她。她，俨然成了自己生命的一部分。

水儿虽然话语仍不多，可心里已经认可了他。自己这样的人还有何奢求，只要能有个安稳度命的地方就够了。再说这蒲生正直而重情意，是个值得托付自己终身的人。更不要说他是自己的救命恩人了，以身相报她是懂得这个道理的。

这么一想，又有两行清泪爬行在她失血的脸上。

蒲生心疼地、极为爱惜地悄悄帮她擦去泪，哪知泪越擦越多。是的，心的泪是擦不完的。水儿百感交集，又泣不成声了。蒲生猛然用双手抓起她的手，并放在自己胸间，他要用自己心的诚挚焐暖受伤的她，让她从此不再凄苦。

蒲生这贸然的举动，吓了水儿一跳。她像被电烫着了般，整个身心悸动了一下。她想抽回手，可蒲生紧紧握着一点没放松的意思。她想，自己连身子都让他抱过了，手让他握又有何妨。所以，她也就不执意要抽回手了。她还对着他浅浅笑了一下。

水儿梨花带雨的姣好面容，让蒲生心神一漾。他觉得自己再也离不开她了，他决心用自己生命好好守护她，不让她再受一点侵犯。他情不自禁把她的手握得更紧了，以至握疼了水儿。他歉意地一笑。他改为轻轻捧在手间，让这突然到来的爱照耀在两个人的世界，让生命从此流动爱的光晕。他轻轻捧着水儿的手，感到生命从此有了牵绊。

水儿用蚊子哼般的羞涩之声对他说：“我……我说了还不算，你……你还

要请媒人去我家……”

水儿特别的表白让蒲生欣喜若狂，他眼窝里的明亮足以照耀他的整个世界。有这柔情如水的丽人相伴，他觉得自己从此一定不再孤单。有爱相伴，他一定会骄傲站立在人世间，不再惧怕任何人。

蒲生恨不得立即就叫老爹请媒人去水儿家，不过他明白，时下还是以养伤为主，等水儿养好了身子，一切都可慢慢做。

水儿心的闸门一旦为他而打开，矜持便被抛得干干净净，就与他无话不谈了。

几天的时光很短暂，水儿伤愈就要回家了。他觉得自己已离不开她了。他握着她手，想牵着她一生，不想让她走。

在这几天里，奶奶叫财顺老爹做的转运桥模型已经完成。在缭绕香烟中，奶奶请来的仙姑娘（巫婆）闭着眼在床上直抖动，她越抖越剧烈，叫声也越来越恐怖。蒲生惊得瞪大了眼睛，奶奶怕他出言不慎亵渎了神灵，便把他赶出了屋子。

这时仙姑娘说，她已和天上的神仙对上话了，神仙同意对转运桥施以法力，水儿某日吉时可从桥上过，到时神仙将渡水儿除秽气、转好运。仙姑娘叮嘱，过桥之时要多烧香火以表感谢。仙姑娘说完，猛然睁眼，陡然两束深不见底的幽冷之光直透人心间，让人不寒而栗。

奶奶对仙姑娘的话奉若神明，立即面对香烛磕下虔诚的头。

仙姑娘吃完奶奶给她做的蛋茶后说：“我向你泄露了天机，要折损健康的。”奶奶自然明白，塞了几块钱打发了她。

蒲生嘟囔道：“这仙姑娘的话灵不灵啊。”

奶奶赶紧狠瞪他一眼，阻止他说下去。她还逼他赶紧对着香案磕头打招呼，以防触犯神灵而使转运桥失效。蒲生自然不敢怠慢，连续磕了几个头。

水儿回家这天就定在吉日这天。吉时到来，香烛点燃，鞭炮齐鸣，水儿开始过施了法的简易木桥。她从这边往那边走叫过关桥，她从此渡过灾难获新生；从那边往这边走叫转运桥，从此秽气尽除好运至。

仪式结束，水儿和奶奶抱在一起，泪流满面。奶奶拍着她后背说：“丫头，如今好了，你苦尽甘来了。”

水儿又深深盯了蒲生一眼，提醒她请媒人上门做媒。蒲生自是明白。

财顺老爹准备划船送水儿回去，蒲生出门相送。水儿在步出院门时，还深深回望了一眼。她也不知自己这一离去，是否还走得进这个家。

等水儿等出门后，奶奶朝大门外泼了一瓢水，意为家里的秽气已随水儿离去而尽除。以后水儿再上门，就是正常之人了。

水儿等三人走出小巷转入人流量较多的老街时，走在前面的水儿突然被快速驶来的人力三轮车撞倒。两个跟随而来的大兵立即呼喝上前："什么人？敢挡长官的路？!"

被撞倒的水儿顿时被吓坏了，原本少血的脸庞显得煞白无比。

三轮车上的大官下来了。见惯了庸脂俗粉的他不由朝眼前这清水出芙蓉的清丽女子看了几眼，他很和蔼地把水儿扶起来。

两个大兵依然厉声呵斥，并盘查他们的来历。

老爹、蒲生也吓坏了，作为街头草民，他们最怕与官兵纠缠不清。他们抱拳亮明身份，并好言打招呼。蒲生还特别说："长官，她……她刚病过，身子弱，求长官饶过。"

那个中年大官深深盯了蒲生一眼。他记住了面前这张面孔。

两个大兵依然吆喝不断。大官制止了他们，说："他们也是无心的嘛。"他还拉住水儿的手轻轻抚摸几下，和颜悦色地说："别怕，告诉我，你叫什么名字？多大啦？"

水儿好不容易从一场惊变中收回神来，她想抽回手，却又不敢。她轻声说："叫……水儿，19 岁。"

大官连说："好，好，好。"他朝两个大兵道："快给水儿姑娘让路。"

两个大兵随即退到一边。

大官轻轻拍拍水儿手说："水儿姑娘，好走。"

老爹朝两人挤挤眼，示意快走。蒲生拉住惊魂未定的水儿就走。

大官盯着水儿背影看了好久，还吟了句："出淤泥而不染，濯清涟而不妖……"

第三章　惊天变故

蒲生刚送走水儿，便赶去米行上工。他尽管肩伤还未痊愈，但为了一家生计，只得带伤干活。

米行账房里，陆财神只顾和账房先生拨拉着算盘盘点账目，最近生意和到账率双下滑让他十分忧虑，因而他对立于一旁的蒲生视而不见。

蒲生表面谦恭，可看向陆财神的眼不时忽闪而过冷森森的怨恨之光！当年生父遭遇不幸，这陆财神也有不救乃至落井下石之过！

蒲生的生父原先是水城数一数二的木行老板，他在原本经营木制家具的基础上，针对水城城乡无舟不行的特点，又在蒲生妈的老家竹垛镇开了家木船制造厂，邀集当地木船制造的能工巧匠专门从事各类木船生产。城乡百姓生产生活用的小划船、各货行运货用的挂风帆的大型摇橹船、官府和富裕人家订制的巨型画舫以及水上庙会所需的各类会船，很多都是他供货的。周边县市客商闻其商号美名，纷纷前来订制各类木船。父亲的木行生意迅速迈入鼎盛期。

蒲生的出生和取名也有一段故事。蒲生父母长年无子，直至人到中年两鬓斑白时，母亲才怀上小孩。父亲奉为惊天大喜事，大摆筵席邀请亲友大肆庆贺。母亲在临产前一个月，坚持坐船去老家竹垛为老母祝寿，由于一路劳顿，在归途中突然腹部剧痛。小家伙突然要提前降临人世，让母亲措手不及，这茫茫水上该如何生产？船夫生怕母子有失，便全速往城里划。母亲说，来不及了，你快到邻近村庄找老娘（接生婆）。于是，小船停靠在一片蒲草间，船夫上岸找老娘。等船夫带来老娘时，船篷里已响起婴儿清脆的啼哭声。母亲望着早产的男婴，面容一片安详。在回归的水路上，母亲望着船两侧碧悠悠的蒲草，便说，孩子就叫蒲生吧。后来父亲说，香蒲草中生，很有诗意，便很赞成。母亲给儿子取此名，还有一个用意：当地城乡给孩取名信奉取贱名，名贱好活命、易长大，带人进地狱的黑白无常不容易发现。蒲草水乡遍地都是，割了又长，生生不息。也许，在那时母亲就有了隐隐的心愿：人世多变、命运无常，一个人只要能好好活下去就好。

后来，蒲生每念及此，总要感叹一番。自己果真如这名字一样，命贱如草，享受不得人间富贵，只能在贫贱中生长。不过从另一角度看，自己又拥有风雨吹不垮的蒲草的柔韧，总能在大灾大难中艰难活下去。天啊，这难道是冥冥中的天意？

蒲生5岁时，母亲还请城西算命较灵的王瞎子给蒲生算了一命。王瞎子煞有介事地说，这孩子亲缘淡薄、命里犯凶，与父母之命相冲，不利父母在家业上的发展。母亲大骂王瞎子胡说，当即赶跑了他。

不过，王瞎子的话，却成了母亲的心病。她思之再三，几日后又携重礼登门向王瞎子道歉，并询问这犯凶之命可有化解之法。王瞎子说，人命天定，不能化解，只能缓解，要做一系列关目山（即做相关仪式），来修正其命以缓解之。可是，母亲还没来得及做这些关目山，父亲就出了大事。

父亲一向守法经营、为人友善，却因木业兴旺而遭到同行的忌恨。一天，父亲运货的木船被人神不知鬼不觉掉包换上了两箱枪支，而这天恰恰有大兵在水关登船查货，他们就像事先知道了般直奔那两只大箱，结果查出违禁品枪支。显然，这是有人精心策划而设的一个局。父亲被抓捕入狱。但搞事的同行并未就此收手，而是使出了整人时最毒辣的一招——斩草要除根！他们诬陷竹垛的木船制造厂便是私自生产武器的黑基地，于是厂子被封，一大批能工巧匠被抓获。厂子被连根拔除，竞争的隐患才被彻底清除。蒲生在竹垛的外婆经此惊吓，便直接软瘫在地，眼珠一翻，魂归西天。与此同时，木行也被勒令停业。

这晴空里意外击来的霹雳，将母亲击懵了。她呼天喊地，直叫天大奇冤。她去当局申告，向陆财神等一众商界友人跪求支援。但令她万万没想到的是，商场如战场，这帮所谓的商界昔日友好，关键时刻不仅不出面申援，反而落井下石甘做帮凶。他们在主谋者策划下联名上书，以蒲生爸所谓平日违法经营的无中生有的“罪状”，欲置他于死地！

是的，只有置蒲生爸于死地，其木行才能真正倒闭，否则他一旦出来，

木行仍能起死回生。多么毒辣的一招！这对母亲来说，无疑是乾坤颠覆、大厦已倾。她顿时面如死灰，心死人傻了。

在最危难时刻，以财顺为首的木行忠实伙计，坚信老板的为人和品质，于绝境中站出来联合申诉，要求当局彻查幕后诬陷者，还老板清白。可是，定然是被收买了的水城当局置之不理，铁了心要判蒲生爸死罪。

结果，当局还没来得及处决，蒲生爸就不明不白在非人折磨中死在大狱。其木行和家业也被没收充公。木行员工于是作鸟兽散。

在办完蒲生爸丧事的当夜，母亲用一根高挂的长绳，结束了自己的生命。

蒲生一夜之间由富家公子跌落为孤苦无依的孤儿。

5 岁，是一个人刚记事的年龄，蒲生糊满冷泪的稚嫩双眸却看不懂家庭的变故和世事的变幻，只有从这一刻起把惨痛的记忆植入心房，在狂风暴雨的洗礼中慢慢随着长大来体会里面的内容。

蒲生的族人和亲戚，全是一帮趋炎附势之徒，以前百般围着他转，哄着喊他乖宝宝，如今却一个个唯恐避之不及。原来，有时血脉相连的亲情在炎凉世态面前也不堪一击。

蒲生先在二叔家住了一段日子，但暴力二婶的虐待让他又逃了出来。

在一个暴风雨之夜，离开木行又重找了个活计的财顺经过老巷，在闪耀的电光中看到浑身尽湿的小蒲生正蜷缩在一处垃圾堆旁。蒲生用双臂紧紧抱着自己瑟瑟打抖的身体，眼里尽是恐惧和无助。财顺流下了泪，抱起了昔日的小主人。他把蒲生带到家，给他盛饭，给他换衣服。流浪的蒲生几天没吃饭了，拿起饭碗就狼吞虎咽。财顺看得很心疼，正好他也没孩子，就和老妈商量，决定收养这孩子。他想通过这种方式，来表达对昔日主子对他关怀有加的一种报答吧。

财顺曾结过一次婚，但家庭贫困留不住女人。自从有了蒲生，他就断绝了续娶的念头，一心一意哺育蒲生长大。

他收养蒲生后，也曾通知过蒲生的二叔。二叔当时曾来看过，说这样最好，后来偶尔见过，这几年则没再联系。蒲生的其他族人和亲戚，则一个未见。

等蒲生渐渐懂事，财顺才把他家当年遭遇的变故原原本本讲给他听。当蒲生追问究竟谁是害他生父的主谋时，财顺根据他的观察、分析、判断，认为叶家木行的叶老板最是可疑。他说，在事发前他曾几次看到叶老贼鬼鬼祟祟前来探听虚实，而在蒲生爸惨死的那天晚上，叶老贼还喜气洋洋在家里大摆筵席，宴请陆财神等联合作证的商人。还有，有两个蒲生家的伙计事后得到叶老贼的重用，他们之间是否早有勾结很是可疑。事后叶家木行顺利跃居水城第一大木行，更印证了这一点。而令人解气的是，三年后叶老贼突然得了怪病，浑身瘙痒并逐渐溃烂，不到一年就一命呜呼。为此财顺和几个原伙计拍手称快。叶家木行传到第二代，接班的叶大少是个花花公子，吃喝嫖赌掏空了家业，最后为还赌资竟将木行转让给了别人。真是几年河东几年河西，人世间的起起落落谁又说得清。

蒲生明白这一切后，每年都要去生父母坟头磕头、烧纸，寄托自己的哀思。在生父母坟前，他责怪自己真是个灾星，他真如王瞎子所言克死了父母。每念及此，他总要伏到坟上嚎啕大哭，用哗哗泪水冲刷心底的歉疚。一个人，难道命真的是由天定的吗？他就注定是个灾星，在世人面前再也抬不起头来了吗？

不！他不服命运的天定！他发誓要活出个人样来！

他从生父母的坟前站起来，嘶吼般说出了自己心底的誓言！

三年前，陆家米行对外招收伙计，他主动上门应聘。他虽年龄不大，却因身子结实人机灵而被陆财神录用。

初见陆财神，他眼里闪出意味复杂的光。陆财神虽不是当年陷害他爸的主谋，却也在联名书上签了名，是一个典型的道貌岸然、落井下石的小人，生父母的死他有一定责任！

当然，蒲生到陆家做伙计首先是解决生计问题，他会认真干活的，他不会拿饭碗开玩笑。不过，对陆财神当年犯下的过错，他一定会通过某种方式回报的！

这一刻，他站立一旁，谦恭中隐含憎恨的目光爬满在陆财神身上。他会做一个好伙计，他不会也无能力去颠覆陆家产业，但他定会利用自己的小计谋不时让他出出丑、掉掉架子、遭点小损失，这也算是自己对冤死的生父一点的告慰吧。

陆财神盘点完账目，终于留意他了。

他搁下账本，从下垂的镜片上方滑出一点光看了下蒲生，随即面色一沉

说："你又逞能了？敢跟水匪干上了？"

蒲生虽对陆财神不满，但人在屋檐下，生存当是第一，故他一听这话，便垂下头，不敢作答。

平日的陆财神难得真正动怒，此刻却在账桌上猛捶一拳，击得桌上紫砂杯里的香茶溢出几滴，掉落到账本上。

蒲生赶紧装出小心的样子，取来干净手巾抹去账本水迹，试图以此抹去老板心头的怒气。

陆财神手指直点，几乎要戳到蒲生鼻尖上："小不忍则乱大谋，我们做生意的讲究和气生财，何况我早就给水匪送上了礼单，你干吗还要惹怒他们？你难道要让我的米行家业毁于一旦吗？"

蒲生听得心头一跳，惊出一头的汗。自己冲动之下救人，想不到竟牵涉到方方面面，看来这余波未了啊。他不由用衣袖揩揩脸上汗。

忽然一个从门口经过的丽影闪进账房，一个熟悉的娇声响在耳畔："爸，人家蒲生今天才来，才受过伤，你干吗这样训人。"

蒲生抬首，一个像从画上走下的小仙子，带着不可言状的美丽仙气出现在他面前。啊，是大小姐秀苇！

数日不见，秀苇更美了，那秀丽脸庞就如传神工艺精心描画过那般精美，白中隐现微红，就如灵性墨韵透出的非人间的娇美之色。她在掉头朝蒲生微微一笑间，立时生动画意盈满整张脸，生动了整个原本装满严厉的房屋。

秀苇走过来，用她的小手绢帮蒲生擦了擦脸上的汗，继而又是莞尔一笑，把无尽的温柔、秀美溢在他的心怀，让他动容。他感动得眼里沁出点点泪花。陆家上下就是这大小姐从不把下人当下人看，她才是自己真正倾慕的女子！

是的，看到眼前这张生动如画的脸，他心神一漾，又眼神一暗，她才是自己心里真正喜欢的那个人！要不是家遭变故，要不是该死的身份，他完全可以开足马力去追呀！

陆财神嗓子里发出的一声威严警示，将蒲生的神思从短暂恍惚中拉回冷酷的现实。

蒲生也恢复了原先谦恭、紧张的模样。是的，小人物一定要老老实实回归自己原本的角色，切不可庸人自扰，再说自己已爱上水儿，切不可不着边际想别的女子。能拥有水儿这样真实出现在自己生活里的女子，是命里最靠实的归宿。

陆财神还要施以厉色训人，秀苇缠住他手臂娇声说：“爸，你能不能不要总是这样严厉呀，不要吓了人家，开心一点嘛！”

盘踞在陆财神脸上的大块怒色并未撤退，他只是语气稍稍缓了缓：“以后要记住这教训！去吧，先到店里卖几天米。”

陆大老板没有叫他立即去做搬运、送货之类苦力活，而是叫他先去店里卖米，已经是留情了。蒲生总算放心了。他感激地看了秀苇一眼，赶紧退出账房。

蒲生在朝米店走时，一股清悠悠的香风从身后掠过来，等他抬首时，美人的笑脸已把花一样的笑意溢在他面前。他大为欣喜，很想把贪婪的目光在她脸上多停留一会，可是他不敢，只是把眼里的光亮快速划过她甜美的笑脸，便垂落、暗淡下来。

而秀苇偏不离去，执意要用自己生动的眼眸去扫亮他眼里的光辉，还伸手抓住他手臂直摇：“快说说，你那天经历了什么事？”

秀苇手一摇，蒲生直叫痛。秀苇歉意一笑，她忘了他手臂的伤未好了。不过，她依然连珠炮般追问：“快说说，你是怎么遇上水匪的？你是怎么和他们战斗的？你救的那个姑娘漂亮吗？能不能带给我看看？”

秀苇缠劲十足，让蒲生不知如何作答。他喜欢秀苇这样大大咧咧的黏人做法，他喜欢和她闹在一起。只可惜，人这么近，梦却那么远。

秀苇揪揪他头发，又用手点一下他额头说：“快说呀！”

秀苇溢开在他周身的淡淡清香及眼眸里闪烁的迷人光波，让他遮掩已久的对她的迷恋之意，大胆地探出那么一点点。他想讲给她听，只要她愿意听。

他正准备开口，高富美的大公子高白平来了。他最近对秀苇进攻得很猛，一有空就来缠，而秀苇对他也很好，蒲生眼里刚跳出的热度，又骤然降下了。

高白平又见秀苇和穷小子蒲生闹在一起，立时面生不快，他眼里横扫出的嫌恶、阴冷的目光狠狠掠过蒲生卑微的灵魂。

高白平狠狠剜来的眼光，让蒲生很受伤。自己在他高大公子眼里就是个屁。蒲生知趣地从秀苇身边退开去，不过他低垂的眉眼间又不甘心地探出一道光，快速回击了一下高白平。

高白平抓住秀苇的手说：“苇苇，你怎么老跟这种人搅在一起？”

秀苇不悦，甩开他说：“你这是什么话，人家就不是人?!”

高白平知道自己又得罪了美人，连忙如癞皮狗般死缠住她讨她欢心。

秀苇终于跟他走了。

蒲生没有立即离去，而是把幽冷、怨毒的目光投向那该死的高白平，并在心里杀他一千回了。哼，自己得不到，也必不让他轻松获得，自己一定要搞出点什么事!

以后几天，蒲生在店铺售米，时忙时闲，活计不重，倒也自在。

这天放工后，蒲生离开店铺步行回家。一走进青石板铺就的老街，推板车的、拉人力车的、叫卖小商品的都拥堵在这斑驳、老旧的街上。这几年，生意越来越难做，钱也越来越难赚，前路难走，人世茫茫，很多人堵在这路上，不知怎么往前走。

又听到那个唱道情的老人敲打渔鼓、简板沿街乞讨、演唱了：“老渔翁，一钓竿，靠山崖，傍水湾，扁舟来往无牵绊。沙鸥点点轻波远，荻港萧萧白昼寒，高歌一曲斜阳晚……”由郑板桥填词的道情十首，透着道教的超然物外、无欲无争，然而人在风雨尘世中艰难向前走，如何能做到潇潇洒洒超然于世外?

蒲生好几年前就见到这老人在古城四处乞讨、吟唱。听说这老人原先曾做过私塾先生，不知遭遇何等变故而流落街头卖唱。据说此老者刚开始卖唱时很矜持，穿着长袍保持塾师傲然气质，对路人赏钱从不用手拿，而是用两支简板轻轻夹取而来，意谓这钱来得清清白白，堂堂正正。一曲唱罢，兴致大起时，他还不时向围观众人兜售他的道情知识。他说，郑板桥厌弃官场，罢官回乡，三头毛驴，绝尘而去，他填词的道情曲体现了他放得下功名利禄的超凡脱俗之美。而有的人，什么都放不下，“门前仆从雄如虎，陌上旌旗去势龙，一朝势落成春梦”。围观之中有人笑他：“你这样宣讲超脱，为什么还要收钱?”老人发怒，义正辞严地说：“唱道情是老祖宗留下的正当饭碗，你瞧这简板，一长一短，短的是3尺6寸，代表360度方圆之内处处能唱；长的3尺6寸半，代表365天都能去谋生。”话犹在耳，几年时光匆匆过，老人跌跌撞撞走过来，早已被时世风雨洗去了老书生的心性，成了一个头发花白、目光呆滞、步履蹒跚、有钱立即动手拿的龙钟老翁了。

“老书生，白屋中，说唐虞，道古风……”老者嗓音干巴喑哑，完全失去了往昔传道的执著气度。他只是茫然行走在生活流中，浑浊的老眼完全看不清前面的方向。

忽然一个人骑着脚踏车不管不顾地横冲直撞而来。路人避之不及，连续几个人被擦到，而那个唱道情的老者则生生被撞倒在地。谁人敢如此张狂？高大公子白平也！他老爸是县警察局长，谁敢跟他较劲，那分明是不想活！

高白平眼珠暴突，破口大骂："老东西，不想活啦？"

老人被撞得不轻，一时难以爬起，只是不停用流血的手抖抖索索地在地上摸找被撞飞的道具和零钱。

其他被擦到的路人更是打落黄牙往肚里咽。

蒲生低低看着的眼里滑出了愠色，不过他可没有底气正面挑战这高大公子。

高白平一顿咆哮后，置倒地的老人于不顾，骑车扬长而去。

蒲生这才敢把阴狠的眼光放射到高白平远去的方向。

老人还没爬起来。路人怕惹事上身，竟没有一个敢去扶一下。蒲生有心上前扶一把，可老爹、陆财神等人"不要惹事"的警告犹在耳旁，他一慌，赶紧跑了。

蒲生几乎是小跑着逃离现场的，可他总感觉有个什么东西隐隐跟着自己，让他心里像压着什么神慌气喘。等他跑到家时，整个人已瘫在一旁起不来了。

老爹狐疑的眼光盯着他直扫描："你，是不是又惹了什么事？"

"没……没没没……"蒲生急得连连摇手。

唉，真是做好人难，做坏人也难！这时他总算领悟郑板桥为何说出"难得糊涂"那句话了。人生在世，聪明难、糊涂难，由聪明转糊涂更难！

蒲生觉得这一纠缠自己的心结，全为那可恶的高白平所赐。自己不敢公开和他相抗，那就玩招阴的。

这一天，蒲生又看高白平骑车而过，便暗暗尾随。高白平把车停在一处大宅院门口进去办事，蒲生乘人不备，放掉了他脚踏车后轮的气，然后躲在一角准备看好戏。高白平出来，一看车气被放，立时小丑般蹦跳叫骂，哪还有点半公子哥的气度，分明如丑态百出的骂街刁妇。蒲生气顺了，这才拍拍身子走了。

五天后，陆大老板的任务来了：仍由蒲生和阿才结伴去长沙镇进货。陆

财神虽宽容了蒲生几天，但米行毕竟不能养闲人，故不管他伤好透没有，仍把进货重任交给了他。

蒲生口头虽答应，却很是发愁，其伤口虽已愈合，但一抬左臂，伤口便如针扎一般疼，这样子如何应对划船、扛米这等苦力活？

伙计张阿虎一拍蒲生后背说，你先歇着，这趟让我代你去。

蒲生一听，泪水随即晃动在眼圈。虽然这世界多冷酷，但人间总有至真情感温暖着心坎。他一把抓住张大哥的手，鼻子发酸，竟一时说不出话。

张大哥拍拍他肩头，扛起橹便要走。

这时陆财神发话了：“你们互换，可以，但银货有失，你们要赔偿！”

张大哥说：“老板放心，我运货这么多年了，从没出过事，不会出问题的。”

蒲生一直送张大哥到码头。他一想起自己上次遭遇的事便心有余悸，一再叮嘱张大哥一路小心。

张大哥晃了晃猎枪说：“兄弟你放心，不会有事的，我做好了准备呢。”

张大哥和阿才启动了货船。蒲生用右手挥了又挥，感动的泪水终于流了下来。

这天夜里，蒲生总是睡不踏实，担心自己运货的遭遇会在张大哥身上重演。不过，他想，张大哥做事更沉着，遇到复杂情况他应能应付得过来。他胡思乱想了半夜，才慢慢睡着。

第二天一早，蒲生刚跨进米行大院，里面惊慌失措的议论声吓了他一跳。不会出什么事了吧？

阿才一见到他，便咧开瓢大的嘴嚎啕大哭：“蒲生，不好啦，张大哥他……他他他……”

蒲生闻声顿感不妙，联想起昨夜胡思乱想的一切，霎时头皮发紧，全身肌肤紧缩。他不顾手臂疼痛，竟猛然一把揪住阿才衣领说：“阿才，你快说，张大哥出了什么事？”

“张……张大哥他他他……”阿才因过度惊慌，说到最后竟“他”不下去了。

蒲生厉声说：“快说！”

“他……他死了……”

“你胡说!”蒲生暴突的眼球几乎掉出来。

“是……是真的，他……他被水匪……打死了……”

犹如一声天雷击中天灵盖，他整个人都懵了。他呆立当场，嘴巴半张，翻白的眼珠一动不动。过了好久，他才用迟缓的眼神向院里的人求证。大家目光低垂，面含悲色。他，明白了。

他傻傻地走到一旁，不停喃喃自语：“完了，完了，完了……”

阿才以为他吓傻了，忙摇着他手臂说：“蒲生，你……你怎么了？你不会呆掉吧？”

其实，蒲生此时想到的是自己要付的责任。张大哥是代自己去运货的，他遭遇不幸，自己岂不是要负连带责任？蒲生觉得自己已变相惹了事——张大哥死了，他那脾气火爆的女人阿凤岂能放过自己？张大哥丢下了一家老小，平素蛮不讲理的阿凤这次能放过自己吗？

蒲生一副惶惶不可终日的样子，阿才对他说什么，他都听不进去。他觉得自己躲无可躲，躲在店里不出去也会惹祸上身。

旁边一个平日与张大哥关系较好的伙计对蒲生和阿才说：“我们应该去给张大哥磕个头吧，那……我们就一起去吧!”

蒲生一听，浑身一激灵，惊恐地说：“要去你去，我……我还是去躲一躲吧。阿凤她……她能不能放过我？”

阿才目光有些躲闪地说：“是啊，那个女人已经朝我吼了，我也不想去啊，可……可是躲不掉啊……”

“这不就得了。”那位伙计说，“张大哥平常对我们都不错，我们不去磕头祭拜不好吧？”

阿才见蒲生过于紧张，便安慰说：“张大哥是水匪打死的，主要责任又不在你，我们陪你一起去。”

蒲生可不觉得此事会这么简单，阿凤肯定怪罪于我。不过他又想，是福不是祸，是祸躲不过，自己是躲不过去的，肯定要面对的。这么一想，他又觉得自己是不得不去了，何况为人仗义的张大哥是替自己运货而死，自己岂有不拜之理？

几个人便买了点纸烛直往张大哥家而去。

路上，蒲生心情复杂，既心痛张大哥的死，有着无限的歉疚，又十分担

心自己会惹上大麻烦。倒是阿才，一路主动给他讲起了张大哥遇难经过……

昨天，张大哥和阿才起拔开航后，在去长沙镇途中倒还算风平浪静。到达长沙镇，他们装上米袋、吃罢午饭，又稍稍休息一会，便开始摇起橹往回走。待到傍晚，粮船行至距城不远的芦荡深处时，突然从芦丛中蹦出四个端长枪的水匪。张大哥虽然行船经验很丰富，可这突然跳到面前的匪徒还是让他措手不及。水匪嚷道："快把米船摇过来！"张大哥不慌不忙地说："各位大哥，我们是陆家米行的，我们陆老板对各位大哥的好想必你们是知道的。"水匪恶狠狠地说："陆家米行的，也得把船靠过来！"张大哥一想不好，如真的把船靠过去，必定会被抹层毛。他拱手说道："各位大哥，各位爷，我们是交过保护费的，希望各位保护我们安全离开。"水匪恶言道："少废话，快把船摇过来！"真是吃肉不吐骨头的恶徒，交过保护费居然也不放过！张大哥顿然紧张，两眼快速瞄向了猎枪。不过，他口头上仍和水匪周旋，两眼却示意阿才准备调转船头开溜。水匪说："从老子眼皮子底下过，天王老子都要掉层毛。正因为你们是缴过保护费的，我们才不通吃！快撑过来！"糟糕，如若撑过去，必定半船粮米不保，自己即便倾家荡产，也还不起这巨大损失呀。张大哥果断与阿才一道调转船头，口中却敷衍道："好的大哥，等我调个方向把船靠过来。"水匪等了片刻，却见米船摇离了视线，顿然大怒，抬枪就射，击飞了阿才的草帽。阿才吓得魂飞魄散，差点滚倒在船舱。张大哥提醒他俯下身子继续摇橹，自己则抓起猎枪还击。交战中，张大哥身中三弹，水匪也有两人中弹。张大哥尽管全身鲜血淋漓，但仍以超人的意志顽强还击。粮船在交战中缓缓离开。这帮水匪平日恃强凌弱惯了，遇到这不要命的强力反击，他们也会心惊胆颤的。最后，匪徒且战且退，离开了这片苇子。脱离了危险区，张大哥终于倒在了米袋上。阿才赶紧丢下橹，摇着张大哥的身体急切呼唤。张大哥在昏迷前，艰难吐出几个字："快……快回去。"阿才呜咽着重新扶住橹，奋力往城里摇。天，已渐渐暗下来。入城时，灯影里又遭到把守水关的伪军盘查。在证实是陆家米行的粮船遭水匪袭击后，才予放行。进入市河后，张大哥又苏醒过来，面露笑容说："好，好，我终于保住了米船，我保住了……"阿才鼻子发酸，忍着泪水直接把船摇到了靠近的诊所旁，并托人火速给张大哥的妻子阿凤送信。诊所中，医生对处于弥留之际的张大哥只是简单查了查，便摇摇头，示意拖回去准备后事。等阿凤火急火燎赶到时，张大哥强提着最后一口气向她说出了最后一句话："我保住了，保住了……"阿凤凄厉地哭叫道："死鬼，你保不住性命，保不住一家老小，你保住了什么呀？"张大哥去了，性急的阿凤在悲痛欲绝中陷入了癫狂……

听了阿才的讲述，蒲生心情更加沉痛、复杂。是的，张大哥如不主动替换自己，怎会横遭不测？如此看来，老爹的话越发有道理，惹事者最易给自己招来麻烦乃至横祸。可是，如果人人事不关己，一个人有了困难谁又来帮？

这个问题纠缠蒲生很久了，他在反反复复中仍找不到准确答案。唉，还是想想如何应对眼前的难题吧。

他们走到一处小河湾边，这里土坯房、茅草屋、破瓦房密密麻麻排布在一个个拥挤的贫民窟。在坑坑洼洼的青砖铺就的小巷里，挂满了万国旗般的破衣烂衫、抹布尿布。张大哥那低矮、阴湿的土坯屋，就坐落在这里。

还没进屋，屋里的哭声就攥紧了心。走进屋里，张大哥直挺挺的遗体和阿凤披头散发痛哭模样，让蒲生浑身颤栗，腿子自然一软，便跪倒在张大哥遗体前。昨日还鲜活站在自己面前，今天怎就去了呢？蒲生自责地揪住自己头发，痛彻心扉的泪水爬满了面颊。

而在一旁，张大哥的七旬老母已哭得喘不过气来，族里的两位妇女急忙为她捶胸抹臂。

都怪自己！都怪自己！蒲生懊恼地直用拳头捶自己的胸。

第四章　刁蛮阿凤

蒲生正在捶胸自责，哭得天昏地暗的阿凤突然抬起了狼虎般凶狠的面孔，披散的发丝下猛如刀子的眼眸朝蒲生逼来杀气腾腾的寒光。这寒光一直透到蒲生心里，让他全身心发寒发颤。唉，该来的终会来。

阿凤就是一头母虎，扑来时带着嗖嗖的声响和力量，撞击在蒲生身上，让心连着疼。她揪着他衣领发疯推搡，让他神魂控制不住地乱晃悠。“你还我男人！你还我男人！”她已完全疯了，竟在蒲生身上又掐又咬，弄得蒲生身上骤然就是一片红。

由于内疚，蒲生半点不敢抗拒，任由她叫骂、掐咬。他的身上多处淌出了血，而心里淌的血比这还痛。他没有反抗，他觉得这是自己该遭受的。比起阿凤的失夫之痛，自己这点痛又算得了什么。

阿才等人上前拉扯，可怎么也拉不开。

阿凤一边揪打，一边大骂：“蒲生你这个畜生！你这个胆小鬼！你自己不去运货，偏推大哥代你送死！这全怪你！你赔我男人！我永远不会饶过你……”

阿凤的叫声如隆隆炸雷，在蒲生脑子里狂轰滥炸，让他稳不住自己的神，使整个人跟着眩晕晃悠中。他在她轰炸中想抓住点什么，却什么也抓不着，他的整个世界都成了她肆意碾压的战场。他觉得自己这回变相惹的事大了，自己能不能顺利挣脱，还很难说。唉，自己咋就这么倒霉呢，被人换了活计，也惹出大麻烦！

米行的穷伙计陆陆续续都来了，大家认为光揪住蒲生也不能解决问题，张大哥是为米行而死的，陆大老板才是该负责任的人！

河东狮吼的阿凤已经乱了方寸，听大家这一说，便暂时放下蒲生，随大伙一道去米行找陆财神讨说法！

阿凤用怒火撞破陆家大门，把愤怒放在庭院横烧。陆家人神色慌张，却说陆财神不在家。阿凤索性瘫在大院里寻死觅活地哭闹起来，不见陆财神不肯起来。这时有个伙计悄悄提醒众人：陆老板在刘寡妇家！

阿凤二话不说，随即爬起来跟随众人朝刘寡妇家而去。

这时的蒲生早已找回了自己清醒的神思。他想，一帮人想要制服为富不仁的陆大老板逼其放血，应是十分困难，还要施以巧劲。他故意落在人群后，闪烁其辞地把陆老板在刘寡妇家的信息告诉了大太太。大太太立时色变。

一丝不易察觉的阴冷笑意瞬间掠过蒲生眼眸。哼，谁叫你陆大老板当年落井下石的，让你出点丑是多么美妙的事。

他自感自己也不是多好的人，他有时乐于助人，有时也很自私、会盘算。他从不主动害人，但对那些很不友善的家伙，他也会以巧计暗算一二的。

离开陆家，蒲生心里很畅快，却用超冷静的外表遮掩内心的变化。他觉得，要在这乱世混下去，还是要有这点心理素质让自己好立足的。他跟上大伙，却不出头开炮，只是站在一角静观其变。

刘寡妇家门窗紧闭。大伙敲门、撞门，屋内也无半点反应。

阿凤又来启动愤怒神功了，她骤然亮开大嗓门，把惊天动地的巨吼精准抛撒在前方，让房里的人突然动了下。她想，看你接不接招，老娘还有狠的。她忽又在巷子里撒泼打滚，并大呼："陆财神杀人啦——陆财神杀人啦——"她的非凡举动，立时吸引很多人围观。

里面的大佛终于待不住了。陆大老板恼得蹦下床，并出言反击："谁在闹啊？啊？你们反了，一个个饭碗不想要啦？"

伙计们原本跃跃欲试想冲动一回的，现慑于他的威势，又把冲击到胸口的激情硬生生收了回去。唉，毕竟保饭碗才是一等大事呀。没人出头，顿然有些冷场。

陆财神见自己的发威起到了效果，立即趾高气昂地频转着头颅大喊："你们不上工，想要造反？想保饭碗的，赶紧滚回去！"

阿凤见没人帮忙，立即又把惊天狮吼抛开在小巷："我男人死得冤，陆财神杀人啊——杀人啊——"

陆财神想亮亮嗓门，与她比试一番自己嘶吼的功夫，不过怒言滚到嘴边

又被他收回了，堂堂大老板还是要点体面和矜持的嘛。他转而以和缓语气对阿凤说："大妹子，这事真怪不得我呀，要怪就怪那水匪！还有，碰到水匪，不要和他们硬拼嘛。原本我已交过了保护费，水匪是不会取他性命的，结果……他这一闹，连伤两个水匪，那帮家伙岂不跟我楚风米行结下梁子？以后我米行行船，还有什么安全可言？唉，大妹子，你死了男人我也很痛心，可将来水匪报复我米行我又找谁去？"

陆财神推诿责任的话，显然糊弄不了阿凤，她以破釜沉舟、决一死战的姿态坚决向他讨说法。伙计们对陆财神的话自然也很不满。蒲生早就摩拳擦掌想跳出来显示身手了，不过内心有个声音对他说："别冲动！别惹事！再看看。"

终于有个伙计勇做出头鸟，他探出头小心翼翼地说："陆……陆老板，这个张大哥他……他毕竟是为米行送命的，你看能不能……"

有人出头阿凤就来闹，她又一蹦三尺高地显示自己威武了："陆财神，你良心被狗吃了！我男人被你们害死，你不给我个说法，我跟你没完！"

陆财神大老板一个，哪有心情跟她缠，便睥睨一眼，心里冷哼，也不看看你什么身份！他丢出一叠钱说："大妹子，这钱够你们用一阵了，从此我们两清了吧？回去吧，办丧事要紧。"

陆财神一叠钱就想打发走阿凤，也太小瞧凤姐能量了。她如猛虎扑食般猛然跃起来，硬生生地扑向陆财神！

阿凤这威猛一扑，让陆财神大惊失色。他虽然向后猛退，可还是被她扑到了。真狼狈呀，他竟被她直撞到门框上，痛得他龇牙咧嘴，丢尽了老板的颜面。他怒了。他要反击了。他毕竟是在数十年大风大浪中挺过来的，什么样的凶险没经历过，阿凤这点小伎俩还吓不倒他。他见软的不行，随即大变脸，把愤怒集中到圆圆眼球里点火横烧："快给我放开！你如不见好就退，我随时都能把你送到警察局，你信还是不信?!"

陆财神不是说玩笑话，他有这个能力。

阿凤毕竟是个小老百姓，一听这话也有些慌神。

陆财神见唬住了对方，随即摇头晃脑起来。

那个不知羞耻的刘寡妇这时也跳出来，直指着阿凤鼻尖说："你放还是不放？不放马上把你揪到警察局！"

陆财神太懂得怎么对付下面的小人物了，他又收起怒火，重以怀柔之法好言安抚道："大妹子，你男人的死，我也很难过，但人死不能复生，你就多节哀，拿着这钱去给你男人办后事吧！"他随即吩咐一个伙计，马上去账房拿点香火钱代他去祭拜一下。

刘寡妇故意要在主子面前显摆，她也一蹦老高怒对阿凤："你别不识好歹！你不要敬酒不吃吃罚酒！"

刘寡妇的嚣张激怒了围观者，大家纷纷指着直骂她恬不知耻。刘寡妇有陆财神撑腰，早就把廉耻抛到门外，竟狐假虎威和路人对喷起来。

隐在一旁观看多时的陆家大太太早已忍无可忍，倏地窜出来揪住刘寡妇抽了她一巴掌，并骂道："你这个下贱的狐狸精，我看要进警察局的人是你！"

不知天高地厚的刘寡妇竟回敬了她一耳光，亮出泼妇本质怒对全世界了："你才下贱！你才无耻！老娘马上要成为陆家姨太太了，识相的少在我面前嚣张！"

大太太大受委屈，她毕竟是大户人家出身，哪受过这等屈辱。她一把揪住陆财神就是死拧乱咬："你这老不死的，你今天不把这事解决，老娘就撞死在你面前！"

陆财神面对众乡亲老脸丢尽，他狠狠推开她说："别闹啦，回去！"

他还毫不在意地揩揩手。对他来说，一个大老板多找两个女人算什么。不过，他今天当众出丑，又很不愉快。

大太太咽不下这口气，又扑向刘寡妇和她纠打起来……

在人群最后，蒲生眼里毫不遮掩地跳出幸灾乐祸的光。哼，陆财神，你也有这狼狈的一天！

不过，蒲生觉得，今天闹成这样，再想叫陆财神吐血已是不可能了，尽管很遗憾，但也没更好办法为阿凤争取更多利益了，不如今天就先作罢。他叫大家赶紧帮助把陆财神撒下的钱捡起来交给阿凤，免得被路人拾走。

阿凤接过钱一数，这点钱仅够料理张大哥后事，以后一家老小该怎么办。她心有不甘，但对眼前乱局她一个妇道人家光凭比嗓子狠还是没用的。在大家劝慰下，她只好哭哭啼啼先回去，毕竟处理丈夫后事为大。她把杀猪刀般的寒光逼出眼外，猛刺陆财神数下，才走。

多数伙计就此告辞，回米行做工。蒲生和阿才两个相关责任人溜不掉，

只得跟随阿凤走，去帮助料理丧事。

阿凤死了男人，顿然没了主意，要么哭，要么闹。家里内内外外事务，则由蒲生和阿才帮助打理。蒲生首先请来木匠，为张大哥打制棺材。

忽然一个穿着时尚的年轻女子闪身入内，其不俗的贵重气息让室内为之一亮。原来，是陆家大小姐秀苇！陆家多数人此时唯恐避之不及，她主动跑来做啥？

秀苇将一个小盒子交给阿凤，并郑重地说："我这些年就积攒了这些钱和首饰，就算是我一个陆家女儿的一点心意吧。"

盒子并不重，人心却重。阿凤接过盒子，知道这分量，抽抽搭搭，说不出话。

秀苇是个大小姐，大小姐一般是不向穷人磕头的，她却对着张大哥遗体恭恭敬敬磕了几个头。其实她觉得，生命才尊贵，向逝者致敬，生命才有含金量。

众人感叹，还是大小姐有良心。

蒲生也愣住了，他心中的大小姐竟是这样把最可贵的内容立在他景仰的视线里的。他喜欢看这样的与人没有距离的大小姐。自己长期对她的爱慕，或许与这些立足于他心中的贵重气息不无关系吧。

秀苇见他这样傻傻地看着自己，不由嗔怪地瞥他一眼说："怎么？傻啦？"她竟这样直接说出来，让他很难堪。他赶紧低垂下眼眸。在尊贵的大小姐面前，他自感就是羽毛一样微不足道的存在。

秀苇走了。蒲生一直把目光追到她远去的小巷尽头，在她所走过的地方回味她的存在。

次日是下葬的日子。众人正准备将张大哥的遗体抬入棺材内，已流尽眼泪的阿凤突然说："慢！"

阿凤从蓬乱、披散开的发丝中亮灯般射出两束凌厉的精光，她把眼底的全部怨毒射向一旁帮忙的蒲生，射得蒲生毛骨悚然、心惊肉跳。蒲生吃惊地想，这个女人眼里又通上了电，她不会是快癫狂了吧？她不会疯狂报复自己吧？

阿凤真的狂了，她突然如母狼般高高跃起并呼呼扑来，两手精准地揪住他衣领并使劲推搡，推得他云里雾里不知南北。

"你和陆财神，我一个都不会放过！我不会放过你，我一辈子都不会放过你……哈哈哈哈哈……"

蒲生在她剧烈推搡和吼叫中，大脑处于混沌和空白状态，只有阿凤从心底蹦出的恶毒话语一遍遍回旋在耳际："我不会放过你，我一辈子都不会放过你……"

第四天，张大哥的老母因惊吓、悲伤过度，也脚一蹬，去了。阿凤在几天时间内，接连办了两件丧事……

办完张大哥后事后，蒲生吓得再也没敢去过。

这天中午，蒲生刚走出米行大门，就感到了太阳的炽热。这天的太阳发了狂，如考验人耐火能力般，高悬特别炼制的大火炉，向天地喷吐毒辣的烈焰。他虽头戴草帽，敞开着衣褂，仍感到燥热难耐。

路上几乎没什么人。他走不多远，忽见一妇女背着一捆蒲草艰难走来。那捆草被扎得无限之大，如沉重小山般压得女子半弯下腰，只见散乱长发直往下滴落汗珠，却看不清脸。他不由为之动容。唉，这天下活得很辛苦的人真多。不过，他并不想伸手相帮，因为惹事的教训刻骨铭心。

就在这时，背草的妇女咳嗽几声，吃力地从压力山大中抬了抬脸，疲惫不堪的眼神正好与蒲生相对。天啊，竟然是阿凤！仅仅几天不见，她竟瘦成了干枯的骨架，瘦削、黝黑的脸上粘着混合了汗水的发丝，嘴巴半张喘气如牛。

蒲生惊得呆立现场，他无论如何也想不到她在生活重压下变成如此模样。不过他又想，换成别的人，几天时间内连去两个亲人，能不能扛得住如山的生活重任，还是个问题。现在，他蓦地见此情景，不知该如何是好，不过他觉得最好还是赶紧跑掉，多一事不如少一事，被阿凤缠上自己又会苦不堪言。

蒲生还没来得及跑，原本虚弱无力的阿凤一见他眼里就来电，整个人立时又变得虎虎有神威。唉唉，这是哪辈子结下的冤家啊，自己分明就是她的出气包啊。

阿凤狠狠摔下蒲草说："眼瞎啦？不见老娘在辛苦？还不快过来帮忙！"

蒲生怨天怨地，怨自己摆不脱她。他暗叹一声倒霉，很吃力地提起蒲草。他从未背过如此庞大的重物，刚放到肩头时，他竟踉跄几步，差点被压垮在地。他忍不住大叫："你扎这么大的捆子干什么呀?!"

阿凤踢他一脚，嚷道：“你也知道重啦？换做你，你背得起这个家吗？”

阿凤忽然泪水直流，泪水、汗水一遍遍浇打着堆积在心中的苦楚。她又是哭，又是叫，搅得蒲生六神无主。唉，是的，心里背负了过多的重物，重物会把心压垮的。他男人都难背，女人受伤的心能举起这么重的物？

蒲生无可奈何只得继续背。他在前面艰难走，阿凤在后边絮絮叨叨：“你害死了我男人，最好识相点，要老老实实为自己赎罪！你惹怒了老娘，我叫你吃不了兜着走！”

蒲生走了一段，实在背不动了，竟连人带草滚到地上。他在如火太阳下气喘吁吁，嘴里不住地说：“我实在背不动了，我实在背不动了……”

是的，寻常的躯体是载不起这么重的物的，可是人又如何能摔得掉这样的重物？

阿凤连踢他两脚：“都是你！都是你！你一个大男人都不能做，我女人就该死受这苦累?！快爬起来，背！”

蒲生跳起来直叫嚷：“阿凤，你别搞错了，害死你男人的是水匪，要担责任的也是米行，我并不欠你多少！你别太猖狂！”

蒲生搅动了她的虎性，她如虎般猛扑过来，又是揪扯又是撕咬，吓得蒲生不敢再言。这个女人失去了理智，惹怒了她没有好处。

阿凤嚎叫道：“就是你！就是你！是你害死了我男人！我不会饶过你！”

她叫罢，又悲痛欲绝地哭起来，泪连着命运里的痛流淌不止。路上三三两两的路人开始聚拢过来。

她既可怜又可嫌，蒲生拿她没办法。他也不想引起路人的过多注意，背起蒲草就往前走。

蒲生累死累活好不容易背到了阿凤家的那条小巷。巷子里老远传来阿凤尚在襁褓中的孩子尖利的哭叫声。阿凤发疯地奔过去打开破木门，迅疾抱起木桶里的小孩，撩开黑麻褂就将乳头塞到小孩嘴里。

跟随而来的蒲生大吃一惊。真是个粗俗的女人，竟当着外面男人面喂起了奶。

小孩哭声立止，只听到“嗞儿嗞儿”的吸奶声。

蒲生搁下沉重的蒲草，整个人都瘫到了地上。这时已中午 12 点多，他又累又饿，这才感觉到大人尚且如此，小孩岂能不饿？阿凤应是急了，才不管不顾直接当着外人面喂奶的。他叹息一声，没了男人，一个女人带着不足一周岁的儿子，真不容易！

他又瞄了阿凤一眼，不想竟看到了不该看的地方，不由心神一跳，吓得连忙背过脸去。他虽不朝那边看，嘴里却有话说："你这蒲草是从城边割来的吧？你割这么多草干嘛？你这不是自找苦吃！"

阿凤呵斥道："真是饱汉不知饿汉饥，我没了男人，不挣点钱我娘儿俩怎能活命？我割蒲草编蒲席、草帘去卖钱，不多做点怎么行？"

"你割这么多，一路辛苦地背，太吃力，不如哪天休息，我撑小船给你割些运过来，这样可省不少力气。"

"你可要记住你说的话！"

蒲生自知说漏了嘴，只得答应下次照办。今天已完成背草，没必要再留下了，而且再多留一刻他也不愿。他得赶紧走。

蒲生刚抬腿，阿凤就将小孩搁到木桶里，快步上前揪住他，吓人的大嗓门喷出团团如火怒言："小毛贼，背这点草就想溜？告诉你，你害死了我男人，这债你永远还不完！以后，你要随叫随到，不许偷懒！你如不听，老娘跟你拼命！现在我命令你：去给我买米、打酱油、晒蒲草、劈木柴！"

蒲生一听，整个人简直要崩溃了。自己是作了什么孽呀，要遭遇这女人折腾！他忙说："别别别，上工时间快到了，我该走了！"

阿凤是个变脸高手，转瞬之间怒就变成了哀，她又以呼天抢地来发动哀兵攻势："死鬼呀，你死得好惨，让我们娘儿俩没了依靠啊！你……你这交的什么兄弟呀，你为他送命，他……他却一点不肯负责任啊……呜呜呜，我阿凤真是苦命啊……"

她哭着又附上武力压制，竟然伸出尖利的手指抓向他，在他手臂上抓出几行血印。

真够刁蛮暴力，为达目的她竟然什么都做得出！蒲生为自己如此遭遇而在心中哀叹不已，当初还不如自己亲去进货，自己去只要机灵、稳重点，应不会横遭不测。唉唉，已过去的事没有如果，还是先去为她买米吧，只希望以后她的魔爪不要乱伸为好。

他饥饿连着心慌，臭汗淌着焦躁，整个人实在是狼狈不堪。跑到米行时，他先端起一杯水一饮而尽，然后才对伙计铁头说："碰……碰到阿凤的，快给

她买50斤米。”

铁头一笑，阴阳怪气地说：“哟哟，张大哥才走几天，你就和嫂子搭上啦？真是神速啊！这阿凤虽结过婚生过子，可人家还是很年轻、标致的呀！”

“你……”蒲生心里本来就窝火，一听这话怒火就直往外窜，“你以为我愿意吗？碰到阿凤那刁妇，我算倒了八辈子霉！你再胡说，小心我揍你！”

“你敢！”铁头跳起来。

阿才赶紧过来制止：“大家都是兄弟，这样吵，有意思吗？该干什么就干什么吧！”

阿才这一说，铁头才瞪了下眼珠退开。

蒲生原本准备帮阿凤买米的，此刻他什么心情都没了，一个人朝墙角一蹲，一汪汪无声的泪水在自己糟糕透顶的心情里狂淌。我这是什么烂命，什么倒霉的事尽往身上沾！我现在已经努力不争强好胜了，已经尽量不惹事了，还是麻烦不断。唉，要怪还是怪自己做伙计没地位，导致麻烦事上身。可是，要改这天定的贱命，有可能吗？

阿才拍拍他后背：“别难过，我们做伙计的就是这样，有委屈，要想得开。”

蒲生气归气，阿凤的米还是要帮她买的，说不定她还在等米下锅呢，一个妇道人家这样活着也不容易。

可是他刚买好米，又自责起来，刚还不愿惹事的，怎又替别人着想了，况且还是那个刁蛮之妇！唉，还是赶紧把米送去，送好立即走，以后尽量躲着点！

蒲生汗流滚滚地把米送到。这回阿凤还算好，端了碗茶给他喝。他喝完茶，又应阿凤要求劈了会木柴。

阿凤冷声说：“别怪我蛮不讲理，我男人为你送了命，你为他还债是应该的！以后要随叫随到，否则老娘不会放过你！滚吧！”

跟蛮不讲理的人在一起，自己就是倒霉。他赶紧让自己滚蛋。

回到米行，他这才发觉自己还没吃中饭，肚子饿得咕咕叫。一抬头，陡然碰到陆财神深深逼过来的眼光。他心里发慌，就不敢硬接这样的目光，赶紧装作不知道地移开了脸。早已是上工时间，自己却在忙别人的事，老板不怪才怪。

“跟我过来。”陆财神说罢就朝屋里走。

蒲生头皮一紧。最近事儿可真多啊，估计又得挨训了！唉，都是自己惹事的缘故。

自上次闹事风波后，陆财神变得威严不少，他故意摆足威风朝人逼视，眼光像逼人的冷风直灌到人心里，大热天的也让人心里发寒。他对上次带阿凤去闹事的员工狠狠训了一通，还以延误上工为由克扣了几个为首的工钱。不过还好，他没扣蒲生的。

蒲生忐忑不安地跟随陆财神来到豪华大客厅。陆财神示意他坐下。蒲生便把半个屁股移到沙发里。他想，这下该把狂风暴雨统统抛过来了吧？

陆财神用看不透用意的眼神盯着他，直爬到他紧张的心里，让他浑身不自在。唉，这个陆财神，就会故作姿态。

“蒲生，如果我记得不错的话，你今年也该有 20 出头了吧？”

什么什么？陆财神他一个大老板，什么时候关心过伙计的岁数？这是什么意思？

蒲生答：“21。”

“那，也该给自己找个女人成家了吧？”

蒲生愣住了。这陆财神葫芦里卖的是什么药？一向对人苛刻、严厉的他今天是咋的啦？

“你上次不是在荡里救了个姑娘吗？你跟她关系怎么样？”

什么什么？姑娘？他问这事干嘛？他要干什么？

“她叫什么名字？”

“水儿。”

“哦，挺好的名字。她家住在哪儿？”

蒲生蓦地警觉起来。他干嘛问水儿的事？不行，不能随便泄露水儿的信息。

陆财神随即话题一转：“我也是随便一问。对了，上次张阿虎女人来闹事的事，你虽然去了，但没有和他们一样多嘴多舌，表现得不错，该奖。伙计嘛，就该遵守自己的本分。”

他说着拿出一叠钱来，说是给他的奖励。

真是剧情大翻转，蒲生幸福地得到一笔意外之财，感觉自己是在梦游一

样。他还有些不相信，抓着钱问："是……是给我的?"

"不错，是赏你的。"

看来傻人有傻福，自己也不尽是碰到倒霉事。他抑制不住微微咧开嘴笑了下。

陆财神似不经意般问了句："哦，刚才说到哪了?那个水儿姑娘是哪儿的?"

他兴奋之余不禁脱口而出："城外不远的宋王庄。"

话刚出口，他便一怔：陆财神打听水儿的事干嘛?他不会对水儿有所不利吧?唉，只怪自己一时兴奋，说了水儿的信息。不过，他堂堂一个大老板八竿子和水儿打不着，应没什么事吧?

陆财神站起身说："好啦，我只是和你随便聊聊。你该去上工了。"

蒲生颇感疑惑地站起身。这陆财神今天是咋的了?

晚上回家，蒲生饿极了，一言不发就先大口吞咽起饭菜来。等吃了一半，他才发觉同样一言不语的老爹正皱着眉头在抽闷烟。他忙问老爹是不是出了什么事。老爹说："你先吃饭吧。"

蒲生心里嘀咕着继续吃饭。老爹有一口没一口地抽着烟。

蒲生搁下了碗筷。老爹也移开了长烟杆，但仍深锁着眉，并不讲话。

在蒲生追问下，老爹叹口气说："唉，我在犹豫着，有件事要不要告诉你。"

"究竟出了什么事?爸，你快告诉我。"

老爹磕磕烟锅里的烟灰，眼里有深黑的阴云罩着，看不清里面的具体表情。他说："我估摸着，水儿姑娘恐怕要出事。"

蒲生霍地站起来。有些日子不见水儿了，他正思念着呢。水儿怎么会出事?她不能出事!不能!他抓住老爹的手急问，眼里有焦急的野火跳出来，把自己烧得如乱转的困兽。

老爹批评道："我开始不想告诉你，就是怕你一冲动又做出什么傻事!"

蒲生想争辩，却又说不出一句话。老爹看透人生的老眼早就瞅准了他的特点，才不失时机敲打他一下的。

老爹说："我可以告诉你，但你得保证不要莽撞。"在得到蒲生应允后，他才说："今天有两个当兵的来过了。"

蒲生随即便有过激反应："他们来干什么？"看到老爹用眼神压制他情绪，他才稍稍缓下来。

老爹告诉他，今天早上，有两个城防司令部的大兵闯进来，还掏出二十块大洋，要他讲出水儿的家在何处。他很警觉，他小老百姓一个，平素跟官府和大兵从无瓜葛，他们蓦然闯进来是想干什么？打听水儿又想做什么？他猛然想起，那天送水儿出门时曾遇到过官兵，难道……他心头一麻，于是用各种话语跟他们周旋，只说那是个陌生姑娘，自己只是暂帮一下，其他什么也不知道。两个大兵软磨硬缠，就是掏不出一句有用的信息。

大兵走后，财顺就开始犯愁，他原本还想把水儿迎过来做儿媳，现在看来没那么容易。既然司令部的人盯上了她，就说明上次的麻烦还没告结啊。他也曾想不把这事告诉蒲生的，不过对水儿也还有那么一点不放心，但如告诉，又怕蒲生做出过激之举，使自己深陷险境。只是他最终还是说了。

蒲生失声说："坏了！我已经告诉陆财神了！"

这回轮到财顺不淡定了："你怎么又告诉他了?!"

蒲生便把陆财神找他的经过讲了一遍，然后说："怪不得他今天这样反常，还送给了我钱，原来……坏啦，水儿恐怕真的有危险！"

老爹眼神很沉地看着他："那你准备怎么办？"

"那还要说，赶紧去通知她，让她做些防范，再不行就到亲戚家先躲一阵子。"

"幼稚！"财顺大声斥责，"司令部想找一个人，她能躲得掉吗？"

蒲生着急地说："那也不能守在家等着出事吧！"

财顺又点上一锅烟抽起来，在烟火一明一暗间有丝丝缕缕的烟弥散开，遮住了他的眼。

不过任凭烟云弥漫，蒲生心里透亮着呢。不管世间的雨多猖狂，他都不会看着心里认定的人遭遇危险。

这时奶奶跑过来了，她先对天作揖几下，然后对蒲生说："还好我们还没托人去说亲。这丫头命不好，我们惹不起。"

奶奶这话让蒲生很不满。她曾主动提让水儿嫁给他的，也曾说喜欢水儿，怎么一有风吹草动，她就躲得远远的呢？再说，司令部找水儿做什么，一切还没搞清楚，怎么这么快就想放弃水儿了呢？

老爹开口了：“你奶奶说的是对的。我们也很想把水儿迎进来，我们也很舍不得她，但我们小户人家要想把日子过得平平安安的，不能惹的，能躲的，就尽量躲。我最终决定把这事告诉你，就是要让你心里清楚，自己要有个决断。”

蒲生嚷道：“希望你们不要这样怕好不好？稍有点动静，就躲得远远的，连说好的女人都不要了。我总不能一点都不去争取吧？退一步，就算不敢要，也不能连人家生死的大事一点不管吧？我们不能做这样冷血的人！”

财顺暴跳如雷：“放屁！你难道要把一家人的性命玩光才肯收手吗？”

巨大的分歧，骤然把家里的气氛绷紧了。委屈、不甘的泪水一汪汪从蒲生眼里涌出来，狠狠洗刷着自己懦弱的心。他回到房里，扑到床上孤自大声地哭。作为一个日渐长大并成熟的男人，他已很久没这样哭过了……

这天夜里，蒲生忽然做了个奇怪的梦，梦见他和水儿正在举办婚礼，新郎原本是他，忽然又变成了别人。他正在诧异间，那个替代者突然掏出手枪，威逼水儿进洞房，还对天开了一枪，吓跑了在场所有人。那家伙接着把枪对准了水儿。蒲生大叫：“不要！不要！”歹人把水儿摔到一边，口里骂着脏话要擒拿蒲生。蒲生拼命地跑，却很奇怪怎么也跑不动，而歹人却一个变三个，三个变六个，转瞬间眼前全是张牙咧嘴狞笑的面孔。这时水儿反而跑过来救他了。歹人枪响了，击中了护在蒲生面前的水儿，顿时整个视野全是殷红的血……

蒲生吓得不轻，从床上跃起来，口中还呼喊着水儿。直到闻声闯进来的老爹出现在面前，他才明白刚才是一场梦，水儿还活着。老爹出去后，他久坐床头，心潮仍涌动不息。

事情已经很明显了，他如果去，自己会有危险；他如不管不顾，水儿很可能会陷入险境。怎么办？怎么办？

老实说，他最近已经很低调了，尽量不惹事，但有些事不是说躲就能躲得掉的。在人生的大风大雨面前，在大是大非的事情面前，他觉得自己身为一个男人，就应该有自己的决断。

蓦然间，他有了自己的决定。是的，不试怎会知道结果呢？

为了不让老爹和奶奶担心，第二天他照常吃饭、上工，不提水儿一个字。等到傍晚收工时，他才装起病来，说这儿疼那儿痛，并委托阿才到明天时再代他请假。他自己不找陆财神请假，是不想横生枝节。

蒲生和阿才在米行门口的对话，被一个陌生人听到了。蒲生和阿才告别刚走不远，这个陌生人叫住他说：“你叫蒲生吧？你请假是为了去宋王庄？”

蒲生大吃一惊。自己的行动多隐秘，这人竟已知道了，这是个什么样的神人？

蒲生冷声说：“你是谁？”

来人说：“你不需要知道我是谁，只需知道我对你没有恶意就好。”他掏出一张纸条说：“这是写给长沙镇魏队长的字条，上面有地址。你这趟去如果遇到麻烦，可去找他帮忙。”

蒲生茫然地接过纸条，怔怔地说不出一句话。

来人拍拍他肩膀：“好好干，我们不会亏待你的。你如果把水儿安好地带出来，我们会给你找个更好的活计，就不用在这儿这么辛苦啦。”

更好的活计？难道可以不用做伙计？那可是自己咸鱼翻身的天大梦想啊。蒲生咧开嘴笑了笑，不过仅兴奋了两秒，又怀疑起来：天下没有免费的午餐，这人的动机究竟是什么？

来人走了。蒲生怀揣着一团疑云，望了望陌生人的背景。嘿，管他呢，管他是什么动机，我的行动不变！

第五章　再入险境

晚饭后，暮色中还透着一点亮，蒲生悄没声息地摸到屋后码头，拔开自家小船的木桩，准备去宋王庄探望水儿。

蒲生正准备上船出发，身后忽然响起一个熟悉而严厉的声音："这么晚你准备出去做什么?!"

原来是老爹财顺！原来他早就算出蒲生必有这一招，故早已在提防中。

老爹一声喝问，把蒲生可吓得不轻。这老爹也真是，竟以严密的眼网锁死了他一切行动空间，唉！蒲生手忙脚乱又垂头丧气，不知该如何回应。

蒲生还没想好如何回答，老爹又追问："你把我说的话全忘了吗?"

蒲生嘴里"我我"了一气，没说出一句完整的话。

老爹叹息一声，把手里的猎枪抛给了他："接着!"

蒲生接过猎枪，一时目瞪口呆。老爹既强烈反对，又为何……难道……

老爹知道无论如何都阻挡不了他的，故特来相送。他叮嘱道："送个信，让水儿有所防备就对得起她了，去去就回，不要多管闲事，一路小心，尽早平安回来!"

蒲生很感动。老爹面冷心热，在反对和无奈中还是透着古道热肠的。

蒲生保证，送完信就回，一定平平安安。他和老爹挥手告别。

蒲生家住城门外，故他的船不必经过水关伪军的盘问，就轻轻松松划向城外芦苇荡。

天完全黑下来了。月牙儿从厚重阴云中隐隐透出一点亮，让蒲生依稀辨出一点前进的方向。他很想把遮盖天地的浓重阴云撕扯掉，让月儿大大方方把清辉洒下来，让自己压抑已久的心多一点亮色。可是他做不到，只能凭着自己对这一带水路的熟悉，摸索着一点点向前划。不过天黑一点也有好处，即有夜色掩护不轻易被水匪发现，同时也给了自己时刻警醒的自觉。这，就是他选择夜晚出发的原因。

他通过摸索和仔细分辨，把船驶进了芦荡里狭窄的水道。水道两旁高耸的黑魆魆的芦苇，哗啦啦传送着谁也听不懂的自然声音，偶尔夜游的恶鸟也会穿过苇尖，拼命把“哇哇”的凄苦声灌向蒲生耳鼓，让他心里不禁发毛。船，插着水底的水草沙啦啦前行，不时有小动物惊得跳出来，让高度紧张的蒲生屡屡受惊。

蒲生是凭着一股激情冒险出行的，可当他真的一个人钻入夜色浓重的荒野中，他还是十分害怕的。他并不是一个多胆大的人，可有时就需要他胆大，他就在和自己较量中一点点拥有胆大。

突然，一个暗夜中较大的黑影从苇丛中高高跃出来，又落在船前面的水中，溅起的浪花湿了他一脸，吓得蒲生不寒而栗。这……这是什么东西？难道是鬼？蒲生毛发倒竖，赶忙端起猎枪，一扣扳机，却没打响。

这时那个怪物又从水里探出脑袋，有两束绿惨惨的寒光一闪即逝。当蒲生对准怪物准备再射时，怪物已沉入水中，留下一圈波纹。

蒲生长长舒了口气，这应是水獭猫之类的野物，不是鬼。他继而又责怪自己，一只区区夜猫就把自己吓成这样，如真的遇到强大对手，自己如何保护水儿？于是他重整精神，让眼里重新闪出犀利逼人的光。

船出了狭窄水道，水面宽阔了不少。远处有一点点的鬼火从苇地里轻悠悠地升起来，像鬼的孤寂灵魂在起舞。人死了或许还有灵性的东西留存着，芦荡里大把大把的孤魂野鬼，也许只有在这样的时刻把至真灵魂一点点吐露出来，给荡子涂上一点自己存在的气息。

蒲生为了给自己鼓劲，朝着旷野歇斯底里地吼叫：“出来吧！你们都出来吧！我什么都不怕！不服，咱们就出来拼个你死我活！”

他这一吼，鬼火反倒不见了，他劲抖抖浑身灌满了勇气。

前面出现了隐隐灯火，那应该就是宋王庄了。

宋王庄三面环水，只把巴掌大的村落存放在茫茫大荡里。庄子在芦苇漾动的暗影里已经沉沉入睡了，仅有零星的灯火像睁开在夜里的眼，无力地对着暗夜说着什么。

蒲生拴好船，看到桥头有两三个人摇着蒲扇乘凉，便向他们打听水儿家

住处。一人用扇子朝右一指："就是点着油灯的那家。"

蒲生离开时，隐隐听到身后的人在议论："这丫头家最近真是多事啊……"他心中一凛：难道水儿真的出了事？

水儿家的一豆灯火，在暗夜中很幽微，却又是醒目的存在。蒲生走过去，看到大门紧闭，只有亮灯的西房里传来一个年轻女子轻微的啜泣声。声音尽管很轻，但听得出是水儿的！再听，还有一个中年女子的叹息声。

深更半夜，蒲生不敢贸然叫喊，想再听听她们家是否发生了什么事。

中年女子说："水儿啊，不早了，还是睡会吧，明天我们再想办法。"

"嗯，妈，你先睡吧。"

屋里响起水儿妈离开西房去东房的声音。这脚步声沉重、迟缓，就像拖着无奈的心事一步一步向前移。

妈妈回自己房间休息后，水儿还没有马上休息的意思，而是用一声长长的叹息，把自己的百结愁肠拉长在看不到头的哀怨眼神里。

蒲生学着水儿的样子，在窗外也长长地轻叹一声。不知这声音，能否给水儿送去某种他到来的信息？多日不见，她还会听出自己的声音吗？

屋里，水儿果然没了任何声音。她也许在揣测，这屋外的人是谁呢？这半夜时分还会有谁来留意自己？

蒲生用极细的声音对着窗里叫道："水儿，是我！"

屋里发出一声响，似是碰翻了什么东西。水儿轻轻推开半扇窗户，举起油灯一看，吃惊而喜悦，来人果真是自己日思夜念的蒲生！她眼里立即再度潮湿起来。她朝他摇摇手，示意别发声，然后轻轻关上窗户。她或许是在想，怎么和他见面？毕竟未出阁女子的名节比命还重要！

过了几分钟，水儿似下定了决心，蹑手蹑脚地一点点打开屋门，从里面溜出来。她以为妈妈或许听不到，但根本不可能睡着的妈妈还是听到了。

水儿牵住蒲生的手，将他带到河边的老柳树下。

漫漫夜色里，蒲生虽看不到她的表情，却感到她那难以言说的复杂心绪萦绕在旁，以至他一伸手，就能多多少少碰触到她此刻的心情。

水儿用清幽幽的语气责怪道："你怎么才来？你怎么这个时候来？"

蒲生不怪她责备，自己答应不久就请媒人上门提亲的，他却没有及时请媒人来，反而要一个女子委婉表达催促的意思，他真是歉疚。不过，他来不及打招呼，他要在短短见面中说明来意，因为如若被别人看到她半夜和一个男人私会，那对一个女子名节会造成多大伤害。

于是，他把有人打听她的事及他对事情隐隐的预判告诉了她。他说："我怕你会遇到危险，就半夜赶来了，这是有点冒失，但我怕再迟就来不及了。"

水儿语气哀伤地说："是的，我家出了大事，你如再迟两天来，可能就看不到我了。"

如一记闷棍击打在顶，他之前再做好充足的心理准备，也不禁大惊失色，脑子短暂缺氧继而又怒血上涌。他粗鲁地抓住她微微发颤的手，提高嗓音就叫问。

水儿赶紧伸出另一只手遮盖他嘴，把已涌到嘴边的串串话语硬生生地堵回去。

蒲生明白了她的意思，便把声音放得很轻："告诉我，发生了什么事？那坏人是谁？"

水儿只是轻轻抽泣，一时无言。

已升到头顶的月牙儿，在浓云封堵中很努力地往外探出一点点光，虽然这光透着那么一点惨然，但光的出现就是月亮的一种表情。水儿也很努力了，可是……她只有通过低声抽泣，把对命运安排的不服和无奈排在她的世界。

在水边月下，他们没有卿卿我我，没有倾吐别后情感，而是用心的默契把两个人连接到某种情境中。

"水儿，你怎么还不回去？"

身后忽然响起一个中年女人的声音。是水儿妈找来了！也不知她听到多少。

水儿顿时十分窘迫，因为一个姑娘背着父母出来私会男人，也是一种失德的表现。她犹豫一下，还是向妈解释道："妈，他……他是蒲生。"

妈妈低声命令："快回家！"

水儿挺尴尬地跟随妈妈回家。蒲生则悄悄跟在后。水儿进门后，用眼神请求让蒲生进门说话。妈妈眼神严厉，一语不发。蒲生不管了，赶紧闪身入内。妈妈随即关上了门。

水儿有些羞涩地再度解释："妈，他……他就是蒲生，上次说过的，那回就是他救……"

“好啦！”妈妈赶紧截住她话，“半夜找上门来，这事要传出去，我们宋家门风不是要败坏在你们手里！”

水儿妈又把锐利的目光瞄向蒲生：“你半夜跑来做什么？快讲，讲完赶快走！”

蒲生赶紧拱手向水儿妈打招呼，并把自己来意说了一遍。他恳求水儿妈让自己留下来，一旦大事来临也好多个帮手。

水儿妈冷声说：“虽然你救过水儿，我们应该好好感谢你，但这是另一码事。你今夜冒冒失失来，不怕有损我们家水儿名声？家里有事，会有族人来帮，不需要你一个外人操心。”

水儿以带些羞涩和责怪的语气叫道：“妈——”

水儿维护蒲生的暧昧之情已暴露无遗。妈妈很恼火：“女孩要守德，不要让外界说闲话！你想的什么，别以为我不知道！”她转而又对蒲生说：“我女儿的婚事，自有我和她爸做主！你要是看上哪家姑娘，也只能由媒人来提亲。我的话，你听清楚了吗？”

蒲生一着急就脸红，话语堵在嗓子里出不来：“大妈……我……我对水儿……”

“好了！”水儿妈赶紧截住他的话，“夜深了，看你曾救过水儿的份上，我可以让你在外面锅房临时住一下，明天一早赶紧离开！”

水儿又抽泣着埋怨道：“你还说我的事你和爸做主，可是……你们做得了主吗？到现在，连爸爸都在人家手里呢！”

蒲生吃惊不小，她家果真出了大事！他忙问：“究竟出了什么事？”

水儿妈说：“不错，我家是出了大事，她爸白天被人家抓走了，叫三天内送水儿去交换，去当人家的小妾。你听明白了吧？”

水儿妈说得貌似平淡，蒲生却听得惊心动魄。他叫道：“这不是明目张胆抢人了么，谁这么大胆子？！”

水儿妈说：“我看你不是对水儿挺有意思的么，好，我今天就把话说在这，你如果真能把她爸救出来，我就把水儿嫁给你！不过，那人可是长沙镇的土豪，你敢去吗？”

“这这这……”蒲生惊得目瞪口呆，话语结巴，竟说不出一句完整的话。看来，自己是凭着意气和冲动而来的，但要他马上去冒险送死，他立即又畏缩了。原来自己并不是真勇敢，他还是很在意自己的安全的。是的，他原本就是很会算计的一个人，叫他去为别人而送命，他肯定不愿不敢，他其实就是个冲动而怯懦、有想法却又谨小慎微的胆小鬼。那么，他今天来还有何意义？

他一时陷入迷茫。

数日不见，水儿又消瘦不少，她哭又想露点笑意的眼里不时溢出两行泪，就如雨露滑过荷朵般让她显出别样的楚楚可怜。她眼里脸上都是泪，连酒窝里也晃着泪，整个就如一朵带露的花，凄美而动人。看着她的样子，蒲生很心痛。

水儿妈叫水儿回房休息，也催蒲生去锅房。没办法，蒲生只有把水儿哀怨的眼神深深装在心里，一步三回头地出了堂屋。

水儿妈妈吹灭了油灯，可是蒲生知道，在黑暗中驿动的心，是停不下来的。他倒是希望自己能在暗夜里狂跳出真正属于自己的生命节奏，可是在世事沉浮中，应对失据的自己能有这样的机会吗？

锅房很小，青草香和蛙鼓声传送而来，他一颗不安分的心又到外面的世界狂舞起来了。人，为什么只有在夜梦中，才能毫无顾忌地把真实灵魂横游想法的大世界？人，在现世中却又一点跑不动，小人物的声声浩叹淤积、掩埋住灵性的生命，让自己动弹不得。他在破竹床上辗转反侧，压得竹床吱吱作响，心烦意乱的他找不着自己应去的南北。他又叹息了，叹息声与水儿无奈的心之音在暗夜中碰触，碰出一个空蒙的天。蒲生在梦里找啊找啊，竟找不到水儿的去向。他气得把梦撕成一片又一片，又坐在梦里喊，却总是找不到自己所要的人。是的，一个活得谨慎小心的人，只能在梦里奔，不配在现实中把自己高耸到伸手想触的高度……

蒲生梦很乱，睡得很不安。

在天蒙蒙亮时，锅房的芦柴门被轻轻推开了，一个女孩闪了进来。她摇着蒲生轻声叫道：“蒲生哥，醒醒！快醒醒！”

蒲生惊醒过来，竟见水儿来到了身旁。仅几小时不见，她两眼已变得红肿红肿，形貌更加憔悴，显然是一夜未眠。他吃惊地说：“水儿，你……你怎么来了？你不怕人家看到说闲话？”

水儿流不尽的泪淌在自己沉沉心事里：“我爸被抓了，我也快成为人家不

知第几的小老婆了。我怕呀，我怕还有什么用……”她忽然伏到他身上，把泪水和心事与他的心相融，让快要崩溃的自己在他的胸膛里有一点依靠。

他帮她擦泪，但从心里涌出的泪是擦不完的，结果他越擦越多，泪让他掉入到四顾茫然的苦涩围城中。他走不出她泪的茫茫世界，只好心随她走，意随她转，听她讲一个令人触目惊心的故事……

长沙镇的张有贵是当地兼具雄厚资金实力和黑恶势力的地头蛇，他自与“水上漂”孙骡子结为拜把兄弟后，更加有恃无恐，成为称霸一方的恶霸。镇里的商户对张有贵全都唯唯诺诺，生怕一个不小心给自己惹祸上身。以往蒲生去长沙镇进货，怪不得陈记老板直叹现在生意越来越不好做，原来有这张有贵把持商界。张有贵的独子张大宝是个花花公子，成天无所事事，尽在花花绿绿中观看有无合他眼缘的女子，并仗着他家的势力及他是孙骡子干儿子的黑恶背景，想方设法都要将女子弄到手，玩累就扔，所以他家的“后宫”队伍年年换新。去年，张大公子竟将黑手伸到了邻镇同样势力庞大的李家，导致其千金怀孕，结果被李家掳去打断了两条腿。最后还是张有贵请动孙骡子出马，打残李老板并洗劫其家财，这一无端生起的风波才告平息。经此之变，腿已半残、行走不便、常由侍女推着手推车出行的张大宝，变得更加敏感、阴冷、歹毒，谁在他面前说出其最忌讳的“残”和“腿”二字，谁稍稍流露出对他的轻蔑之意，他便会歇斯底里叫人同样打断其腿。这样一个半废之人，对女人的贪恋依然欲壑难填，成天吃饱了撑的只会满大街找女人。对这样一个人，水儿如被强抢过去自会生不如死，故而全家拼死反对。

水儿在水荡出事前两天，将摸得的一大木盆河蚌、螺蛳用小划船划到长沙镇卖，不料被坐在小推车上由侍女推着走的张大宝发现了。张大宝顿时被水儿水灵灵、娇嫩嫩的小脸蛋吸引住了。村姑也自有不同于镇上女子的水韵风情，水儿连唱喏般的叫卖声也是那么格外动听。他看得入了迷，还不住叫唤手下人：“买，买，把她的螺螺和歪歪（河蚌）全买走。”一转眼，水儿木盆里的螺、蚌全被买走。水儿用眼神里的点点笑意向他表达了感谢之意。张大宝被看得心花怒放，乘势还拉住水儿的手问道：“小姑娘叫什么名字啊？家住哪里啊？”水儿羞涩地抽回自己手，告诉了他要的答案。她是个单纯如水的女子，哪里识得对方看似平常的问话里所包藏的祸心。水儿收拾起器具朝河边的小木船走去。张大宝望得如痴如迷、花心荡漾。

两日后，也正是水儿出事那天，张大宝派人去宋王庄提亲，自然被水儿父母拒绝。张家恶名远扬，谁家会把姑娘送入火坑？张大宝缠女人的本事可大了，他有足够耐心看猎物一步步上钩。第二次派人上门，水儿还在水城疗伤。这次来人并不进家，而是把彩礼放到家门口，等宋家开门时，送彩礼的人已不知去向。而这时，送彩礼的人正在庄上四处造谣，说宋家已收了彩礼准备嫁女了。水儿老爹怒不可遏，当天就去镇上张家退彩礼，惊动了张有贵。张有贵明白了儿子心意后，随即亲家长亲家短地招呼宋爹，还叫人上茶。宋爹不为所动，执意退彩礼，说自己从没答应做什么亲家。张有贵威胁道，你收了彩礼就是同意了婚事，要想退亲就是毁约，你要付出20倍的赔偿才能解约。宋爹一个水上渔家人，即便倾家荡产也赔偿不起。他好说歹说没用，只好回家。见他没带走彩礼，张有贵随即吩咐人帮亲家把彩礼送回去。宋爹一回家便气得吐血，大病一场。

水儿从水城回来后，张家便连番上门谈迎娶的日期，宋爹严辞拒绝，决不认这门亲事。带着爱情梦想回来的水儿，虽然不幸失去贞洁，但仍有享受人生幸福的机会，而一旦跳入张家火坑，便将万劫不复。她天天以泪洗面，坚决抗拒嫁入张家做小，她还暗暗埋怨蒲生家怎还不派媒人来做亲。水儿家软硬不吃，张大公子便成天在家叫闹，还不时亮出自己残腿，说腿残没人疼了。张有贵便失去耐性，于昨天叫打手将宋爹捆绑至张家关押起来，限定宋家三日内以女换父，如若三日内不主动送女，则宋爹恐有性命之忧，而且张家还会上门实施抢亲。这一毒遭着实厉害，宋家不管如何都是必输。水儿和妈妈相拥而哭，为宋家飞来横祸而惊慌失措、悲苦万分。水儿妈妈哀哭着向宋家族人求助，而族人则敢怒不敢出力，他们担心族人聚众反击会给宋王庄宋氏一门带来灭顶之灾。而水儿的弟弟虽是家里的男丁，但今年才17岁，全无反击之力。水儿想，难道自己真的只有飞身投火这一遭了吗？她用哭声央求老天，老天不应。她拼命摇撼门前老树，树木低垂，用无力蓬散开来的枝叶给水儿以爱莫能助的回应。水儿又想到了危难中勇救自己一命的蒲生，他既然能从虎口中救得自己性命，说不定也有办法帮她家化解危难，可是他一个人斗得过拥有庞大黑恶势力的张家吗？这个时候，他会来看望自己吗？他如来帮助自己出头，岂不是要跟着宋家一起遭殃？她浓云盘踞的眼眸写尽了绝望……蒲生果然与她心有灵犀，昨夜忽然从天而降来看她，让她喜得落泪。

虽然他的到来不能改变她命运的结局，但有心爱的人在旁与她同进退，也会给她在坠入大难的过程中留下一些心灵安慰……

蒲生听完水儿的讲述，早已从竹床上跃起来，喷火的眼球恨不得烧尽这人世间一切邪恶。他狂舞大手，以为自己是什么挽狂澜于既倒、扶大厦之将倾的超级大巨人。他嚷道："这帮畜生！让他们横行，难道这世界没有天理了吗？看我不……"

刚说到这，他顿然停住嘴巴，表面上是水儿出手捂住他嘴，怕引起外面闲人注意，实际上是他怕大话说过头而赶紧住嘴的。是的，你以为你是谁，你只是个随尘世漂落不定的穷伙计，是一根屁也不是的稻草，根本就没有驾驭自己命运的能力，更谈何要逆风而行去与天斗。

水儿缠住蒲生手臂说："蒲生哥哥，你点子多，你帮助想想，看看还有什么办法救我爸出来！"

他抓抓头皮，他实在想不出还有什么办法。难道要自己去与那帮杀人不眨眼的家伙拼命？他脑子里一浮现那帮大魔王的可怕嘴脸，便浑身不寒而栗，自己如硬闯进去，岂不要被剁成肉酱。他是个怕死鬼，他没这个胆量，再说为别人白白丢性命不符他性情，他还要娶妻生子为自己改命呢。对，他不能就这么不明不白地死去，他不会去冒险的，不会，不会的。

他在内心挣扎中抬起头，看到了水儿泪光中探出的祈求的眼神，心中一凛。水儿已没有其他任何可依仗的力量，自己已成了她心灵支柱的唯一依靠，这时如自己再退却，她就真站不动了。看来，自己并不能太绝情，他不想看到自己心爱的人绝望、无助的模样。

水儿已陷入抓住一根稻草当大神的半癫狂状态，她缠着蒲生不停地说："蒲生哥哥，你想想办法，想想办法……"

蒲生只好说："我再想想，我再想想……"

这时，水儿妈来叫了。水儿赶紧低着头跑出去。

水儿妈已做好早饭。几个人简单吃了点早饭，便又进入无计可施的苦思冥想中。蒲生在屋中一走动，母女的眼神也跟着游移，看来她们确实已没有一点办法，并对自己寄寓很大希望了。至于水儿妈昨夜的狠话，只是她保留脸面的要强的话，她其实已处于近乎崩溃的边缘。

是啊，该怎么办？难道要自己拿根猎枪半夜闯长沙，朝张府里放一枪吓吓这帮龟儿子？不行不行，这不仅救不出宋爹，而且一旦这帮小子追出来抓住自己，那可就死定了！那……还有啥法子呢？

蓦地，他想起昨天找自己的那个奇怪陌生人，他还给自己一张字条，如遇到麻烦，可去找长沙镇的魏队长帮忙。突然一束奇光透进脑门，让他心头一亮。是啊，既然自己不能去硬碰硬，何不来个剑走偏锋，借助别人力量来解决问题？

看到他眼里有微微光亮闪过，心灵异常敏感的水儿忙拉住他手说："蒲生哥哥，你是不是想到了办法？"

妈妈朝她盯了一眼，她才赶忙松开手。

蒲生说："办法有了一点，还在想，还在想……"

蒲生不给她明确答复，是因为他觉得那个陌生人挺可疑，世上无免费的午餐，何况如此乱世谁也不愿多惹麻烦，他为什么要帮自己？这背后有没有什么企图？

他想，自己在这乱转没有任何意义，倒不如先去长沙镇探看一下情势，到时再相机而动，或许会有什么办法。他把这想法说了，母女俩眼里隐现一点亮，尽管她们知道他此行象征意义大于实际作用，但幽微的光亮还是代表了一点点的希望。

水儿妈用干净布包上两只自做的米饼，递给他当午餐。水儿则依依难舍地说："蒲生哥，你一定要小心！"

蒲生眼里也含着一点泪上路了。他不忍再看到心上人伤心无助的样子，他一定要在保全自己的前提下，开动脑筋想出法子，让女孩天性中的甜美微笑重新挂在她脸上。

他仅用一个小时时间，就把船划到了长沙镇。他以前常到这里来进货，故对这里很熟悉，只一会工夫便找到张府所在。

豪华、气派的张府，以十多进房屋的庞大规模排开在一片闹中取静处，威严高耸的门楼由两个扛枪家丁把守，四周有气象森严的高大围墙护卫，一般人还真是混不进去。他躲在一旁朝门口扔块石子，高度警觉的家丁双双跳出，拉动枪栓喝问："是谁？！"看来想要从这里进去比登天还难，即便侥幸进去了也无命能出。他天性中的畏惧感以极大的吞噬能力迅速吞掉了他全部的勇气，以至再望一眼，整个张府便要黑沉沉地倾压在身，让他喘气都难。他

赶紧逃跑了。他跑得气喘吁吁。对，保命第一，不能冒险送死，自己死了，女人也得不到。

他离开张府好远，胸里的气才慢慢顺了。他憎恨地朝那黑压压堵在视线里的张府瞪了一眼。哼，如有机会，定要给那些作威作福的家伙内心添点堵。

这样一来，他凭个人力量救出宋爹已注定绝无可能。怎么办？难道就这样空手而还？水儿母女还在眼巴巴盼着自己带回一些好消息呢。而且更为严重的是，过了明天，宋爹性命便会面临不测后果，水儿落入魔爪便要真的成为现实。

这时，他又想到了那个陌生人的话。他尽管很不相信那个陌生人，但不妨照着他说的意思去找镇上的那个魏队长试试，说不定能有用，只要能解宋家燃眉之急就是最大成功。至于那个陌生人是不是有什么企图，可以姑且不管，到那时再走一步算一步吧，先把眼下之困处理了。

这么一想，他便按字条的提示，找到了魏队长所在。

魏队长所在的大院虽没有张府气派，却也有大兵把守。这些士兵有的有制服，有的穿便服，且军纪散漫，似乎是一个凑起来的杂牌军。因水城一带军事力量错综复杂，蒲生一时也没看出这是哪一派的力量。不管了，就先借用一下救急。

士兵把蒲生领到魏队长处。魏队长看了字条，对蒲生很客气，询问他有什么事需要帮助的。蒲生就把宋家的事粗略讲一遍，请求魏队长能否提供帮助，把宋爹救出来，还要张家不得再强娶水儿。

魏队长原本很爽快，可听到是张家，语气和手部动作都变得迟缓起来："怎么是张家？"

蒲生心里"咯噔"一下。看来这张家在长沙镇到处都有势力存在，这个魏队长也有顾忌？他能够帮忙吗？

在蒲生请求下，魏队长说："我们驻扎在这里，他也是我们的……好吧，既然是先生的事，我就帮助一回。我的话还是有用的。"

蒲生一听，连声感谢。他一颗大山压顶的心在负重几日后，终于可以放松不少了。

魏队长随即写了个字条，一要求立即放人，二是以后不得再找宋家麻烦。他写好后，派两个亲信士兵携字条带蒲生去张家领人。

有两个士兵的引领和魏队长字条的作用，把守严密的张府也向穷小子蒲生打开一路绿灯。蒲生好得意，大模大样向前走，如游历大观园般穿越了一回久违的豪宅梦想。有人撑腰就是好啊，一双大脚能随心所欲跨向梦里所能到的地方。他心里暗自叹息一声，他逝去的少爷梦一去不回了，这里的一切不属于自己，自己只是如空气一样曾流动过这里。

作为称霸一方的土豪，张有贵架子再大，对魏队长的亲笔字条还是看重的。他看了字条很久没吱声，沉思良久才把冷森森的眼光扫了一下两个士兵："怎么？你们魏队长连这事也要管啊？"

士兵回话柔中有刚："张爷，我们也是奉命行事，请按我们魏队长字条上说的办一下吧，不要为难小的们。"

张有贵老脸立时涨成了猪肝色，想发作却又把火气强自憋着。俗话说强龙不压地头蛇，可他们在老子地盘上却如此嚣张，不过……他思绪转得很快，如今天下大乱，要守住他这份在一方的霸业，还离不开这些拿枪杆子的保护。他在冷峻中又露出一丝不易察觉的笑意："两位请稍候，我马上就放人。"

等宋爹被带出来，张有贵就做出要送客的意思，两位士兵也抱拳说了声"打搅张爷"，便要离去。

蒲生赶忙拦住两个士兵，他还有话说，他必须当着士兵在场把话说清说透。他向张有贵拱拱手说："张爷，谢谢放了宋爹，不过魏队长答应的，还要请求张爷放弃和宋家的婚事。"

张有贵立时脸色大变，他把心底储蓄的阴狠寒毒尽数通过眼珠放射到这不知好歹的小子身上。他冷声说："请问这位跟魏队长是什么关系？又是老宋的什么人？"

面对张有贵逼来的透骨寒光，蒲生立时感到钻心的凉。真是打拼江湖多年的古镇枭雄啊，眼光和话语皆透着无尽威力。如是平常，蒲生早就吓破了胆，因为得罪他，自己要倒大霉。可是这一刻，有魏队长撑腰，他也就有巨大底气支撑他保持镇定。是的，他是有些紧张，但他不能慌，因为能否保得住水儿成败在此一举。他于是说："汇报张爷，我是魏队长的熟人，和这宋爹……也有点亲戚关系。"

张有贵叫嚷："不对！我早就派人查过了，这老宋八代都是渔民，根本就没你这号亲戚！"

“张爷，我说的句句属实。魏队长答应我的，让贵公子不要娶这宋爹的姑娘。”

张有贵在阴狠目光中又加了把力，竟隐隐透出了杀机。他平常弄死一条小命就如捏死一只虫那么容易，平民百姓从未有人胆敢如此放肆地和他说话，当真是不想活了。不过他嘴里说出的却是：“魏队长的信，只写了不得再找宋家麻烦几字，并没有提两家的婚事啊。”

真是老奸巨猾的老狐狸，他竟玩起文字游戏来！

蒲生忙对两个士兵说：“两位长官，魏队长亲自答应我两个请求的，你们也应该听到的吧？魏队长‘不得再找宋家麻烦’几个字，就包含了不要在婚事上为难宋家的意思，对吧？”

“好……好像是听到的……”

张有贵立即拉下脸，很不客气地说：“我儿子娶妻，这是我们张家的私事，好像不关魏队长什么事吧？”

一旁的宋爹怒骂道：“还好意思说这是私事，你们这是倚势欺人、强抢民女！”

张有贵用眼神示意拿下，宋爹随即被拿住。

在蒲生一再请求和据理力争下，士兵终于认可了蒲生的说法，这是今天说理的关键。士兵于是要求张家按魏队长字条上说的，以后不得再找宋家麻烦，不得再强娶宋家姑娘，他要求张有贵当场应允，以便回去复命。场面骤然很紧张，张有贵面孔冷如铁。不过，孰大孰小他是会掂量的，与驻军搞僵了对他很不利。他在冷场中善于把握住节奏，适时语气一缓，同意取消两家其实原本就不存在的婚约，也再度同意释放宋爹。可是，他看到蒲生时眼神又变凝重，里面隐含的杀意渐浓。是的，他今天丢了面子，总要有一人来还的。

张大宝立时大呼小叫起来：“不行！不行！我不许！我要我的女人！”

张有贵朝他嚷道：“一个渔家女有什么好?！镇上比她漂亮的女人一抓一大把，我儿以后要再娶八个十个，老爹支持！你要明白，保护家业远比一个小女人重要得多！”

就这样，蒲生带着被殴打得浑身是伤的宋爹离开了张府。两个士兵很尽职，一直把两人护送到河边小船旁。蒲生觉得有必要感谢一下魏队长，可是自己是个穷小子又拿不出什么值钱的东西，最后只得口头请两个士兵代向魏队长表示感谢。士兵一口应允。蒲生于是就在河边挥手向两人道别。

蒲生借助魏队长的力量，成功救出了宋爹，又化解了水儿坠入火坑的危机，于是心情大好，操起双桨快速朝宋王庄划去……

在宋王庄邻近水荡的河边，水儿瘦瘦的身影在烈日下已站了好久，那望穿秋水的眼眸把长长的期盼之光一直送到遥遥天边处，并一遍遍扫描水面上可能出现的人影。她期盼的神情已把她凝固成一个毒日下的雕像，一动不动。过往的人看了连声唏嘘感叹："可怜的姑娘，惨啊，惨啊……"

忽然水儿的眼神爆出了别样的亮光，她对前面出现的一只小船仔细扫描，终于断定是最亲的人回来了。久久凝固不动的她忽地做出大动作，举起手臂连连欢叫："我爹回来啦！我爹回来啦！"

水儿这一喊，惊动了半个庄子，大家特别是宋氏族人闻言赶忙来河边一起迎接宋爹归来。水儿妈妈得知后也激动地抖活着手一路小跑过来了。

船终于稳稳地停靠码头，蒲生搀扶着宋爹走上岸。大家也一齐搀住宋爹朝他家走去。宋爹虽浑身是伤，但仍噙着激动的泪一遍遍打招呼。

在行走过程中，水儿还不忘拍拍蒲生后背："蒲生哥哥，好样的，你真厉害！"

有人见到了这一幕，忙问这个小伙子是谁。

宋爹闻言郑重地停下来，向大家介绍说："我老宋这大半辈子没认认真真感谢过一个人，今天我就要郑重其事地感谢他——蒲生小侄。他两次救了我和我的家人，他是我们家的大恩人啊！"

之前在船上，通过交谈他已经知道这年轻人正是水儿口里的那位救命恩人。

宋爹说着就要俯下身子行礼。蒲生吓了一跳，哪有长辈向晚辈行礼的，他赶紧扶好宋爹说："我也是借了别人的力量，这也是碰巧。"

宋爹一脸佩服地说："那也是靠你的帮助啊。我可是亲眼看到你在大堂上和那张有贵你来我往，把那张老畜生驳得哑口无言啊！"

众人齐叫："哇，这么厉害啊！"

水儿身子紧挨着蒲生，话语特自豪："我蒲生哥哥可有办法啦！"

众人见了，不由笑闹道："宋哥，既然你这么看好这小子，那就不如收做

你的女婿得了。哈哈哈……”

水儿听了羞涩一笑，赶忙躲到了蒲生身后。

水儿这一举动，自是把她的心思泄露无疑。

刚才这一路走，水儿对蒲生的亲昵、暧昧之举，宋爹自是尽收眼底。阅人无数的他自然不难看出这里面的意思。他很认可地点点头。

这天晚上，宋爹无论如何要和蒲生喝点酒，他虽然饱受折磨受了伤，但他高兴，所以一定要喝酒。他吩咐水儿妈去买了一坛老酒，并做了几样农家土菜，还叫上了族里的两位长辈。就这样，几个人边畅饮便叙谈起来。

席间，宋爹依然保持高度兴奋，并对蒲生敢于仗义执言大为赞赏。当他说到蒲生以理服人张有贵不得不放弃这门亲事时，连族里两位长辈都竖起了大拇指：“解气，解气，为我们宋家添了脸面！”

酒过三巡，宋爹借着酒劲，还说支持水儿和蒲生的亲事。族里两位长辈也表示支持，但他们提醒，这样的话不该由女方说，否则就不符合礼数，应由男方派媒人上门提亲。宋爹也认为说得有理。他之所以在酒席上提起亲事，也有自己考虑，他除了敬佩蒲生救人的义举外，还担心经这一闹水儿将来会遭到张家报复，而尽早将她嫁到城里去，就会避免可能的不必要的麻烦。

蒲生站起来恭恭敬敬地先敬了族里两位长辈各一杯酒，又敬了未来岳父一杯酒。他说，自己一回去就叫老爹请媒人来提亲，并表示自己将来一定会对水儿好好的，请各位长辈放心。

躲在门旁偷听的水儿，脸上一片绯红，眼里有星光快乐闪动。

晚饭后，族里两位长辈先后告辞，宋爹因酒多和这几天太过劳累而休息去了。水儿妈就在院子里摆上竹椅，点上蒲棒（在农家有驱蚊之效），供蒲生等人纳凉之用。月光如水，凉风习习，蒲生手摇蒲扇，和水儿说笑着什么，倒也其乐融融。

这时水儿妈妈回屋去了，水儿便朝蒲生一招手，把他带了出去。现在两人关系已经公开挑明了，虽然还没经媒人提亲，但自己迟早是他的人了，所以也就没必要像昨天那样躲躲闪闪了。

水儿把他带到庄外的芦荡边，这里蛙声如潮，小虫吟唱，清凉的空气中浮动着野花和苇草的清香，沁人心脾。让两人心情格外好的是，今晚天上的浮云少了，月儿终于探出其倩丽的面容，多情地挂在两个人的世界，让两个人的圆满心情是这样生动、美好。柔和的月光和潮湿的雾气融于一起，给芦荡和村庄蒙上了一层轻纱，使人恍如梦中。

是的，昨天还是那样悲伤，今天已把圆圆的心情高挂天空，由大悲到大喜，这不是梦幻一样的经历吗？

他们坐在小河滩上，手抓着手，身子挨得那么近，能互相感受到彼此的鼻息和心跳。他们一时都不说话，就让跳荡在两人间的幸福感觉真实存在着。

如果说上次水城的生死历险和相识相知让两人有了相爱的理由，那么这两天风吹雨打中真情本色的勇敢显现，让他们真正有了心灵融合的亲近感。

置身这梦幻般的美景中，水儿喜悦到有些不真实之感，她打破这宁静的话语也是令人意外的："蒲生哥，你……你真的不在意我上次……那个在水荡的事吗？"

沉浸在幸福遐想中的蒲生，猛地被这话语拉扯到水儿不幸的往事经历中。他不明白现在好好的，水儿怎么又说起了这件事？

其实对女人来说，水荡失贞的惨痛阴影，一辈子都不能真正从心头抹去，这就需要在爱人真爱的沐浴下一点点淡化其印记。

水儿又推推他："你快说嘛！"

蒲生蓦地明白了她的心意。他把她的手放在自己心口前，让她感受强烈的真情跃动。他的热血在周身澎湃，那是他讲给她的最真的爱的话语。

水儿感受到这种心灵的表达了，不过她不满足地说："谁知道你的心会不会变，我要你亲口对我说。"

蒲生把她两手都握在自己面前，认真地说："不管以后的日子怎么变，我都永远地喜爱你！"

"好哥哥！"水儿带着哭腔深情叫喊了声，同时伸出双臂搂住了他的脖子，真情的泪水随即滑落而下，一串串滴落在他感动而幸福的心里。这是蒲生第一次被女人抱住，异体蓦然相碰，碰出奇异的电流，电得两人呼吸急促、心跳加快。水儿不管了，电就电吧，她要把她的全部身心，她要把她的一世情都交付给他。这辈子不管变化多么大，她都只爱他一个人！

当爱的电流穿过漫漫期待，在他的体内激起生命的颤动时，他明白了，这回他是真的有女人了。秀苇虚幻影子渐渐远了，水儿愿把一生都托付给他的灼热之爱才让他明白，什么是真实存在于他生命中的爱。

水儿搂住他脖子，他则用双手抱住她的纤纤腰肢。他们享受着这爱的电击，他们的心如擂鼓般“咚咚”直响，那是向世界宣示他们走到一起的坚定声音！

在这过程中，他吻了她。

她很惶惑，赶紧松开手，移开了身子。

蒲生也在暗暗自责，自己是不是有些鲁莽？这一切是否来得太快？

经历短暂的尴尬，水儿又慢慢把身子靠过来，依偎在他身旁。蒲生则轻轻握住她双手，与她一道看月色星辉，感受风吹草摇心跳跃的美妙……

第六章　起起落落

第二天一早，蒲生就和水儿一家告别，划着小船回水城。

蒲生边划桨，边想着昨天一天梦幻般的巨大变化，想着夜晚和水儿的情意渐浓，想着今早告别时水儿问何时再来的依恋之情……他划着划着，咧开嘴笑了，一脸的甜蜜。

突然，前面的草丛划出一条快船，几个壮汉蹦跳而出。等蒲生从美好想象中醒悟过来时，歹人已用麻布袋将他兜头罩住。蒲生很是后悔，如果自己专注于划船，或许还有应变的时间。

歹人将他牢牢捆绑住，抛到了快船上。船快速离去。

这是出庄不远的芦苇荡边缘处。正在不远处捕鱼的一个宋氏族人刚还见蒲生划船而过的，转眼就见他被人逮走了。他慌忙划船进庄，去告诉宋爹这一骤变。

等宋爹带着几个族人赶到芦荡边时，只见蒲生的小船在水中随风飘悠，人早已不见了……

当蒲生再来到张府时，已与昨日完全不同，昨天他洋洋得意宛如奉旨钦差的大跟班，今日则已成了阶下囚。

张府大院，蒲生被大绑在立柱上，端枪拿棍的家丁则伺候在旁。在前面的厅屋下，张有贵正和一个瘦面孔的家伙在喝茶。听他们相互的叫唤和对话，原来这人乃是江湖上赫赫有名的水匪首领——“水上漂”孙骡子。

好啊，今天连孙骡子也亲临现场了，看来自己搞的动作真大啊！

这一刻，蒲生真的有些后悔。老爹财顺多次告诫过自己，胜不骄，败不馁，穷不失志，富不癫狂，可惜自己并没真正听进去。昨天还远没达到胜和富的境地，只是有人背后撑腰，自己就已洋洋得意，而忘了清醒中的自觉，

殊不知福兮祸之所伏，顺利中缺乏警觉极易引发危机四伏。这一回，他惹的祸可大了，连江湖上传闻的孙骡子都被惊动了，想要在这样的大魔头面前逃得性命，几无可能。原来，昨天与水儿多少有些虚幻色彩的月下相聚，说到底仍是一种远离自己的幻境。这样的美好自己抓不住，就只有带着这样的梦境告别人生了……

蒲生正悲观地在内心提早为自己吟唱生命挽歌时，坐在前面的两位大佬发话了，看来终结自己生命的最后时刻到了！

“就是这小子把我大宝干儿的好事搅黄的？”孙骡子开口了，就像从死人嘴里冒出来的话，带着那个世界极度的阴森和冷气，让蒲生听了就浑身发凉、发毛。孙骡子死鱼眼又逼视而来，那杀人不偿命的阴毒之光一旦勾过来，你就会毛骨悚然。

“干爹，就是他！就是他！我的美人没了，你可要为我做主啊！”张大宝的手推车到了，他故意一把鼻涕一把眼泪地在孙骡子面前装可怜。

“哼，敢动我干儿子的人，没有一个好下场！”孙骡子这话更狠，几乎就是杀人的前奏了。

张大宝大叫：“杀他！杀他！”

蒲生痛苦地闭上眼睛。他又想起去年邻镇的李老板，其拥有不亚于张家的庞大家财，由于孙骡子出手，最后还不是悲惨地落得个家财散尽人残废！李老板尚且如此，自己这个没有一点势力的穷小子，岂不是要被他小指头就能捏成齑粉吗？

这时，张有贵又发话了：“小子，你要老老实实回答我的话，如有半句假话，立马弄死你！”

蒲生想，只要有一线生机，就要尽量用话语与他周旋，不能放弃希望，水儿还在等着自己呢！他说：“张爷，我一定知无不言。”

“快说，你究竟是什么人?!”

蒲生想，回答问题前，先吹捧他们一下，反正就是舌头打个滚，甜言蜜语能麻痹人。他于是说：“张爷，孙爷，我在水城做事，从小就崇拜英雄豪杰，而有着打渔杀家超级大本领的孙爷，就是我最最崇拜的大英雄。孙爷爷，今天见到你，我可真是三生有幸，今天因为绑着，我就不能给爷您下跪行礼了，不过以后有机会，我想向您求教几招‘水上漂’的神功，行吗？”

孙骡子死死地盯着他，眼里充满了恐怖的死气。

张有贵一拍桌子说："回答我的问题！"

蒲生继续施展其计谋战术，继续胡吹一通："还有张爷您，我虽然在城里，可您却是大神一样存在着呀，您坐镇古镇、富甲一方，您挥手之间，那可是威风凛凛啊！您张爷的大名，四乡八镇谁人不知、何人不晓？"蒲生这时还真庆幸自己早年在极度困难下读了两年私塾，又自学了几年书，要不哪有吹捧的资本？

甜言蜜语果真让人受用，张有贵没那么死硬了，但话语仍坚决："你说的可是真的？所有认识不认识的人都在恭维我，你昨天怎么胆敢老虎脸上拔须？"

蒲生赶忙说："张爷，我哪里敢啊，我在您眼里就是个毛毛虫，还不值得您这么尊贵的身份一掐呢！昨天是魏队长的请求，您老是在大发慈悲，我一个小人物能敢顶撞您吗？"

"别以为你油嘴滑舌，就能蒙混过关，你以为我是三岁小孩啊！快回答我的问题！"

蒲生说："张爷，我说的是真心话，您给我一百个胆子，我也不敢顶撞张爷您啊！昨天都是那士兵说的，我只是帮着说两句话。您不信可把他们再叫来问问，看是不是。至于我多说的两句话，我真该死，我真可恶，等您什么时候松绑，我一定打自己耳光，狠狠打，拼命打，向张爷您赔罪！"

就这样，平日话语并不很多的蒲生，在生死关头竟以平日罕见的话语功夫，把吹捧之法做得出神入化。看到张、孙两个老鬼眼里的杀气一点点淡化，他别提多高兴了！

可是，接下来一个人的出场，让他所做的努力尽化为乌有！

一个人进来向孙骡子汇报情况，等他转过身来与蒲生对视时，两个人同时认出了对方。这来人竟是上次在芦荡用刺刀刺自己的矮脚虎！真是冤家路窄，他怎会来这里的？当然，他是孙骡子的徒弟，自然会随时出现在孙老鬼的身边。

当矮脚虎认出蒲生时，不由大叫起来："师父，上次抢走徒儿女人的，就是他！"

"好啊，你倒会抢女人啊！"孙骡子大桌子一拍，"油腔滑调，我一看你就

不是个好东西！乖徒儿，这小东西就交给你了，好好修理修理他！”

“师父，好的！”

矮脚虎如老肥鸭般一摇一摆地走到蒲生面前，脸上堆起得意而凶狠的狞笑。

“小子，上次没弄死你，这回定要让你尝尝爷的厉害。”

矮脚虎飞起一脚，正中蒲生下身的关键部位。可狗杂种可真狠毒啊，只朝他要命的地方踢，踢得他疼痛得几乎要昏厥过去。

接下来半个小时，矮脚虎连施多招：老虎掏心、大鹤击顶、辣椒水灌鼻孔、烧红的大铁板烫胸口……蒲生惨嚎连连，浑身几乎没一块好肉，昏迷了浇水，醒了再打。到最后，重度昏迷的蒲生连浇凉水都浇不醒了。

“好啦，到晚上时直接送到荡里埋掉。”孙骡子站起身，与张有贵拱手告辞。

一顶大轿，抬着这个大匪首离去了。

孙骡子刚走，外面就有人在喧哗。家丁来报：“张爷，那个宋王庄的宋锁柱又来闹了！”

张有贵叫道：“这老宋不要命啦，昨天才放他走，咋又来送死啦？让他进来！”

宋爹进来，看见蒲生被折磨得人不人、鬼不鬼地昏死在地，顿时泪水爬满悲愤的面孔。他指着张有贵直叫：“张有贵，你坏事不要做得太绝！这事是因我而起的，他是因为救我才被你打的！冤有头，债有主，这事跟他无关，我愿意来换他，请你放他出去！”

张有贵说：“你以为想换谁就换谁啦？！我是允过魏队长放你的，自然就不可以换！来人啊，给我把这老东西打出去！”

几个打手立时跳过来，棍棒齐舞将宋爹打了出去。宋爹在外面破口大骂，但全然无用。

宋爹之前求过族人的，想叫他们一起来闹，可是族人们慑于张老鬼的心狠手辣，没有一个肯出头。结果，宋爹一人前来，他想通过交换的方式换出蒲生。想不到这张老鬼吃定了蒲生，就是不换。看来，蒲生想求得活命，难啊。

张家大院内，浑身是伤的蒲生正在生死线上挣扎着，他忽而感到被海浪卷起到天空，忽而被狠狠摔到水底，忽而感到有数个硕大无比的巨型石磙从自己身体上碾过，忽而感到有数头猛兽血淋淋地把自己撕成碎片。他感到自己正化为一缕烟、一片芦花，轻悠悠地告别所熟悉的世界，一点点飘逝于风中和云端。他的意识变得模糊而错乱，他觉得自己可能已经死了，正飘往西天的路上。他还指望自己能和水儿结婚生子呢，他还想给自己改命并过上好日子呢，他不甘心就这样死去。他吃力地用自己仅存的一点点意念去触摸水儿，去拽住还没过够的凡尘俗世，可是在一片混沌中他什么也摸不到，什么也拽不住……他不服，他不愿，他抗拒，他挣扎……

他的挣扎好像有了一点点用，轻飘飘的碎片好像正在组织他的意识，他的眼睛吃力地想睁开可眼皮总那么沉。他在天地间飞旋，他好像看到了水儿，又好像看到在他灵魂里疾掠而过的老爹、奶奶、宋爹、秀苇等人。不行，太快，太乱，他看不清楚，他一个都抓不住，他想即便到天堂，也要把他们一个个都再看清楚……

他很用力很用力去撑开自己的眼皮，不想眼皮竟那么黏，他还是不能看清他想念的人。他把残存的意识集中于一点，发力把眼皮在天地间艰难撑开一条缝。仿佛黑暗中漏进一线光明，外面星花四溅，亮度过强太晃眼。隐隐听到有人在叫他，好似响自另一个世界的空谷传音，悠远飘渺，难以听清。他要求自己一定要看清他所想念的人，他努力适应眼外的强光，他极力从外面的一片空白中感受熟悉的人的线条。

视线中的一张张面孔终于隐隐显出了轮廓，他吃力辨认，却感觉是大兵的模样，有一张脸还像是魏队长的。他不甘心，他努力想找到他想念的人。他眼前的人影再度模糊，他的世界星光四溅。他再度合上眼，整个天地重归一片混沌……

不知过了多久，意识的碎片又开始出现了，并一点一点艰难地连接，四散而飞的身体又开始搭配、勾连，手指、腿脚好像又有点知觉了，空蒙的叫唤声远远拽住他流浪不定的神魂。他好像听到了水儿的声音，感觉有水儿的灵性气息透到他心里，正复苏着他的灵魂。他兴奋，他喜悦，他要回归尘世，他要把心跳在水儿的世界，他要重归幸福。他终于睁开了眼，水儿荷花带雨的美丽面孔一点点在自己视线里变得清晰。

他又看到水儿了，他感觉这美妙的画面太不真实，一定是自己死前感动

了上天，才让自己和她在梦中再相见的吧。

水儿喜极而泣，赶忙叫来一家人。宋爹，宋妈，宋家小弟，齐把面孔伸到蒲生的视线。终于又见到水儿一家人了，他很高兴。

水儿从脸上滑下的一串长长的泪，滴落到蒲生脸上，让他感觉到了泪的温度。这样的感觉，怎这样真实？

水儿悲喜交集，一边抹泪一边说："蒲生哥哥，你终于醒过来了，太好了！太好了！"

宋爹、宋妈一齐说："太好了！"

蒲生有些疑惑，难道这样的会面是真实存在的？他稍稍动动腿，感到了钻心的疼。记忆大片大片的复苏，孙骡子，张老贼，矮脚虎，折磨得他死去活来的各种刑罚……啊，难道自己侥幸没死，又活过来了？

他说："我……我还真的活着？"

水儿噙着泪连连点头："你活着，你活着。"

蒲生好兴奋，只要生命还在，即便身体被打烂了，他也有重新站起来的时候。这么想着，他身子一动，便痛得惨叫起来。

他浑身已没有一处好肉了，碰到哪都感到撕心裂骨。尤其是铁板烫的伤，全都血肉模糊，惨不忍睹。

水儿心疼地说："别动，别动，人家医生说，你这虽然都是外伤，但也要疗养好几天呢。"

水儿妈也掉着泪说："这些畜生，把你打成这样，要一个个挨枪子才解恨！"

蒲生说："不对呀，孙骡子、张老贼都是杀人不眨眼的大魔头，他们怎么可能发善心放掉我？"

水儿说："是两个当兵的去请魏队长救你的。"

水儿虽然只有短短一句话，但蒲生却听懂了大致是怎么回事。

宋爹冲撞张府要求换人未果后，在张家大门外大骂了一气，被不放心赶来的水儿妈和水儿搀了回去。宋爹旧伤、新伤齐发作，却难抵心底的巨大伤痛。他觉得，蒲生是为拯救他们一家才遭致疯狂的报复的，何况这年轻人即将成为自己的女婿，所以他拼了老命也要把蒲生从死亡线上救出来。可是，天理就是不公，整个长沙镇被张有贵这样的恶魔把持着，他一个小小的渔民喊破嗓子也驱不散头顶浓黑的一片云。

回到家，一家人长吁短叹、愁肠百结，只有齐齐跪在香案前焚香祷告，祈求上苍以巨大的悲悯情怀在蒲生生死线上开一扇门，让他逢凶化吉。

下午，忽有两个大兵抬着一大箱礼物来看望水儿，让水儿一家人受宠若惊，坚决不要。他们便自称是蒲生朋友，是自己人，希望不要见外。水儿也没心思和他们就礼物多纠缠，直接跪到他们面前，祈求他们看在和蒲生熟悉的份上，去张府救救他。两个士兵在了解了事情原委后，直接去长沙镇找魏队长。魏队长于是亲自带领一队人马直奔张家，在与张有贵进行了一场充满火药味的交涉后，才把伤重昏迷的蒲生救了回来。那两个士兵临别还说，明天还会来看望他们。

蒲生有些纳闷：两个士兵？他们是什么人？难道是昨天奉命带蒲生去张家交涉的两个人？也许是魏队长关心此事，叫他们再来看看的。唉，不管了，反正他们如再来，一切就明白了。

宋爹有些不放心地问蒲生："你是怎么认识这些当兵的人的？"

蒲生说："是熟人介绍的，说是到长沙镇如遇到危险，可去请他们帮助解围。昨天不是很凶险吗，我迫不得已只好去找了他们。你放心，我平常是不会惹他们的。"

宋爹点了点头。

这夜，蒲生痛了一夜，清醒时呻吟，迷糊时说胡话。他浑身汗珠滚滚，身子各处如被反复撕扯开肉体般令他痛不欲生。水儿犹如痛在自己身上，含着泪安慰道："蒲生哥，你忍着点，忍着点。"她不住为他洗伤熬药、擦汗抹身、端茶送水，她恨不得把他全部伤痛搬到自己身上来，由她代他受痛。

东房里，旧伤未愈的宋爹今天再添新伤，也在与疼痛默默抗争着。水儿和妈妈忙里忙外，给两个病人送来慰藉心灵的缕缕清风，让人大感宽慰。尤其是水儿，她给蒲生送来的这味特殊的"药"，在他心灵感动中缓缓漫溢开奇特药效，让身体不再那么痛。

下半夜，蒲生和水儿妈一再叫她回房休息，她才勉强离去。

次日凌晨，庄上的报晓鸡用一声脆亮的轻啼划开了天边的光亮。蒲生于迷蒙中睁开眼，手部感觉有幽微的鼻息萦绕在指间。他手指微微动了动，感觉有柔润的青丝陪伴在侧。原来，水儿不知何时又过来了，她因困倦至极，

已伏在床边睡着了，可一只手还牢牢抓着为蒲生扇风的蒲扇。他感到心酸而幸福，将来有妻如此，夫复何求。

上午，昨天来的那两个士兵又过来了，他们给宋家带来了两袋大米，又给蒲生和宋爹带了些消炎止痛药。宋爹大感意外，他从没看过有哪个当兵的给小老百姓送这送那的，大概他们看的是蒲生的面子吧。不过，宋爹无论如何不肯收，他虽穷困，却不愿欠别人什么，更何况是平日与他八竿子打不着的陌生士兵。但士兵以不容推托的动作和语气将东西丢下了，让你难以排拒。

这时，蒲生和那两个士兵见上面了，其中一个虽然穿上了部队制服，但蒲生一眼便认出来，此人正是那天在米行门口交给他字条的陌生人！原来，他们两人是昨天才从水城过来的，看来他们正是驻守水城的二皇。他们和魏队长服饰相似，应都是二皇不假。原来，他们已于不知不觉中盯上了自己，他们早就猜到他会到宋王庄。自己和老爹对他们千防万防，结果还是在他们的掌握中，而且令人啼笑皆非的是，先后为宋爹和自己解围并救得性命的，竟然就是自己要提防的二皇！

这两个人在他面前说的全是为人仗义的话，他们在宋爹一家人面前的言行也不像是装出来的。蒲生口头与他们客气，疑惑的目光却从他们头上爬到脚。他和老爹一直怀疑、警惕他们，可是他们做的全是帮助人的好事啊，难道是自己和老爹看错了？他们这样尽心帮着自己和宋家，会不会有什么背后企图呢？

那个有过一面之缘的人自称吴兵，他似乎看透了蒲生的心事，便说：“我们只是想帮帮你，帮帮水儿姑娘一家人，绝对没有什么企图。这两天的事，你也看到了，如没有我们帮助，你们不可能这么快走出困境。上次我们司令碰到你们，觉得也是一种缘分，就是想帮帮你们，绝无其他意思。”

看蒲生目光仍装满疑惑，吴兵说：“那就告诉你实情吧，我们正在组建一支水城最出色的乐班，需要有灵性的人加入。我们一位长官意外碰见水儿后，觉得她灵气十足，是我们想要培养的理想的乐手。她如果愿意加入到乐班来，我们一定会给她优厚的待遇。你如果能帮助促成这事，并尽快把她带到城里，我们一定帮你找个更好的活计，以后你就不用再做伙计啦。”

蒲生一听此言，眼里跃出了小小的光亮。如他所言当真，自己从此就不用再做伙计，而可以更体面地生活下去。这，不正是自己所期待的吗？而水儿能到城里做事，不就正好到自己身边了吗？再说，就凭自己这烂命，不借助别人力量能达成改命的心愿吗？就像这次，如没有他们帮助，自己和宋爹能这么顺利脱险吗？于是，他有些心动了，可是仍有一些怀疑写在他目光和表情里。

蒲生问：“水儿去，当真只是弹弹琴、唱唱歌？你们不会强人所难叫她做别的事吧？”

这话，才是他关心的问题的核心。他必须确保水儿平安顺利，否则一切免谈。

“原来你是担心这个呀，你放心，我们只是要培养她做个乐手。你要知道，很多人削尖脑袋想进来我们还不收呢。至于安全方面，你就一万个放心，绝对没问题！”为了取信于蒲生，吴兵还提出跟他拉钩以表诚信。蒲生没同意。

蒲生再问：“水儿可是个渔家姑娘啊，是个乐盲，并不是什么人才啊。要找能唱会跳的，城里姑娘可多的是啊。”

吴兵说：“你这就外行了，看人看灵气，看气质和潜力，只要这方面出众，会后来者赶上嘛！”

这也说得通。蒲生想再问什么，却说不出什么了。

吴兵说：“你问了我这么多问题，我也问你一个：你和这水儿姑娘是什么关系？”

蒲生一抬眼，看到了他专注的目光。他想，说不定他早就从陆财神那知道一切了，便说：“一个偶然机会，我救了她的命，还保证说，如她以后遇到什么事，我会去帮一把的。这次到宋王庄，就是来帮忙的，我想你这也知道了吧？”

“哦……那，你们究竟是什么关系？”

蒲生也不想把自己和水儿确立的关系这么早告诉一个外人，只是含糊地说：“目前还没有什么吧。”

吴兵会意地笑了，拍拍他肩头：“请记得我对你说过的话，你好好考虑考虑。”

这两人临别前，还把邀请水儿去城里乐队的事对水儿父母说了，并一再说这可是发展自己的大好机会，好多人想进来还没机会呢。宋爹、宋妈嘴里

说着感谢，心里却犯着嘀咕，不知这对水儿来说是福是祸，能不能把女儿送出去。

第二天，那两个士兵从城里带了个女琴师过来。琴师纤纤巧手在琴弦上一抹，一串如水的音符哗啦啦淌下来，漫过水儿惊奇的视线，心河里撞击出绮丽的波纹。女琴师纵情弹拨，长发飘飘，乐声如梦，把水儿眼里的惊奇和瑰丽牵引到一个神奇的梦之境。水儿随着乐声把自己起舞在一个神秘的天地，她随波弄清影，挥梦彩云间。是的，人生就是要起舞自己的，一个人不为自己唱出动听的歌，岂不枉活。在女琴师的指引下，水儿感觉世界为自己打开了一扇门，自己走进去，才发觉渔家女的小天地多么狭小、单调。

在一旁观望的宋爹眼里也流露出惊奇的光："我们的水儿，以后就做这事?"

吴兵说："是啊，这多高端、大方，比做渔家女不知要强多少倍吧?"

宋爹望傻了："哦，哦。"

吴兵说："你就放心吧，有这么出色的琴师教导，她很快也会弹。等女儿有出息了，你们二老就等着享清福吧。"

在这屋子的一角，只有蒲生一人在陌生的乐潮中起起伏伏，他觉得这是巨大机遇，他又觉得这样的好事来得不明不白。他该说什么好呢，人生或许就是追寻自己心灵之音、命运之声的过程，没有这起起伏伏就没有好的歌席卷在自己的世界，抉择什么样的路，就选择了什么样的涛声伴随自己的路。

在另一边，女琴师已开始手把手教水儿怎么弹琴。当自己稚嫩的第一声音符响在心底的时候，水儿兴奋得眸光烧红了生命天地的每一片云。她终于会弹出属于自己的琴音了，虽然这声音暂时还不悦耳，可是由她牵引出的新的活法，早已让她心驰神醉……

士兵带琴师离去后，水儿整个人都还在乐海之梦中编织着对新生活的憧憬。宋爹叫她几声，才把她神思唤回。宋爹问："这个弹……弹琴的活计，你真的想去?"水儿眼里一片灿烂："想!"

宋爹在屋里沉吟良久，觉得还不妥，便叫水儿妈去镇上找算命很准的蔡瞎子给水儿算个命，这个事能不能去做。

蔡瞎子掐指一算，说水儿将要遇上命里的贵人，不过她还要遇到一道坎，如果过了这道坎，她就会真正时来运转。

水儿妈回来一说，宋爹觉得，水儿虽然还要遇到一道坎，但遇上命里的贵人却是至关重要的，因此同意去。他这个一家之主应允了，这事大致也就这么定下了。

水儿一家正沉浸在这天降的大喜悦中，无形中也就冷落了蒲生。他便以家里人焦急为由，提出自己明天便回去。宋爹说：“你的伤还没好，等养好伤再回去。我马上请去城里的人顺便给你家里捎个平安信。”宋爹是讲信用的，虽然水儿命运将迎来巨变，但他仍支持两个年轻人的亲事，他觉得富贵并不最重要，人的踏实、可靠才是最要紧的，他看好蒲生。这一席话，说得蒲生心里暖暖的。

水儿轻擂蒲生一拳说：“你不说一句支持我的话，还嚷着要走，你坏！”蒲生被打到伤处，疼得叫起来。水儿忙心疼地来查看伤口：“对不起啊，对不起啊，我来看看……”

蒲生所受的是皮肉外伤，所以恢复起来快。等所受各处伤口都结上了疤，他再度提出回去，说家里人一定等急了，米行那边也得尽快上班。宋家挽留不住，便只得答应了。

在回家前夜，水儿再度带蒲生来到水边的老树下。今天的月亮半遮半掩地把含羞的面容躲在浅浅云层后，月朦胧人朦胧，这样的情致真美。两人依偎着，半天没有说话。蒲生一遍遍抚摩她的长长辫子，就像抚摩存放在心中的一段悠长的梦。他珍惜这样的梦想，他害怕这美丽的梦被残酷的现实撕扯个粉碎，他希望这辫子牵住两人的一生，把幸福连得很长。

刚才在过来的路上，水儿就嗔怪地对他说：“我去城里乐队这件事，你到现在还没说声支持。”

蒲生不是不想说支持，他怕说了，自己的情梦就醒了，水儿会一步步离开自己。他并不是反对水儿进乐队本身这件事，相反如单纯只是进乐队倒没什么事了，他是害怕背后会不会有什么陷阱。那两个当兵人的话，他不能完全相信。他恨不得把目光拉长到未来时光，牢牢罩住水儿每一步的路，以确保不会有危险。可是，他只是个凡夫俗子，他的目光看不到未来。

此刻，水儿见他就不话语，便说：“你不讲话，是不是不希望我去乐队？我命都是你给的，你只要说一句，我都听你的。你如反对，我肯定不会去。”

蒲生长长地叹口气。这，确实是个难以回答的问题。不过，他又想，自

己的考虑是否太悲观？如果两人的职业都能得到圆满落实而又不会出现所担忧的问题，那岂不很完美？自己期盼改变命运已久，这回如能借机改变一下自己的处境，那不正是自己所期望的吗？不要指望凭借自己的破烂身份就能改命，这次如不借助外力自己和宋爹能轻易脱险吗？不是不可以借助外力，而是在于选择的正确。

水儿见他想这么久都没一个态度，便叹口气说："你如不支持，那我就不去了。"

"不！你可以去！"蒲生终于给出了答案。

"真的？你真的支持我去？"水儿眸子里清辉闪烁，把心底的憧憬和喜悦泄露无疑。

蒲生最终还是觉得，一个男人要敢于决断，敢于抓住和创造机会，事事瞻前顾后则必将一事无成。再说，不试怎知是好是坏？即便有危险的隐忧，自己也可提前做好防范，一旦出问题还可及时退出。

蒲生郑重点点头，并说出对她永远无悔的承诺："你放心，我会永远保护好你的。"

"好哥哥！"水儿饱含深情地叫了声，把自己身体埋在他胸前。是的，有他这样的承诺，她走怎样的路都不惧怕。

在这个世界，也许这一刻拥有，下一刻便会面临不测，但只要有紧紧拥抱的深情和决心，心便会永远属于你。

"水儿，如果你到乐队出了名，还看得上我家那两间破房子吗？"

"这我不管，我只在乎你人！"

"我要是改命不成，以后穷得去讨饭呢？"

"那我就帮你一路拿讨饭篮！"

"好水儿，好妹妹……"蒲生感动得热泪盈眶，失控的双臂不可遏制地将心爱的人儿越搂越紧，颤动的嘴唇向她那鲜润的、等待着的小口紧紧贴上去。水儿一阵眩晕，身子幸福地软瘫在他怀里。

两人齐齐倒在清凉的草地上，抱着，吻着。他们希望幸福就是这样畅快淋漓，他们希望这一刻被拉得老长。他们不知明天会发生什么事，他们用爱的决心吻着明天的日子。

当蒲生把手伸到她衣服内，她突然抓住他手，并小声提醒道："你家还没派媒人来提亲呢。”一句话，让蒲生顿时清醒。是的，爱不是一时一刻的存在，两个人一天一天把爱长久地接下来，爱才在经久考验中有意义……

第二天，蒲生回到了水城。

他当天就去了米行。陆财神通知他：他已被除名了！

被除名的理由，不用陆财神说，蒲生自己也能猜得出来。他擅自离开这么多天，哪个老板能容忍？他站在米行大门外，眼神怅怅的，自己干了三年多的地方就这样作别了，他心里有着说不出的失落和遗憾。

不过，任何事情都有其两面性，他帮助水儿家解决了难题，得到了水儿的芳心，这样的收获才是最重要的。更何况二皇还要帮他重找更体面的活计，这是要改变命运的新迹象？是的！一定是！自己应振作起来喜迎这一天的到来！

这么想着，蒲生又变得开心起来。

三天后，一个亭亭玉立、眼闪秋波的俏丽女子含笑站到了他面前。是水儿！水儿进城了！穿着打扮一新的水儿更显得清秀动人，真如一个清新的凌波仙子在他面前漫溢至真至纯的少女幽香。蒲生喜得心花怒放，抓住她手左看右瞧，竟看个没完没了。水儿有些羞赧地轻轻推开他手：“以后天天在你面前，有你看的。”

水儿告诉他，那个去过几次的吴兵昨天又委托魏队长派人上门做工作了，催她尽早进城，并说太迟名额会被人挤掉，你总不想就这样失去改变一生命运的大好机会吧？于是宋爹决定，让她今天搭乘进城卖鱼虾的堂叔的船进城。

蒲生按照吴兵留下的联系方式，先带水儿去城防司令部报到。司令部的人很热情，赶紧把水儿接到里面了，却把蒲生挡在门外。

蒲生赶紧叫道：“吴兵，吴长官，你怎么不让我进去呀？”

吴兵皮笑肉不笑地说：“水儿要去学琴，那里都是乐队的女子，你一个大男人去干什么呀？你放心回去吧，我们会待她好好的。”

蒲生急了：“那……那我的活计呢？你答应我把水儿送来后，给我找个更好的事儿做的。”

吴兵脸上含笑，话语却一点不客气：“是吗？那只是我随便说说的。你帮助送人有功，我有空给陆老板说说，叫他给你加点薪。”

晴天一声巨雷轰顶，蒲生大脑轰响数秒后，他才在踉跄中扶住了墙，身

子才没有倒下去。随便说说的？这样大是大非的事能随便说说吗？他不死心，他急忙祈求道："吴大哥，吴长官，这事可不能随便说说啊，我可全指望你了呀。"

吴兵不再理他，扬长而去。蒲生要往里冲，卫兵赶紧用枪托挡住他。蒲生难以接受这惊天巨变，执意要进去找吴兵讲理。立时几个凶神般的大兵挥枪把他一顿猛抽。

蒲生怒了，疯了，他蹦跳着对院里的人狂喊："你们过河拆桥！你们不讲信用！吴兵你混蛋……"

夏日的天，说变就变，陡然一阵雷暴雨兜头压来，将他打成了"落汤鸡"。他气愤难平，他怒不可遏，他无路可走。他摇摇晃晃在风雨中，他不知道自己该怎么办……

第七章　忧思满怀

外面雷电疾，家里财顺咆哮忙。他在蒲生身边团团乱转，话如疾雷吼声隆隆："叮嘱你多少遍了，咹，怎就一点不长记性？那二皇你能把他当个人物吗？咹？我们小老百姓穷一点没事，但千万不要跟二皇搅在一起，千万不能相信他们的鬼话，更不能把水儿往火坑里推。你你你……你这下惹下大祸了，水儿凶多吉少啊！"

刚从疾雨中摸回来的蒲生，一身泥水，头发凌乱，形貌狼狈。他心情已经被折腾成一团乱麻了，再遭老爹一阵呵斥，禁不住暴跳起来："我怎么知道他们包藏祸心？他们又是救人又是以礼相待，我怎么搞得清楚？"

"你做下这荒唐事，还有理了？！"老头子气恨交加，话语句句不饶人，"二皇是豺狼虎豹，你头脑稍稍灵活点，能上这些狗日的当吗？水儿如出了什么大事，你对得起她吗？！"

"别吵啦！别吵啦！"老奶奶心力交瘁，浑浊的老泪在满脸的纵横沟壑中直淌。她又跪到了香案前，祈求菩萨大慈大悲，佑护水儿安然无恙。

财顺、蒲生也跪下了。他们作为最底层的小老百姓，没有扭转乾坤的救人能力，在大灾大难中只有跪倒在菩萨像前，祈请佛祖保佑。

这夜，风声、雨声、叹息声混杂于一起，灌满了蒲生的心。他要爆炸了，要崩溃了，要癫狂了。他恨不得一脚跨到神话里的英雄国度，舞长刀，唤风雨，放雷电，狠揍失信小人，从狼窝中救出水儿。可是，他无能，他废物，他窝囊，他眼神扫遍全球也扫不到水儿影子，他扯烂天上乌云也不见一点点亮透到他心怀。他猛然打开屋门，跪在一天疾雨的天井里，用一声长吼划过自己可怜的烂命……

第二天，失魂的蒲生不知不觉又跑到了司令部大门前，眼神直勾勾地朝

里望。卫兵恶狠狠地问他做什么。他就磕头作揖，祈求把水儿还给他。卫兵用枪托打倒了他。他爬起来继续祈求，要求归还水儿。如此三番五次，卫兵也没办法，只好联系吴兵来处理。吴兵轻蔑地瞥他一眼说："怎么又来啦？水儿在里面好好的，以后可不要再烦她！"他塞给蒲生一叠钱。蒲生一看钱，眼里便有光。他小人物一个，很少一次拿这么多钱，这可够他一家花费好一阵啊。他又一想，不对，我怎么能把水儿卖了，不行，不行，这钱我不要。他再想和吴兵交涉时，吴兵早已离去……

蒲生回到家，就大病了一场。他浑身发烫，迷迷糊糊，胡话不断。奶奶给他站水碗，叹道："又惹到鬼了。"于是为他烧纸驱鬼。老爹则采来药草，用民间土法子给他煎好服下。

等他清醒些了，老爹了解到他那把钱的来历后，说："这钱我们不能要，下次带给水儿她爹吧。宋爹知道水儿情况后，不知要多急呢。唉……"

次日，蒲生好些了，又一个人失魂落魄地往司令部跑。卫兵一见他，直接拳打脚踢赶跑他。

蒲生茫无头绪地在街上瞎逛。生活无着，前程茫茫，爱人陷火坑，幸福在哪里。忽然一辆人力三轮车驶过，擦倒了摇摇晃晃的蒲生。

"你想找死啊！"车里的男子恶狠狠地大骂。

车里的女子却叫："停车！"

因为她看到被擦倒的人是蒲生。

"蒲生！"蒲生身后响起悦耳的叫声。

蒲生抬头一看，来人竟是大小姐秀苇。而后面很不情愿跟着下车的人，则是高白平。

秀苇第一眼看到蒲生时，真的吃惊不小，他头发乱糟糟，脸上白一道黑一道的，眼神空蒙而冷漠。

高白平鄙夷地撇撇嘴巴："傻不拉叽，呆极！"

秀苇打了下他手："缺德！"

秀苇又踢了蒲生一脚："你这是在搞什么鬼?!"

蒲生把连日来遭受的委屈化为狼虎的狰狞和凶狠，通过眼神统统狂射而出。

这逆天的眼神吓了秀苇一跳，天，这还是她认识的蒲生吗？

蒲生猛然意识到他面对的不是吴兵之流，而是一向待自己友好的大小姐。他恢复谦恭之色，歉疚地拱拱手，低声说："大小姐！"

"哼，你给本小姐从实招来，你究竟出了什么事？！"

"也……也没什么事……"

"是不是丢了工作，心里不爽？"

"嗯……也有……"

秀苇见此便生起顽劣脾性，突然出手习惯性揪住了他耳朵。以前她和蒲生逗乐时，常揪他的耳朵。此刻她把他揪得龇牙咧嘴，而她呈现在他面前的，是她俏皮而美丽动人的脸。这玉盘般透着莹洁光泽的脸，流动着熟悉的迷人气息，丝丝缕缕牵动他心底的情愫。啊，秀苇，水儿……他怔在了对情感的迷恋和想象里，对她的习惯性动作表现出傻乎乎的目瞪口呆。

他知道秀苇对她的好，他喜欢秀苇对下人不拘礼节、没上没下的交往方式。她想说就说，想闹就闹，快乐时会沙啦啦荡过来，把少女的自由清风汇涌到你面前，让你醉在她笑美人的风景里；淘气时会死死缠住你，把本真性情里的娇媚和可爱展露无遗；生气时讲话又冲又响，把最真实的坦诚本色无遮无掩地铺陈你面前。秀苇喜欢蒲生的憨厚和无辜模样，常常拿他的表情和动作来搞笑逗乐。不过他知道，秀苇对他的取笑是善意的，和高白平的损人有着本质区别。秀苇常出其不意地表现出对他的好，如乘他不注意时突然塞给他几只肉包或苹果，又随即一阵风般飞走，弄得蒲生受宠若惊。秀苇兴致好时还常给蒲生念字解句，若遇蒲生不开窍，便会用纤手点一下他脑袋："你呀，木瓜！"蒲生知道，秀苇这都是为他好，他成年以来常自学点文化知识，自是与秀苇的鼓励有关。她是活在他臆想世界的美丽小仙女，他的手够不到她，却始终把心放在另一个角落，暗暗欣赏她、敬慕她。此刻，在蒲生心里最灰暗的时候，她的俏皮动作无疑唤起了他对她的美好记忆，让心情得到了难得的放松。

对秀苇对他人有些出格的动作，高白平很不满，你旁边还有一个大帅哥呢，你怎能视我为无物！他急急忙忙在鼻腔里哼了两声，并用手碰碰秀苇，提醒她该走了。

秀苇对他继续选择无视，而是热心地问蒲生："你一切还好吗？要不要我跟我爸求个情，让你重回米行？"

蒲生神情再低落，事关他生存的大是大非的话语，他还是高度关注的。他立即抬起头问：“大小姐，你想帮我的忙？”

“不错！”

“我一个窝囊废，值得你这样关心吗？”

“我不管，我就是想关心你！”

蒲生眼圈湿润了。

“不过，你先别感动，我还有一个条件！”

“什……什么条件？”

“什么条件我还没想好，等想好了再说。你答应不答应？”

“答应！答应！”

“好，我回家就代你求情！”

秀苇轻盈一转，便如灵巧的飞燕般飘走了。

蒲生心想，自己虽得不到她，但在冷漠的世界里，有这样一个知他、理解他、关心他的美女孩常常出现在他面前，他便很知足了。今天和秀苇的邂逅，让他沉重多日的心情放松了一点点。

晚上，阿才来传秀苇的话：老爸招呼打过了，你明天就可回米行上班。阿才还说：“蒲生，有大小姐给你撑腰，你可真幸运啊！你要知道，这回大小姐几乎是跟老板吵了一架，老板才同意让你回去的。你以后有机会，一定要好好报答大小姐啊！”

蒲生听了十分感动，只可惜自己人贱身微，将来不知有无机会报答大小姐。

次日一大早，蒲生早早来到米行，向陆财神请安和报到。陆财神什么也没说，只是厌烦地朝他挥挥手。蒲生刚要离去，陆财神又开口说：“看在大小姐面上，这次饶你，下次再不辞而别，一定除名！还有，这次要扣你半个月工钱！”蒲生躬身道谢，转身离开。

蒲生除了做工，便是思念和担忧水儿。也不知她在那边怎么样了，但愿担心的事不要在她身上发生。还有令他愧疚的是，自此事发生后，老爹更加愁苦和忙碌了。尽管水儿这边还存在着不确定，但请媒人上门提亲的事还得照常准备，而请媒人上门是要用钱的，定亲、结婚更是要花钱，为此老爹进一步压缩了休息时间和日常开支，想方设法去赚钱。目前居住的三间土坯房已经很破旧了，需要全面整修，否则人家姑娘怎么愿住进来？看着老爹整日劳碌的样子，蒲生暗暗责备自己没用，如稍有点能耐，也就不用老爹这么辛苦了。自己这贱命不改，将来必一事无成，可是就凭自己这不断倒霉样，能改变注定穷困、低贱的命运吗？

这天蒲生收工回到家，忽见一个熟悉的美丽身影出现在眼前。啊，是水儿！是水儿！他怀疑是梦中相会，赶紧揉揉眼，只见伊人秋水涟涟的眼里正对自己闪动柔情的春波呢。他三步并作两步，几乎飞一般掠到她面前，然后他喜极而泣，然后他泣不成声，然后他拉起她手看了又看，才说："水……水儿，是……是你吗？真的是你吗？你……你没事吧？"

水儿对他的反常举动感到好奇："蒲生哥哥，是我呀，你怎么啦？"

蒲生这时已激动得说不出话，他只是前前后后地看水儿，惊喜之泪洗刷着多日的心情阴霾。他终于开天见亮了，他喜得把水儿的手放在自己胸口前，让自己兴奋的心跳传递给她，让自己的深情与她根须相连，永不离分。

蒲生先把激动之情表达个够，才开始认认真真问话："水儿，这几天你在那边怎么样？他们没把你怎么样吧？"

水儿一边从包里拿着给蒲生和老爹、奶奶的礼物，一边说："蒲生哥，你放心吧，我在那边好得很呢。"

"怎么个好法？你要给我讲清楚！你快给我讲清楚！"蒲生眼里执拗的探究之光显示他的迫不及待。

"我在那边吃得好住得好，每天有专门的琴师教我学琴，那个周兵成天跟着我，问我是不是还需要什么。哦，对了，还有那个周司令，对我可热情了，不停叫人给我送东西，还几次叫我一起去吃饭……"

"等等等，是哪个周司令？"蒲生心里"咯噔"一下，惊得竟从凳子上跳起来。

"就是上次我碰到了三轮车，那个把我扶起来的周司令啊。"

"难道是二皇的师长周洪发？"

"对，就是他！"

蒲生一个趔趄，人和凳子一起倒下来。他来不及爬起来便惊呼："水儿，快，快，赶快准备东西，准备逃跑！"

这回轮到水儿惊奇了："蒲生哥你这是做什么呀?! 你今天怎么变得神经

兮兮的啦？我在那边好好的，为什么要跑？”

蒲生抓着她双臂摇撼着大嚷：“那个老鬼是花心不死，正在慢慢钓鱼等你上钩呢！他布的这个局，你难道看不懂吗？”

水儿狠狠推开他：“我看你才是犯了疑心病！人家周司令是多么文雅、懂礼的一个人，不像你说的那么脏！”

这时，低头吸闷烟眉头间纠结成一个大疙瘩的老爹开口了：“水儿啊，你就听老爹一句话，我识人无数，这个周司令一定不是个好东西！”

蒲生跟着又炮轰卫兵的冷血凶狠、吴兵的不讲信用。水儿有些不相信地说：“我看他们对我挺好的呀。吴兵真的这样？这个家伙，我回去叫他把你的事办了。”蒲生嗤之以鼻，他再也不信二皇能做出什么好事了。

蒲生接着又反复强调那周司令一定不是个好东西，叫她赶紧离开，甚至还说：“你不肯走，难道是贪恋那里的好日子，不愿回来过穷苦日子了？”他见水儿委屈得落下泪，心里很疼，话语却一点不让步：“你究竟是要跟我蒲生，还是要那荣华富贵?!”

这话对水儿伤害很大，她一开口，莹亮的大泪珠就如泉水般涌出来：“蒲生哥，水……水儿天天在想着你，今天好……好不容易抽空来看你，你……你却这样伤我，水儿是个贪图富贵的人吗？”

“那你就赶紧离开，过我们自己的穷日子！”

“送我去的是你，要我走的也是你，你有没考虑我的想法？我想做琴师，你先让我把琴学好，好吗？再说，那里的人待我真的很好啊。”

水儿在抹泪，蒲生生闷气。屋里顿时陷入冷场的尴尬中。

老奶奶赶紧端上饭菜说：“别争啦，快吃饭，快吃饭。”

在吃饭的空当，蒲生发现，水儿身上素净的紧身粗布短褂已换成了一件白绸长裙，直拖到小腿肚，勾勒出她身姿的曼妙。她裙袖短短的，拦腰系了根绸带，脸上抹了淡淡脂粉，发间别了些金簪玉钗，整个人恍如变了样。

蒲生不住给水儿夹菜，本想再说些什么的，又怕她更加不高兴，所以只好闷闷不乐地吃饭。

饭后，还是老爹先打破冷场：“丫头啊，在那边要多留个心眼，要好好保护自己，一有情况，赶紧离开那里。”

“爹爹，我记住了。”

要分别了，蒲生猛然抱住她，什么也说不出，只是随着抽泣，让泪珠长长地挂下来，滴落在水儿的脖颈里。水儿替他抹去泪，动情地说："蒲生哥哥，我会照顾好自己的，你放心。过几天我再来看你。"蒲生舍不得放开她，紧紧抱着，生怕被人抢去……

蒲生一家人把水儿送到门口，水儿叫了辆人力车去了。老爹依然抽闷烟皱眉头，蒲生则长叹着朝墙上砸下自己的拳。他万没想到，这次见面竟会弄成这样。

几天后，水儿又来过一趟，这回她更加醉心于她生活的巨大变化了，她说她能弹简单的曲子了，她虽弹得跑了调，但大家都说她弹得好，连周司令听了都哈哈大笑，说弹得好、进步大，还给了她一笔赏钱。她还拿出赏钱的一部分给老奶奶买了东西补补身子，奶奶无论如何不肯要。两人推来推去，最后奶奶只好收下了。奶奶有泪滴到心里，很酸。

蒲生依然不断说那周司令阴险狡诈，正等着她一点点上钩呢，叫她趁还来得及，赶紧逃跑。水儿根本不听，她说自己要用心学琴，要成为水城最出色的琴师，为渔家人争光。蒲生忧心如焚，佳人浑然不觉，两人话语不投机，水儿便要提早告辞。

水儿临走前，问周兵允诺的工作的事解决了没有。蒲生冷声说："没有。"水儿有些生气地说："周兵这家伙，平常什么都听我的，这回敢不听了？看我回去怎么说他。"

水儿又走了。蒲生忧患的眼光跟着她远去的身影一点点拉长，拉长为他生命中永远割不断的长长牵挂。他痴情地望断情感，可是这长长的线却收不回他的伊人了……

四天后，蒲生轮休在家，忽然一个自称是城防司令部女佣的中年妇女找上门来。正上床准备休息一会的蒲生一听，立即连滚带冲地出得门来。对，一定是带来水儿的什么消息了！

哪知，那女佣拿出一小袋银元，送给他一个梦断心碎的惊天消息："蒲生，这是水儿姑娘托我送来的，她叫你拿着它去找个好婆娘，从此忘了她……"

杀人有很多种，最可怕的是撕碎一颗忠诚的心。蒲生感到了柔情寸断的刻骨绞痛，他感到天地塌下来了，他却再也没有力量撑起自己站立的一小片

天了。他惨然而不相信地说：“大妈，你这是说什么呀，四天前水儿还来过，还亲口跟我谈过订亲的事呢。”

“我老妈子活这么大岁数了，怎会骗你？是水儿姑娘拜托我来的，她说反正媒人至今也没上过门，这亲事就不算。姑娘想用这银元来表达对你的歉意。想开些，世上好姑娘多的是，忘了她吧。”

“我不相信！我不相信！”蒲生两眼如喷泪的泉眼，向外涌着吓人的泪水，而撕心裂肺的吼声又撞击着他的不服和不甘，“除非她自己过来，除非她亲口对我说，否则我纠缠到死也要缠住她！”

“她……她不会再来了……”

“她为什么不会再来？她为什么这样残忍，要把我杀死？她不来亲口对我说明白，我就不会和她断，这银元我也不会收！”他眼里燃烧着熊熊野火，恨不得把天都烧掉。

女佣叹息一声，又安慰他两句，便要告辞。

蒲生突然“扑通”一声跪倒她面前，磕头哀求道：“大妈，求求你带我去见见她吧！我要见她！我要见她！我要听她亲口对我说！”

女佣吓坏了，慌忙说：“你疯啦？司令部是你能去的地方吗？你去，会白白送命啊，也会让水儿姑娘为难啊！”

老爹出去打猎了。在家的奶奶也过来劝阻蒲生，叫他不要为难人家大妈。

蒲生急得快发疯发癫了，他不停磕头，把额头都磕出了血，嘴里还不停哀求：“好大妈，你就可怜可怜我吧，求你带我见她一面吧！好大妈，求你了，求你了……”

女佣惊慌失色，生怕他这个磕法会磕出人命，只好答应带他冒险一行，但要求他一切听命于自己，见面后立即离开，免得惨遭横祸。蒲生千恩万谢，赶紧跟她走了。

走到司令部大门口，卫兵用枪挡住蒲生去路。女佣赶忙说：“这是周长官叫我带来的客人。”卫兵便让开路。

司令部大院内，三步一岗，五步一哨，而且这些卫兵眼里似乎通了狼虎之性，时时摆出要扑食猎物的警觉。好在有女佣带领，否则根本就别想进得来。他到这时才有些后怕，自己凭着冲动闯进鬼门关了，稍有不慎就会送命。不过，既然是他自己的选择，他就必须要见上水儿一面。

女佣将他带到僻静处，叫他站着千万别动，她则去叫水儿姑娘过来。蒲生自然不敢乱走动。

不一会，她把水儿领来了。她叮嘱，就讲几句话，讲好赶紧走。

仅仅几天不见，水儿脸色便变得惨白而憔悴，衣裙和发丝有点乱，两眼红肿红肿，像是流尽了泪。她一见蒲生便惊慌地说："你到这里做什么？不是叫人跟你说清楚了吗？快走快走！"

蒲生突然不管不顾地一把将她搂入怀里，吓得她花容失色、身子乱颤。她拼命挣扎，但他不要命的双手太有力，把她搂得动弹不了。他把长长的情泪淌下来，淌到她惊惧的脸颊上，淌到她曾和自己要好的心里。他希望这泪能勾起她的回忆，勾起她的情感，重新把情梦连接下去。他说："你好狠心，你这是要活生生杀死我。你为什么突然不要我？我要你亲口对我说！"

水儿拼命挣扎，拼命咬他："你这是不要命啦？被人发现，谁也活不了。"

蒲生尽管手被她咬出血，仍是不肯放手："要我放手，你必须跟我讲清楚！我告诉你，我一生一世缠定你了，你别以为你溜得走！"

"你这疯子，你这坏蛋，你快放开我！我已经不是你的人了，你赶紧走，以后千万不要来……"水儿没劲挣扎了，没力气叫了，身子整个软瘫在蒲生怀里，已经干涸的眼里又涌出难以言说的泪："我……我心还是属于你的，可……可我已经是人家的人了，不会再嫁给你了，你忘了我，走吧！"

蒲生叫道："快说，是不是那姓周的畜生?!"

水儿只流泪，不说话。

蒲生正要暴跳大吼，望风的女佣突然过来说："快走，前面有人来了！"

水儿突然推开他："这是哪里来的疯子？赶快滚！"

话音刚落，卫兵已快步赶到。卫兵说："姑娘，是不是这小子骚扰你的？要不要把他抓起来？"

"不要抓！快把他赶走！"

卫兵挥起枪托就朝蒲生打来。蒲生哪敢停留，慌忙溜了。

蒲生出了二皇司令部，跌跌撞撞地在街上乱走。他不辨方向，眼里空空的，有泪但哭不出声。他突然腿弯一软，便贴着墙边瘫坐在地。他用拳头捶地，他骂周洪发畜生，他责怪自己没用，他使劲揪扯头发，他眼光忽而凶狠如狼虎忽而怯懦似绵羊。是啊，自己为什么亲手将她送入火坑？自己为什么

保护不了自己的女人？我这还算人吗？他突然虎啸龙吟般对天长吼起来！老天，你不公，我要撕裂你！我要砸碎你！

路人说，这人疯了，疯了。

他扶着墙踉踉跄跄往前走。忽然他又见到了那个道情老人。老人已难以正常行走了，为生活所迫只得坚持坐在板凳上唱道情："丰碑是处成荒冢，华表千寻卧碧苔，坟前石马磨刀坏……"

路上人影匆匆，掠过一张张冷漠的表情，唯有老人嘶哑的声音颤颤地浮动在这缺乏温度的世界。蒲生心里一酸，取出一块铜板丢给了老人。是啊，同是天涯沦落人，人在困境中相互搀扶一把，多好。哈哈，自己这等烂命之人居然也能帮助人，好可笑。

他走着走着，忽然见到几个人叫喊着抓小偷。他这一看不得了，被人追逐着的小偷竟然是米行伙计阿才！

阿才见溜不掉了，就躲在蒲生身后抖抖活活地说："蒲生，帮帮我，我不要被他们打！"

几个追赶之人一把抓住阿才，夺过被抢的钱袋，围上去就是一顿拳打脚踢，还说要送他到警察局。

阿才连声向蒲生呼救："蒲生，救救我，救救我，我不要上警察局！"

蒲生叹息一声，你被人打几下就叫屈了，我这样都要痛得死去的人还怎么站立？真可笑，我这样的人还能帮谁？

处在精神崩溃边缘的蒲生，冷漠地看着身边的殴打现场。你喊疼，难道还有我痛？

不过，当他看到那几个人把地上的阿才提起来要扭送警察局时，猛然意识到，阿才虽然犯下错，但毕竟是自己的兄弟，能帮还是帮一回吧。他从口袋里摸出仅有的几块铜板说："各位大哥，这个人是我的兄弟，他是一时鬼迷心窍才做下错事的，能不能求各位放过他？这几块铜板，给各位喝个茶，求你们高抬贵手，好不好？"

其中一人说："几块破铜板就想让我们放人？这可是小偷啊，送到警察局可是要吃官司的！"

其他几个也一齐起哄，要把阿才揪到警察局。

蒲生苦苦求情，最后两个人都蹲下，让他们一个个用大腿跨过他们的脑袋，这才算了。胯下之辱，是水城人视为最不能忍受的侮辱人之法，蒲生为了救出米行兄弟，只得强自忍受了。

那帮人走了。阿才面带羞愧地向蒲生作揖道："兄弟，对不住啊，让你也跟着受委屈了！"

蒲生一脚踢倒了他："你小子还有脸说！穷不失志，富不癫狂，这个道理你难道忘了吗？"

阿才抹着泪说："蒲生，我懂，可是我实在没办法了。我老娘得了重病，要开大刀保命，要一大笔费用，可我实在拿不出啊……"

蒲生怒道："一个人宁可穷死、饿死，也不能干出这犯法的事！"

阿才争辩道："我可没你觉悟高！我要我老娘活着！你不要站着说话不腰疼，等你走投无路时，你不一定就不犯错！"

蒲生瞪圆了眼，却一时找不到合适的话反驳。是的，在生活的起起落落中，每个人都不能保证自己永远不犯错。在生活的路上，每到关键时刻，怎么选择有时真的很难。就像这次自己送水儿进司令部，既害了水儿，又使自己惨痛地失去了所爱的人。

阿才恳求蒲生不要说出去，否则他就会在米行失去饭碗。蒲生答应，挥挥手让他走了。

蒲生不想过问别人的事，却常管别人的事，现在他自己都深陷大灾大难中了，可是又有谁能拉他一把呢？他眼神越发阴郁了。他的破烂命运也许注定有事要一个人孤独地走，可是他该怎么走呢？

蒲生回到家，一个人阴着脸不说、不吃、不睡。老爹早就从奶奶口中得知发生了什么事，先是苦口婆心地劝说、安慰，见他仍是这么泥塑木偶般呆坐着，便大发雷霆："没出息的东西！女人不要你了，你就这么垂头丧气？天下女人多的是，只要你足够努力，不怕娶不到好女人！现在我要求你，赶紧站起来去做自己该做的事！"

在老爹呵斥下，蒲生勉强吃了半碗饭，就上床休息了。他辗转反侧，眼前尽是水儿楚楚可怜的脸。这事全怪那个可恶的周老鬼，是他硬生生从自己身边抢走了水儿，而自己又偏偏是个任人踩踏却不敢反抗的贱民！此等耻辱，自己除了强自忍受，还能有什么办法？

蒲生忧思满怀，难以入眠，直到临近天明时，他才迷迷糊糊睡着。这时，

他看到水儿又把脉脉含情、楚楚动人的美丽脸庞对着他了，又把花香般的甜美笑意一点点溢开在他幸福的心怀。他张开双臂抱住她。这时他大脑飞旋，时光变幻，他视线里竟又出现了那夜两人在草地上忘情拥抱的画面。对，他耳畔又响起了水儿醉人的话语，周身的皮肤仍留存着肌肤相亲时女孩所特有的柔情与温存。他心神迷醉，正要深情地吻她，她忽然脸色骤变，说自己已成了别人的女人，你忘了我吧。他大惊失色，大声说不，想用自己手臂牢牢抱住她，却不想手臂里却是空的，水儿已不知去向。他拼命追赶，见河涉水，见山翻山，却怎么也找不到她的影子。他在大叫水儿的惊慌中醒来。他狠狠揪扯自己头发，泪又涌出来……

两天后，蒲生和阿才得令去长沙镇进货。再去长沙，蒲生的心情完全不一样了，上次去虽然几度历险，但爱情的种子却在心中绽放鲜花，芬芳他久远的梦想。时日不多，爱已幻灭，仅留一点点旧日的念想尚存心间。他怅怅地站在米行大院内，迟迟不动。阿才叫他抓紧做出发的准备工作，他只是迟缓地转了一下眼珠，脚并未移动。他这样的状态，还怎么去运货？他原本想请求调换的，老爹执意叫他去，叫他一定要振作起来。是的，生活还在继续，要生存就得不停劳动。他离家前，还特地把上次吴兵给的钱带上，准备顺拢宋王庄时给水儿的父母送去。这钱自己是万万不能收的，因为他决不担卖水儿的恶名，这钱就当是水儿孝敬她父母的吧。

忽然一个熟悉的女儿音在身后响起：“蒲生，今天又去进货啦？”话音刚落，一个轻如飞燕的俏丽影子已飘落在面前。

不用说，这女子自是大小姐秀苇无疑。以前蒲生外出进货，她常纠缠着说要跟随去看看水荡和野鸟，但蒲生从没答应过，因为大小姐一旦出现安全问题，他可负不起这责任。她撒娇、揪耳朵、用怪招捉弄人都使过，但统统不灵，所以她作为水城女子却还没有机会去一睹水荡的真容。

秀苇朝他挤挤眼说：“记住，你可要兑现上次的承诺，为我办一件事的哟。”

蒲生敷衍道：“哦。”他想，小姑奶奶，只要你不缠着我要去水荡，其他什么都行。

秀苇给他留下诡秘的笑，便先自离去。

第八章　秀苇伴行

由于这回所需搬运的货物量大，所以这次他们采取的是晚出早归的方式，也就是说要在长沙镇住一晚。

木船出城后，缓慢向水荡进发。夕阳西沉，天边的红霞铺天盖地而来，在抖动的水面闪烁万般红艳，像无数金色蝴蝶在水上扇动梦想的翅膀。这是最易让人产生美丽想象的景色，只可惜美景终归于虚幻，蒲生一点都抓不住属于自己的景色。

他叹息一声。阿才同情地看他一眼。阿才已知道他的遭遇了。

忽然，船舱里响起女孩清脆的笑声，就如一串漂亮的风铃在风中摇响灵性的声音。

蒲生、阿才同时一怔，这是怎么回事？

船舱里的帆布被揭开了，一个面容姣好的女孩站在船舱中，正挤眉弄眼地朝他们嬉笑。原来是大小姐秀苇！

蒲生、阿才顿时吓坏了，蒲生吃惊的大眼珠如两颗圆圆的玻璃球戳在眼洞里，阿才夸张的大嘴咧得那么大，像谁欠了他的饭食正等着进嘴似的。

还是阿才先反应过来，他慌忙说："大小姐，你不曾听说荡子里常闹土匪吗？"

蒲生躬身祈求道："秀苇，你是千金大小姐，怎么能跟我们这些粗人在一起？再说，这还要住到外面，多有不便，而且这一路也不太平，万一出了事……我们……我们还是送你回去吧！"

秀苇男孩般大大咧咧地拍拍两人肩头说："告诉你们吧，本小姐正想到荡子里好好玩玩冒冒险呢。放心吧，我机灵着呢，不会出事的。"

蒲生、阿才执意要送她回去。秀苇大喝一声："蒲生，不许耍赖，你允我

一件事的，这件事现在就告诉你——带我去芦苇荡!”

蒲生叫苦不迭，只怪自己当初没问清是什么事。他想反悔，秀苇坚决叫他兑现诺言。两人一阵话语攻防，蒲生没能说服她。他又想，如送她回去，这一来一去要花费好长时间，今天去长沙镇的行动就要取消了，老板会发火的。可是，这安全问题……

阿才无奈地说：“大小姐实在要留下那就留下吧，正好陪我们说说话、打打趣。”

蒲生瞪了他一眼，又叮嘱秀苇道：“一路一定要听我们话，一有什么情况要随即躲到船舱帆布下，无论有什么声音都不要出来!”

“好啦，知道啦!”

秀苇想闯闯身外世界的愿望由来已久。身边狭小的天地、封闭式教育及沉闷的生活，锁得了她人，却锁不了她自由自在的心。她早就渴望像笛福笔下的鲁滨逊、斯威夫特笔下的格列佛一样，跳出身边的琐碎、枯燥，在带有冒险意味的闯荡中体验新感觉。高白平是她最好的朋友，但他也只是喜欢把女人放在百宝箱中观赏。她几次纠缠蒲生带她出去看看无果后，便策划了今天的行动。她要用明媚的眼神丈量世界的奇妙，她要用张狂的举止把自己变为大世界里生动摇曳的芦苇……

秀苇大计告成，乐得一拍巴掌，“咯咯咯咯”大笑起来，用花枝乱颤的奇怪风景，搅起芦丛里的野鸟惊慌失措地乱窜、大叫。

秀苇由于高度兴奋，身子站立不稳便朝一边倒去。阿才何等机灵，赶紧伸手托住了她。

阿才这小子就是这样，人聪明、点子多，喜欢见机行事，鬼主意一个接着一个。碰到漂亮女子，他常常上前帮助提这拿那大献殷勤，或涎皮赖脸地一笑来大套近乎。这次他灵机一动托住秀苇后背，既帮了秀苇，又讨了女生便宜。阿才以前常嘲笑蒲生少根筋，意思是就是缺少这种灵光一现的想法和举止。而蒲生则对他这种小机灵不屑一顾。

蒲生见心中女神这样被阿才托在手，很不高兴，叫他赶紧收起咸猪手，把秀苇放下。阿才有偷东西的把柄在他手，所以只得不情愿地放下。

阿才摇橹不用心，让蒲生一人在那吃苦受累，自己则想方设法逗引秀苇开心。他折根芦苇，取其嫩芽做成苇笛儿，让秀苇吹。秀苇放在嘴里“嘀儿嘀儿”吹起来，吹得脸上像涂满红色油彩，吹得快乐的心情起舞生命新感觉。她拍拍巴掌叫道：“太好玩了，阿才，你多给我做几个！”阿才像老鸡啄米般直点头：“哎，哎，我做！我做！”

蒲生不屑于阿才这种哄女孩的鬼把戏，只是发泄般把存在体内的余力全部使在橹上。眼下情景，本来正是摇橹带妹把家还的好机会，只可惜船还在，人已无，蒲生空留一身激情无处去，只好在橹声欸乃中消磨仍存于心中的那份念想。

船到宋王庄，蒲生把船桩一插，便飞身上岸。正逗秀苇笑乐的阿才大叫道：“喂喂，你这是上哪啊？”蒲生不答，直往水儿家而去。

离别的日子还不算远，屋还是那个屋，伊人已不在。面对熟悉的老屋，蒲生心酸得要哭。人不能只满足已得到的，人还要适应已失去的。人不能只把破碎的心捧在手心张望，人还要把心串起来让自己的眼睛依然亮堂。

水儿家仅妈妈在家。他把那笔钱交给水儿妈，说是水儿孝敬爸妈的。他不忍把两人已分手的事告诉水儿妈，不忍在长辈心中也划上一道伤痕。他和水儿妈互说了一通客气话，便忍着眼里的泪告辞了。

由于路上出了种种状况，他们的行程受了点影响，当船离开宋王庄时，天已擦黑了。

阿才还想给秀苇讲笑话，秀苇却叫他去替蒲生摇船。阿才说：“嘿，他呆子有呆劲，等到了长沙给他多吃一碗饭。”不料秀苇却一把揪住他大耳朵：“别以为你的小伎俩我看不出来，快去替他划船！”阿才疼得“哎唷哎唷”直叫，答应去替换蒲生。秀苇拍拍巴掌，得意地笑了。

蒲生经历了摇橹和情感流浪，感到身累心累，浑身竟如虚脱般一点使不上劲，便一个人摸到船舱里躺下。他身子软绵绵，思想竟成了一把碎片，散布在眼前乱飞的金星里。他合上眼，定了定神，脑子里的感觉碎片又拼成了一张完整的脸，那是水儿的……

置身于新奇、神秘的芦荡中，哗哗的流水洗净了神归自然的宁静心灵，也荡去了往日的枯燥和沉闷，秀苇透亮的眼眸在暗夜中扫描和捕捉着生命的全新感觉。她看不够，听不够，既兴味盎然又感到有些孤寂。她想找蒲生说说话，便摇摇他手，叫道：“蒲生！蒲生！”

蒲生的神思在对水儿的追忆中飘飘忽忽。他想伸手够到她，却总是离得

那么远，他手抓住的，只是一片幽梦。忽然，他感觉到了水儿手的热度，听到了水儿的叫声。原来，上苍也垂青于他了，让他终有机会与水儿再相会。他咧开嘴笑了，他兴奋了，他一跃而起，抱住水儿，坚决不让她再离去。

秀苇原本是叫他起来说说话的，却不想被他一把死死抱住，自己几乎动弹不得。她被吓懵了，等大脑回转过来，她才知道挣扎和大骂："你这个死蒲生！坏蛋！快放开！"

蒲生哪里还会给她挣脱的机会，一边紧紧搂着，一边惊慌地说："水儿，别走，别走……"

"啪！"秀苇给了他清脆的一巴掌。

秀苇这一巴掌打醒了他。当他明白刚才拥抱的是秀苇时，顿时羞愧万分，连声向秀苇打招呼。

秀苇怒不可遏，浑身直抖："蒲生，你这个大色狼，原来你平时的老实都是装的呀！"

蒲生连抽了自己两耳光，懊恼万分地说："大小姐，对……对不起，我以为是水儿的，她……她不要我了……"

秀苇喝问："水儿是谁?!"

"她……她就是我上次救的那个姑娘……"

"你想叫我原谅，必须把事情原原本本讲给我听！"

蒲生哪敢违拗，便将从救人到分手的详细经过和盘托出。说到后面时，有泪从脸上滑下来。

阿才嬉笑道："想不到你蒲生还是个情种呢！"

秀苇听后久久没有发声。她望着扑朔迷离的夜空，心里暗暗自语："爱情是什么呢……"

木船终于到达长沙镇。

米行定点供应商陈老板赶紧做了几个农家菜招待他们。陈老板跺脚叹道："唉，现在生意越来越难做，货源短缺严重，现在本店无货供应啊。"

"什么？无货供应?"蒲生、阿才大吃一惊。这可是以往从没发生过的事啊。

陈老板说："还好，明天下午我店有两条收粮船要回来，你们就等一等吧。唉——"

蒲生、阿才住不起客栈，就在陈老板家打了个地铺睡下。陈老板另外收拾了一个闲置房间给秀苇住下。

阿才头一挨上铺面便睡着了，他那有节奏的呼声搅得蒲生无法入眠。唉，为什么自己的心无法得到安宁，难道自己只能就这样在无谓的精神消磨中把无聊的日子过下去？不这样混日子，自己又有什么办法改变这被动挨打的弱者角色？

直至下半夜，他才慢慢睡着。等他醒来时，阳光已爬进窗户照进来。他找秀苇、阿才，陈家人说早已外出。他吓了一跳，生怕秀苇会出事。他赶忙奔到大街上去寻找。

而此刻，秀苇正陷入可怕的危险境地！

她早晨醒来，虽一夜睡眠还不足以消除昨日疲劳，但清脆的鸟语还是诱得她一路追出来，来到大街上赶集的人流中。她在小镇的新奇环境中穿梭，忽而看看这，忽而摸摸那，却不知她那清新脱俗的容貌和打扮早已引得多少人关注了。等她被一高一矮两个痞子拦住去路时，她才猛然感到了危险。

她虽置身险境，但机灵的眼珠转动间，她已想起戏文里少女智斗淫贼之法。她让两个家伙比试身手，谁武功高强，她就跟随走。她话语几一激，便如掌握着提线木偶般，诱使两个家伙当真当街大打出手。高个子横扫“螳螂腿”，将矮个子扫倒在地，矮个子乘势猛蹬对手腹部两脚，蹬得高个子叫痛不止。只片刻功夫，两人便打得鼻青脸肿。

“哇，好玩啊！好玩啊！”秀苇乐得欢呼雀跃，她觉得这一趟出行太过瘾了。

等两个家伙打得难解难分时，秀苇却在心里快乐地说：“两个笨蛋，好好打吧，姑奶奶不奉陪了。”她收回油亮的眼光，自得地一吐舌头，便猫腰就走。

可是她并不知道，就在她转身离开间，一个坐在轮椅里的人，已用他淫邪、狂荡的目光在她身上不知上上下下爬行多少遍了。等她被护卫拦住时，她才意识到这个瘸腿家伙的存在。她自然并不知道，这瘸腿人便是土豪张有贵的花心大公子张大宝！

秀苇蓦然意识到遇到了更厉害的对手，她直叹自己运气不佳，今天怎么频频遇到大淫贼。她摩拳擦掌，想要斗斗这些人，便亮开嗓门冲张大宝嚷道：

“喂喂，你是什么人啊？凭什么拦住我啊？”

张大宝喜得心花怒放，晃动着色迷迷春色的目光一点也移不开面前这张美脸，他只是一个劲地说：“好，好，少爷我喜欢，我就喜欢这样的……”

秀苇想，可故伎重演，挑动他和那高矮两个家伙火拼，自己伺机而逃。她便说：“你有本事，就给我站起来，也像他们两人一样为我大干一场！”

张大宝闻言脸色大变，他哪里能够站起来，他却能用满目怒火烧死那高矮两个家伙。他怒吼：“阿三、王虎，你们敢跟本少爷抢女人？”

刚厮杀一气正蹲在一边喘气的两个家伙，脸上、身上都挂上了彩，一见主子怒喝，慌忙滚过来向主人躬身请罪。阿三说：“少爷，是这个姑娘说，谁打赢就跟谁走的，王虎竟真的对我动起了狠手。”王虎说：“少爷，是他跟我抢女人的！”

张大宝暴怒：“大胆，你们吃了豹子胆，竟胆敢跟老子抢女人？！”

秀苇说：“喂，瘸子，你别只剩下这穷嚷嚷的本事了吧？连下人都敢在你脑门上拉屎撒尿，你还有什么能耐去保护女人！”

张大宝什么时候遭过女人如此羞辱，一时气怒交加、大发雷霆：“你你你……你等着，你看看本少爷有多厉害！”他大手朝阿三、王虎一挥，侍从随即扑向两人，打得两人哭爹喊娘，连声求饶。

就在所有人注意力都集中到殴打现场时，一个男子悄然伸手，拉住秀苇就跑。这人正是沿街寻找而来的蒲生。

蒲生发现秀苇落入张大宝包围中已有一段时间。真是冤家路窄，难道自己和他命运相冲，不打不能活？而这次和上次已有很大不同，自己没了可依仗的帮助力量，以自己一人之力想要抗衡这一大帮人，岂不是找死？他连连叹息，带秀苇过来果然是惹大麻烦，她不受约束的天性注定是惹祸的祖宗，你瞧，一个没看住，她就惹祸上身了。唉唉，我蒲生怎就这么倒霉呢？

他可以选择避祸，但道义和情感让他绝不能眼看着秀苇落入张大宝魔爪，他如冒冒失失上前救助，非但救不了秀苇，自己也要白送性命。怎么办？怎么办？他在万分焦虑中等来了秀苇为自救而创造的机会。

当张大宝侍从狠打阿三、王虎时，蒲生觉得机会来了，便悄没声息地摸过去，拉住秀苇就跑。秀苇眼球一亮，赶紧跟着蒲生跑。

这个机会，给了蒲生仅仅十多秒。当蒲生带着秀苇跑出他们包围圈时，张大宝便发觉了。在蓦地发觉又是蒲生来坏他好事时，一团急剧腾起的怒气在他脸上疯狂揪扯着难看的猪肝色。新仇旧恨齐上心头，他如抓狂的猛兽发疯嘶吼："抓住他们！抓住那小子！抓住了给我往死里打！"他在轮椅上的动作过大了，以至身子前倾，整个人如大胖猪般重重扑倒在地，嘴巴还与大地来了个亲密的猪啃食。侍从赶紧把他扶起来。于是，一场自家人互打的丑陋表演迅速演变为对蒲生、秀苇的追击竞跑。

眼看一帮歹人就要追赶而上，一个挑担子的大汉有意无意地用担子和身体挡了一下，导致猝不及防的歹徒纷纷摔倒。汉子以担里的菜被损为由，缠住那几个恶徒理论。恶徒大怒，抡起大拳就猛砸向汉子……

多亏大汉挡一下，蒲生、秀苇才得以甩开恶徒，一路向前。秀苇何时这样奔逃过，跑不多远便气喘吁吁、踉踉跄跄。蒲生一看不好，这个跑法迟早会被抓住，干脆大手一抄将她整个抱起来，闪入偏僻小巷拐来绕去试图摆脱追捕。

途中秀苇不住大叫："放下！放下！你这个坏蛋，快让我下来！"

秀苇的挣扎，让蒲生行走得跌跌撞撞。她突然用香手揪住他鼻子，这透着少女生气而又亲昵感觉的举动，让奔跑中的蒲生忽然又坠入了似曾相识的甜美情梦里。这抱着女人玉体奔跑的幸福感觉又回来了，自己与水儿编织的美丽梦想其实一直并没有破灭？

在蒲生神思恍惚间，秀苇不挣扎了，任他紧紧抱着自己，并在他怀里做着小鸟依人的小女孩之态。她在他怀里笑着，笑得那样灿烂、那样甜美，也笑醉了他的梦。

然而女孩心难测，她突然魔心大发，出手奇快分别揪住他两只大耳，狠狠揪扯并拉得那么长，就像揪着两只蒸熟的大虾子。蒲生嗷嗷叫痛，可这刁蛮公主就这么心狠，一点不放松，简直要把他的大耳生生扯下来。

蒲生疼痛难忍，气得将她朝地上一丢。秀苇手松开了。原以为她会稳稳站立的，哪知她竟顺势一滑，直挺挺摔倒在地。

秀苇这一跟头摔得不轻，只见她双目紧闭，身子一动不动，似是昏厥了般。蒲生吓坏了，自己并没有用劲啊，怎就摔坏了她？他又是摇身体，又是掐人中穴，秀苇依然纹丝不动。

难道是她摔倒时后脑勺重重碰到了砖巷上的砖头，伤了脑子？他这一想，

顿时吓得不轻，脸色煞白如纸。秀苇是他心仪的女人呀，其贵体比他的命还值钱，自己怎忍心摔下她呢？自己这点忍耐心都没有，还谈何呵护女人？我真不是个东西！不是东西！

他接连抽打自己几个大耳光，并哭诉自己的自责、内疚：“大小姐，我……我不是人！我是混蛋！大小姐，求……求你快醒来，快醒来……”

他不敢在此久留，赶紧托起秀苇，抄小道来到了陈老板家。

阿才这小子还没回来。陈老板为秀苇搭脉、试鼻息，感觉一切都好，便安慰蒲生说：“陆小姐只是受了惊吓，很快就会醒的。”于是蒲生寸步不离地守在她身边，嘴里还不住喃喃自责。

过了一会，秀苇慢慢睁开眼，当她目光扫描到蒲生面孔时，便赶紧移开视线，显得有点不高兴。蒲生却高兴万分，眼里喜悦的光芒恨不得照亮全世界。他没话找话，他语无伦次，他自责又道歉。

秀苇淡淡地说：“我饿了。”

蒲生如老鸡啄米般连连点头，赶紧盛来饭菜。可她却叫他喂她。他以为自己听错了，这也太过分了吧，还叫人喂？不过，他不敢违拗，便小心翼翼地一口一口喂她吃。

吃好饭，秀苇以命令的口气说：“下午，你要撑船带我到芦荡玩。”

蒲生以为自己听错了，我的大小姐，你刚从虎口脱险，还想到芦荡去招摇？这也太危险了！于是他想也没想，便断然拒绝：“这不行，你今天哪里都不许去，就老实待在陈老板家。等陈老板的货一到，我们就装货回家。”

秀苇忽然叫起痛来：“哎哟，我这腰疼啊！蒲生你这个坏蛋，你居然敢摔我，我回去就告诉我爸，看你怎么向他交待！”

蒲生慌了：“大小姐，你你你……你哪里疼啊，我来帮你揉揉。疼，就更不能出去了。”

“只要去芦荡玩，我就什么都不疼了！”秀苇古灵精怪的大眼珠闪出狡黠的光，却也泄露了真相——原来她只是以此为要挟！

蒲生恍然大悟，嘴巴张得老大。不过既已着了她的道，他就只得同意带她到镇外芦荡边转一转，但不可以走远。

秀苇立时乐不可支地从铺上跳下来，神采飞扬地起舞姿态，哪里像有伤在身的模样？

原来，秀苇根本就没受伤。在被他丢在地上的一瞬间，她灵机一动，让自己倒下，使自己有了这要挟的好机会。蒲生中计，现在虽已知道真相，却也无可奈何，只是在心中叫苦不迭。

下午，陈老板的货迟迟还没到，在秀苇催促下，蒲生便出来探望一番，见通往码头的路上没有可疑人物后，便带秀苇来到船上。两人还戴上了大号草帽，遮住了半张脸，既挡阳光，也减少了被发现的麻烦。

在清风送爽的水路上，秀苇掐荷叶、摘浮莲花，把两条雪白的大腿搁在水里，享受流水、水草划过的惬意，脸上有兴奋、幸福的红晕流动着生命里的五彩云霞。快乐是什么？快乐就是这放飞自我的美丽感觉在身心的映现吗？蒲生说不清楚，但看到心中女神如此快乐，他也为她开心。

船停靠在苇地边。秀苇匆匆跳上岸，如轻燕般闪进苇丛中。蒲生系好缆绳，慌忙追上去叫喊："大小姐，慢点，慢点，别跑远了……"

所有人都把她装到框框里，连最要好的高白平也只想她做瓶中花，所以她宁可冒点险也要出来闯一闯。现在，她出来了，她自由了。蓝蓝的天，清清的水，漫天芦苇把层层绿浪铺向天边，鸟儿在属于自己的天地自在欢歌……她也把自己轻盈的身姿穿梭成快乐的小鸟，在她向往的自由天地任性飞舞。捡鸟蛋，折蒲棒，捉蚂蚱……不多久，蒲生用蒲条编结的草袋里就装了满满一下子。她叫蒲生给她编蒲草帽，蒲生立即折蒲编帽。戴上碧绿的蒲草帽，再插上几朵清香满鼻的野花，对着清澈的水面一照，哇，真是漂亮的小仙女啊！秀苇看着水里自己俏丽的面容，心里竟无由地爬上几缕失落的暗影。高白平怎就不懂她呢？怎就不能陪她一道共舞这人间美景呢？想玩就玩，想跑就跑，这本应成为百姓人家最寻常生活内容的东西，对自己来说却来得如此奢侈。一时间，她竟有些顾影自怜，她希望真正懂得欣赏她的人快快出现。

现在，能够带她出来玩的人，就只有蒲生，那她今天就要好好消费他。

蒲生因痛失水儿，这两天整个人的状态一直在起起落落间。对秀苇的出现，他要求自己只把她当大小姐看待，在保障安全的前提下，尽量满足她期盼放松心情的愿望。不过，两个女孩的脸却常常不由自主地叠合在一起，让他不时神情恍惚。他也不知这是怎么了。他掐掐自己，提醒这是大小姐，不要弄错了。

秀苇陡然突发奇想，她想要苇尖上的小鸟，便缠住蒲生给她抓。蒲生轻嗤

一声："鸟怎么抓得住？只有拿这家伙打！"他拍拍肩头的猎枪。秀苇有些害怕地说："那……那鸟儿会疼吗？"蒲生："疼！怎会不疼！"秀苇抵不住诱惑，却又战战兢兢地说："那……那就打一只吧。"蒲生取下猎枪说："遵命！"

蒲生打鸟可有一手了，他先是对着苍茫芦荡"哟嗬嗬"地长吼一声，待数百只野鸟"扑啦啦"惊飞而起时，他再突然瞄准便打。他打鸟，只打鸟的翅膀，不打鸟身。被他打中的那只翅膀一颤，便从空中坠落而下。秀苇便大笑着奔跑过去。受伤的野鸟扑扇着滴血的翅膀试图再能腾空飞起，可它只能做一跳一跳的徒劳的挣扎。她小心抱起它，用手一遍遍抚摸它光洁的羽毛，眼里温情泛滥，罩住了整个鸟。她指挥蒲生采药草给野鸟敷伤，然后说："这……这鸟太可怜了，我要带回家为它疗伤。我们……就别再打了吧？"蒲生点点头。

秀苇玩耍一气后，头发蓬散开，脸上白一道黑一道的，眼眸深处却有两朵星火爆闪而出，闪亮在身边的世界。每个人的世界都需要用某种激情来点亮，身为大小姐的秀苇偏要为另一种自在生活点亮生命价值。她为此疯疯傻傻，弄脏了衣裙，跑掉了鞋子，却依然乐此不疲。蒲生则帮她提着鞋子跟在后。

秀苇奔跑一气有点饿了，蒲生赶忙摘来一大捧野菱、莲子、枸杞头，又拔来芦根、蒿筒心。秀苇每样都尝一点，只觉得又脆又嫩，甘甜爽口，不由惊叹："想不到芦荡还有这么多好吃的！"

在一片浅水地里，秀苇的脚趾突然被一个坚硬的东西夹住了，痛得她尖声大叫。她抬起脚，竟从水里拖出一只大螃蟹！这家伙身披铁甲，两只大钳死死夹住她脚趾，八条腿乱抓乱动，嘴中直吐白沫，样子十分凶狠。她脚怎么甩都甩不脱螃蟹，痛得眼里闪出莹亮泪光。

蒲生赶紧将她脚板按到水里晃几晃，螃蟹便乖乖松开脚趾爬走了。他说："螃蟹喜水，见到水就会松开的。"

秀苇见脚趾被夹出了深深血印，两颗大泪珠终于滚出了眼眶。她任性大叫："快想想办法呀，我该怎么办！"

蒲生说："土办法倒是有一个：放到嘴里含一含，疼痛会减轻不少。"

秀苇说："脚趾怎么含啊。"

蒲生犹豫片刻，让秀苇坐到一片高地上，自己则蹲下身子，将她的脚趾送入嘴里轻轻吮吸起来。

秀苇果然疼痛大减。脚趾在他吮吸和柔软舌头碰触中感到很舒坦，她眼里的柔光也一点点放大起来。她一个大户人家的千金，身体某个部位在一个男子的嘴里吮吸，这在平常是不可想象的事。高白平跟她很要好，却也不敢冒犯她。可眼前这个男人，却用特殊的方式“冒犯”并照顾着她。这个男人虽身份低微，却是唯一真心实意照顾她的人。一时间，她心里泛起复杂的情愫，不知该怎么看待他。

秀苇不说停，蒲生也就老老实实的吮吸个不停。她就这样用心看，用心享受。等蒲生终于停下时，秀苇眼里大片大片的柔光中竟透出那么一点的女儿羞。

过不了一会，秀苇又把她银铃般的笑声摇响在茫茫大芦荡。她快乐走动，突然脚一滑，跌倒在泥水里，脸上、身上全是污泥。她气急败坏地耍起了公主脾气：“都怪你！都怪你！也不搀搀我！还不快帮我洗洗！”

秀苇说笑就笑，说发怒就发怒，这种率性而为的大小姐脾气，别人或许还伺候不了。蒲生却不急不慢，帮她洗手抹衣，还用她的小手绢帮她一点点擦去脸上的泥迹。不过，在碰触她的肌肤时，他心里还是有点慌，自己已有了水儿，怎么还和另一个女孩靠得这么近？

当蒲生的手指带着男子特有的温热和气息从她脸上抹过时，一种奇怪的感觉从脸上传遍全身。奇怪，以前和高白平在一起时怎从没这样的感觉？她自己再摸摸脸，脸竟有些微微发烫，心也跳得有些快。自己难道对他有点意思？不会的！不会的！

两个女子的面孔又在蒲生面前叠合了，并有清新的女孩鼻息和幽幽肌肤香隐隐透过来，悄悄爬到他心上，让一幕幕上演过的情与梦再在心间淌过。秀苇见他这样痴迷地盯着自己，狠狠捶了他一拳。一拳惊醒梦中人，蒲生见陪伴身旁的是秀苇，而不是水儿，不由移开目光，把怅然的眼神划向蓝天，然而蓝天过于悠远，那里没有他想念的人存在。

“砰！砰！砰！”

突然远处传来三声枪响，接着传来混杂的脚步和叫声：“抓住他！别让他跑了！”

蒲生慌忙将秀苇按倒在苇丛里。秀苇吓坏了，整个人在他胳膊下瑟瑟

发抖。

蒲生说得没错，芦荡里充满危险。秀苇想在人天合一、恬静如诗的旷野里大大舒展一回自由自在的感觉，想不到竟也充满凶险。自由，是高悬的梦想，要拿来体验一回，却是那么奢侈。

蒲生安慰她："别怕，有我呢。"

秀苇从这话感受到了力量，心里不那么怕了。是的，风平浪静的人生没有意义，不出来哪能见识到这么多事。

芦苇一阵响，一个大汉拖着受伤的大腿吃力地向前跑，他所跑之处留下了点点血迹。也许大汉觉得这样跑很危险，便跑到水边跳入小河，向东边的那片苇丛潜水而去。

蒲生赶紧叫秀苇往离血迹远一点的苇丛躲藏，自己则移到另一边，以便关键时引开追兵掩护秀苇。

秀苇刚离开，七八个二皇就已追击而来。他们见到尚来不及躲藏的蒲生，便喝问："干什么的?!"

蒲生见领头的正是那日陪同自己一道去张府救宋爹的那位，赶忙上前打招呼："哟，长官，你不认识我啦？我是魏队长的熟人呀，上次不是你和我一起去张家救人的吗？"

领队伪军向他抱抱拳："幸会！你看到新四军的探子从这儿跑了吗？"

蒲生大脑迅速转动。上次二皇严重失信，伤他伤水儿，这次何不借机小小报复他们一下？再说，他虽不知道新四军是怎样的军队，但他们既然和二皇对着干，就值得帮忙。他说："我……我看到有个腿子受伤的人游过南边的小河，向南边逃去了。"

伪军见血迹在河边中断，便游水向南边追去。

蒲生朝他们背影吐了口唾沫："谁叫你们不讲信用的！"随后，他脸上露出计谋得逞的冷笑。

此处不安全，蒲生赶紧叫上秀苇就跑。他们来到木船边，心细的秀苇惊叫道："有血迹！"蒲生仔细一看，果然，血迹伸延到船边就停止了，难道是那个大汉？他吓得心跳手抖，连话语都透着颤音："大哥，是……是你吗？"

受伤的大汉极其艰难地从船后的苇丛中站起来。他是看到此处有船才朝这边跑来的。

秀苇吃惊地说："是你?!"

又是秀苇抢先认出来，原来这人是上午挑着担子给他们解围的那个汉子!

按理说，是好人就得帮一回。可是，老爹那"不惹事"的家训又声声响在耳畔了。自己救还是不救？救，自己会面临风险；不救，道义上说不通，上午如没人家帮助解围，自己和秀苇能逃得这么顺利吗?

秀苇捏了一下他手。他蓦然间有了自己的决定。有时救人并不需要那么多理由。人的一生起起落落，谁没有需要帮助的时候?

他将大汉搀扶上船，迅速扯了把艾草嚼烂给他敷伤，并脱下衣褂为他作简单包扎，再用油布将他罩住。做完这一切，蒲生急速摇橹离开此地。

天空中不知何时生起团团乌云，荡子里风高浪又急，一场大暴雨正在酝酿中。蒲生为了尽快赶路，扯起风帆快速往镇上而去。

到了镇边，蒲生想把汉子暂先带到陈老板家柴房以便医治，但汉子不愿连累无辜群众，只要他把船靠在镇西北侧的老柳树下让他上岸就行，他自有去处。蒲生从这些细节断定他必是好人，自然遵从。

镇西北侧的老柳树旁果然安静，没什么人。临上岸前，蒲生找了根木棍给大汉走路用，秀苇则不忘塞给他一点钱，给他医治用。大汉连声感谢。

蒲生扶他上岸后，两人互通了姓名。大汉说他叫"杨大成"，并说后会有期。两人就此告别。

蒲生、秀苇回到陈老板家不久，一个遍身血迹的伙计跌跌爬爬摸进门来，惊恐万状地对陈老板说："老板，不……不好啦，出……出大事啦!"

陈老板这两天一直提心吊胆，此刻担心得到了验证，他惊慌失措连人带凳倒在了地上。蒲生赶忙将他扶起来。

陈老板惊叫道："你……你快说，到底出了什么事?"

伙计哭着说："不得了了，那……那收回的两船粮，在回来时遇到了日本人的铁板船（巡逻舰），两船粮全……全被抢走啦！我是跳水才逃回一命的，银锁他们三人……生死不明啊……"

"天……天啊，老天杀人啊……"陈老板气怒攻心，一口气上不来便直挺挺地栽倒下去。他双目紧闭，口吐白沫，不省人事……

一声霹雳划破长空，暴雨随即以排山倒海之势倾压下来……

第九章　天灾人祸

水，至柔又至刚，润物又毁物。

水城是江淮地区著名的“锅底洼”，地面真高不足 2 米，而上游湖泊发水时常达 9 米以上，所以生活在这里的人，头顶上都顶着一个湖。一旦上游湖泊和古运河大堤崩塌，水城“宝塔尖上挂水草”的可怕梦魇就得再度降临。每遇重大洪灾，水城人就得在生死沉浮中经历别离和逃亡，就有“破冢浮棺乱尸集”“新鬼故鬼相间鸣”的人间惨剧轮番上演。因而当地有民谣云：“有水先淹，无雨先旱，先旱后淹，夹棍讨饭。”邑人曾作诗云：“我来泛舟如泛海，两涯哪辨牛与马。水荇自青蒲自绿，百里茫茫无茅瓦。”

1943 年夏，水城正经历着这样一场水的浩劫。

惊雷连珠炮般炸响，直上直下的闪电如狂飞的银蛇发泄着冲天的淫威，暴雨如倒悬的湖海，把深仇积怨疯狂地泼向人间。空气里弥漫着浓浓的水腥味。湖荡里巨浪翻滚，发出惊心动魄的吼声。仅仅十多天间，城外便变成茫茫一片泽国，城里半数房屋被淹，水城危在旦夕……

蒲生一行直到第四天，才利用暴雨间隙强行突破返回水城的。一路上，他们见到三三两两的灾民蜷缩在汪洋中露出一角的屋脊或树梢上，眼里充满了惊惧和绝望。蒲生惨痛地闭上了眼睛。他是想下水救人的，但遭到阿才的强烈反对。阿才说：“谁下水谁死，现在谁管得了谁？”最后蒲生在和阿才打了一架后，才就近救了一对母子上船。阿才捂着流血的鼻孔说：“等你有了大难，谁会来帮助你呢？”蒲生无语。在涛涛水浪中，人做出什么样的选择，有时真的很难。

再说阿才。那天在长沙镇，他竟失踪了一整个白天，直到傍晚才色彩飞扬地回来，如不是看到陈老板病倒，他会手舞足蹈大肆庆贺的。原来，他又利用来长沙镇进货的机会，与他喜欢的那个姑娘幽会了。据他说，这次幽会进展神速，那位姑娘已同意嫁给他，他还大胆吻了她。他兴奋得直嚷："哈哈，我阿才快要有婆娘啦！我快要有婆娘啦！"秀苇朝他一撇嘴巴："没出息。"蒲生也批评他说："你不该一声不吭擅自行动，至少要说一声，万一这边有事怎么办？"阿才说："人不为己，天诛地灭。"他又朝蒲生说："谁像你，成天一副傻模样！"

回到水城，由于四座水关均已关闭，他们只得把船暂先划到蒲生家屋后不远的河边，待水退后再送还米行。阿才上岸后拔脚就跑，说要赶紧回家看老母。蒲生则先把被救的母子搀扶上岸，秀苇又把剩余的零钱都给了他们，愿他们一路平安。随后，蒲生送秀苇回家。

回到米行，陆财神见失踪几天的女儿突然返回，又见蒲生进货多日空手而还，气得老脸扭曲得变了形，吼声可与外面隆隆雷声比高低。秀苇则抓住他胳膊撒娇道："爸，是我自己偷偷溜上船的嘛，不怪蒲生。运不到粮，是天灾人祸嘛，干吗怪他们呢？"陆财神怒不可遏，连她一起骂："还有你，一个大小姐，没规没矩，传出去看你还怎么嫁人？!"秀苇嬉笑道："那女儿就不嫁了，在家陪老爸。"她帮助陆财神捶胸抹背，终于让他慢慢平息了怒气。陆财神说："去化个妆，好好准备准备，晚上陪我去高家。"秀苇自然不敢违拗。

蒲生听陆财神说要带秀苇去高家，自然明白他是去找高白平那当警察局长的父亲套近乎，深感心中的女神离自己越来越远了，他失落的眼神就像堆积空中的云，沉沉的没有一点光彩。不过，她这样大户人家的千金本就不属于自己，自己还是好好想想怎么找回水儿吧。这么想着，他又渐渐安心了。

蒲生回城数日，暴雨依然如瓢泼似倾盆，没完没了、铺天盖地倾压而下，街上积水像卷苇席般向内外河奔汇。水位暴涨，全城告急，整个水城就如洪水包围中的孤岛，在风雨雷电中进行着生死挣扎。而广袤乡村则更是遭遇了灭顶之灾，举目远望，滔滔洪水中，一座座村庄如弹丸一样点缀于茫无际涯的水云间。骤然出现的水城数十万逃难大军，在丢下成千上万具尸体后，一路以树皮、草根、观音土为食，哭爹喊娘逃往异土他乡……

在大暴雨中，蒲生整个人都懵了。院内，老爹筑起高高的土堆阻挡洪水入内，并不停用脸盆往外刮水；门外，早已进水的街巷上挤满了蓬头垢面、衣衫褴褛的灾民，风雨声、叫喊声、哀哭声响成一片。家家户户闭门自救，

整个城市以冷漠的表情看着这些无助的灾民在风雨中自生自灭。蒲生也没什么吃的了，他把早上自己省下的两只米饼递到门外，迅速涌来十多个人来争抢、厮打。蒲生扭开脸去不忍再看了。如果换作自己，在生死沉浮中还能保持这份镇定和尊严吗？

蒲生曾想冒险去宋王庄看看，但逃难来的人说，宋王庄也被淹了，庄上人全部外出逃难了。蒲生心情沉重，他恨不得撕破老天厚重的阴霾，把久违的阳光从云层里放出来，照耀苦难的人们。他同时默默祷告，希望上苍佑护宋爹一家人平平安安。

米源告急，使陆财神如团团乱转的困兽，暴怒而无奈。由于近年来局势趋紧，他聚积的粮油本身就不足，再加上近几次进货不顺利，他原本借着水灾囤积居奇以高价出售的愿望大打了折扣。尽管如此，他还是作出重大决策：一是裁员一半，收缩经营；二是储粮限购，每家每次限购仅够一天食用之粮，给你时还得放到水里泡一下，迫使你无法贮存。这一招很厉害，由于粮价天天暴涨，居民次日再买就被迫出高价。与此同时，陆财神还带秀苇去高府拜访高白平之父高文虎，通过特殊渠道又搞进一批粮，如此抵挡两个月不成问题。

由于秀苇的求情，蒲生在这次大裁员中侥幸留了下来，但工钱被打了折扣。这个陆财神，把什么都算得鬼精的。通过这次水灾，蒲生进一步看穿了陆财神唯利是图、见利忘义的奸商本色，再回想起他当年对生父落井下石的罪过，一股无名之火倏地蹿上心头。他决定寻机搞他一下，让他把吃进的不义之财吐点出来，还之于民。

陆家米行各米店依然高挂限购牌，公然宣称无多余存粮。店外人头攒动，灾民抗议声、哀求声不绝于耳；大堂内陆财神吞云吐雾享受大烟之妙，气定神闲坐等大灾之财滚滚来。蒲生看着风雨中求购粮米不成而苦苦抗议、哀告的群众，心中一横，私下通过某种渠道把陆财神准备晚上运走几大板车粮食的信息传了出去。当晚，米行几板车粮食推出不远，事先获悉的灾民一拥而上，转瞬便把粮食抢个光。陆财神暴跳如雷，蒲生一旁窃笑……

次日，蒲生正在雨中走，突然背后传来一声断喝：“蒲生，你给我站住！”他光听声音就明白了，他遇到难缠刁妇阿凤了！他浑身一颤，肌肉紧缩，想逃已来不及了。

阿凤头戴斗篷，被雨水打湿的粗布褂紧贴着微微隆起的胸脯，大滴大滴的雨水顺着她身子直往下流。她冷酷的话语伴着浑身的阴冷之气扑面而来：“枉我男人为你白送命，你总是躲着我，难道我是瘟神恶鬼?!”

她越叫越凶，斗篷掉了，头发散了，泪水、雨水中在冰冷的脸上恐怖地流淌。她突然伸出尖尖手指直朝他脸上抓去。

蒲生大惊失色，连连后退。这个女人太可怕了，难道她是自己命里煞星，自己躲都躲不掉?

这个女人一唱二哭三上吊之类的十八般武艺样样精通，这不，又拿腔捏调地当街表演起了哭泣：“死鬼呀，你死得好冤，你……你竟为这种没良心的送命啊，我……我孤儿寡母怎么过啊……”

蒲生知道今天躲不过，只有主动把自己交给她差遣。他说：“嫂子，你有什么事就直说吧，我蒲生绝不会偷懒。”

阿凤立即停了哭：“你也知道要帮我做事啊，那还不快走!”阿凤推搡着他离开了这里。

来到阿凤家，竟发现地上几乎没有一块干燥的地方，原来屋顶多处透亮，雨水通行无阻。再看看桌上，几块麦麸做的干结的小饼，一碗米糠掺小米煮成的稀粥，一大把白嫩的野草根……天啊，这是人吃的东西吗?再看看酣睡的小孩，脸色蜡黄，骨瘦如柴……这没有男人的家，就是不行啊!他心里一酸，愧疚地喊了声：“张大哥……”

阿凤说：“你也知道对不起张大哥了，你知道该怎么做了吧?”

蒲生随即戴上斗篷，披上蓑衣，在巷口装了半桶烂泥，再取一捆蒲草，站在凳上爬上草屋，将一处处漏洞全都补好。

随后，他给阿凤挑水、劈柴、修桌腿、买米。

在蒲生干活时，阿凤则站在一旁一声不响地看。她把蒲生和丈夫生前忙碌的身影叠合在一起，忽然眼里多了种奇异的光。是的，家里是该有个男人了，这个男人必须像蒲生这样憨厚、忠实、能干……

蒲生干完这一切，已累得浑身散了架一般。这时天色已暗，大雨依然没完没了。他就洗洗手，准备回家。

“蒲生，吃完晚饭再走吧!”奇怪，女人声音竟变得温柔起来，连蒲生听了都感到怪怪的。

“不啦，我这就走。”

“那……就等雨小些再走吧！”

“不啦，这就走。这斗篷、蓑衣还你……”

“不，外面雨大，你都带走，天好再还来吧！”她像伺候男人一般，麻利而细心地帮他穿戴好雨具。

蒲生好奇怪地看她一眼，走了。

阿凤在雨巷中看着他远去，眼里竟生起些许柔情和怅惘……

路上，他由刁蛮阿凤想起了柔情似水的水儿，心里直叹，同样是女人，差别怎这么大，他庆幸自己有缘与水儿这样知人懂人的好女子相识相爱。他想，自己好久不知水儿情况了，不妨顺路去探听探听有无她的新信息。

这样想着，他又不知不觉来到了城防司令部大门前。

在大门前，他看到一个个达官贵人走下黄包车，撑着油纸伞相互拱手客气着踱入大门内。他想，今天这么多人入内，难道里面在办什么事？他想跟随这些贵人混进去看看水儿，却被卫兵揪出来一顿打后赶走。看来，一个人连富贵、贫贱都有标签，为自己改换命运标签真的很难啊。

他正为无法探听水儿消息而发愁，忽见上次给自己传话的那个女佣正和一个伪军吃力地抬着一篓子甲鱼准备进门，赶忙上前打招呼，并询问水儿的事。

女佣把他拉扯到一边，正色道：“你又过来做什么？想活命，赶紧走开！”

蒲生“扑通”跪下，连连作揖说：“大妈，求你告诉我水儿的消息吧！”

女佣说：“你还不知道？今天可是水儿姑娘和周师长的大喜之日啊！”

如一记天雷击在头顶，他头晕目眩、站立不稳，如不是赶紧扶着墙壁就得倒下。他不相信，他怒火冲天，他要问个明白！

女佣只留下一句“赶快回去”，便和伪军抬着甲鱼进门了。

大院内鞭炮齐鸣、锣鼓喧天，看来婚宴正式举行了。蒲生仰天长啸，他吼声欲与鞭炮、鼓乐试比高，却阻挡不了水儿成为别人的新娘……

是的，大院内正在举行婚礼。周洪发几天前便接来了水儿一家人。宋爹虽看好蒲生，但事到如今他已无回天之力，只有祝福女儿幸福了。

大礼堂内，披红挂绿，张灯结彩，台上一字排开几十对手腕粗的红蜡烛，红艳艳的烛泪滚滚流，在烛台上凝成了大把大红玛瑙似的包块。而台后的新娘也把长长的泪水流过昨天和今日，在心中凝结成大块大块的楚痛。别人见她梨花带雨分外娇美，可有谁能读懂她流泪的意思……

礼堂里，一百多桌山珍海味昭示着婚宴的空前规模和档次，本县军政要人、名绅大贾齐来庆贺显示这场婚礼的显赫声势。在阵阵鼓乐和众人欢呼中，伪师长周洪发携新娘水儿登上礼堂前台。水儿打扮得媚似水，娇如花，俊如云霞，美比明月。然而她透着勉强笑意的含泪眼眸，却让她光鲜的外表透出一种无言的悲意……

周洪发举杯朗声说："各位先生女士、兄弟朋友，你们今天特来为鄙人的婚礼捧场助兴，周某十分感激！就让我们开怀畅饮，尽情说笑，一醉方休吧！"

众人齐声喝彩，站起身举杯一饮而尽。

周洪发气宇轩昂而又显得彬彬有礼，与大家频频互动却又不忘照顾水儿，在大家起哄中还和水儿喝了杯交杯酒。不了解的人见了，一定以为他是个模范好男人，可是，一个貌似温文尔雅、喜欢做足外表文章的人，往往是最可怕的……

周洪发做事注重谋略，以温情杀手杀人于无形。他从俯首帖耳、低眉顺眼的小跟班做起，一路俘获无数上司的心，在哈巴狗与狼性的巧妙结合中一路爬行得很快。直到有一次他将手伸向了某上司千金，他谦和背后的狼性才渐渐为人所知。他为此栽过跟头，却在策略设计和关键场合的抉择中转危为安。他原是国军杂牌军的副师长，在上司面前装够了龟儿子，终于在国军节节败退、日军大肆侵吞我华东国土之际，设计温情脉脉地将上司送上了断头台，他则带领队伍投靠了日本人，并借助日本人最终坐上了正师职的宝座。他常说的一句话叫识时务者为俊杰，在世事沉浮中实际利益才是他压倒一切的砝码。不过，这伪师长的宝座并不好坐，日本人手伸得太长太细，他得加倍用心伺候和应对，这装孙子稍有不慎便会失去宝座甚至死于非命。他在日本人面前笑得很虚假，背地里摔酒杯、骂娘怒得很真实，真真假假、虚虚实实，他这样伪装久了便活得很压抑、痛苦。他迷恋这样的活法，他已摆不脱用笑容捧人乃至杀人，他笑中怒、怒笑结合。笑是一把双刃剑，助他又剜割他的心。他排解这种痛苦的办法就是找女人，他只有在对女人的征服中才能真正发泄自我、做回真实男人……

周洪发征服女人有个特点，即喜欢饶有兴致地看着猎物一点点沿着自己所设计的路径上钩，而非用暴力一下子便占有，这就如饮酒一样，一饮而尽并非最好，慢慢品尝、玩味才有感觉。而一旦等两人的关系揭开最后一层幕，他便透过温柔把骨子里的狼性演绎得淋漓尽致。只有在这个时候，他才感觉自己是个无所顾忌、大展欲望的真男人。

他原本女人不多，可自从成了日本人的龟儿子，他短短两三年间身边骤然多了数个女人。前不久，他在水城宴请小冈大佐一行，席间还拉上由自己妻妾组成的女子乐队为大佐弹歌尽兴。小冈醉眼朦胧间，拉上一个周洪发刚纳不久的娇妾到自己身边。心中灌满酸意的周洪发以笑像哭的古怪面容，催促小妾主动投怀送抱，陪小冈饮酒作乐。酒后，小冈大笑着抱起小妾进得屋里……临走，小冈和另一个日军军官一人搂抱一个周洪发的女人，满意而去。整个过程，周洪发都恭恭敬敬、服服帖帖，而等小冈一行离去，他柔顺的眼里便跳出狰狞怒色。这一晚，他对着他的女人们疯狂嘶喊："你们都是我的！我的!!!"一个小妾还没来得及叫喊一声，就被他一嘴的恶臭和酒气熏得差点晕过去。痛失两个女人的他眼里火光冲天，使得该妾下身大出血送医院急救方止。他终于在女人身上找到了所谓的男人的血性和勇敢。第二天，他眼里又重新写满慈父般的温柔，他呵护、照料他的女人们，心疼得几乎要落泪。他也说不清楚，自己的行为算不算是个真男人。

此事发生后，他又开始新一轮寻找，他需要有新的女人来填充他男人臆想的缺位。

那天，周洪发在老街偶遇水儿，不由为她邻家女孩干干净净的清纯气息所吸引，以至多日过去，她那如水的清澈目光和纯净声息都牵动他的神魂。他已看累了身边的庸脂俗粉，需要换一种气息来润泽一下男人的成功和无奈、辉煌和劳累。他并不急着一下夺为己有，那样没有多大意思，他要下一局棋，他要亲眼看着她一步步走进他所设的棋局里，这样他在压抑中极度渴求的成功男人的成就感、自豪感才会得到满足。于是，他吩咐下去，先摸清她的身份、住址，再借救苦救难的"善举"打动她，继而以琴师的诱惑和各种小恩小惠笼络她。水儿果然按他所设的棋局自动落子，落入他掌中。

这天，周洪发在接小冈大佐电话时遭到一顿劈头盖脸的强力训斥，男人的尊严再一次遭受蹂躏。他真想摔掉话筒痛快淋漓地骂一回娘，可是他不敢。

他被日本人踩在脚下肆意践踏，他男人的尊严又在日本人的支持下才得以强撑门面。他恨日本人，他又需要日本人，他自轻自贱，他又急于找回属于男人的东西。就在这时，水儿带着一股乡野自由的清风走了进来，让焦头烂额、身心俱疲的周洪发蓦地眼前一亮。他直勾勾的眼神随着水儿优美的身体轮廓而游移，他想把她揽入怀中一展男人的征服能力，可嘴中说出的话却是慈父般的温和："水儿姑娘来啦，辛苦啦，欢迎欢迎！以后水城乐队就是你的家啦！"他命人摆开筵席为她接风洗尘，他和颜悦色地亲自为她夹菜、斟茶，他命琴师专门为她开小灶进行专业辅导，令水儿受宠若惊。

自水儿进入司令部后，周洪发除好菜好饭招待她外，还命人带她去店铺选购华丽衣着，多方照料她生活。水儿学琴屡屡受挫，周洪发如儒雅长者耐心细致地在一旁指点，眼里流露的尽是慈祥和关爱。他有时还会拉住水儿的手，一边轻轻抚摩，一边好言安抚。水儿感觉自己的手被一个大男人抓着有些不妥，但看到他满脸挂着长者特有的善意和慈爱，才没抽回自己的手，但眼神显露出难以抑制的诚惶诚恐。周洪发拿开了手，拍拍她后背说："好好练，我看好你。"茶亭下，水儿练琴，周洪发慢慢品茶，细细观赏女人。水儿每有进步，他都要鼓掌、喝彩。对他来说，品读女人重在心境的投入，等品出了幽香的滋味，这人才如好茶，绵香于男人的征服梦和幸福感中。

水儿进城的第四天，依然在茶亭里，周洪发将一大把纸币和金银首饰塞给她。她惊疑不安，她觉得无功不应受禄，她急忙推托着说："周……周师长，我……我不要，不能要……"

"傻丫头，这是你一个月的工钱呀！"

"工钱？有……有这么多？"

"是啊，只要你好好练琴，以后每个月都有这么多。"

水儿讶异而又感激、欣喜。自己真的是在做梦吗？如真有这样的好梦伴随自己，自己和蒲生的将来定会一片光明。她眼里的点点泪光透着憧憬，又闪着感动，她说："周……周师长，我只是个乡下的穷丫头，你为什么对我这样好？"

周洪发表现出一脸的儒雅、谦和，又显现出特别的关怀女子的温存和善意。他掏出手绢，温柔体贴地给她抹去眼角的泪。水儿一阵哽咽，感动得说不出话，只好用静静爬下来的清泪表达自己的感激心情。水儿哭，周洪发就

为她擦泪，并把满眼的怜爱、温情大把大把落在她身上。就这样，他亲眼看着自己喜爱的女人一点点坠入机关重重的大坑中，让他男人的满足感油然而生。

就在这时，侍从官急匆匆跑来叫他接电话，说是小冈大佐打来的。周洪发一听，灿烂心情完全放松在女人天地里的他遭受这猝不及防的一击，脸上皮肉竟怪异地抽搐起来，眼神抖抖的，闪着火星，透着无奈。他抓狂却又无计可施，他恨不得把天下敢跟他作对的一切撕个粉碎，却又感到自己是何等的卑微，他只得冲侍从官发泄恼怒：“你没看到我在和水儿姑娘说话吗？!”

他气恼归气恼，急切并透着慌张的脚步却不敢稍停一下。等抓起电话时，他已本能地打了个立正，站姿毕恭毕敬。

小冈在电话里照例又是一顿强烈训斥，共党偷袭、打击无力、严重失职等字眼吓得周洪发心惊肉跳，额上沁出一层细密的汗珠。也不能说周洪发不尽心，对神出鬼没的共军游击队他就是找不着一个人影，自己在几大重点乡镇的据点却屡遭袭击，难怪小冈如此震怒。

再后来，话机里只听得小冈嗡嗡乱叫声，说的什么大多听不清，不过“再出差错、革职降罪”几个字周洪发倒是听清了。小冈在嗡嗡大叫中结束了通话，周洪发却还在如老鸡啄米般连连点头说：“是是是！卑职一定尽力！一定！一定！”

等搁下话筒，他便“咕咚”一声瘫坐在椅子里半天没动一下，脸色如纸一样苍白，鼓凸的眼珠如死人般一动不动。

侍从官前来听话，周洪发猛然找到了发泄目标，如大神般一蹦而起，把侍从官骂了个狗血喷头。侍从官点头哈腰，连连称是。周洪发看到角色骤然转换，便找到了男人尊严的存在，假充大度地挥挥手，让侍从官退了出去。

再走到茶亭坐下，周洪发的脸色还没有缓过来。他在心里暗骂小冈，这个老不死的，才带走我敬献的女人，就跟我翻脸，可恶！

水儿小心翼翼地捧上茶杯说：“周师长，你……你不开心吗？喝点茶！”

周洪发接过茶杯，鼓了好久的眼珠才泛出一点活性。还是女人对自己好！他的脸色顿时好看多了。

“周师长，你……好像有点怕日本人？”涉世不深、不懂人情世故的水儿，冒冒失失就问出了这句话。

正在喝茶的周洪发怒得差点吐出茶来。她竟然毫不遮掩直戳他内心的痛！他恼怒而羞愧，涨成猪肝色的脸隐隐抽动，心头的隐痛让他的生命乱糟糟。如换作别的女人，他早就把茶杯砸过去了。他愤怒的话语冲到嗓门口，吐出来的却是："怕？这个世界有我怕的人吗？"

"是啊，你有一个师的兵，怕他日本人做啥？"

水儿的话，直刺他内心最大的隐秘，让他本已揉做一团的心更是一跳一跳的痛。他本想发作，但又怕把只差几步路就成为自己女人的水儿吓跑，便把怒气改装成了古里古怪的笑意："这里面的情况，你不懂嘛，嘿嘿……"他干笑几声，以遮掩难言的尴尬。

"报告！"

"讲！"

前来报告的伪军躬身道："报告师座，我们抓到了一个共军游击队探子，请师座发落！"

周洪发闻听此言，陡地从座椅上蹦起，刚刚还阴晴不定的眼神顿时流光溢彩，内心的隐痛霎时化为怒放的心花，让他整个人的面貌焕然一新。他抓住了拯救自我的稻草，他找回了男人的威严，他要把男人淫威化作发泄的团团怒火。他兴奋得几乎嘶吼起来："打！给我狠狠打！再硬也要把他嘴里翘出缝，掏出游击队的全部活动地点！"

"是！"

周洪发重新在水儿身边坐下，眼里亲切、温柔的波光流动不息，几乎要把她融化。他说："其实呀，我是个很和善的人，谁叫我是一师师长呢，有时我不得不做出威严的样子来……好啦，不说了，先吃片西瓜，过会我再来听你弹琴……"

水儿有些读不懂他，不知他何以表情一瞬几变。她又想起蒲生来了，这边再好，也不如和蒲生在一起时那无所顾忌的笑语欢言，那梦一般拉得很长的如歌恋情。她轻幽幽地叹了一声。周洪发只顾贪恋她的美色，哪里知道她潜藏的心事……

后来，水儿去看望过蒲生，哪知两人在乐队去留问题上分歧严重，让两人不欢而散。她想，等自己在水城站稳了脚跟，等自己在乐队有了出色表现，一定会给两人带来幸福生活，蒲生也终会理解的。

一天午后，水儿一个人坐在院中花树下发呆，有些茫然的眼光望着前面不可知的地方。她来司令部有些日子了，她除了和琴师一个人学，到现在还未和乐队成员合练过，这要到什么时候才能学成啊。还有，周师长和身边的人虽对自己很客气，但总觉得少了点和蒲生在一起的那种亲和力。她孤自叹了口气，她的幽幽气息带着她的淡淡愁绪郁积在她视线，让她难以开颜欢笑……

“哟，好水灵的妹子呀！”身旁忽然有个女人不阴不阳地说道。

水儿移首一看，身子不由一颤。她看到了一双眼，一双与众不同的女人的眼！这眼大大的，深深的，像装进了悠远的蓝天，朝你一望，竟有看不透的幽幽冷风爬过来，让你感到有说不清的透心凉意。

水儿蓦地想起，这些日子她看过好几次这样的冷眼，她们用这样冷森森的眼将自己隔在了一堵墙之外。她不知道她们是些什么人，她们会是那个乐队的成员吗？她们为什么这样看着自己？

现在，终于有了一个开口说话的，但不知为何水儿却不敢和她说话。

“只可惜呀，一朵鲜花又快插在牛粪上！”女人嘴角毫不掩饰地露出几缕带有讽刺意味的笑纹。

恰巧这时周洪发来了。他赶忙赶那女人走。女人不走，他就哄她走。女人鼻孔里冷哼一声，走了。

水儿有些紧张地说：“周师长，这……这人是谁呀？”

“她大脑不正常，别睬她！”

“是……神经病？”水儿心里灌进一阵阵冷风，背脊也爬上了丝丝凉意。

她哪里知道，这女人乃是周洪发的七姨太王雅芬，也就是前不久大出血差点送命的女人。

而对周洪发来说，他原是吩咐暂不让水儿这么早和他的妻妾们见面的，以免坏他的好事。他为此向照应水儿的人大发了一通火，如若再出现此类失误，定不轻饶。

为防止夜长梦多，周洪发准备提前收网了。

这天晚上，周洪发照例又请水儿吃晚饭。周洪发酒喝得正酣时，忽然胡言乱语起来，他要她从此喊他周大哥，他说会一辈子照顾好她。水儿正怀疑他是不是喝醉了时，他突然手一拽，把她拉到了他怀里。水儿正吓得不知所措时，他已仗着酒劲在她娇嫩的脸蛋上吻了一口。

这骤然巨变把水儿吓坏了，她目光颤颤的，如受惊小鸟般不知往哪躲藏，嘴里竟讷讷说不出一句话。过了片刻，她才一边挣扎一边惊慌地说："周……周师长，这……这不能的……"

有水儿玉体在怀，有清甜的少女气息流转身心，他男人的征服念头在全身经脉里流动起来。他动情地说："水儿，周大哥从第一次见到你就喜欢上你了……我……我虽岁数大些，可是以我的武勇和才略配你的美貌和贤淑，一定会成为一对好夫妻的！水儿，答应我，做我的姨太太……"

周洪发的话，犹如惊雷轰顶，让水儿顿时清醒不少。她欲成为一名琴师，原来只是一个梦想、一个圈套；周洪发扯去其谦谦君子的面罩，原来他就是一个老色狼。她后悔自己没听蒲生劝告，以至落入周洪发精心设计的陷阱！不！她决不做别人的什么姨太太，她只想重回自己乡野小丫头的身份，与蒲生做一对平民小夫妻！

水儿拼命挣扎，周洪发却不愿放开。他并不想动粗，那样他一个堂堂大师长会很没面子，会让他感到做男人很失败。他做了这么多的铺垫，就是想让她心理防线陷于自溃，乖乖地投怀送抱，成就他男人的征服欲。可是现在，水儿却显出十分的不愿，这让他感到很意外。他手稍一松，水儿便挣脱而出。

水儿"扑通"一声跪在他面前，泪流满面地祈求道："周师长，你的恩情，就让水儿做牛做马来报答吧，只是那事，万万不行……"

周洪发差点气炸了脑壳！他一个情场大高手，一个指挥数千兵马的堂堂大师长，征服的女人无数，还没有一个胆敢当面拒绝，是不是不要活啦?！他花费这么多的时间、精力去设局哄骗一个乡下小丫头，她居然不识抬举大胆顶撞回绝，这这这……这真是反了天了！他真想一怒之下伸手一把撕了她，以解心头之恨！不过他不想做男人这么失败，自己如果连一个小女人都征服不了，还能奢望做什么驰骋疆场的大将军！

他的脸色几经变幻后，终于慢慢缓下来。他扶起水儿干笑道："水儿姑娘你怕啥，有周大哥为你撑腰，你还怕有人吃了你不成？大哥刚才只是跟你随便说说的，不要放在心上，好吗？不过，大哥倒是真心喜欢你的，你有空再好好考虑考虑大哥的话，好吗？"

次日，先后有周洪发的两大心腹前来大吹特吹周的文韬武略，滔滔不绝

地吹捧说两人是天造地设的一双，还列举了嫁给周师长的种种好处。水儿想都没想，直接拒绝。她本想说出自己已有恋人的，但怕说出后蒲生会遭致报复，故忍住未说。她还提出重回宋王庄做她的渔家女，但遭到心腹的拒绝。心腹最后留下话说：“你再好好想想吧，想通了就去告诉师长吧，他在等你过去呢。”

周洪发听到心腹的回话，简直要气炸了肺子。他针对女人的棋局，几乎屡试不爽，而这一次还剩最后一步棋时，他竟意外陷入死局，这让他一个堂堂大师长颜面何存？对不按游戏规则走的女人，他的办法就是用男人的方法来解决！

这天晚上，周洪发命人请水儿过去吃完饭，水儿没去。他就直接上门，叫人在水儿卧室摆开酒菜。水儿不便再拒绝，只得陪他坐下吃喝。周洪发依然很绅士地照应她吃菜，还热情地给她倒了一杯米甜酒。她本来准备不喝的，在周洪发一再好言劝说下，便勉强喝了半杯。哪知，这酒一下肚，她便头晕目眩，眼前的周洪发变成了数个重叠的人影。他温柔地摸了下她柔软的头发，晃动着体贴、怜爱的眼神又隐隐浮现着得意的笑意。他的人影在她面前越发模糊，她看不清楚他，她最终软瘫在他手臂中。

他每收服一个女人，他就多一份男人的存在感。在这个起伏不定的乱世，这一刻高高在上，下一刻说不定就成为阶下囚甚至枪下鬼，而一回回征服女人，会让他的信心不断爆棚……

他刚刚还以优雅闲适的心境品味着自己的行动，忽然他又惊怒当场。天，他梦魂萦绕多日的她竟不是处女身！这些日子他百般呵护的人竟是个破鞋！竟然有其他男人胆敢捷足先登了！他顿时感到了男人的挫败感。日本人欺压他，共军游击队不让他安身，其他男人竟抢先……积郁心中多时的怨气、怒火急剧膨胀，差点炸飞他自己。

昏迷中的水儿渐渐醒来，她迷糊渐而清晰的视线中，周洪发如狼一样横在自己身边。她脑子里“轰”的一声响，她的世界碎了，她的梦想碎得连一缕烟尘都没有留下。

周洪发蓦地掷掉烟，竟揪住她头发把她拉得立起来。她痛得想嚎嚎不出，她感觉自己这回真的要死了。眼前这个在她面前一直谦和有礼的男人，怎么骤然间成了魔鬼？他究竟是人，还是鬼？

周洪发紧跟着又狠狠抽了她一大巴掌，打得她晕晕乎乎，似进入了地狱的混沌之境。在大脑迷糊中，她只听得耳边一片嗡嗡声，具体内容听得不很清楚。而周洪发只是反复狂喊："贱人，你快说，你勾搭的野男人是谁?！我要碎了他！碎了他！！！"

他抓着她反复摇撼。她终于听清了他的话。

周洪发眼里忽然喷射出一股要杀人的怒火："那男人是不是第一次见面时碰到的那个年轻人?"

水儿浑身一激灵。他说的是蒲生！他一旦得知自己和蒲生的关系，一定会疯狂报复！她赶忙说："不是他，是水匪！"

"水匪?！"

于是，水儿含着泪把那日在芦荡遭遇水匪蹂躏的惨痛经历讲述了一遍，言明是水匪夺走了她的贞洁！

周洪发一声暴喝，面孔骤然间被怒气扭曲成可怕的紫茄子。他不允许自己的女人被人强占，他要杀光所有胆敢给他戴绿帽的人。他大动作踢开大门，大呼小叫命人于深更半夜把副官叫来。

副官惊慌地从床上爬起来奔过来，他不知发生了什么紧急大事。

周洪发在愤怒的控制下失去了理智，他只是发疯地呼喝："快集合部队去剿匪！剿匪！要把那帮水匪杀得一个不剩！快去！快滚呀！"

他见副官听得发懵，一脚踢跑了他："快去！快滚！"

副官听不明白，可只好边跑边老鸡啄米般地点头好："好，好，剿……剿匪……"

副官走后，周洪发"咕咚"一声跌坐椅上，两颗干枯的发愣的眼珠就那么直直地瞪着，没有一点活性和光泽。

周洪发失常的神情举止令水儿十分害怕。她害怕周洪发吃了她，撕了她，进而毁灭她生命中的一切！

果然，周洪发愣了一气，眼珠终于对向她了，并有一团团的火在眼里燃烧开了。他用这火烧遍他的过去和明天，他用烈火证明他的男人本性。日本人让他隐忍，多少难测世事让他无从发泄，他只有把火烧向女人，以此站立他的尊严和狼虎本性。

他再度扑向水儿。他扬起大巴掌一口气打了她十多下，直至打得她没有

反抗之力。他用嘴咬她的颈，咬她的膀子，咬得她浑身是血。他含着满嘴的血大喊：“你是我的！我的！没人能抢得走……”

水儿感到自己向不可知的世界中沉下去，沉下去，沉得无影无踪……

当她被浑身疼痛带回到这惨痛世界时，她感到自己只是个没有一点力气动一下的濒死之物了。她的世界颠覆了，心已被撕成碎片并被他一把火烧毁了。她感到自己只是个虚无的存在，没有爱情，没有梦想，没有生命活性可以站立的方寸之地。她想流泪也流不出了，她的生命正在干枯。

这一夜，水城下了一场奇大的暴雨。水儿泪水伴着夜雨，一串一串到天明……

次日晨，她才把积压一夜的痛苦、愤怒随着一声声撕肝裂肺的炸耳嚎哭从胸腔里喷发而出，急雨般的泪水刷刷倾泻而下。她想扯破浓云来问天，天空以阴沉的冷眼看着她，毫不理会她的情仇。她几次冲击司令部大门，冷血的卫兵将她阻挡在牢笼与自由的分界处，让她飞不出苦和愁。她终于绝望地瘫坐在无法突围的绝境里，任由痛楚把心一点点撕成碎片。她哭得那么凄惨，剧烈抽动的身子如风雨中孤零的叶片飘飘摇摇……

这时她忽然又看到了周洪发的七姨太王雅芬。王雅芬远远望着她，目光阴冷、淡漠，孤傲的脸上总挂着那么几缕讥讽意味的笑纹。

猛然间，水儿似乎明白了，在这个大院内，没有女人能逃脱周洪发的魔爪。王雅芬或许也有自己难言的遭遇，她那种玩世不恭的眼神便泄露了她的一切。而那个所谓的女子乐队，只是周洪发给女人挖的坑。只可惜，她知道这一切已经太晚了。

这几天与水儿相处甚好的女佣张妈来了，她安慰说：“孩子，想开些吧，这就是命啊，任何人都抗拒不了命的安排啊……”

这话，让水儿无比绝望。自从她被水匪摧残后，她就自感有无形的命运怪手捏住了她的命门，尽管她有过和蒲生的一段浪漫情缘，但终归要被命运捏个粉碎。命运，看不见摸不着，却在冥冥中左右人的生死祸福。蒲生说要为自己改命，这谈何容易，命的怪手还没摸着，往往就被命的旋风卷到空中再砸个粉碎。既然抗不了命，那就把这被命运揉得半死的残躯留存于世，好好苟延残喘吧……

命的路被堵死了，她也再哭不出一滴泪。

她拜托张妈带些钱给蒲生，嘱他另择佳偶，斩断两人情丝。想到要与心上人分手，她表面坚决，却心如刀绞，整张脸揪成一团苦瓜，但再也哭不出来了。

蒲生闯进司令部，把水儿吓坏了。她违心赶走了他，自己却被心中涌起的悲意控制住，肩膀耸了耸，没有哭出来，却眼一黑，昏厥了过去……

再说周洪发，他虽收服了水儿，却有逆气血而行的憋屈撕扯着他男人的尊严。这天一大早，他叫来副官询问剿匪情况。副官说正在组织中。

周洪发一瞪恶眼："怎么还在准备?!"

副官小心翼翼地说："师座，这么大规模的剿匪，日本人那边……"

周洪发一听日本人，气就朝上蹿，语气强硬却明显色厉内荏："我剿水匪，关日本人什么事?!"

副官说："师座，你想一想，如果你动用这么大的兵力去剿匪，日本人会是什么反应?"

一股要在胸膛爆炸的怒火硬生生堵在喉道里，周洪发的脸被憋成了酱紫色。他明白了自己擅自行动的后果，自己不去剿共军游击队，却去大规模与非敌我关系的水匪斗，日本人不撤了自己职才怪。只怪自己昨夜一时冲动，没能想清这里面的厉害。

副官又告诉他，他们平日与水匪多有勾结、配合，已经你中有我、我中有你了，这匪怎么剿?

周洪发怒得一把揪住副官衣领，要将他一百六十多斤的庞大躯体提起来，咒骂的怒言铁球般飞滚而出，撞击得这个世界雷声隆隆。等骂了个够，他才如泄了气的皮球，有气无力地将手松开了。他的队伍，已烂到和水匪为伍的地步，他心力交瘁却无能为力。他挥挥手，副官如释重负赶紧跑了。

他身为堂堂师长，却连辱妾之仇也报不了，他有团气出不了，只好找水儿出气。他把水儿折腾得仅剩半条残命，这才慢慢平复了心中的怒气。

几日后，周洪发忽又变得温和起来。他眼里的戾气淡了，一种久违的怜惜之光温润地照着她。水儿毕竟是他喜爱的女人，他想怒就怒，该疼爱时就疼爱，这才是个真性男人。他亲自接过药碗给她的外伤敷药，他哄她吃东西，他甚至极有耐心地亲手给她梳头，他还带她坐上自己的铁板船让她领略他大将的威风。他忽冷忽热、忽残暴忽柔情让水儿很不适应。她外表木然、一声

不吭，内心的惊涛骇浪涌动着她的声音：“你究竟是人还是鬼？”

周洪发很快就确定了婚期。由于洪水暴涨、民心不稳，副官向他提议：“洪水当前，为防刁民闹事，师座是否考虑一下推迟婚期或简化排场？”周洪发怒道：“老子娶女人，碍谁的事啦？谁敢造反，就毙了谁！”

盛大的婚礼仍在进行着。大厅内，男男女女觥筹交错，酒香笑语连绵不绝；室外火蛇般的闪电张牙舞爪，天崩地裂的惊雷震耳欲聋，哗哗暴雨如江河倒悬，铺天盖地。

突然，副官惊慌来报：“不……不好啦师座，管垛镇的刘副团长请你接电话，他……他说一大群灾民今晚抢了镇里的粮库，刘副团长开了枪，死了好几个人呢！”

听说死了多人，大厅内众皆哗然，面面相觑。

周洪发勃然色变，摔杯怒道：“你们这是给我婚礼添乱吗？”他继而朝喝得醉眼朦胧的管垛镇驻军首领霍团长叫道：“霍团长，你这是办的什么事？！”

霍团长打着饱嗝说：“卑职不清楚，卑职失职，这就去了解……嗝……这就去了解……嗝……”

周洪发正要爆发雷霆之怒，突然风雨中传来一群人的叫喊声：

“开仓放粮，救济灾民！”

“要求死保大坝，不要不管百姓死活！”

“……”

周洪发脸色铁青，眼中浓云滚滚电光闪闪。自己好好的婚礼被搅成这样，是可忍，孰不可忍！

他刚命人去查看，就有卫兵来报：“师座，不……不好啦，下面灾民和城里刁民都来啦，他们得知你操办婚礼，又听说县里的大小官员都在这，就……就来请愿啦……”

周洪发放出狠话：“立即包围他们，将这帮刁民轰走，该抓就抓，该毙就毙，不得有误！”

副官刚要走，他又脸色一缓，放低姿态说：“先去好好安抚他们，先许个空头支票，就说本师长垂怜百姓，近期将放粮百担，请他们好自散去。他们如若不听……”他随即做了个强硬的斩首动作。

副官领命而去。

周洪发刚想缓一下气氛，请大家继续喝酒，哪知小冈大佐急促的电话又打来了。他急得冷汗直冒，真是山雨到来风满楼，自己怕什么来什么。

电话里，小冈的吼声如声声巨雷，轰得周洪发心直跳跃。小冈是直冲管垛事变而来的，他猛批周洪发治军不严、疏于防范，他下令严办此事，并威胁将他军法从事。周洪发脸上的汗刚擦去，转瞬又爬上了一道道蚯蚓似的汗串。他心中轰鸣般空前紧张。他随着对方话语节奏不住点头哈腰。

接了一个电话，他犹如从生死线上挺过一样，眼里竟有劫后余生的紧张与放松。他面如死灰，瘫坐在椅上好久没动弹。他甚至怀疑前几年投靠日本人的决策是否正确、值得。大师长，男人的骄傲，真是笑话。

大门外，周洪发笑里藏刀的怀柔策略并不奏效，灾民显然不容易那么好糊弄。伪军朝天放枪后，走投无路的灾民仍是拖儿带女叫喊着往里冲。结果，双方冲突了一个多时辰，在伪军抓了毙了几个人后，灾民才慢慢散去。渐渐远去的绝望的哭声，在惊天的暴风雨里显得那么弱小、无力。惊雷频频在头顶炸响，有灾民当场被雷电击倒。这个世界太猖狂了……

周洪发的结婚喜宴被搅黄了，晚宴提早不欢而散。新房内，周洪发上来就释放雷电之狂，还张开大口直朝她肩头咬下去！

"啊——" 水儿一声撕心裂肺的惨叫划破了天幕，让充满怨怒的泪雨带上了特别的酸楚滋味。水儿叫声长长的拖着颤颤余音，回荡在雷电轰鸣的天地，显得是那么凄厉、恐怖。

外面，雷更急，风雨狂……

第十章　神迷意乱

在这风雨之夜，还有一个失意、伤情的人在穿行着苦难。

雨很大，惊雷频频炸响，银蛇般的电光划破长空，照清了哗哗雨柱和蒲生狂奔乱跳的身影。等那短促的光亮熄灭于茫茫雨海中，这个世界更加漆黑。暴雨打得蒲生肌肤生疼，可是暴雨再狂也不如那看不见摸不着的情伤对他的伤害大。他想撕开胸膛，让暴雨灌进来，好好洗刷一下心里的伤。他想蹿到空中用老拳痛击不公的老天，并与雷电搏斗，一决生死。他已在雨中冻得发紫发乌，却全然不觉，只是用奔跑和痛骂来发泄心中极度的痛楚。

突然，他脚步踩空，滚落到冰凉的市河中。他干脆挥动长臂，奋力往前游，游到对岸后再往回。他边游还边怒骂："周洪发，你这个畜生！你不得好死——"

三趟，四趟，五趟……他的动作那么迅猛，游速那么惊人，分明是在玩命！

突然，空中一个落地雷轰响，一棵百年老树被炸成了一团焦炭。他当即爬上岸，奔到老树旁，捶胸跺足朝天吼："打吧！打吧！把我和周洪发一同打死！哈哈哈哈哈……"

他见树折树，见人骂人，忽然脚下一滑，跌倒在泥水里。他人不人鬼不鬼地在泥水里打着滚，嘴里还不住怪笑："嘿嘿，嘿嘿嘿……"

找遍全城的财顺老爹，终于在半夜时分找到了他。

蒲生被背回家后，一连几天都是见泥抓泥，见雨打滚，嘴里不住怪笑："嘿嘿，嘿嘿嘿……"

邻居都说，蒲生疯了。

奶奶也说，蒲生疯了，一定是恶鬼上身了。她专门请来道士为蒲生驱鬼。

一连几天，家里都是烟雾缭绕，明明暗暗，看不清哪是人，哪里有鬼。其实，有时人与鬼能分得清吗？

蒲生躺在临时搭起的铺上，意乱神迷中只觉得眼前身影晃晃，像人又像鬼。是的，这个世界鬼魅魍魉太多，一个人如果把控不住，人也会变成鬼。他蓦地惊叫着跃起来，想以鬼的狰狞之貌驱赶恶鬼。一名灰袍老道手舞长剑，口中念念有词，忽然口中喷出一团光焰，把神情异常的蒲生吓倒在铺上。

老道惊道："这女鬼好厉害！"

奶奶惊问："这是个什么样的鬼？"

"这是个妖艳的女鬼，缠住他有段时间了，如不及时祛除，你孙子轻会疯傻，重则丧命。"

奶奶惊恐失色，对老道行了个标准的作揖之礼，央求大师赶紧施法驱鬼，救孙儿一命。

老道神秘兮兮地念咒一番，然后剑锋所指，三道神符被赋予无上神力。他将一道贴在大门口，一道贴在房门口，还有一道化为灰烬后和上温水让蒲生服下。

不管道士的法术是真是假，几天后，蒲生不再胡言乱语，神志也清醒了许多，只是他仍木木的，整天萎靡不振。

这时，阿才捎来米行的严正警告：再不上工，自行滚蛋！蒲生虽精神恍惚，却不得不强打精神去做工。是的，在人世风雨沉浮中，生存毕竟是第一位的，没有生存，一切都是空谈。

就这样，他只得暂且把水儿的事放一放，把全身力气消磨在整天的劳动中。他虽也常常想念起水儿，但更多却把痛和恨化作全身使不完的蛮力，在沉默寡语中拼命做工。原本要开除他的陆财神见他如此卖力，不由手捻胡须，赞许地点点头。

这期间，他又两次被阿凤叫去帮助做事。他只是面无表情的做事机器人，在阿凤指点下流程化地一一做完，任劳任怨地干，无声无息地走，拦都拦不住。阿凤见他为人、做事很实在，早已不再呵斥作难，而是在心里升腾起作为女人的某种情愫。

这天，暴雨暂时住了，但仍有纤纤雨丝长长地扯在人间。水儿已是别人的人了，可蒲生对她的情感依然扯不断理还乱。老天为何这样作弄人，既然

已无法牵到她手，何故还要把这有形与无形的情丝连接在天地，时时牵扯心里的痛？

街上缓缓移动着逃难来的茫然无措的灾民，他们有的拄着拐棍，有的老少相扶相搀，有的伸出枯树枝般瘦削的手抖抖活活将草根、树皮朝嘴里送……风雨路上，各有各的苦难，自己好歹还有根无形的情感的线，在不远的地方牵着自己的念想和希冀，可这些人，却面对死亡一步步走向绝望……蒲生唏嘘感叹，心又生悲。他对面前这些人完全可以视若无睹的，他出事时，又有谁能帮他？他虽是个喜欢划算的小市民，却做不到如此心硬。对围上来向他求乞的灾民，他有心帮忙，却无力援助。对围着他执意求助而不肯离去的人，他只得无奈地把空空的口袋翻给他们看。他看到对方凹陷的眼眶里盈满浑浊的绝望之泪，便忍痛闭上眼赶快逃离……

忽然他看到一个人影站在前面挡住了他的路。原来，是阿凤早已在他必经之路上等候着他。

“嘻嘻，看你这傻模样，像丢了魂似的。跟我走吧！”

蒲生一声不吭，低垂着脑壳慢慢地跟着她走。

到了阿凤家，这回阿凤并没有叫他干这干那，而是好奇怪地取出一壶大麦烧和一碟豆腐干。她见蒲生发愣，赶紧催道：“坐呀，请你喝酒还这么难？”

蒲生受宠若惊，一时不知所措。他被阿凤骂惯了，她的反常之举反而让他不适应。

阿凤将他拉坐在凳子上，给他斟上酒，并把筷子塞到他手里。

在如此困难时期，她还能买来这样贵重的东西招待他，实在不容易。

蒲生也就毫不客气地举杯一饮而尽。管他呢，今朝有酒今朝醉，人不能太过执着，该给自己放松一下了。

阿凤随即又给他斟上酒。他又一口饮完。

两个人没有说话，只是很默契地斟酒、饮酒。阿凤眼里的刁蛮之色早已换成点点柔情，让她缺少营养的泛黄脸色显出几分生动和柔和。她好久没有这样看过男人了，她现在越来越喜欢眼前这个实诚的男人。

蒲生很快七八杯就下了肚。他最近以来活得太拘谨，今天这样敞开大喝真是很痛快。他体内的酒意在眼眸里爬出了红丝丝，在他脸上泛出久违的红晕。

阿凤继续给他斟酒。他照喝不误，但也让她给自己也倒上酒。

阿凤说："你想让我陪你喝，行，但你得老实回答我的问话。"

"问吧。"

阿凤把头凑过来，眼里有探究、希冀的微微红光扫描到他脸上："你也不小了，该考虑找个女人过日子了吧？"

蒲生狠狠将酒杯搁在桌上。阿凤的话刺中了他的隐痛，他眉头纠起来，红红的眼珠有火，随时都会喷射出来。

阿凤一擂桌子，嚷道："你这人怎么啦？我好酒好菜招待你，连句话都不能问啦?!"

蒲生知道自己理亏，但眼里依然有火，而且脸上也爬上了大朵大朵的阴云。

阿凤感到奇了怪了，这家伙给点笑脸就得瑟，难道他就该命贱，只配给恶脸？她是个火爆性子，素来喜欢直来直去，她就不兜圈子了，直接作出婀娜之态："你看看，姐我这样子老了吗？还漂亮吗？"

蒲生两眼昏花，舌头已经明显僵硬、发木，说话已经不是很清晰："唔……好。"

好，那就是不错了。阿凤眼里已经光焰流转、脉脉含辉了。她干脆把脸贴近到他脸旁，女性的气息和柔柔的发丝直接抚弄他的脸部神经，让他内心一阵阵悸动。他已经醉了，他好像感到水儿又把亲切的脸放到了他的世界，以至他的天地全部罩在了这别样的温情里。他笑了。他不喝酒了。他认真地看面前这张女人的脸。

他眼前晃动着女性模模糊糊的柔情。他和水儿亲昵的机会不多，但他熟悉水儿的气息，熟悉她的似水情意。可眼前这张脸，相似中似乎又混杂了别的说不清的气息。他想看清楚，却又看不清。在神志模糊中，他蓦地想起水儿不是被周洪发抢走了吗，她怎么又回到自己身边了？难道自己是在梦境中？他这一想，神志有点清楚了。他再仔细看，这不像是水儿的脸。

阿凤嗔怪地说："原来你也就是表面老实，一看起女人就发痴。"

这，不是阿凤声音吗？他浑身一激灵，终于有些清醒了。他知道今天来阿凤家喝酒的事了，眼前这个女人是阿凤，并不是他的有情人水儿。他赶紧摇摇晃晃地站起来说："我……我得走了……"哪知他刚站立起来，脑子里一阵眩晕就让他轰然倒地。他，再也爬不起来了。

阿凤使尽全身力气才把他扶起来，一点点移到床边，再把他挪到床上。蒲生头一落枕，就打着呼噜酣睡起来。

天暗了，屋外仍飘洒着细密雨丝。屋内，点亮了油灯的阿凤已默默看了蒲生很久了，她眼里悄悄生起了优柔的情丝，把眼前这个男人和自己的心渐渐连在一起。有了这情丝，外面风雨再猖狂，她也不会再一个人凄苦独行了……

再说蒲生，尚在睡梦中的他隐隐约约感到有双软绵绵的手在抚摸他的脸和发丝，有一种温柔在一点点透入他体肤。除了水儿，谁还会把柔情留给他？他吃力地睁开醉眼，模模糊糊看到有个女人站在床前。难道真的是水儿来了？他想，不管是现实还是梦境，只要重新见到她，都会很好。他眼窝一热，颤颤地伸出手搂住了她的腰肢。

阿凤又惊又羞地说：“看你这家伙平时规规矩矩，看到女人就不老实了。”

蒲生再迷糊，阿凤的声音总能听得清。他眯起醉眼再看，自己搂住的竟是阿凤！他酒醒了一点，慌忙松开自己的手。

阿凤说：“搂都搂了，别不好意思。”

她是个很直爽的女人，她不喜欢跟男人兜圈子，她看中哪个就直接用行动表示。她俯下身子动情抱住他的头，拢在她头上的一堆乌发扑撒而下，轻摩着他的额角和眼睛。他的酒意又上来了。不过他心里还清楚，这是阿凤，不是水儿，他不明白阿凤怎会对他这穷小子示好呢？

酒精的作用和阿凤的挑逗让蒲生处于半迷糊间，但只要还有一点点意识，他就该想清应如何应对阿凤。老实说，他在男女情感方面对阿凤没什么兴趣，但这一刻他不知为何却挣脱不出。他虽然神志已不是很清晰，却也隐隐约约觉得，自己好像正面临一个抉择。

这时，阿凤抓住他手，并把他手直接移到了自己脸上。蒲生头全乱了，这是水儿，还是阿凤？管她是谁，自己这一刻心里缺的就是女人。再说，凭什么只有周洪发之流能拥有女人，我穷鬼一个就命里该死与女人无缘？

蒲生就这样慢慢沉迷在了阿凤的温柔中……

平日性急、暴躁的阿凤则显出少见的温柔，原本黄布般的脸上竟流动起久违的红红的辉光……

蒲生这一睡，就是整整一夜！

天亮了，外面的雨又渐渐大起来。

蒲生终于从酒醉和睡梦中醒来，头依然胀痛，两眼惺忪、酸涩，全身软绵无力。他看到自己竟贪睡在阿凤身旁，不由心惊肉跳。自己怎么会和阿凤在一起的？他终于隐约想起了什么，心里十分震撼。他慌忙抓起衣服就要下床。

才迷迷糊糊睡着的阿凤也醒了。她拉住他手，懒洋洋地说："你醒啦？也不再陪陪我？"

蒲生更是惊慌，边穿衣服边语无伦次地说："对……对不起……"

阿凤拉拉他，娇嗔道："都是自己的女人了，还客气个啥？"

是自己的女人了？蒲生明白自己犯了大错，顿时目光错乱，心慌手抖。他更是不敢久待，加速穿衣，口里敷衍着："上工时间到了，我……我得走了……"

阿凤说："我给你做早饭！"

"不……不了……"

他如做贼般慌忙打开门溜了。

还躺在床上的阿凤仍沉浸在两人相亲的幸福里，她把全部的柔情堆放在望着他离去的视线里，口中甜蜜地喃喃道："真是个呆子……"

蒲生魂不守舍地走了。他并不清楚他的这次过夜，对他自己意味着什么，对阿凤人生走向的影响又是何其重大。

这以后几天，他不管做什么都是惶恐不安，走路也小偷似地绕道而行。他觉得这事不会就这么轻易结束，他也不知该如何应对此事。

三天后的傍晚，浓重的乌云堆积在头顶，大雨随时会下。在离开米行的必经之路上，蒲生刚出门不远，阿凤就从路旁闪出来，一把拉住他手说："一连离开几天，也不找人家，你还把不把我当自己女人啦?!"

阿凤说起这些话，耳不热心不跳，而蒲生却怕得要死，因为米行下班的伙计随时会看到。他说："快……快放开手，别……别让人家看见……"

阿凤反而娇媚地靠向他："我不怕！我反正是你女人了，我怕谁看见？"

蒲生赶紧挣开她手说："我跟你走就是了，别站在路上！"

阿凤看他张皇失措的样子，不由抿嘴轻笑。她偏拉住他手，和他并行走。他脸涨得绯红，头垂得低低的，生怕被人发现。

到了阿凤家，不用她发话，他就做起各种活儿来：加固门口的土堆以防

外水入内，用洋钉把雨水侵袭后松散的木门固定住，劈柴做饭扫地抹桌，修理破损的桌凳……阿凤只是立在一旁，很欣赏地看他忙这忙那，眼里的柔光把她和男人居家过日子的简单想法照耀得熠熠生辉。她是个直率而简单的女人，她只要有个实诚的男人和她一道撑起一个家，她就满足了。

蒲生忙得脸上出了汗，阿凤便用手巾一点一点很耐心地帮他擦去汗。蒲生做完了这一切，阿凤就把整个身子靠上去，眼里优柔的眼光可以拉扯成长长的抒情诗。

蒲生见她把身子贴上来，立即心慌气急，往后退的两腿直打哆嗦，嘴里嗫嚅一气，只说出“别别别”三字。

阿凤嗔怪地用手一点他额头：“别假正经，人都是你的了，这又不是第一次！”

蒲生退到了墙根，已经无路可退了，这该怎么办？怎么办？他抖抖活活的眼神连同他受惊的心，在这破旧的小屋内竟无处可以存放！

阿凤整个人都扑上来了。蒲生犹如脊梁被人抽去似的，浑身软瘫着摇晃起来。不过，他内心一直有个声音在喊：怎么办？怎么办？难道要让错误一再错下去吗？

阿凤是个急切希望得到男人的人，她一靠上来就要做出亲热之举。蒲生大惊失色。她带着淡淡的羞赧说：“还害羞啊。”

蒲生觉得，该是下狠心说清楚的时候了！再把错继续下去，就真的不好再说了！他于是推开她身子，连声说：“不不不，不可以的，不可以的……”

阿凤以为他人老实不好意思，便说：“都是你的人了，还怕啥？为等你来，我都把小孩送到娘家了。今天，我们正好再好好商量哪天把婚事办了。”

这一句，对阿凤来说是至关重要的，因为她是要找伴。而这一句话对蒲生来说却是惊天霹雳！再拖下去，这事就不可收拾了！

蒲生战战兢兢、诚惶诚恐地说：“对……对不起，上次是……是我酒喝多了，是我……错了，我……我已经有相好的了……”

她不相信，她也不愿相信，她和他那天亲密得不就是完美的一对吗？她说：“你别瞎说，我们都在一起过了，我才是你相好的。”

蒲生“扑通”一声跪下来，泪流满面地忏悔道：“对不起，这……这是真的，我那天喝多了，我……我们不会在一起的……”

阿凤浑身直抖，她是个闹起来不顾一切的人，可她为了挽救自己的幸福，还是凄婉一笑好言恳请道："你知道，我是个苦命的女人，你一定不会拿我当猴耍对吧？我不相信你有什么相好的，我从来没看到你有什么相好的，我也不管你有没有过相好的，你只要好好的跟我过日子就行，好吗？"

说到最后，阿凤已透着明显的哀求了，两行泪水也早已爬行到下巴，滴落到不可知的命运里。

阿凤楚楚可怜的模样让蒲生再度惊心动魄。是的，这个丧夫的可怜女人一路行走得孤单而艰难，她想找个男人的简单愿望不算过分。他如果此时心肠一软，也就会真地与她做一对夫妻。不过，他对水儿还有些幻想，他还没完全从与水儿的离别情感里挣脱出来，再说他那天只是醉酒，他对她并没有男女情感方面的想法。所以，他虽不忍开口，但还是要跟她讲清楚，还是要残忍地撕碎这个可怜女人的梦想。

蒲生继续淌着泪很艰难地说："我……我说的是真的，我……我真有相好的了，是……我错了，我对不起你……"

蒲生的话，没有模糊的空间，断了阿凤所有的幻想。阿凤颤栗得如风雨中的树叶，一张好好的面孔扭曲得如厉鬼一样可怕。她想暴跳起来，但她没有跳，却哭得凄楚而恐怖："你为什么要杀我？你为什么要把我杀得这样惨？难道玩弄一个可怜女人很有意思吗？"

阿凤的话，声声叩问蒲生的灵魂。蒲生只是愧疚地低着头流泪，说不出一句话。

阿凤仰头狂笑，情绪有些失控："哈哈哈哈哈，人也想骗我，鬼也想沾我，连你这外表老实的家伙也是包藏祸心的大淫贼！这世界还有可信的人吗？"她面色一变，咬牙切齿地说："我要让你知道，我阿凤可不是个好欺侮、戏弄的人！"

她终于跳起来了，她终于伸出了蓄满力量的手，她要跟他拼命来维护自己仅存的一点尊严！她一把揪住他的头发一顿撕扯、摇撼，让蒲生大脑迷乱，灵魂在天上、地下走了很多遭。

蒲生命运起起伏伏多少回，可没有一回栽在一个理字上。他好多次天旋地转过，却没一次这样迷失方向。人会有错乱的时候，可再错乱也不能丢失自我，也不能欺凌一个弱女子。那天他是喝醉了酒，可在迷糊中他也曾隐约

想过，周洪发可以拥有女性自己为何不能要一回女人，可自己是那个丧尽天良的周洪发吗？周洪发残害女性，自己难道也要做第二个周洪发？自己在更弱势的女人身上所沾的便宜，却足以让自己负罪一生！

蒲生在阿凤的撕打中，在自己意乱神迷间，猛然找到了自己犯错的问题所在。他任凭她纠打，她打醒了他，她再怎么打都不为过。

她可以用自己尖利的指甲将他脸破相的，她完全可以将他戳得体无完肤，但她没有这么做，她只是用拳、用脚打跑了他。

蒲生早走了，她依然倚着门框嘶喊："蒲生，我不会放过你的，我永远不会饶过你的，哈哈哈哈哈……"

一声霹雳把天穹炸碎了，暴雨又以天崩地裂之势倾压下来。

阿凤在暴雨中嚎叫着，狂笑着，突然身子一软，便歪倒在泥水里。随即，揪人心肺的哭声从口中喷发而出，拉在水势上涨如小河的深长小巷……

蒲生则如丧家之犬，在暴雨中奔跑。他已不止一次在雨中奔跑了，可这一次，他需要把心捧出来接受这天河般的暴雨清洗，让自己多些清醒，不再随意犯错……

他又以生病为由请假，在家躲了两天。他羞于见人，更害怕再见到阿凤。他害怕她的声音又来撞击他难以躲藏的心，他害怕自己的隐私曝光于天下，他害怕自己抖抖活活的心难以在这世上立得住脚。

真是怕什么见到什么，两天后他刚跨进米行大门，就见阿凤在里面等着自己。他顿然如见到魔鬼般魂不附体地说："你你你……你来这里做什么？"

米行伙计们都把大把大把异样的目光投过来，让他站立不安。自己的画皮就要被彻底揭穿了，如此一来，他将来还怎么在米行待下去！

蒲生以为阿凤是来揭露自己丑行的，哪知她像情人一样轻轻拉住他的手臂，目光温润含情。这个女人是很厉害的，她这一动作等于是向大家宣示了她和他的关系。

众人的目光震惊而难以理喻。他们一定是想，这两人是怎么回事？张大哥刚走不久，女人就和蒲生搭上了？

蒲生被大家质疑的眼网牢牢罩住，手臂又被阿凤亲昵地拉着，自感无地自容、紧张难安，便向阿凤使了个眼色，请求有什么话出去说。阿凤给了他这个脸面，两手扶着他膀子，在众目睽睽之下走到大门外一处人少的地方。

蒲生赶紧推开她手，避免更多人看到。

蒲生责怪道：“你到米行来干什么？你一定要来出我的丑吗？”

阿凤重新拉住他手说：“你是我男人了，我不来找你找谁？”

蒲生再度推开她手说：“谁是你男人了，我那天不是都说清楚了吗？我……我那天喝醉了酒，我……我对不起你，你就让我做牛做马来赎罪，行吗？只是，我并不是你的男人……”

阿凤今天很有耐心，并以少有的低三下四的语调恳求道：“你这是哪里的话呀，我们都……好过了，你怎么不是我男人？蒲生，别赌气了，我们一起回家好好过日子，好吗？”

两人暂时没有闹翻，展开了一轮持久的攻防。大门里探出一颗颗脑袋，在好奇地观望、议论。

阿凤为了挽留所谓的男人，一再压抑自己本来的火爆脾性，以不惜自损尊严的低贱姿态苦苦相劝，好话说尽。可是，蒲生仍是愿以做牛做马来赎罪，却不愿在两人关系问题上作半点让步。蒲生觉得，宁可承受她闹翻脸的一时尴尬，却不愿将就两个人的一生。

阿凤哭得肩一耸一耸的，模样实在可怜。

蒲生则在心里大骂自己一万遍，人说女人是红颜祸水，自己为何这么不注意留在她家喝酒？为什么要借着醉想心安理得白沾女人便宜，这一念之差可足以让一个堂堂正正的男人陷于万劫不复啊！他不想惹麻烦，却意外惹来天大麻烦。他终于在一大把偷窥的眼光中用手狠狠抽打起自己的耳光。他痛哭流涕，他不停抽打，他希望自己的忏悔能得到阿凤的原谅。

阿凤冲天一怒的泼辣本性终于在一再压抑后突然总爆发。她如暴怒的母兽一把抓住蒲生衣领，把他拖到米行门口，疯狂地推搡着，大骂着，当着众人的面把他跟她上床的事抖落了出来。她骂人伶牙俐齿，口若悬河，长短句，古俗语，新名词，拈来即用，抑扬顿挫，滔滔不绝。说起隐私，骂起脏话，脸不红，耳不热，心不跳。米行一时成了她揭露、演说的大舞台。

蒲生因醉酒后没把控好自己而大栽跟头，他多年来洁身自好的形象一瞬间被扒得个体无完肤。他脸已丢尽，躲无可躲，恨不得立即地遁或一头撞墙穿越而逃。可阿凤偏偏揪着他，把他灵魂里丑陋部分彻底扒开给大家看。在这一刻，蒲生悔青肠子也没用了，他恨不得即刻死去以逃离现场的尴尬。

伙计们及围看的路人叽叽喳喳议论道：

“这小子表面老实，想不到花花肠子一大把呢！”

“连张大哥的女人也不放过，这还算人吗？”

“人面兽心，畜生啊……”

“……”

阿凤的叫声还惊动了在后殿的陆财神。当他得知张阿虎的女人又来闹事后，赶紧命人将她驱走。哪知伙计不仅没能赶走她，她还乘势冲击后殿大闹：“陆财神，我正要找你！”

陆财神见她竟不识好歹直闯进来，正要勃然发怒，目光忽然被她颇有几分姿色的面孔触动了，心想以前怎没发现这小娘子的美。他脸上神情瞬间几变，说出的话却依然要保持老板的一本正经：“大妹子，上次不是结清了吗？你这样冲进来不好吧？”

阿凤霎时把胸中的团团怒火烧到陆财神身上：“陆财神，你那点破钱就想打发一条命啦？门都没有！你今天不给我一个说法，老娘跟你没完！”

陆财神并不急着和她理论，而是饶有兴致地看她上蹿下跳。这种辣味十足的女人他身边还没一个，他有兴趣看她表演。她不就是要点钱嘛，有钱能使鬼推磨。收服带刺的女人，他很有耐心。他等她叫嚷个够了，才发话说：“说完了？”

“完你个大头鬼！”阿凤讲话很粗鲁，“你不把老娘的账结清，我就在你大堂吃喝撒拉，闹你个鸡犬不宁！”

“好说，好说。”陆财神还请她坐下，命人给她泡上茶。

好说？吃人不吐骨头的陆财神何曾有过好说的时候？这回轮到阿凤发愣了。她一拍桌子，继续撒泼吼叫：“你别以为我好糊弄，你不把真金白银拿出来，老娘就跟你耗上了！”

阿凤频频轰炮嘶吼，陆财神却不恼不怒，兴味十足地听她讲，一双眼睛却直朝她频频扫描。对他来说，只要他有兴趣，什么样的女人何愁收不服。

这期间，阿凤连带着把蒲生欺侮她的事也捅了出来。他说：“放心，我会代你做主。”

阿凤话说尽了，陆财神的 200 块光洋也摆到了桌面。这个数是阿凤提出的，嗜财如命的陆财神压价不成，便赶紧把蒲生拉扯进来，他说他赔 120 块，蒲生赔80块，蒲生要为他的荒唐事付出代价。他说我作为老板就代为做主了，蒲生的钱以后从他工钱中强行扣除。

对阿凤来说，蒲生的赔款，仅是勾销了他与张阿虎的一笔旧债，而与她之间的恩怨，她是永远不会宽恕的！

阿凤走后，陆财神立即手捋胡须，摆出道貌岸然之态，将蒲生叫来狠狠训斥了一通。他还当众宣布了对蒲生80块大洋的扣罚赔偿。蒲生觉得他这一招太狠毒，却也无言辩驳。

此事发生后，伙计们全部离蒲生远远的，一连多日没人愿搭理他。蒲生成了众人痛打的落水狗，一时空前孤立。

蒲生以为阿凤拿了赔偿会放过自己，哪知他低估了阿凤的报复决心。阿凤又跑到他家里大吵大闹，让整个一条街都知道了蒲生的风流韵事。阿凤临走时，用她生命的全部底气吼出她全部的愤怒和决心："蒲生你这个挨千刀的，我这辈子永远都不会放过你——永远不会放过你——"

真是好事不出门，坏事传千里，蒲生的丑闻完全压过了街坊对水灾警讯的关注度。邻居们鄙夷的目光和七嘴八舌的议论压得蒲生抬不起头来。

奶奶百般哀叹后，劝蒲生说："人活世上，名节为大，你还是把这女人娶了吧。"

蒲生大声大气地说："我宁可一辈子打光棍，也不娶这恶婆娘！"

老爹财顺狠狠甩了蒲生一个耳光。他怒得直跺脚："你这不争气的东西，枉费我教导你这么多年，你学的仁义道理都被狗吃啦?!"

老爹朴实无华的话语，如当头棒喝狠狠敲打着蒲生的灵魂。蒲生的心震撼在老爹的警示里。是的，虽然阿凤诱惑在前，但自己在酒醉中最终没有守住自己的底线，照样会让自己多年建立起来的清誉毁于一旦。自己痛恨周洪发强占良家女子，可自己这种行为又与周洪发有何区别呢？难道自己也像周洪发一样专挑软的捏吗？

蒲生狠狠揪扯着自己头发，整个人像狼，像虎，像狮子，面孔被沉痛和懊恼揪扯得狰狞而恐怖。

老爹说："从哪里跌倒，就从哪里爬起来。明天，要去好好上工，重建自己的信誉！"

老爹的话，堵住了蒲生的退却心理——他为了回避米行伙计的冷眼，原本

想再度进入请假模式的。现在，他只有强打精神，面对风雨后的各种糟糕状况。

家里的米快见底了，老爹这些日子天天手持鱼叉，满街找鱼戳。古人说仓廪实而知礼节，而在生存线上挣扎的人又该如何撑起自己的礼义廉耻呢？

第二天，蒲生按照老爹的要求早早来到米行，一个人扫地抹桌、整理物品忙个不停。等大家来了，他一个人在忙，旁边人一个个冷眼旁观、议论纷纷，却没有一个过来帮忙和搭话。他叹口气。他想，只要自己把这一切做好就行了。当他做好这一切，用手抹一把脸上汗时，大小姐秀苇过来了。

秀苇一见他，便杏眼圆瞪，用手狠狠点了一下他额头说："你有本事了呀，连女人都敢玩弄了，枉费了这些年我对你的信任。哼，以后我再也不理你了！"她说罢，迅疾地把靓丽的身子转过去，快速离开了他的视线。

他心里一沉：连暗恋几年的美丽女神都不理自己了！他眼里大朵大朵的惆怅掉落下来，把他围进密匝匝的从未有过的失落和悲情中。他难过得眼泪都要掉下来了，但他强自忍住了。他进一步明白了人生沉浮中保持清醒、守住底线的极其重要性。

整整一天，不管别人怎么冷嘲热讽或睬不睬，他都是先做好自己，认认真真做好每一样活。这期间，他看到阿才朝自己看几次，欲言又止。阿才平日和自己最要好，自己应先从他身上下手。于是，他拉住阿才说，希望和他谈谈。阿才说："好啊，正好我也有事要对你说。收工后，你到我家来！"

蒲生为了尽快先从阿才身上取得突破，便允了他。

晚上，阿才家，一豆灯火很微弱地吐在幽暗的老屋，把昏黄的微光涂在两人复杂的表情里。阿才老母的病忽好忽差，基本可以说躺在家等死了。不过，他今天只是简简单单就把老母的事一语轻轻带过，显然他的心事另有着落之处。

蒲生也不管阿才今天约自己来是何意，也不管阿才是否认真听，只是很诚恳道明自己在阿凤这事上的错，希望阿才能帮助做做伙计们的工作，给他改正的机会。

阿才以茶代酒，摆上老豆干和他在巷里水中捉的现已烧好的鱼，邀蒲生一道吃。他边吃边说："好啦好啦，男人嘛，男人哪有不犯一点错的？男人偶尔出次轨，没事。来，喝茶！"

蒲生一愣，这阿才说话怎能这样随意？

不过阿才又拍拍他后背说："兄弟你错就错在不该打阿凤的主意，俗话说朋友妻不可欺，你找什么女人不好，偏偏惹上她？”

蒲生百口莫辩，只是叹息。

阿才又拍拍他头说：“兄弟你长长见识也好。像我们这种低贱的下人，说不定哪天就像张大哥那样不明不白死在兵匪的枪口下，可是如连个女人都没碰过，这辈子不是白来世上一遭？”

蒲生不同意他的说法，两人一顿争吵。阿才说：“你就别假装正经啦，你不是连朋友的妻子都碰过了吗？”蒲生顿时语塞。以他目前这处境，确实不具备说教阿才的资格。

阿才说：“这就对啦。在这乱糟糟的世界，我们就要学会生存，有好处不粘白不粘，否则等我们尸首一横，就什么都没有啦。”

阿才的话，说出了两人心中的伤感。世事难测，命运难料，人该如何在这逆流中站稳脚跟好好生存下去呢？

接着，阿才说出了今天邀蒲生来家做伴的主因——他在长沙镇的心上人水灾后至今下落不明！

原来，阿才因日夜担心心上人的安危，前不久曾冒险乘船去了趟长沙镇，但见街道成河，水势汹涌，屋缠水草，满目凄凉，除少数人坚守在大堤帐篷中及水上渔船里，多数人家早已携儿带女逃荒至江南。心上人水中残屋依然在，却不见了伊人倩影。有人说，姑娘已随家人逃荒去了南方；还有人说，她所乘的逃荒船人多船满，又在急雨中冒险前行，终被大浪掀翻，一船的人生死不明……阿才闻言，犹如数把尖刀心上插，嚎哭了数天。今日，他寂寞难耐，愁思难解，这才借蒲生和他打招呼的机会邀他来吃饭做伴。

一轮惨月爬上了头顶，有气无力地把黯淡的微光丢在凄惨的人世间。在屋内，微弱的油灯下，两人在空气黏稠得几乎要凝固自身生命活性的氛围中不停喝着茶。茶比酒苦，心里更苦。“来，喝！喝！”阿才凄怆的话语比哭声还难听。蒲生脑子里则又跳出水儿的身影。此刻，她或许正陪着周洪发，在红烛高照、侍女载歌载舞的气氛中对月饮酒吧，只把刻骨铭心的相思和痛苦留给了形单影只的蒲生。蒲生面孔痛苦抽搐，有晶亮的泪光闪动在油灯光影里。

突然，一阵阴月吹灭了油灯，屋里一片暗。两人抬起头，只见屋外的月亮把阴惨惨的脸色浮在阴云穿梭的天上，让这明明灭灭、起伏动荡的世间平添了许多诡秘和不测……

第十一章　伊人受难

1943年那场大水，虽上游运河大堤侥幸未倒，但由于降雨强度大、持续时间长，所形成的内涝已近乎历史之最。等逃荒大军丢下无数具尸体，奔腾、咆哮的洪魔在抖尽威风后，才于9月初缓缓降至警戒线以下。不久，家家户户的衣物、床柜生起了团团白毛，屋顶、墙壁上长起了片片绿苔，一时瘟疫大行，灾民成片倒下。长沙镇有个名医看霍乱特灵，四乡八镇的病人纷纷慕名前往，每天都有三四百人排队求治。后来看得多了，他自己却也染上了霍乱，伏在案桌上死去。这场水灾，水城共淹死、饿死、病死百姓无数。一时间，纸灰飘飘，坟冢遍地，游魂嚎哭，阴风凄凄。

转眼到了农历八月十五。今年的中秋，整座小城不见欢乐，只有生死线上沉浮起落的人们用满把忧思撑着对生存、安宁的渴望。

在米行，蒲生按老板要求高挂灯笼、张灯结彩。全城只有这样的富裕人家，才有这样的心情和喜气把幸福高挂在一家欢聚的上方。蒲生以目前这样的心境为别人高挂吉祥，心中说不出是喜是悲。

这天晚上，月色无光，暗云浮动，月亮载不动人间幸福、吉祥的寓意，只把苍白的节日印记挂在天空，让人心中徒然生悲。阵阵阴风如无所归依的游魂苦鬼悲鸣着，申诉着，其声阴森恐怖，令人毛骨悚然。多少人家，孤灯伴着孤零人影，串串泪水划过脸颊，带着思念的温度滑到亲人灵魂游荡的不可知的世界……

次日，阿才忽然兴冲冲地告诉他，他日夜思念的心上人中秋前随父母从江南逃荒回来了！蒲生口头上连声祝贺，可脸上却渐渐堆积起片片乌云。阿才的心上人回来了，可是我呢？这天晚上，他用刚拿到的工钱买了一坛大麦烧，把自己喝得醉醺醺的，然后七倒八歪地闯到大街上猛跑，两只铜铃大的眼睛如恶狼般闪着可怕的光，以至小孩见了吓得哭叫着奔逃而去……

应该说，内心情感的缺失，让他还没能稳稳当当地站立起在生活中的位置。

这时，米行内外忽然悄悄流传起陆财神纠缠阿凤的事来。有人说，陆财神最近频繁去阿凤家，仗着有两个钱想伺机占便宜；有人说，阿凤对陆财神的态度模棱两可，既不欢迎也不排拒。伙计铜锁更是说得有鼻有眼：“前天我从阿凤家门前过，听到屋里有厮打和叫喊声，就透过门缝朝里一望，我的妈哟，我们陆大老板正嬉皮笑脸地纠缠阿凤呢！我灵机一动，就敲起门，并压粗嗓门说大太太快要来了，然后躲在一旁看热闹。嘿，这一招可真灵，陆大老板慌忙打开门溜之大吉……”对这些传闻，蒲生半信半疑。这陆老板有的是女人，怎会连阿凤这样的粗俗女人也不放过？还有，阿凤是有名的惹不起，她怎会忍受陆财神的频频纠缠呢？

初冬的一天，蒲生因事从阿凤家附近经过，忽见陆财神搂着阿凤出来，阿凤的话语则透着明显的浪里浪气。

蒲生心中陡然一阵作呕。他想不到阿凤竟是如此下贱之人！原来他内心还深怀愧疚之意的，现在感觉顿然全变。同时，他对陆财神道貌岸然的伪君子本色更是深恶痛绝。

蒲生嫌恶地迅疾转身而去。此后，他再也没去过阿凤家。

蒲生在米行老实做人、踏实做事，渐渐重新赢得了大家信任，连赌气不理睬他的大小姐秀苇也过来和他说话了。与此同时，蒲生也时而略施小计，让陆财神破点财、出点丑，以解自己的心头之恨。

转眼一年半过去，此时已是 1945 年春，蒲生还是单身一人。他还是这样，时而喝点酒，用透着醉意的怅怅的眼神，在遥远的天边勾勒水儿秀美的样子。时光可以洗去人的记忆，时光也会把情感沉淀为香浓生命的永恒存在。也许水儿早已把他忘得干干净净，可他不忘初心，心中仍然有个她在不远的地方默默慰藉着他孤寂的灵魂……

一天，他从米行回来，忽见一个美丽少妇正站在门口用复杂眼神看着他。啊，是水儿！是离别近两年的水儿！

顿时，惊喜、忘情、疑虑、悲伤、愤怒、无奈等数股情感在胸中交汇、纠结、奔突……他要抱她、吻她、怨她，他想跳、想哭、想笑，他欲歇斯底

里地痛骂周洪发、倾吐心中恋情与苦楚……可是，他脚像生了根似的怎么也迈不出，喉咙也像变哑了怎么也叫不出，他就这么站着，浑身急促哆嗦着，泪水早已滚进了嗫嚅的嘴里。

水儿依然打扮得那么雍容华贵，可烟笼雾罩的眼眸早没有了往昔滴进水珠般的鲜亮、生动，脸庞白净多了，却没了以往乡野气息润染下的光泽与神采。她乍见到蒲生，激动、酸楚、羞惭，千言万语在嗓子里盘旋半天，仅叫了声“蒲生”，泪水便模糊了双眼。

“你……你来啦……”蒲生嘴颤颤的终于开了口。他把水儿带进屋里让她坐下，并为她倒茶。

水儿看看蒲生，又望望屋里熟悉的一切，泪水像雨线一串串直往下掉。她哽咽半天，才说：“你……你还好吗？”

蒲生流着泪说：“你走了还会好吗？”

“你……你还是一个人？”

“你说呢？”

水儿心头的悲意一串串往上升腾，让她悲伤得有些吃不消。蒲生赶紧取来手巾一点点一点点为她擦去泪。这种贴近的服务记忆犹新，可是世事弄人，她早已是别人的女人了。命运注定让他们分手，他们只能牵着剪不断的线隔空相望，泪水长流。

蒲生不想把自己多停留在伤感的苦水里，而是说点别的，让这难得的重逢不空耗费。他说：“过得还好吧？”

“好，好。”她的泪水越涌越多，哗哗洗刷着心头的耻辱和痛苦。她悲伤得如风中无助的枝叶颤抖得不行。她想找一个心灵停靠的港湾，可是这个港湾如今还属于自己吗？

蒲生大吃一惊，想不到自己的问话反倒勾起了她的伤心事。他赶紧扶住她。他扶得住她的身体，却没有足够力量扶住她站立的心。

就在这时，蒲生看到她悲伤之余用手捂住了微微凸起的腹部。这幕画面刺激得他方寸大乱，他嘶喊是不是周洪发的。

水儿没有搭话，流满泪水的面孔却揉皱成痛苦的一团。

蒲生不想破坏重逢的情绪，却看不得水儿为恶人怀孩子。勃然生起的怒火在他周身经脉里流转、奔涌，让他浑身鼓胀着一种冲动和野性。他突然一把抱住她，失控的双臂简直要把她揉入自己体内，成为永远不分开的结合体。他张开蛮狠的大嘴，想吻又想咬。

水儿苦笑一下："你要吃了我？"

"不错！我要吃了你！"

蒲生真的要吃了她！他想，本来是我的人，凭什么让周洪发占有？他要把这近两年丢失的补回来！补回来！！！

水儿见他动真的了，而且又是如此粗鲁，心里有些怕了："我……我肚里已经……"

蒲生一听这话更为恼怒："你居然还要保护这野种！"愤怒冲昏了他的头脑，他眼里火光闪闪，面孔在悲苦、愤怒的驱使下作出复杂的痉挛。他竟使出全身蛮力，拼命吻她。

水儿开始还是尽量顺着他，毕竟自己对他亏欠太多，也算以此对他作些补偿吧。可是她渐渐发觉不对了，他的面孔忽然在她眼里幻化为周洪发的狰狞面目……她突然大吼一声，挣扎了起来。她要的是两情相悦，她反对和恐惧这种野蛮，哪怕是有情人蒲生也不例外！

蒲生蓦地见她作此剧烈反应，不由大吃一惊。他流着泪吼道："为什么？为什么周洪发行，我反倒不能了？你心里还有我吗？！"他不甘心地在她大腿上抓了一把，抓出了五指血印。

水儿赶紧起身穿起衣服。面前的这个人太可怕了！这个人变得变态而蛮狠！她不敢逗留，她要赶紧逃跑。她摇摇晃晃、慌不择路地逃出门去。

蒲生一阵怪笑，难过、失落、无奈。他没有追赶，而是用手捂住脸，悲酸的泪水从指缝里溢出来。曾经的有情人，不再属于自己了，即便面对面重逢，也难再碰出往昔触电般的火花了！

他痛定思痛，又把刚才见面的过程详详细细地在脑中回放一遍，当他脑中再现她满脸渴望诉说的哀怨神情和自己的粗野行径时，头脑不由"嗡"的响了一下。周洪发不是人是畜生，难道我也要跟着他学吗？一定是我刚才的行为吓坏她了！他赶紧冲出门去追赶。他要向她道歉，他要跪请她原谅，他要向她倾诉相思之苦！

可是，水儿早已消失在茫茫人流中。蒲生一直追到城防司令部，也没见到她影子。他"扑通"跪地，狠狠抽打自己嘴巴，泪水和口水混在一块，流

淌着他无尽的悔意。千呼万唤才出来，自己又把她吓跑了，自己真是猪狗不如！

蒲生泪光中再也见不到伊人身影了，此情绵绵，没有绝期。他恨不得用手撕开未来，看看和她何日再重逢……

再说水儿离开蒲生家后，坐上人力车往司令部而去。人力车一路拉得颤颤的，她的心也是一路起伏。她原本想借探望蒲生，把累了的身心放到他肩头靠一靠，把满腹的心事对他倾吐一番，哪知他是这样的激动和狂野。也许，相隔的时间久了，心也远了，他不再像以前那样善解人意、体贴入微。爱情幻灭，前路茫茫，自己风雨中苟活的残命看来就只有这样随风飘摇了……

她自被周洪发强占为小妾后，便成了男人意志下的笼中鸟，她生命存在的全部意义只是为男人的欲念而活。虽然她渐渐弹得一手好琴，周洪发也把她融入了只属于他个人独有的女子乐队，但归根结底这琴艺、这女子乐队只是他饮酒作乐的玩赏之物，人和琴甚至会成为他巴结上司、保住位置的极佳礼品。水儿和这群女子除了这物品属性，不再有其他的存在意义。

周洪发对这些栽种在大院内的娇艳的群花，情绪好时百般怜爱，给点阳光洒点水，情绪大变时便使出惊天动地的性情风暴，让你成为成就他男人淫威的残花败絮。有次他被日军大佐扇了个耳光后，夜晚竟咬下一个小妾的一块肉。小妾剧痛中抽了他一个耳光。日本人耳光已让他屈辱难忍，小小女人岂能容她放肆。他竟伸手活活卡死了她！事后，他大手一挥，连夜命人把这女人拖出去埋了。对他来说，女人去了又来，这种贱命，不值钱。

这事件，让他的女人们人人自危，个个惊恐。女人一见他来，立即一哄而散。水儿跑得慢，被他抓住了。水儿浑身战栗，眼光如受惊吓的小鸟无处躲藏。他眼里无限温柔，多情的大手抚过她脸庞，竟吓得她起了一身鸡皮疙瘩。他送了一瓣水果到她嘴边，她竟如见毒药，只是惊恐摇头，拼死不吃。他忽然用两手围住她脖子，佯作卡的样子。她竟吓得两眼泛白，直接从他怀里软瘫下来。他乐得哈哈大笑……

待从房间出来，水儿拼命奔逃，却逃无可逃，小小的大院，竟没有她存身之地。正当她如没头苍蝇四处乱窜时，一个人拉住了她。这个人是周洪发的小妾之一王雅芬，水儿之前曾见过。王雅芬是那样的高冷和不合群，此刻她却是水儿的救命稻草。水儿见到她，如遇救星般扑到她怀里嚎啕大哭。王雅芬冷静异常，只是抚摸着她的头发安慰道："不要怕，你在这院里待得久了，一切就习以为常了。"

对周洪发来说，有这样一群女人让他寻找铁血男儿的本色，他很开心。他打仗没什么本事，在乱世中只有凭借投靠日本人而得以偏安一方。然而他知道，在四方势力盘踞水城城乡的局面下，这样暂时的安宁迟早要被打破，自己的生死变故也只是在转念之间。因此他要利用还指挥得动的时候，要在女人中感受他男人的豪情万丈毫不褪色。

在人生的大灾大难面前，水儿选择了忍耐。其实她也没有选择，除非她不想活，否则就只有选择顺从，以求苟活。时间长了，她没有了思想，没有了兴趣，眼神呆滞，动作迟缓。她，成了个丢失了灵性的木偶。

一天，周洪发正在想还有什么玩法，眼睛的余光忽见门缝外隐隐有只眼偷窥他的女人，随即抬手便是一枪，击飞了偷窥伪军的脑壳。不过，有个躲藏得更深的贼子他却未看见。水儿知道这人是周大少。

周大少本命周松，是周洪发的大公子。受父亲的耳濡目染，17 岁的他便善于用大大的招风耳侦测身边女人动向。他 15 岁起便注意上了父亲的娇妾和侍女，自此不时有花事发生。去年以来，他又盯上了最年轻的水儿，自此常常上前讨好、献殷勤。水儿见他年纪小，开始也没在意，甚至被他拉住手也没朝那方面想。水儿直至见他竟敢大胆动手动脚，小小贼眼贪馋地死死盯住她敏感部位，才知这小家伙不简单，便开始有意回避他。水儿在房内休息，在花厅弹琴，在路上行走，甚至和他父亲在一起，总隐隐感到有双幽暗的鬼眼不怀好意地把窥探的光探过来，一遍遍扫描她的全部活动和隐私。这双眼隐藏得太深，又时时跟随，让她防不胜防。她不胜其扰，有次抓起块石子朝鬼眼闪动处扔去，正砸中其额头。他的头上于是缠上了纱布。从这时起，他偷窥的眼里又添上了浓重的怨毒之色，征服的冲动开始让他走上冒险之路。

一天晚上，水儿的门本已上栓了，周大少却从外伸进铁针，一点一点地把木栓移开，然后悄没声息地摸进来，从背后一把抱住她的腰肢。水儿吓个半死，还没来得及喊救命，嘴巴就被他早已准备好的毛巾塞住。这小子虽年龄不大，却力道惊人，水儿怎么挣扎也挣脱不了。就在她绝望的心急速往下沉之时，在外走动的周洪发听到里面动静，走进来一看，惊得毛发倒竖。水儿乘势扯去嘴里毛巾，大声呼救，并请周洪发为她做主。周洪发大怒，"啪

啪”抽了儿子两记耳光。大少惊恐万状，赶忙磕头求饶。周洪发踢他一脚：“再敢碰她，定不轻饶！滚！”周大少连忙跌跌爬爬地溜了。

已经被贼惦记住的水儿知道他不会死心，每天睡前总要用柜子顶住门，床前还放了根木杖，以备防身之用。夜梦里，她常常被幽暗处探过来的诡秘的眼吓醒，常被幽灵般扑向她的神秘身影吓得惊叫而起。于是，她常常睡不好觉，乍惊乍起成了她的常态……

一天，父母来城里看望她。一股心酸的热浪涌上她心头，她刚哀嚎两声便昏倒在双亲面前。双亲不知发生了什么事，使劲摇撼她。水儿终于醒了，她依偎在亲人怀抱失声痛哭，泪水在孱弱身子的急剧抽动中快速流淌。她已经很久没这样哭过了。一个都不能认真倾吐自己心声的人，才是人世最大的悲哀。她只有在父母面前，才难得这样敞开心怀，把心里的苦和痛毫无保留地倾诉而出。

父母从她断断续续饱含血泪的讲述中了解了她所遭受的苦，不由惊呆在匪夷所思的奇闻里。他们总以为女儿在城里享福是给宋家长脸的事，仅凭灾后周洪发命人帮他家翻建房屋一事，就足以让他们在村里炫耀了。他们万没想到女儿如入地狱般受尽了非人的折磨！宋爹垂着长泪叫嚷：“我拼着老命不要，去跟这畜生拼了！”宋妈、水儿赶紧哭着拉住他说：“你去跟他拼，不是白白送死吗？”宋爹捶胸顿足道：“早知这样，当初我就是死也不会把姑娘送入虎口！唉，当初如果嫁给那个蒲生倒也罢了，那小伙虽穷点，但老实、本分，会让你平平安安的。”宋妈说：“现在说这个还有什么用，还是快想想办法怎么帮助姑娘吧！”是的，发生的事不可能让其倒转，只是今后该怎么办？

父母二人只是轮番抚摸着水儿苍白、憔悴的脸呜咽不止，怎么也想不出办法来。宋妈对宋爹说：“你是一家之主，你发个话吧！”水儿也抬起糊满泪水却透着希冀的眼，希望父亲给指个明路。宋爹反复思量，最终摇摇头说：“不行啊，我们虽是穷人家，但还是懂礼数的，嫁鸡随鸡、嫁狗随狗的道理千古不变啊。”宋妈埋怨道：“老头子，你昏了头啦，这可是你的姑娘啊！”宋爹老泪纵横，简直痛不欲生：“我……我怎不知道？可是嫁出去的女，泼出去的水，姑娘从出嫁那天起，就生是周家人，死是周家鬼，这是规矩啊！这就是你的命啊！都怪我老宋鬼迷心窍，把姑娘送入火坑。都怪我！都怪我！”他说着使劲抽打起自己来。宋妈拼命拉他。一家人哭成一团，泪水把他们绝望的世界浇成了苦涩的河……

水儿刚才还充满希冀，转瞬便掉入冰封的河，让她心冷手抖、眼神惊恐。老爹说的是什么破规矩呀，难道人命在这些规矩面前就一钱不值吗？她瘦弱的身子撑不动那沉沉压来的千年老规矩，发乌的嘴唇在这可怕规矩里哆嗦个不止。她一句话也没说出，就倒在巨大的恐惧和绝望里。双亲急忙搂住她惊呼和痛哭……

父母提出和周洪发见一面，并请求把水儿带回宋王庄住段时间。周洪发自始至终没出面，只是叫手下打发几张伪币了事，带水儿回宋王庄住的事也坚决不允。父母只得和水儿相拥相抱，哭了又哭，最后挥泪痛苦而别。亲情的血脉剪不断，亲情的牵挂让生命存在有了别样的价值沉淀。可是这一别，他们还能再见面吗？

一次，周洪发偷袭共产党水城县委机关，捕获多名地方干部，赢得大佐少有的表扬。他心情颇佳，破例开恩，让众妻妾在几名伪军护卫下自由活动半天。众妻妾如放风般呼吸到外面自由空气，好高兴好兴奋，又是购物又是卖小吃，还叫随行的伪军帮助拍照个不止。水儿悄悄塞给为首的伪军两张纸币，说自己去办点事马上就回，希望通融通融。那个伪军迟疑良久方说："娘娘，你可要记住及时回去啊，否则我们要吃不了兜着走啊。"水儿说："放心，不会让你们为难的。"就这样，她去了蒲生家，她在看望他同时，也想让自己疲惫的身心有个地方靠一靠。在有情人怀抱里哭一哭、说一番，这种人世间最寻常不过的情感诉求也变得是那么的奢侈和珍贵。最后，她是带着惊恐、失落、痛苦而逃的。人离得远了，哪怕情人之间，心也会被隔在两个世界的。她被挤压得潜藏在心底的对他的牵挂，还要继续下去吗？她不知道，她只有用泪水面对未来一个个茫然不可知的日子。

这天晚上，周洪发在庆功宴上把脸喝成了猪肝色。他闯进水儿房间。水儿腿部的五道指印刺入他发狂的眼里！

他怒了！他决不允许任何人给他戴绿帽！他一把把她从床上揪得提起来！他喝道："贱人，这指印是怎么回事？是哪个奸人留下的？"

水儿吓坏了，自己怎把这么重要的事给疏忽了？她吓得哆哆嗦嗦，一时竟说不出一句话！

周洪发掏出枪威吓道："小贱人，再不实说，小心我毙了你！"

灾难一个接着一个，她一个小小女人实在扛不住了，她近乎崩溃了，她哭了！她斗胆哭诉道："你们父子两个，轮番欺负我！你要打就打吧，反正你迟早是要把我命拿走……"

这是水儿进周府以来最直白的反抗。她早已预感这一天会来，只是不知这一天会来得这么快。于是她发疯地大哭，为自己的凄惨，为自己将至的末日。

周洪发看她哭得这样悲惨，心里料想她也没那个胆量主动给自己戴绿帽子，她提到父子，难道是……他蓦地联想起上次儿子周松侵犯水儿的事，顿时明了，立时大喊卫兵去将大少抓来。

从被窝里被揪起来带过来的周大少还没明白是咋回事，周洪发上前就一顿拳打脚踢。周洪发把水儿带血的裤子朝大少面前一扔，厉声喝问："这是不是你干的？"

水儿到这时已没有退路，只好一口咬定："就……就是他！"

周大少猛然意识到什么，伸手直骂水儿："你这个贱女人，你是血口喷人！哪天落到我手里，看我不弄死你！"最后一句刚脱口，他猛然觉得不妙，在父亲面前这样说，不是不打自招吗？

周洪发暴跳如雷，猛地一脚将他踢翻在地："你连你小妈都敢碰，是不是想找死？"

周大少跳起来直嚷："我是调戏过她，但这血绝对不是孩儿弄的！她是陷害我！"

水儿吓得面色青紫，目光错乱，浑身战栗不已。她不知道这一关能不能过，她也害怕这大少以后会弄死自己，但她现在已没有退路！

周洪发朝她猛一跺脚："快说清楚，这到底是怎么回事！"

水儿在父子俩的夹击中左右为难，躲无可躲，嘴巴哆哆嗦嗦却说不出一句话。她由于过度紧张，竟直挺挺地倒了下去。

这时，周大少之母、大太太虞氏听闻吵闹后及时赶到，"扑通"跪地为儿子求饶。周洪发一脚将大少踢出门外："以后再敢碰你小妈，小心我扒你的皮！"

周大少在哀嚎声中逃走了。

周洪发赶紧命人把水儿弄醒。

水儿感觉自己从鬼门关走了一遭。等她神志一点点恢复时，等星花飞溅的眼中世界渐渐拼装成清晰的现世画面时，她不知是该庆幸又逃过了一关，还是对这样生生死死的经历已感到麻木。她脸上不悲不喜，只是有泪横扫过她把控不了的苦命人生。

等其他人离去，周洪发显然还没有放过自己。他关心的是儿子究竟有没有给自己戴成绿帽子。直到水儿告诉他，大少只是几次调戏她，但没有碰过她。

周洪发一听水儿守住了身子，并未给他戴绿帽，竟欣喜得连夜叫人摆酒庆贺。水儿不知道他为何如此看重这个，只是看出他的目光明显变得温柔。他一边兴奋饮酒，一边把柔情的手掌抚过她脸。女人为他守身，让他一人独大的大男人主义无限膨胀在他傲娇的世界，他就很满足……

数日后，在一个月黑风高之夜，一个人影乘周洪发不在之际，再度摸进水儿的房间，用枪对准了她脑壳。水儿从他复仇的目光和呼出的粗鲁气息便知，这人是周大少！

她惊恐得说不出一个字。她知道他报复的这一天一定会来。她不知自己这一次能否活下来……

几个月后，水城四周响起了新四军攻城的隆隆炮声，苦难深重的城市在历史的沉浮中，正迎来凤凰涅槃的新时刻……

第十二章　真假面目

1945 年 8 月 15 日，日本政府宣布无条件投降，水城 2000 多平方公里的地域正迎来力量的全新大洗牌。几年来蜗居于里下河一个偏远小镇的国民党江苏省政府开始蠢蠢欲动，向盘踞水城的伪军发出了收编的号令。新四军在对伪师长周洪发进行劝降的同时，以 8 个团的兵力加速向水城挺进。善于投机的周洪发在历史的大变局中，又迎来一次人生大抉择。

这几天，周洪发急得团团乱转、焦头烂额。远处，国民党军向他伸来整编的诱饵，许诺他整编后仍任该师师长，但眼下国军远水解不了近渴；四周，正拔城夺地势头正盛的新四军命他放下武器，并大举向水城合围而来；城里，人心浮动，气氛紧张，店家关门，有钱人急于转移财产，学生、工人上街游行……周洪发双手捂面并死死揪扯发丝，思绪在复杂世事中打成了结。开始，他是想待价而沽的，谁条件更有利他就倒向谁，毕竟大几千人的部队在里下河地区是哪方都不可忽视的力量存在。可是局势瞬息万变，新四军快速合围而来，把是战是降的选择推给了他。以投机而在乱世中立脚的他大风大浪经历得多了，他不相信自己这次挺不过去。

周洪发组织的军政要人及地方上层人士座谈会已经举办两次了，但每次都吵得一塌糊涂。这天，一个年近古稀的老者提出了不同看法。他是个不苟言笑、迂气十足、言必孔孟的老夫子。他捋须大谈曰：“新四军外抗异寇，内搞联合，并优待俘虏，与民秋毫无犯，是少有的仁义之师啊！现在战事刚平，百废待兴，我们应当走到共产党一边，切不可逆流而抗之啊……”

周洪发拿眼一瞥，鼻子里冷哼一声。又是那个黄鸿儒，水城的名士绅。这黄老头早在三年前就曾叫嚷：“堂堂华夏之人民，岂甘低首下心，为敌人做奴隶乎？”他还撰写一联赠给周洪发：“高天鹳鹤深秋出，大泽龙蛇白日藏。”

周洪发若不是看在他那在伪政府担任要职的堂兄份上，早就下令将他处决了。如今这老家伙又大谈什么与共党合作，真令他恼火。

黄鸿儒话音刚落，便有人起身反驳："你老先生饱读诗书，满腹经纶，怎如此不明事理？国军实力远胜那帮乡匪游寇。力量对比才是我们选择的重要考量。再说，我们这几年一直为日本人做事，双手沾满共党鲜血，他们岂会饶了我们？我的意见是：接受国军改编，依仗水城水网优势，在与新四军决一死战中等待援军！"

一些惧怕被新四军治罪并没收家产的富绅纷纷附和：

"对，与新四军干到底！"

"打！打！"

众人意见，正合周洪发之意。这时顶头上司也打来电话，要求他接受国军改编，若新四军来犯，定来驰援。周洪发吃了这颗定心丸，终于做出自己人生又一重要抉择——依仗固若金汤的"水上要塞"与新四军交战，在交战中等待援兵和收编！

就在水城交战前后，蒲生几次经历危险，其中有一次一人直接追踪在后，向蒲生举枪就射。蒲生顿时命悬一线！

这开枪的人，乃是高白平！他，为何要置蒲生于死地？

这与秀苇有关。

自蒲生与阿凤丑闻传开后，秀苇有好长一段时间对他不理不睬。每次从他身边经过，她总要昂起高贵的白白脖颈，视若无物地直走而过，只留给他一团虚幻的美丽影子，抓也抓不住。蒲生不由黯然神伤，这女神恐怕要永远与自己失之交臂了！

后来秀苇又和他说话了，却态度大变，不是捉弄就是羞辱。她曾一向看好的人，骤然间变成了花心大淫贼，这让她很难接受。她本不想再理他的，可内心又常常记起两人曾经的友好。所以她要故意捉弄、打击他以发泄自己的愤怒，同时她内心又潜藏着一点点不甘心，也许他是另有隐情呢？她生活中仅有高白平、蒲生这两个异性朋友，她不希望他们中的任何一个人让自己失望。

她从决定再和他说话的那天起，就开始用更苛刻的眼光审视他。这些日子以来，她看到他为人处事依然是那般踏实诚恳，对水儿依然念念不忘，也

未听说他和别人女人有过纠葛。这时自己的老板父亲和阿凤的绯闻传出来了，难道蒲生只是因这女人勾引而出的一个意外的错？秀苇更加好奇了，她要通过试探搞清楚，以便确定自己对这个昔日友人留情是否值得。

今年初夏的一天，秀苇故作神秘地把蒲生招到跟前，对着他耳朵似要悄悄说什么，却突然大叫："喂——"吓得蒲生整个人都要跳起来。她看着他狼狈、窘迫的样子，开心得一拍巴掌，穿着漂亮衣裙的她随即飞旋起裙裾舞，以飞花碎玉的极美姿态渲染内心的得意非凡。

蒲生低声嘟囔道："你……你原来是哄我的……"

秀苇见他要走，急忙拉住他："水儿的消息你也不听了？"

蒲生眼里有灿烂阳光扫过："真的？"

"真的！"秀苇俏皮地一翻眼珠说，"不过，让我白白告诉你消息，没这么便宜的事，你得给我上树捉只鸟儿来！记住，不得用捕鸟工具！"

"没……没工具怎么抓？"

"那是你的事！再不抓，我就走了！"

蒲生只得赤手空拳去抓鸟。可他刚笨手笨脚爬上树，鸟儿便"扑啦啦"全都飞走了。有只小黄雀还故意绕着他头顶飞，朝满脸沮丧的他"唧唧"欢叫似在嘲笑他。他气得伸手便抓，哪知黄雀一个侧翻身便腾空而起，然后继续在高处撒下"唧唧"嘲笑声。他只得垂头丧气地下树，脸红红的极为尴尬。

秀苇看他这憨态可掬的傻模样，再度放声大笑。她整个人如乱颤的花枝，在初夏美景中流溢别样的美人清香。

蒲生看得傻了，有她就有美的存在，可惜自己留不住心中的半点美，只能望着情逝的地方独对惆怅。

秀苇见他发呆得快要傻掉，忙推推他说："水儿的消息不想听啦？"

一听"水儿"二字，他的神情立即回转过来，眼里又有火花爆闪了一下："她……她有什么消息？她……现在怎么样了？"

"她托人带来消息，她想明天下午在西城外小桥边等你。"

"好好好。"蒲生的心跳起了欢快的鼓点，他恨不得立即就奔到西门外。

次日，蒲生早早来到西门外小桥边，在阳光下傻等了整整一下午，也未见水儿踪影。

第二天，他问秀苇，水儿怎没来。秀苇乐得如欢闹的春燕蹦跳不止，她用奇特的美人舞送给他两个字——白痴！原来，她根本就没有水儿的什么消息，她是捉弄他的。他立时拉长难堪的脸。

秀苇见他是如此的憨厚，心想这样一个老实人又是怎样哄骗女人的呢？而且他对水儿依然情感满满，不像移情别恋的样子呀！

秀苇决定：继续观察！

7月初的一天下午，高白平又来找秀苇玩。两人正在犹豫到哪玩，秀苇忽见蒲生走向码头，立时有了主意。她拉住蒲生说："带我们到城外的荡里游泳去。"蒲生说："我要到东门一家店里送货，没空到芦荡。"秀苇不高兴了："我爸都说了叫你带我们去，你还不去？"蒲生有些疑惑："你爸真这样讲的？""是啊！"秀苇哪里对她爸讲了，只是随意找了个理由而已。蒲生又说荡里常有水匪出没，不安全。高白平不耐烦地拍拍腰间的枪说："有它呢。别啰嗦了，叫你走就快走！"蒲生只好带他们上船。

船出水关，河面顿时变得空远宽阔，它把偌大的明镜铺陈在每个人的心境。置身其间，每个人都可拿来为自己照耀一把，以便洗去尘埃，让心灵保持在生活中的亮度。河风夹着远处芦苇、荷朵的清香扑面而来，让你在清香心境中呼吸你所向往的自由自在。秀苇早早就坐到船边，把双脚放到水里，让水里漾动的水草、升起的气泡、穿梭的鱼儿痒痒的拂过脚底，感觉好美。人在围城里待久了，会很郁闷，再次来到水荡的秀苇大喊大叫起来，把心底的声音在期盼的疏旷世界自由飞旋。脚在水里溅起的浪花飞落在她脸上，那是自由生活奉献给她的诗意，她怎不用心捧取、大声欢歌呢？

高白平皱皱眉，不住提醒："坐稳点，别掉下水。"他又责怪蒲生说："你小子划的什么船，不晓得划得稳点吗？"

蒲生也有个臭脾气，你不尊重我，我也不买你账。他不看高白平一眼，依旧稳稳划船。只要自己的女神高兴就好，她怎么想，自己就要尽力帮她办到。

这时，一阵较大的河风吹来，船在微微颠簸中激起一片细碎的浪。她在浪中笑，她要到浪中舞。她突然如美人鱼般跳跃进水浪，与水里的游鱼一道畅游生命的自由自在。

高白平大惊失色："苇苇——"

蒲生说："船已到了浅水区，她不会有危险的。"

高白平用刀子般犀利的眼神狠狠剜他一眼：“她是我的女人，要你操什么闲心。”

高白平随后迅速脱去外衣，直跃到水里，并用手托住秀苇，让她只在自己手里活动。她执意推开他。她不喜欢别人限制她的活动。她也知道，这里水只齐胸口深，不会有危险。

两人在水里抓小鱼、相互泼水取乐、比谁游得快……秀苇笑脸如水滴润过的鲜花，整个人就如立在水面的荷朵，香远益清。她的一串串笑声透过清风，让人明白自由而生动的世界是多么美妙。几个在附近游泳的近郊青少年，也不禁为他俩鼓掌和喝彩起来。

蒲生呆呆立在船上，看着水中放肆游乐的一对，又有说不清的淡淡愁云爬上了他心头。这个世界的所有欢乐，似乎都与他绝缘，自己只是这个世界的看客。他憎恨这个高白平，抢夺了自己暗恋的女人，使自己只能对着她的背影望美而叹。不过，他也明白，即便没有高白平，也会有张白平，怎么也轮不到自己的。这个世界有它的秩序，自己被这个秩序撞得头破血流，就只能流着惨然的泪看别人的风景。

他又想起水儿了。他不会跟别人抢，别人却抢走了他的有情人，让他再度成为别人的看客。不知不觉，他脸上有了潮湿的东西，他也不知这是水，还是泪。

秀苇和高白平在水里游玩了整整一个时辰，才爬上船。秀苇见蒲生仍呆傻地站在船头，心想叫他在船上看守，这呆子怎这么长时间一动不动？他又憨又傻，肯定不是装出来的，可是他怎么又会做出那件让人难以原谅的事呢？

她忽然想起一件事，便用胳膊肘捣捣高白平：“哎，上次叫你托熟人去司令部打听水儿情况的，有消息了吗？”

高白平满不在乎地说：“你说的是那个叫水儿的女人？打听啦，早死啦！”

“什么？死……死了？”秀苇、蒲生吃惊不小。蒲生大嚷：“你瞎说！”

高白平轻蔑地瞥他一眼，鄙夷地说：“跟你这种人也值得我撒谎？死了就死了呗！在周长官那，死个人算个啥！哼！”

蒲生大脑“嗡”的响了一声，就什么也听不到了。他眼里空空落落的，心里也空空的，水儿死了，自己连个念想也没有了。别人成双成对，他只有把眼光伸到更遥远的天国，在那里再搜索水儿的影子……

秀苇也故意跟着冷哼一声："哼，别再表演啦，你都跟阿凤火热成那样，鬼才相信会对那个水儿真动情！"

"你——"蒲生蓦然侧转身，握起颤抖的拳头对准秀苇。

"你敢！"高白平跳起来护住秀苇，"你敢动我女朋友一下，我敲碎你！"

蒲生握紧拳头却一动不动，满脸皮肉恐怖抽搐却无一句话，两眼翻白身子直晃。高白平打开他拳头，蒲生竟软瘫在船舱内。

秀苇受惊不小，一声大叫。她叫高白平看看蒲生究竟怎么了。高白平一脸冷漠："这种贱人，死了不足惜。"秀苇更是"哇哇"大叫。高白平想把蒲生推到河里。秀苇赶紧阻止，并斥责："你就是这样对待生命的吗？他和你一样，都是平等的生命！"高白平巧言令色打招呼："推他下水，不是要淹死他，是想用水激激他，让他快醒的。"

秀苇推开高白平，用手从河里捧水洒在蒲生脸上。此时的蒲生呼吸急促，胸脯剧烈起伏，两眼依然没有睁开。她听过急火攻心的说法，就赶紧在他胸部乱掐，掐得他红一块、紫一块的，可仍是没法掐醒他。她急得没办法了，甚至准备做口对口人工呼吸了。

"我不同意！"高白平大力度拉开秀苇，"你是我女朋友，我不准你跟这种人有肌肤接触！"

快急疯了的秀苇甩手就给他一巴掌，却被高白平接住了。高白平痛心地说："苇苇，真想不到你为了别的男人，竟会动手打我！"秀苇也是愣了好久，才打招呼说："白平，别怪我，刚才是我太急了，人家毕竟是一条生命呀！"

秀苇便回到蒲生身边继续施救。由此事她忽地发觉，对躺着的这个男人，尽管自己最近讨厌他，但自己内心对他还是有一股挡不住的别样的关心。虽然这种关心还远达不到男女朋友的那种高度，但足以让她心头一动了。她是个骄傲的大小姐，能对一个下人哪怕稍稍动之以情，一定是因为这个人有与众不同之处。至于这与众不同的是什么，她想她是会想明白的。

从这时起，高白平看蒲生的眼神有了日渐放大的狼虎野性，只待某时猛然爆发了。

蒲生终于睁开了眼，呼吸也渐渐均匀了。秀苇竟喜极而泣，忙问他感觉怎么样了，还用手帮他抹去脸上的水迹。

高白平则脸色铁青。在他看来，秀苇对蒲生的关心已超过了常人的关心，

他和她交往近三年，早已到了快谈婚论嫁的时候，她何曾这样关心过自己？

这一笔仇，高白平就给蒲生深深记下了。

再说蒲生，他坐起来后，怔怔地对着泛着阳光的晃眼的河水出神。河水迷离，闪烁着这个世界看不透的内容。他爱的女人没有了，化作了迷蒙的神魂在水云间对自己闪着光。神魂依然是有灵性的，它只要闪光，就一定有话语要留给自己。蒲生忽然站起来，朦胧的水在他面前闪着水儿的眼。他大叫一声：“水儿——”便不顾一切地跳入水中，挥动长臂发疯地朝远处游去。

秀苇怕他出危险，慌忙大叫：“蒲生，快回来——回来——”

恰在这时，伪军的一艘铁板船朝蒲生游泳的方向快速开来。船内，坐着伪师长周洪发和刚入府的年龄更小的新姨太。

秀苇惊恐失色，一边高喊叫蒲生快快回来，一边向一旁游泳的几个小青年呼救，请他们前往救援。她急切中还拉住高白平衣角，希望他也前往救援。高白平冷眼看着她所做的一切，内心更是印证了某种猜测和担忧。他严厉拒绝了她救援的要求，还提醒她注意自己未婚妻的角色。

秀苇看到他足以冰封一切的冷酷眼神，心里一颤涌起阵阵寒意。蓦然间她似乎明白了自己究竟需要的是什么。她需要的是对这个世界的热情和绝对的坦诚与真情，而不管这个人是个什么样的身份。她和高白平交往近三年早可以谈婚论嫁了，她迟迟不确定，或许就与他对身边人和事所表现的那种冷酷和漠然有关吧。

伪军的铁板船迎头朝蒲生冲来。船过了，起伏的浪涛中却不见了蒲生身影。

秀苇一边喊，一边哭，心痛得弯下腰竟直不起来。她懊恼自己不该叫他划船出来，如果他横遭不测，自己怎么对得起他？

就在这时，蒲生从水里钻出了脑袋。原来，在船横冲而来时，他本能地扎了个猛子，过一会再从水底钻出来。

秀苇见了，竟喜极而泣，那笑带哭、哭像笑的美脸上泪流滚滚，在阳光下把她内心的喜乐闪耀无遗。蒲生上来了，她还伸出双手使劲拉了他一把。她虽然对他和阿凤的事十分介意，但对他对水儿的一腔痴情却很是感动。

高白平冷冷看着这一切，终于明白了，她为什么迟迟不肯成婚，原来有这小子暗中横在那。好啊，那就别怪我先下手为强了，我要尽快解决了她，到时要让她求着本爷尽快结婚。

秀苇对高白平说："蒲生对水儿一往情深，虽别离却情不变，希望你也能像他那样做个有情郎，永不负我。"

"那当然，那当然。"高白平假惺惺地答着，还小心牵住她手，可眼里却有一道寒光，在蒲生身影上闪过……

几日后，蒲生表示要到水荡里给水儿立一座坟。秀苇缠着他一定要去看看。她要看看这个男人对女人的情爱究竟有多深。

进入荡里，蒲生在一处偏高的地方停住了。地高处不易进水，会让水儿睡得安稳。他默默蹲下身子，"沙沙"的挖土声如箭穿刀割一般刺着他的心，行行泪水把他长长的怀念捎到了另一个世界。墓穴挖好后，把水儿往日送的东西摸了一遍又一遍后，缓缓放到里面。垒好坟后，他又在粗木板上刻上"蒲生之妻水儿之墓"几个字，然后插在墓地边。

纸已经烧过了，蒲生仍久久跪在坟前一动不动。秀苇推推他，示意可以走了。他却如泥塑木雕般呆立当场，灵魂早已叩开天国的门，去碰触已逝去却不绝的绵绵情意。暮色如无边无际的天网毫不留情地罩下来。他看不清伊人的影子了，他大骂，他大哭，他情留此间移不开身……

秀苇一再用心感受他对水儿情感的深度，她感到他，爱一个人，不管是否在身边，不管是活着还是逝去，生命的长度就是他抛给这世界的爱的延伸线。这样一个人钟情于爱的人，怎可如纨绔子弟般玩弄别的女人呢？可是，他与阿凤的事又该作何解释呢？

从芦荡回来，天已经黑尽了。她见妈妈在好言安抚落泪的嫂嫂，心里不由一声轻叹。嫂嫂也是大家闺秀出身，父母原想用结婚来锁住哥哥放浪的心的，哪知他只新鲜了几天，便把嫂嫂抛在了空房，自己又去找不三不四的女人了。可怜的嫂嫂点点滴滴泪流成河，空荡荡的房子成了她此生永远飞不出的牢笼。唉，许许多多的花心男为啥就建立不起自己感情的归属感呢？秀苇但愿自己一生都不要碰到这样的人。

这时，妈妈又埋怨起她了，责怪她一个女孩子不该乱跑，一个大家闺秀应多呆闺阁，切莫让外面的闲言碎语坏了自己的闺誉。秀苇挥挥手，她不想听这些说教，她不想让自己锁入那噩梦般的危情围城。

她又走进妹妹秀菱的房间。秀菱是那种一笑便透着含蓄美的温文尔雅的

女子，她知书达理，讲话细声细气，成天在家与琴棋书画为伴。秀苇的大大咧咧，秀菱最看不惯，她还把自己写的“性静情逸”几个字送给秀苇。秀苇便抱住她说：“秀菱好，姐姐向秀菱学习！”秀菱便温婉一笑，把可与满室书香相媲美的满含诗韵的笑意一点点淌在你身边。

这刻，秀菱正在灯下好细心地穿针引线，在小手绢上绣着一朵秀美的玫瑰花。陡见姐姐进门，秀菱急忙藏起小手绢，有淡淡的红晕飞到她秀丽的脸庞上。

秀苇大叫：“哇，我们的秀菱小姐也学会了刺绣？快给我看！”

秀菱左躲右藏，就是不给她看。秀苇懂得尊重他人隐私，不再强抢，只是用手轻轻一捏她脸说：“好啊好啊，我们秀菱小姐也开始有自己的隐私了。”

秀菱把脸埋在姐姐怀里，有甜美的笑意流韵在她诗性情感的向往里。

在秀苇要离开时，秀菱却迟迟疑疑似有话要对她说。秀苇催促，她又不想说了。秀苇是个急性子，一把揪住妹妹说：“快说，什么事？”

“姐，你……你真的叫我说吗？”

“说！快说！”

“是……是高白平的事……”

“高白平？他能有什么事？”

“我……我前天从学堂回家的路上，看到他逛……逛……妓院了……”

“什么？”秀苇惊得差点跳起来。

“常和我同路的同学阿玲也说看到过一次。姐，你……你可要小心了……”

出自秀菱之口的话，绝对可信。秀苇眼里汇聚起浓云闪电，可转瞬又有泪涌出来。她毕竟跟高白平交往近三年，她都快跟他谈婚论嫁了，这如何能让她接受。她失望、痛心而又愤怒。

秀苇与高白平自小相识，高白平对秀苇一脸的迷恋和向往，陆财神自然看在眼里。自周洪发投靠日本人并占据水城后，高白平的父亲便成了伪警察局长。陆财神为了找到足够靠山以保生意平稳运行，主动让秀苇和高白平交往。高白平对她近乎宠爱的关心让她十分满足，但她对他这两年渐渐流露出的对他人尤其是弱者的极度漠视，对野性和血腥的崇拜，则让她有所不满。他每每说起血腥场面，说他参加警察行动亲手毙人的事，总是格外亢奋。秀苇听来却极为惊恐。她嘱咐他要以热情和善心修身正己，他也只是口头敷衍，而其体内野性的膨胀越来越让她担忧。还有，他也渐渐褪去温情脉脉的外表，总是很直露地把贪馋的目光盯住她的秀脸和胸部，手也开始不老实起来，总想在她身体上讨便宜。在他的轮番进攻下，她已经把拥抱和初吻献给了他，却近乎固执地守护着女人最珍贵的防线。他每次约她，总是想着她的身体，想着早点把那事办了，对她修身聚德的建议总是东耳进西耳出。有天夜晚，在一片小树林里，他竟故意借着酒意蛮横地扯起她衣服来，结果挨了她一大耳光。他为了不致闹翻，慌忙向她道歉、求饶。秀苇冷落他两天后又和他和好如初。如果说之前的事还不足以让两人闹翻脸的话，他偷偷去妓院鬼混则是她坚决不能允许和原谅的！

第二天一早，秀苇把蒲生叫到一边，认真问他高白平这人怎么样。蒲生心里一乐，机会来了。他早就看不惯那小子飞扬跋扈的样子，他也极不放心让自己爱慕的女人落入那个无良小子手里，他一定要借机损损那家伙！他于是把他见到的高白平路撞道情先生、抢砸路上小摊、与不三不四的女人勾勾搭搭等诸事一股脑告诉了她。秀苇脸上表情早已雷电交加了，她是个心里藏不住事儿的人，她随即转身前往警察局找高白平问个清楚。

蒲生望着秀苇的身影，脸上浮出阴阴笑意。他总体是个老实、诚恳的人，但暗地里损起无良的人来，他功夫也不差。他想，我得不到的女人，也要让你们这些缺德的公子哥儿不那么容易得到！

再说秀苇走到警察局附近，忽见高白平正和两个痞样的警察粗俗说笑着走过来。秀苇憎恨地望着那两家伙，心想一个好小伙尽被这些人渣带坏了。她本想上前的，但灵机一动闪到一旁，她想亲眼看看高白平生活中另一面是个啥样。

高白平和两痞样警察分手后，在街旁烟摊拿了包烟就走。摊主跟他要钱，他一个大巴掌将对方抽倒在地。他随后点上一支烟，大摇大摆而去。

秀苇看得心惊肉跳。他平时就是这么待人的吗？他为什么不给钱呢？她决定继续跟踪。

高白平走到紧临妓院的大街，忽有两个涂脂抹粉、浑身异香的妓女扭着风情的腰肢迎上来：“呀，高公子啊，怎么两天不来了呀？今天让我们好好侍候你吧！”

“好！好！今天本公子要在你们这玩得痛痛快快的！”高白平兴奋异常，在这个女人脸上摸一下，在那个女人后背拍一下，然后一手搭一个，就要朝妓院门里走。

一团怒火蹿上头顶，让秀苇瞬间失去了大小姐的理智。她一声大喝，冲上前便推开两女人，暴怒的拳头直冲高白平砸去。

高白平一听怒喝就吓得三魂悠悠、七魄荡荡，等他转过身来，秀苇的怒拳已接连落在他胸前。他找妓女只是玩玩而已，秀苇才是他此生梦寐以求的佳偶。现在秀苇打过来，他怎不大惊失色。他惊吓之余竟直接跪下来，哆哆嗦嗦居然说不出一句话。

秀苇气得脸上脱了色，愤怒的眼球火光点点，胸部剧烈地一起一落。她狠狠抽了他一记耳光说：“你跟这些妓女混吧，混吧，以后永远别找我！”说罢她已泪流滚滚。她转首便跑。

高白平赶紧追上前拉住她说：“苇苇，我我我……我错了，我这是第一次，以……以后再不……”

“还在撒谎，我不再受你骗了！”

高白平哭着抽打起自己嘴巴来：“我我……我错了，我是错了，可……可我找她们只是逢场作戏，我的心从小就只在你身上，难道你还不知道吗？”

秀苇泪雨滚滚，痛苦异常：“好个逢场作戏！你对我也是逢场作戏吧？”

路人见此，也纷纷帮助秀苇教训他：“对女人不忠诚，被骂活该！”

高白平一个高傲的大公子哪受过这等委屈，他跳起来一把扯去胸部衣服露出心口说：“不信你摸摸，我对你究竟忠不忠！”

秀苇不再相信他的话，用手掩着面孔哭着快步跑开了……

近三年的情因男友的不忠诚而陷入严重危机。以后怎么办，她不知道，只知道失望的大山黑沉沉地倾倒而来，压垮了她几年苦心经营的爱之梦，让她受伤的心难以再站起来……

秀苇回到家哭了一夜。妈妈抚着她的长长头发叹息不止，哀叹女人的命并不由女人自己掌控。陆财神沉默良久后，先是骂了通高白平，而后又说，男人在外面搭个把女人也是常事，只要他心里记挂着家就好。秀苇前所未有地和老爸吵了一通。陆财神大怒：“你这丫头怎么越来越没谱了？在家听父，嫁人从夫，这个几千年的传统道理都不懂了吗？”

回到房间，秀苇心情糟透了，拿到什么就摔。这全怪那个高白平！自己不会那么容易原谅他的！

在后来的一个多月里，高白平频频上门忏悔、求情，还几次给陆财神送礼。陆财神自然帮他说话，说白平只是偶尔犯错，品质不坏，是个好孩子。他还说高家已几次提亲，今年要把你们婚事办了。秀苇虽然口气渐渐有所和缓，但还是不能原谅他。

在新四军攻城战斗打响前，高白平再度前来死乞白赖地来缠她，并邀请她前去吃晚饭："苇苇，新四军就快打过来了，这两天我可能要跟爸爸潜出城外，不……不知这一别，我们这辈子还有没有机会再见面？苇苇，你就真的不肯原谅我了吗？"

高白平言辞恳切的话，让秀苇心头为之一动。两人毕竟相好这么多年，就这样绝情分手，她也有些不忍。如果他把错改了，也并非完全不可原谅。她于是问："那些女人，你还找不找了？"

高白平赌咒发誓，说已痛改前非，永远都不会再找不三不四的女人了。

秀严厉警告道："你要记住你说的话！你再逛妓院，我就永远不会再理你！"

高白平如老鸡啄米般连连点头，信誓旦旦表决心。

话已至此，秀苇的眼里又重新泛起点点柔光。高白平心花怒放，乘势拉住她手，邀她一起去吃晚饭。秀苇点点头。他领着她跨出大门时，嘴角浮现出几缕不易察觉的狞笑。

在警察局食堂一间雅室里，电唱机放着软绵绵的曲子，餐桌上摆满了秀苇平日最爱吃的美味。高白平殷勤地为她夹菜、斟酒，痴情的目光流溢着无尽的温柔和体贴。秀苇看在心里，心想，谁没有犯过错，只要他就此完全剔除身上的缺点，就好。

在他们碰杯、饮酒间，秀苇忽然问："上次我叫你打听水儿的死因的，你打听清楚了吗？"

高白平毫不在意地耸耸肩说："我不知道啊，我什么都不知道。我那天说水儿死就是吓吓他的。这个可恶的小子！"

秀苇脸色突变："你是在骗他？"

"是啊，你看他那天老朝我女友望，哪个男人能忍受了。"

“你……”秀苇好不容易才选择基本原谅他，哪知他还是逆性不改，“你这样做，太让我失望了。你知道你这一句话，几乎要害掉半条人命吗？”

高白平竟一把把她拉到怀里，用柔和得有些做作的声音对她说：“宝贝，不要让不相关的人影响我们谈情说爱。我爱你，宝贝。”

秀苇觉得他这种做作、无聊的举止显得很陌生。她用手摸摸他额头，没有异样，反而自己的头却有些发晕。她想极力推开他手，却发觉自己已离不开他怀抱，自己头晕目眩，全身发软，没有一点力气。不多呀，自己只是在他一再劝说下喝了半杯葡萄酒，这点酒并不至于如此啊，难道……她倒吸一口凉气：“你有没有在这酒里搞什么名堂？”

高白平阴阴一笑，给了她温柔的一吻，用深情得有些变调的声音说：“宝贝，我苦苦追你这么多年，该给我奖赏了吧？以后我会用对你百倍千倍的疼爱来为今天的行动谢罪……”

秀苇此时已深陷在迷乱中了。她极力和自己进行战斗，却走不出茫茫一片混乱的泥淖。她后悔、痛苦死了，她不敢相信相爱近三年的男友竟是个无耻之徒！她真是太小看他了，以至今天落入他圈套。她用自己还仅剩的一点清醒和力气大声说出：“高白平，你这个畜生，我不会原谅你！”

秀苇已完全软瘫在他怀里了。高白平如小人得志般欣喜若狂，他苦追多年的小美人终于真正弄到手啦。过了今日，他就是王啦，以后即便他潜逃到天涯海角，她也会乖乖守在家期盼他回来与她成婚，这个女人从此永远跑不掉啦！他哈哈大笑，浊浪撞击到窗外，惊飞了树上鸟……

秀苇已经没有力量抗拒他，在昏迷前艰难吐出两个字：“流氓！”

高白平吻她一下说：“宝贝，对不起，我是为了留住你。”

他把她抱到沙发上，兴奋得“哇哇”直叫。他心里得意地大喊，秀苇，这一回你可逃不掉了！

这时，一个人影闪进了餐厅……

第十三章　巨变之下

1945 年 8 月，水城攻坚战正式打响。新四军近百艘战船从四面八方向水城挺进，其中西门为主攻，其他三门为佯攻。

然而，战船上的战士刚完成部分登陆，就被伪军四门外的外围哨所发现，顿时伏式、蔽式、坟堆式等各式碉堡全都喷出了密集的火舌，从不同角度形成了交叉火力网，将登陆战士压在了河岸边。与此同时，水城东南方最高建筑东峰塔，也在层层碉堡拱卫中，从上下各个枪孔射出更猛烈的弹雨。除东门外围阵地扫除顺利外，其他三门登陆和进攻均受阻，其中担任主攻方向的西门损失最惨重。次日，伪军重兵结集的西门甚至发起了反冲锋，使西门进攻新四军伤亡惨重。此时也有好消息传来：东门制高点东峰塔被新四军攻克！于是，攻城指挥部果断作出调整：东门由佯攻改为主攻，西门则改为佯攻。

新四军攻城受阻，让在城内指挥作战的周洪发赢得了喘息之机。他想，只要再坚守几天，等上司的援兵一到，接受国军改编的大计就有望实现，自己在风雨战局中所下的关键一子就能大获成功。于是他不停给上司发报，请求快速支援。上司回电仅八字：“各守原防，死守阵地。”周洪发大声骂娘，上司说好的岂能变卦。他下令继续发报，请上司务必速派援兵。

这时，各门的最新战报汇总过来，除西门反击取得重大胜利外，其他三门均以密集火力网封锁着通往城墙的所有通道。当然也有不利消息，其苦心经营几年的外围近百座坚固、复杂的工事竟大半被摧毁，这让周洪发极为恼火。他下令组织高级军官督战队，以机枪压阵督战四门，有退却者当即处决。

第二天下午，负责攻击东门的新四军特务一、二团彻底扫除了东门外围工事，兵临城墙脚下。东门高大的炮楼及高出城墙的拥有上、中、下三层射孔的蔽式碉堡，把疯狂的毒焰喷吐向攻城部队。东门攻城也一时受阻！

当天晚上，蒲生帮助陆老板转移完最后一批财物后，借着夜色掩护，专拣僻静小巷去阿才家住宿。这几日四门及水关早已关闭，所以他只得留在城内。哪知，他一出米行大门，一个持手枪的人就悄悄尾随而上。

蒲生高度警觉地躬身在小巷急速穿行。走不多远，他依稀感觉身后有人跟上来了。他极快掉头一看，恰巧城外一道火柱冲上天，在火光映照下可隐约看出跟踪者竟是高白平。他心中暗叫不好，急忙朝旁一闪。高白平见对方发现了自己，随即开枪射击。蒲生边跑边藏，十分敏捷。娇生惯养的高白平哪里追得上他，胡乱放了几枪，眼前就不见了蒲生踪影。蒲生是他的心头大患，他必欲除之而后快，可是这次极好机会他没把握住。

蒲生从秀苇处得知水儿估计还活着后，内心一直极为亢奋，随着周洪发末日的临近，水儿重回自己身边的时刻就快到了。

可是，到第三天晚上，四门仍未攻破！一个被伪军抓去烧火做饭的大伯说，城外新四军尸体遍地，血流成河，惨啊。蒲生眉头皱紧了。他虽然对新四军这个部队了解不多，但也听说过他们是为穷人做主的，更重要的是他们来消灭周洪发，自己就得支持。可是，自己一个平头百姓除了白白充当炮灰外，又能做出什么事？

这天晚上，蒲生在阿才家转来转去，焦虑不安。这周洪发一日不除，水儿就一日不得脱身，而且再这样耗下去，新四军会遭受更惨重的损失。新四军一旦为保存力量而撤回去，谁还会再来为他做主？他为此吃不好、睡不安。怎么办？怎么办？

他忽然想起儿时和伙伴们玩耍时，意外在东北方向的城墙根下发现的那个洞。那个洞刚好容一人通过，内外有石头堵着，且为密集的野草掩盖，外界极少有人知道。如果自己敢于冒险一探，在探知小洞尚存后将新四军悄悄引进来，岂不……对对，这个办法好！可是，此行定有生命危险……不行不行，自己尽管与周洪发有深仇大恨，但要让自己去冒险送命，这断断不可！老爹说得对，我们小老百姓不惹事可保平安。

时而敢于冲动却又精于划算的蒲生，很快否决了自己的冒险想法。

到第四天晚上，水城四门依然固若金汤。

这一来，周洪发得意了，只要自己再坚持两天，等援兵一到，到时来个内外夹击，自己在命运沉浮中作出的生死抉择就能大功告成。他朝副官大喊：

“发报！继续给上司发报！”

这晚，蒲生团团乱转，心烦意乱。白天，百姓们议论说，攻城新四军光是爬城墙时被炸飞和被伪军砍下的手掌就铺了厚厚一层。他无法考证这消息的真伪，但这传闻也一定程度上透露了攻城的惨烈。时间分分秒秒过去，他越发焦躁不安。

阿才厉声警告说：“不行不行！打仗是当兵人的事，关我们老百姓什么事？我可警告你，千万别去啊，死了可别到阎王那叫屈。”

蒲生忽又想，人生本来就是一场冒险，自己本来就是烂命一条了，还有什么不可豁出去的？只要能让周洪发倒霉，自己冒点险没什么。再说如自己在新四军那立了功……他忽然似乎从这非常规之路看到了某种改变命运的希望，嘴角不由浮现几缕笑纹。

他不顾阿才阻劝，带上把斧头，悄悄摸了出去。他的想法是先去探探情况再见机行事，他是不会轻率行动拿自己性命开玩笑的，如太过凶险他会折回的。

蒲生行走极为小心，总是借着夜色贴着墙壁探看着走。他见主要路口都有明暗哨把守，一有声响就有伪军喝问：“口令！”对方答“黑虎”便给通行。他自然记在心。不过，从安全起见，他总是穿过鸡肠似的小巷绕过去，尽量避免和伪军正面接触。

他一路摸到东北方向，这里防守相对薄弱些，但仍有无数火力点藏在暗中，故他更是谨慎小心。他悄悄朝前面黑暗中扔了块砖头，立即有枪袭击。他吓了一跳，赶紧爬到屋顶藏起来。

他见没有动静，便悄然通过一排排屋顶来移动。突然，黑暗中一个人影一跃而起，端着机枪对准他。天啊，这些大兵竟然在屋顶也部署了火力点！

他慌忙中大叫：“黑虎！”随即又补充说：“我是王三啊。”机枪手一愣。蒲生知道险中求生的时刻到了，他身子一侧顺势抓住枪管猛然一拖。以他长期做苦力活的瞬间力道，机枪手自然猝不及防，连人带枪滚到了地面。蒲生利用机枪手落地的短暂间隙，迅速移到前排屋顶，抱住梧桐树干滑到地面。等敌机枪向屋顶扫射时，他已离开屋顶。

几分钟后，他悄悄摸到民房外长满野草和杂树的开阔地带，开阔地外便是城墙。这时四周枪声稀稀落落，交火并不多，原来新四军已经改变战略，

由全力强攻改为长期围攻，待消耗敌有生力量后再伺机出击。

蒲生不敢贸然行动，而是潜伏着耐心观察。他看到远处探照灯不时照来，屋顶和城墙均有轻重机枪把守，开阔地带也一定设有许多死亡陷阱，巡逻队员还不时来回巡查。他反复观察后总算有所判断：高出地面的为野草所掩盖的可能是暗堡，不要碰；探照灯在开阔地的照射有十几秒的间隙；敌兵巡查有五六分钟的间隙……

怎么办？是前进还是退缩？他在黑暗中埋伏了大半个多小时，额上的汗抹了一把又一把，都没敢动一下。他一生都没做出过这样关乎生死的选择，他再冲动都有守住生命底线的要求。可他一想起周洪发就怒火万丈，一想起生父的冤死和自己的凄惨就眼球喷火，改命就在此时，改命就得敢于与天斗！最终，他作出了自己生存二十多年来最重要的选择。

他终于行动了。待一队巡逻兵过去、探照灯一闪而过后，他急忙悄然沿着低洼处爬向城墙根。他刚爬行一半，探照灯又扫来，他慌忙静伏在一棵老树根部的草丛中，所幸未被发觉。灯光过后，他一鼓作气爬到了城墙边。

由于时间很短，对洞穴的具体位置，他事先也是经过反复回忆、确认的，应该就在这附近 20 米内。城墙根长满了近一米高的茂密野草，伪军也未作清理，这恰好给蒲生行动提供了掩护。他隐身于野草中，摸着墙根从这边往那边缓慢移动，探照灯照来时则一动不动。等他摸到圆圆的缝隙时，心中一阵狂喜，这时距巡逻兵走过约三分钟。他小心翼翼取下外面石块，正准备往里钻，突然一条一丈长的青哨蛇窜了出来，吓得他心差点蹦出来。青哨蛇是无毒的家蛇，俗称“小青龙”，只要人不对它构成威胁，它一般不主动向人发动袭击。他赶紧静止不动，让这条日光灯管粗的大蛇感到不受威胁地从他身上游过。

这时，城墙上的伪军突然大叫：“下面怎么好像有响声？”

好机警的家伙，这点声音也听清！蒲生吓得几乎要窒息过去。

恰巧这时探照灯从游动的青哨蛇身上扫过。一梭机枪子弹打过来，青哨蛇痛苦地扭成了一团。

等巡逻伪军过来时，蒲生已钻入宽达两丈长的洞里，这也难怪新四军的有限火力攻不破这坚固的古城墙。至于这洞穴的来历，只能是历史的一个谜了。

蒲生爬过狭小得刚好容一人通过的小洞，轻轻推开另一侧的石块，见墙上伪军未留意，便用刚才同样的方式爬行到城外阵地……

二十分钟后，蒲生被一名新四军战士带到了东门特一团领导面前。

蒲生见面前一位领导相貌熟悉，两人一怔后，几乎同时认出了对方。原来，这位领导便是蒲生两年前在芦荡救助过的杨大成！现在，他是新四军特一团副团长。

两人的手紧紧握到一起……

四十分钟后，东门恢复了全面进攻，一团担任主攻，二团火力掩护。一支由数十人组成的突击队神不知鬼不觉地随蒲生钻进了城内。随后有更多的战士进了城。经过十多分钟的激战，扫清了东北角伪军的所有火力点，然后内外夹击，扑向东门守敌！

与此同时，西南北三门也全都恢复了强攻！

一小时后，东门首先被攻破。黑沉沉的城门被打开了，天边微微的光亮透进来。蒲生见了，知道这个世界要变了，只是他不知自己的命运是否会因此而发生变化。

黎明时分，伪军城防司令部被蜂拥而入的东门部队攻克！南门、北门也相继被攻克！

伪军重兵把守的西边打得最激烈。伪军以反冲锋的方式求突围，最后除有 200 多人从水陆两路逃窜外，其余均被歼灭。

9 月 1 日晨，水城宣告解放。这一战，击毙和俘虏伪军 5000 多人，缴获各类武器若干。

在广大军民欢庆胜利的同时，却有一个人在城内各处踉踉跄跄、失魂落魄地边跑边喊："水儿——水儿——"

他是蒲生。

水城攻占后，周洪发不见了，随后清点俘虏、打扫战场，也仍是未见。被其强占的水儿，也是生不见人死不见尸。蒲生跑掉了鞋子，跑肿了脚跟，喊哑了嗓子，流干了泪水，仍不见心上人。他两腿一软，颓丧地坐在地上，眼里空空的透着无尽哀婉……

随后，在对伪军余孽的搜捕中，高家父子也不见了。蒲生想，难道高白平也逃走了？

在攻城前夜，高白平用药酒灌晕秀苇，是蒲生破窗而入救下她的。

那晚，蒲生帮陆财神装运财物准备运走，忽见秀苇妈忧心忡忡，便问其故。秀苇妈告诉他，秀苇被高白平约去吃晚饭还不回来，所以担心。二小姐秀菱则对妈妈和嫂嫂讲了高白平近来的可疑行迹。蒲生大吃一惊，这高白平最近行事诡异，自己暗恋的女人如被他害了可不得了。他决定去找她。

战前水城戒严，各大路口岗哨林立、戒备森严，蒲生为了避免不必要的麻烦，尽量少与伪军纠缠，专挑偏僻小巷小道，摸到了高府。高府侍卫喝问干什么的。蒲生告诉他，自己是陆府下人，奉大太太之命接小姐回去的。侍卫以为高白平去警察局餐厅仅是吃饭，便指引他前去。

蒲生用同样的应答之法进了餐厅。他正要找是哪间雅室，忽听到一雅间内传来高白平喜极的大笑声，忙过去朝窗内一望，蓦地怒眼瞪得要掉出来——高白平正欲对她不利！蒲生急速砸开窗户，直跳进去抓起椅子就往高白平身上砸。高白平全部注意力在秀苇身上，故反应慢了半拍，等他摸到枪准备射击时，蒲生积聚全身力气举起的椅子已将他砸晕。

蒲生这一砸，彻底得罪了高白平。高白平醒后，发现已被人送到诊所包扎伤口。他万没想到在自己地盘还会发生这样丢人之事，真怪自己疏忽大意。更为严重的是，他和秀苇已撕破脸，这次不把秀苇办了，以后他将很难再找到机会。他于是嗷嗷狂叫，命人去抓捕蒲生，抓到要大卸八块，他要亲手动刀。不过他想到自己失礼在先，就这样冒冒失失冲到陆家抓人，闹大了对自己不好。所以他又下令取消行动，改由自己用其他方式悄悄收拾他。这就有了那晚的追击……

再说蒲生，砸晕高白平后，背起秀苇就跑。碰到门口守卫的，他就说小姐喝醉了，自己送她回去。守卫见是陆家人来接，也就没阻拦，因为以前也有陆家人来接过。蒲生把她送到家后，陆家人全都震惊了，这下连陆财神都不好为高白平讲话了，毕竟受害人是他女儿。陆财神还特地取来几块大洋打赏蒲生。

蒲生一直等到秀苇醒来才走。秀苇悠悠醒来，好似从噩梦中走了一遭。爱逝梦碎，所爱的人竟劣迹斑斑，她难以接受，她失望、她心痛、她愤怒。她哭得一塌糊涂，泪雨浇乱了她的一切。蒲生不便久留，便告辞了……

次日一大早，蒲生来米行继续帮老板转运财物。秀苇情绪依然不稳定，伤情的眼眸看着什么总是怔怔的。不过尽管如此，她见了蒲生还是在爬满悲伤的脸上艰难地露出微微笑意，算是对他救助的感谢。蒲生不需要她感谢，她是他心中神一样存在的人，他愿为她做任何事。

这天碰面，秀苇还告诉他一个消息：水儿估计还活着，高白平以前是撒谎！这个消息，让他眼里闪出了特别的亮度。他的等待没有白费，他把自己提前站到了水儿重回身边的那一天，爱的梦跨越时间的阻隔又在他生动的眼里接起来了……

水城解放了，水儿依然在他的手摸不着的地方，这种美梦撕裂的惨痛，让他在新生活中一下子找不到站立的地方。秀苇看他难受的样子，很是同情他，居然拿出大家闺秀的香手帕为他擦泪。两个人都是情场失意者，虽然内容各不同，但心痛的感觉是相互都能感知的。秀苇不怕世俗的眼光，就拉住他手在河边走，让生活里来的悠悠清风吹往心间。蒲生果然感觉心里好受多了。

战事结束后，蒲生赶到家中看望奶奶和老爹。两位长辈都很好。离别多日再见面，相互都唏嘘感叹一番。老爹见他仍对水儿念念不忘，就嘱他不要老坠在儿女情长里，男子汉要拿得起放得下，要为自己为家做出点名堂来。

老爹的话触动了他的心，是的，世道变了，自己该想想怎么生活了。自己不是要为自己改命吗？那就好好拼一回吧。

水城攻坚战结束后，苏中一分区在水城召开祝捷大会，一批战斗英雄获得表彰，蒲生作为支前模范也被戴上了大红花。杨大成因攻城有功，已被提拔为特一团团长，奉命留驻水城负责城防事务，并兼任县委书记，其余部队修整几日后皆已奔赴新战场。随后杨大成亲自主持公判大会，卖国求荣、民愤极大的伪县长和几名伪军官被处决，全城百姓拍手称快。

由于新政府颁布了新政，原本提心吊胆、东躲西藏的陆财神又把运走的财物重新运回来。新政府除对极个别劣迹斑斑的资本家进行打击外，对普通合法经营的工商业者还专门出台一系列政策予以保护。于是战后半个月内，市场恢复了生机，城市秩序井然，百姓安居乐业。就这样，蒲生又重回陆家米行做伙计。

蒲生对重做伙计很不开心，还豪气冲天说什么为自己改命，弄来弄去这不还是个下人！自己是水城解放的功臣，至少要给个小职务当当吧？新四军

总不会只给个大红花就什么都不管了吧？他们不至于像伪军一样过河拆桥吧？

想到这里，他不由心烦意乱起来。不行，得找杨书记谈谈，自己救过他的命，又为水城解放作出过贡献，弄个小职务当当应该不难吧？

蒲生见到杨大成，见他正在吃烤山芋。杨大成一大早就为政权建设、民兵训练、工商业发展等千头万绪的事而忙碌，还没来得及吃早饭。

蒲生一怔，这杨大成如今作为县里的第一大官，早上只是吃烤山芋？水城人习惯“早上皮包水，晚上水包皮”，即早上茶馆喝早茶，晚上澡堂泡把澡，他也不至于如此节俭吧？

杨大成见蒲生来了，便递了一个山芋给他。旁边的警卫忙提醒：“杨书记，你把山芋给了别人，你一个就吃不饱。”

什么什么？这么说连山芋还有限额？蒲生不可思议地瞪大了眼睛。他赶忙把那只山芋还给杨大成，执意说自己吃过了。他斗胆问：“杨书记，你……你平常就吃这些呀？”

杨大成说：“山芋好啊，又甜又有营养，以前我们在芦荡里打游击，只能咬芦根、吃野草，连山芋还吃不上呢。我们是干革命的，不是享受革命的。”

蒲生蓦然觉得眼前这个人跟他所了解的大官完全不同，杨书记如走到大街上，分明就是个做苦力的铁匠汉啊。

“我们是干革命的，不是享受革命的”，这话又让蒲生脸红耳热起来，自己盘算已久的小九九，该如何捧上台面让他知道呢？

蒲生一时不知该怎么开口，幸好杨大成先讲了：“蒲生啊，我们对你了解过了，吃苦耐劳，不怕困难，向往革命，意志坚决，是个干革命工作的好料。怎么样，想不想来干点革命工作？”

杨大成的话犹如在他混沌脑海里划亮的一根火柴，把他所有的向往照耀得一片闪亮。太好了，自己还没讲，书记倒先开口，有戏，改命有望！蒲生眼里灯火通明，激动得话语让他舌头打结：“谢……谢，书记，我想，太想了，请杨书记成全！”他说着竟站起身，就差给书记鞠躬了。

杨大成说：“眼下水城刚刚解放，恢复工商业、改善人民生活水平尤为重要。我们刚刚成立了一个市场管理机构，急需一批态度坚决、熟悉业务、大公无私、品行端正的革命工作人员。你长期在流通、经营行业做事，对市场有一定的熟悉和了解，让你到那里去做一名市场管理工作人员，你看怎么样？”

什么什么？是工作人员，不是个小干部？不过，既然书记说出口了，自己也不便多说什么，再说普通工作人员也是个管理者，比当下人和伙计强多了。他于是答应下来，并向书记表示感谢。

杨大成还告诫他要“公平公正，坚持原则，不徇私枉法”，嘱咐他“干革命工作要吃大苦、耐大劳”之类。蒲生表态坚决，态度诚恳，然后告辞而去。

蒲生即将去市场管理部门做管理人员的事一传开，在米行伙计间引起强烈反响。阿才捣了他一拳说：“终于不再做伙计了，你小子真行！将来发达了，可千万别忘了我们这些难兄难弟啊！”蒲生大度地拍拍阿才后背：“那还要说！我如发了，一定不忘弟兄们！”

蒲生虽只是去做个工作人员，却从最底层的伙计一跃而为商家大户的管理者，就连陆财神也不敢小觑。这昔日高高在上的陆大老板竟也放下身段，破天荒地为手下伙计专门办了个送行宴为其饯行。席间，陆老板几次向他敬酒，并拜托他日后多照应米行。

蒲生几杯酒下肚，早有些飘飘然。他嘴上大大咧咧地说：“嘿，这还要说，只要用得着我蒲生，老板尽管吩咐。”可在酒精刺激下浮上兴奋红云的眼眸却闪过一丝不易察觉的阴冷之色。父仇家恨他绝不会忘记，一旦有绿豆大的权柄在手，往日作威作福、落井下石者他绝不会放过。

等从米行大门出来，其内心急剧膨胀的自大、狂野早已让他找不着南北，走路一步三晃像行于梦想的云团。他渴望自己有朝一日也能有挥手间风雨飘落的爽快日子，这一天真的近了吗？

令他无比幸福的是，大小姐秀苇竟也出来送他出门。秀苇的一双秀眸情意点点，观之让人产生无尽遐想。找女人就要找秀苇这样的！蒲生心间蓦地蹦出这句话，把他自己也吓了一跳。几年来他只能把这几乎不可能的梦想深锁心底，以后是不是真的可以对着心中暗恋的女人大大方方说出来？两人四目对视，碰出光一样的东西直照心间。就在这一瞬，蒲生竟有了自醉般的恍惚。他想伸手抓住，却又那么朦朦胧胧。

秀苇见他走路摇摇晃晃，便专门叫来人力车，付费后让车夫送蒲生回家。一直为人所驱使的蒲生如今第一次享受了回被人拉的滋味，这感觉真的好。

蒲生的身份之变，让财顺和老奶奶脸上也有了光。奶奶特地去庙里敬香，

把高高的香插在她虔诚和感激里。久违的亲戚也来为蒲生燃放鞭炮，就如他考中举人一般。

就在蒲生前往报到的前夜，老爹特地叮嘱了他几句“不忘穷人本分”之类的话。蒲生有生以来第一次用眼光里拉长的藐视的丝丝线线看了老爹一下，心里道，真是少见多怪！一个人没有张狂意识鼓荡在心，怎能摆脱穷鬼的命运！他要玩就来个惊天大逆转！

他到市场处，立时如积蓄了千年之力的神兽，疯狂投入工作中。终于没有讨厌的大老板骑在头上耳提面命，他如脱网的锦鲤在自我激情的巨浪中搏击向前。他查违规、反走私、打伪劣，铁面无私、重拳出击、滴水不漏。他如屹立水城市场的守护神，永远不知疲惫地把灌满激情的机警双眼扫向他分管的各个角落，让往昔人们见惯了的斑斑劣迹无处可藏。

蒲生出色的工作能力让他在新环境里站稳了脚跟，加之他背后有县委书记杨大成的鼓励，他这一普通却出众的角色很快脱颖而出并引人注目。他讲话开始有足够底气了；眼里灯火通明，光芒撒遍他故作镇定的内心狂喜中；举手投足也讲求张弛有度，努力追求与自己身份相符的自得从容。他还对着镜子龇牙咧嘴做了多少鬼脸，他要仔细观察自己这张寒酸、窘迫的伙计脸上变了多少，多了多少原本富家少爷的彬彬风度。

好运的节奏来得太快，连自己望着都有些炫目。这不，他还没上班多久，就有人动用关系拉拢来了，有人上门送礼，有人请他“皮包水”“水包皮”。平常挺会划算的他，把人性里的贪婪尽数从眼光里释放出来，并一遍遍扫视自己变化太快的命运。按照这节律，自己不出一个月，不不，甚至只有几天，就能赚足以往一年的收入。这命运的变化，也太快了吧？他梦里惊讶地见到金山银山快速向自己移动而来，金碧辉煌的华堂、顶着盖头的美人在命运的祥云中浮动而至……他眼里光焰万丈长，他努力用这天大的兴奋和喜悦去接纳公子少爷才有的福分，他要叩拜上苍感谢垂爱降福……他不知怎的就在梦里笑醒了，嘴巴里拖着长长的口水，沾湿梦幻一片。他张开手一看，空空的，什么也没有。他突然心中一顿。这世上没有无缘无故的飞来横财，别人有所付，就求有所得，自古有多少人单薄的双臂托不起这沉重如山的意外之财，结果被财物活活压死而留得一世骂名。是的，做人要有底线，他是蒲生，不是霸占欲爆满的高白平。他不会为了钱财而冒险葬送自己改命的大好机遇的。

这么一想，他骤然冷静许多。改变命运、重建华堂、娶妻生子仍是他的追求和梦想，但什么能拿，什么不能拿，自己得有个谱。

一天，城里一个姓贾的大富豪命下人给他家送来超级大礼单。凭着这个礼单，蒲生立时就可实现翻建新屋的梦想。老奶奶笑得合不拢嘴，直说孙儿有出息。老爹却深锁眉头使劲抽烟，半天才蹦出句话：“不义之财不能收!”蒲生这一回想法倒是和老爹合拍了，他机警的目光由礼单快速跳跃到昨晚被他查扣的那5条走私盐船上，脑子里倏地跳出一个词：陷阱！对，陷阱!

他果断退回礼单，立即出动，很快便查出那叫贾安的富豪正是走私盐船的主人。他惊出一身冷汗，心想自己如果贪财敛财，一旦此事曝光，自己就要落得个纵容走私的不测后果。他随即作出没收盐船、重罚富商的决定。这起水城解放后的商界第一大案轰动全城，连县委书记杨大成也高度赞扬了蒲生不为利诱、大公无私的精神。

蒲生意外受到杨书记表扬，兴奋得舀上一壶大麦烧，又买了点熏烧肉和花生米，晚上回家和老爹对饮起来。老爹兴奋地说：“干得好！这姓贾的就是当年昧着良心举证你生父的奸人之一啊!”蒲生惊得差点从凳子上跳起来，通红的眼球喷突出浓浓烈焰，恨不得把陷害生父的奸商统统烧死。生为人子，公报私仇，天也见谅吧？他再也坐不住了，他被一腔怒火燃烧得团团乱转，他在谋划复仇的整套计划……

第二天一早，蒲生就在市场处发表了一通义正辞严的演讲，他鼓动大家游斗那劣迹斑斑的贾安，以期在全县商界起到惩戒、警示的教育之效。他有县委书记表扬在先，此番鼓动自然一呼百应，处里的年轻人随即跟他上街发动群众批斗那姓贾的。

这样的复仇，太大快其心了，他还想加重处罚，查抄、没收贾安的全部不义家产。处里领导提醒，不要斗争扩大化。蒲生虽没能将贾安罚得分文全无，但已达到复仇作用了，因为这姓贾的毕竟不是主谋，而是个落井下石的附和者。这时，他又想起那个策划这一惊天变故的已故黑手叶老贼，目光里的寒冷度简直可以冻结那段罪恶的时光。

当晚，蒲生一个人跑到郊外的生父母坟前，泪流满面地跪倒在地，洒酒烧纸，祭拜亡灵。眼前火焰跳跃、纸灰飘悠，内心怒火横烧、恨意飞扬。他用长长的泪水去碰触父母的亡魂，用激愤的话语告慰先人——“我要把那帮

害人的仇人一个个揪出来游斗！”

蒲生蓦地吐出这句话，连自己都大吃一惊。他，真有这个能力把他们揪出来斗吗？不过，他誓言既出，必全力践行！

这时，他因能力出众，已被提拔为纠查组副组长了，这无疑大大提升了他的复仇能力。

胸中复仇意念急剧膨胀的蒲生，已被报复的怒火撞击得不能自已，他动用一切手段去排摸那几个富商的劣迹，一旦被他逮着蛛丝马迹，立即会被无穷放大，最终免不了被他揪上大街游斗。叶大公子以及马、蒋两个富商就是这样被他推到街上的。

复仇了贾、叶、马、蒋四家，被怒火迷了心窍的蒲生已经迫不及待要揪斗陆财神了。他虽然为了生存不得不埋藏仇恨在陆家做工几年，虽然陆家有他倾慕的秀苇，但一报父仇家恨才是真正涌动于心底的最强音。他如今已拥有了打击陆财神的实力，故必定会寻机修理一番。

这天晚上，蒲生拎着酒菜来阿才家找他喝酒。阿才见这位昔日的兄弟居然不忘自己屈驾前来，不由兴奋异常，忙说：“我说的吗，你一定不会忘了兄弟我的，快坐快坐！”

酒过三巡，蒲生塞给他一张纸币，请他监视陆财神，一旦陆有什么违规举动，立即告诉他。阿才是个见钱眼开的家伙，他拿了钱，早已把眼眯成一条缝：“放心，一定！一定！只是到时你可不要说是我讲的呀，我还要在那混饭吃呢！”蒲生拍拍他肩膀：“放心！办好了，兄弟我不会亏待你的！”

三天后，阿才悄悄前来告密：陆财神今天以低价从外进了一船快要过期的劣质米，船还停在大码头呢！陆财神得知后在大发脾气，他原是想省点钱的，不想竟是快要过期的米，说是上了销售者的当。他正在想是掺到好米里销售，还是原货退回。

蒲生一听有门，随即率人去查，果然查获劣质米船。蒲生宣布：查封陆家米行，等调查结果出来后再作处理，并命人绑了陆财神。

这时有群众听闻陆财神把霉变的米掺到好米里坑害百姓，随即朝他摔鸡蛋、扔杂物：“伤天害理，该千刀万剐呀！”

蒲生乘机把散落在陆财神头上的蛋液糊满在他脸上。

开始还抗拒批斗的陆财神，此时无比难堪地低下了不可一世的高傲头颅。

忽然一道绿影伴着清风急速掠来，正引导民众泄愤的蒲生还没明白是怎么回事，脸上就平白挨了两大巴掌。是谁这么大胆，敢在他商管红人脸上甩巴掌？

蒲生眼前一阵晃眼的绿渐渐清晰起来，原来是大小姐秀苇！

蒲生捂着脸吃惊地说：“我……我在搞阶级斗争，你……你为什么打我？”

秀苇那张被愤怒扭曲的俏脸显示出无与伦比的另一种风韵和气质，她连叫嚷的声音都是那么动听。她说：“我打你，是教你一个人该怎么知恩图报，是教你该如何明辨是非、怎么做一个堂堂正正的人！”

蒲生辩解道：“他罪证确实，现场查获。”

蒲生看到有令人吃惊的滚滚泪水从秀苇楚楚动人的面孔上滑下。如在往常，他拼命也要守护她的。但今天不同，父仇大如天，在与仇人一决胜负的关键时刻，他是不会顾及儿女情长的。

秀苇边流泪边激愤叫嚷：“几乎所有伙计都知道粮米是被人坑的，你为何不调查就直接查封定罪？难道往日与你风雨同舟的陆家米行倒闭了，你就那么开心吗？我曾多么看好你，想不到你与高白平是一路货色，一朝得势就为所欲为！”

蒲生顿然懵了，他什么时候成了高白平？他怎么可能成为高白平？他急得直叫：“我不是高白平！我不是高白平！”

秀苇可不管他如何辩解，只是掏出小手帕给老爸擦去满脸的蛋液。陆财神委屈地呜咽起来。

秀苇说：“告诉你，人我带走了，封条也被我撕了，你要定罪就定我罪吧！”她说着不顾一切地摘掉帽子、解开绳子，带着老爸走了。

管理处的几个手下不知所措地对蒲生说：“这这这……”

蒲生并不阻拦陆家人离去，只是冲着秀苇的背影大喊大叫：“我不是高白平！我不是高白平！不是！不是……”

他一脸迷茫，他不知所措，他急切辩解。他这么拼命为父报仇，难道错了？

蒲生连续几场惊天动地的大批判，造成水城商界人心惶惶、议论四起。管理处领导及时纠正、制止了这种乱象，并批评了蒲生。此事还惊动了杨书记，他专门找来蒲生一番长谈，他肯定蒲生的革命热情，但告诫蒲生，水城

刚解放，要安民安商，小资产阶级也是我们要团结、争取的对象，对一些行政处罚范围内的事不要随意政治化、扩大化。

蒲生从杨书记办公室出来，整个人垂头丧气，走路有气无力，眼里空空的没一点神采。自水城解放以来心气正盛的他第一次遭遇如此大的挫败。他想，难道自己真的错了？

他刚出县委大院不远，就被一脸哭丧样的阿才缠住："蒲生，你救救我！他……他们查出来了，是……是我告的密，就把我开了。蒲生，你可要帮帮我！帮帮我！"

蒲生心情很糟，不想和他说话，一把推开他就走。

阿才又一把缠住他："蒲生，我是为你失业的，你可要帮帮我！你……你可不能不管我呀！"

蒲生心里乱如麻，还被人纠缠不休，他恨不得一拳狠狠砸过去。他只是说了句"我们改天再谈"，就再度推开阿才匆匆而去。

阿才在身后无助大叫："蒲生，你可要帮帮我，帮帮我啊……"

蒲生回到家，又遭到老爹的一顿批评："你是要记住这仇，但不是公私不明、为所欲为！我告诫你多少次了，穷不失志，富不癫狂，你忘了吗？"

老爹一语惊醒梦中人。穷不失志，富不癫狂，我被仇恨蒙蔽了心智，我才有点小小能耐就癫狂了，大大癫狂了！我错就错在公私不明、公报私仇！秀苇说我和高白平是一路货，真是足以警醒灵魂啊！我不是高白平，我绝不会做高白平……

蒲生第二天就去找秀苇道歉，可是秀苇对他一脸的不屑，根本就没理他。蒲生心里一沉：这回自己恐怕真的要与秀苇失之交臂了！

第十四章　秀苇婚事

1946年清明节，水城一年一度气势恢宏的民间会船节在城外芦苇荡铺开盛大帷幕。这天，晴空万里，千船云集，“绿扬堤畔霓裳按，青草湖边画舫排”。水城周边十里八乡纷纷派来了他们的会船，贡船、花船、荡湖船、小划子船在阔大水面形成船山人海、举篙如雨的壮观场面。岸上男女老少黑压压一片，一溜排开数里路，欢声笑语不断，锣声鼓声不绝。

水城清明会船作为一种水文化，在当地已有近千年历史。相传南宋初年，战火纷飞，抗金义士在城外水荡排开舟船抗击金兵。当地百姓一呼百应，撑着船你追我赶，举起竹篙打敌人。有的说水城会船源于祭奠这场大战的阵亡将士，有的说源自清明时节撑船祭祀民间的孤魂野鬼。不管如何，生命里有血性、有深情，会船就一代代撑在他们中间了。不过，自日伪军占领水城后，会船活动已停办了好几年。今年刚刚恢复的会船节，首次赋予会船以全新的内容：女子不得上会船的习俗从此成为历史，不管男女老少，大家都可以自由组织、自由参与，以一方百姓自由狂欢的形式庆贺水城新生活的到来。是的，恶霸没了，水匪灭了，商业发展，民心安定，百姓怎不来此狂欢呢？

在生活的河道上，会有很多的风浪。据说，连续参加过三年会船竞赛的人，就不再惧怕生活里的风和雨。他们今年这样你争我抢地争相参加会船竞赛，是否也在以一种自信来装扮自己的勇敢呢？蒲生参加了，秀苇参加了，连一向怕惹事的财顺老爹也自告奋勇地担任了西郊会船头锣的角色，大家根据他锣声的轻重缓急来确定撑船的快慢节奏。在生活风浪里跌打滚爬而站起来的人，懂得怎样行好自己的船。

停顿几年后，又一个经典的竞赛时刻终于到来。“练勇灰船架木篙，一声号令滚银涛。界河天堑分南北，抵过金山阅水操”（清·赵瑜）。船在行，水

在跳，整个水荡都沸腾了。竹篙齐齐插入，浪花高高溅起，船上敲锣打鼓自我壮威，岸上加油呐喊，欢声雷动。高大的会船破浪前行，小划船也不甘示弱，直冲向前。有些讲究的代表队还在船上配备了表演队伍，身着彩服的表演人员挑花担，打莲湘，演唱号子，笙箫管笛齐欢奏，白娘子搔首弄姿，猪八戒口吐长舌摇动大耳……各色表演妙趣横生，逗得岸上观众喝彩连连。水上、岸上成了百姓狂欢的海洋。

岸上，杨大成正在和黄鸿儒等进步士绅指指点点，共叙佳话。在一旁，陆财神等一帮水城富商也在观看会船。贾安的女儿今年也首次参加会船表演，因而成了大家关注的中心。贾姑娘高端大气、旁若无人地端坐在贡船一旁拨弦弄琴，大家闺秀的高雅气质艳压群芳。只见她手指轻弹，一串从心灵深处淌过的音符如云如絮、如梦如幻缭绕在她向往的仙境。她就在这样的境地里飞掠自己的快意，曲就把她的心情超然于会船的盛况而与白云水流融为一种醉人景色了。富商们连连鼓掌称好，贾安也手捋胡须微微颔首。陆财神却有些不安，因为秀苇不听劝阻执意来参加，不知她扮演什么角色，只希望在同行面前，自家姑娘不要丢了自己面子。

突然，他们的议论被一片巨大的声浪打断。只见河中心斜刺里冲出一条小划子船，船上竟是清一色的女子！她们统一着装，头扎彩结，腿打绑腿，大红的披风鼓荡起她们的自信与飒爽英姿。如今女子也可上会船与男子一决高下了，美丽的涵义谁又能说得清。她们奋力划桨，向蒲生为首的男子船只发起了顽强冲击！她们的出现，赢得多数人的喝彩助威，但也有人面色错愕、摇头叹息，毕竟女人参与划船这在水城还是第一次。

西门酱园老板对陆财神说：“咦，陆兄，最前面那个身扎披风的姑娘，怎么看着有些像令嫒？”

陆财神定睛一看，陡然面色大变！那个神采飞扬、划得最卖力的女子，不正是死丫头秀苇吗？三番五次叮嘱她不要抛头露面去划船的，她……她怎么……这真是丢了我的老脸！

随即就有老板说：“哇，陆兄，原来你培养了个花木兰啊！”大家立时大笑。陆财神听着却觉得很不舒服。是啊，人家姑娘琴棋书画大家闺秀一个，自家丫头却操舟弄棒全武行，你怎能怪人家不嘀咕？

酱园老板拍拍他肩膀说：“陆兄，自家兄弟我就不客气说一句，姑娘家还是不要让她这样露面好。”

陆财神嘴唇有些哆嗦，四肢直打颤。他勉强浮起尴尬的笑向酱园老板拱手打了声招呼。还没等会船竞赛结束，他就悄然离开人群。等坐上人力车远行后，身后巨大的声浪才渐渐消逝于耳际。

等秀苇回家，陆财神顿然老夫发狂，直斥秀苇“没教养”“伤风败俗”、“丢尽陆家的脸”。

秀苇哈哈大笑：“爸，你太老土啦，现在是新时代，女人凭啥就不能抛头露面？凭啥就不能比男人强？我们虽然没得第一，不是也把许多男人的船甩到身后了吗？”

“你——放肆！女人不得划船动粗，女人就得学贾安的千金做个知书达理的闺秀！你再这样败坏家风，我早晚有一天要把你锁起来，让你不得跨出房门一步！”

“你敢！你只要敢锁，我就闹你个天翻地覆！”秀苇果然是个不同凡俗的女子，讲话居然这样霸气十足。

“反了！反了！”陆财神急得团团转，却没有多少办法。突然，他想起东门布行张老板前不久为其子上门提亲的事，心中便有了主意。是的，秀苇今年20岁了，该出嫁了，再任她这样胡作非为下去，会有辱陆家门风的。还有，他选择张家，还因为他听说张老板的表弟在水城共产党队伍里做个什么官，如搭上这根线，对自己的经营好歹多少会有个照应……

水城男女婚配，依当时婚俗，首先是提亲，待对方有意后再进行合婚，即由媒人把女子生辰八字口头报给男家。男家请人算命合婚，如八字相合即通知女家，此为“回好”。男家待收到女子正式庚帖后，便约定日期举行订亲仪式。陆财神悄悄做完了这一切，在订亲之日确定后才将此事告知秀苇。

秀苇反应强烈，坚决反对：“我连这姓张的面都没见过，你就这么急着要将我打发走？”

“男大当婚，女大当嫁。见不见面不重要，重要的是他的厚实家底能保你一辈子过得踏实、可靠！”

“我不答应！我的事只能我自己做主！”秀苇气呼呼地说，“什么鸡毛阿狗都找上门来，连蒲生还找过我呢，被我回绝了！”

陆财神一听“蒲生”二字，此生从未遭遇过的羞辱令他怒气横生、火冒

三丈："永远别在我面前提这畜生名字！我警告你，从此永远别惹他！他一身穷酸气穷到骨了，再神气也是个穷光蛋！"

蒲生还找过秀苇并表白过？不错，蒲生已几次找过她。

蒲生自入新职以来，虽仍很思念水儿，但水儿早已从水城的天地消失得干干净净，自己再也找不到她。他还曾去宋王庄问询过，她的父母一提便泪眼汪汪，对她也是生死两不知。他思念归思念，但对完整的家的渴望是一个成年男子回避不了的心愿，何况他的境况已发生质的改善，家里老人不断催着抱孙子，他不可能永远不娶妻生子。于是，他利用休息时间划船来到荡中水儿的空坟前，也不管她是否还活着，就先烧了一大把纸，向她祷告自己的心愿，希望她能理解。祷告完毕，他对着蓝天白云大喊："水儿，你听到我的话了吗？你还活着吗？我不管娶谁，心中永远都有你！"他长长情泪飞洒到遥远世界，却依然碰触不到她的身影……

蒲生就这样怀揣着对水儿的深深情意，开始谋划给自己找女友。可是，找谁呢？他目光划过他所生活的圈子，唯有秀苇美丽无比地立在他钟爱的天地，时时给他渴望的心田播撒清辉。他以前是穷小子一个，只能把爱慕埋藏心底，可如今他命运正发生重大变化，未来有无限发展的可能，现在是时候把心底的话捧到她面前了。不过，去年自己批斗了他老爸，也深深得罪了她，可能她一时不会接受自己，但精诚所至，金石为开，自己即便死缠烂打也要找到她！

蒲生熟知她的路径，几次守候一旁，期盼美人的影子带着春风般宜人的梦想飘临他身边，让两人相携手走入爱的蒲田和苇海。可是，想法有热度，现实很冰冷，我们的大美人来了，却是冷若冰霜、旁若无人地从他身边掠过，仅有无尽的冷意透进他心窝，让他浑身冰冷，想说的话一句也说不出来了。

他继续守候。这次他果断上前搭讪，甚至还抓住她手请求听他说几句。美人推开他手，像云一样来，又像云一样飘悠而去，根本不给他机会。

这是第三次了，蒲生已做好充分准备，不想让自己再劳而无功。秀苇一出现，他随即用自己结实的身躯挡住她。不想秀苇也早已有准备，她手里不知何时多了根红绳子，她舞动绳子哗哗直抽，结结实实打在他脸上、身上。蒲生不知她是何时练就这手绝活的，手法纯熟，打在身上很疼。他猛然抓住绳子，使两人的手被一根绳子搅在一起。他用几乎透着哀求的可怜声音说：

“我的大小姐，那次纯属意外，你就给我一次解释的机会吧！”

秀苇如碧潭般幽深的眼里闪过冷森森的微光，把他的千言万语给冰封在了嘴里。她干脆松开手放弃绳子，一转身往回走了。

这下蒲生可急坏了。他不想这样一次次放弃机会。他要说话了，他必须要说清楚！他对着她的身影大喊：“秀苇，你要记着我们以前的好，我对你一直都没有变！我要找女朋友，就只会找你！”

刚走几步的秀苇，表情顿时僵滞在高度的震撼和惊讶中。什么什么？他要找我做女朋友？她转回身，眼里透着无尽的惊异和严厉。

他一碰到她眼神，心里一慌，话语顿然变得结巴起来：“秀……秀苇，对不起，你不睬我，我……我一急就说出来了，你别怪我……”

秀苇厉声说：“我也明明白白告诉你：这不可能！你伤害了我爸爸，你永远得罪了我，我不会再原谅你！我以前认识的那个蒲生永远不存在了！你又是一个狼心狗肺的高白平！你去追你的前程、富贵和美女好了，我不认识你！”

秀苇说罢一昂白白的脖子，以她性格里的倔强和刚强，大步走开。

蒲生望着与自己渐行渐远的秀苇，一点办法也没用……

再说秀苇，她刚回绝了蒲生的纠缠，现在又冒出个姓张的陌生人，而且自己即将要和此人订亲，她简直要崩溃了。自己的父亲大人这是怎么了，这么拼命把自己往门外推，难道自己嫁不出去了吗？

这几日，家中里里外外在忙着订亲仪式。张家的两大车子彩礼也送过来了，陆财神很满意。可是，他们所有这些人都忽视了一个人——秀苇，好像这事与她无关似的。

秀苇心情大乱，家里家外乱转个不休。以前自己好歹还有高白平、蒲生两个好友，自己有烦心事也好对着他们唠叨。可是，现在这两个人都先后变质了，她烦心的事还能对谁讲？

她就这么转悠，转悠，突然一跺脚狠狠地说：“你们都给我停下！停下！”

陆财神吃惊地说：“丫头，你这是干什么？我们所有人都是为你在忙啊！”

秀苇大嚷：“我的事不要你们管！这亲事我不订！”

“你敢！”老爷子手中猛然多了个戒尺，如若再顶嘴，他极有可能劈头盖脸地打来。

妈妈赶忙过来劝说秀苇，说这也是为你好，哪有姑娘大了不嫁人的呢？

秀苇退后一步，提出要求："那姓张的如果是横鼻子竖眼睛你们也忍心把我往外嫁？至少，你们也得让我与那姓张的见一面再作决定！"

陆财神说："可以，我马上安排你们见面。"

第二天下午，张家母亲带着儿子张克怀携礼前来拜访了。秀苇妈妈亲手做了一碗蛋茶端给张克怀。张克怀只吃了一只蛋，留下两只未吃。秀苇妈赞许地点点头。一只代表一心一意，两只三只代表三心二意，这张少爷是懂道理的。

接着，两家母亲在一边闲聊，张克怀到陆宅里的小花园与秀苇见面。

秀苇蓦地见到张克怀，心中暗暗一惊。这张少爷绝不是横鼻子竖眼睛，而是身高一米八，遍身的英俊气挡不住扑面而来，真是水城难得一见的大帅哥啊！

秀苇不会轻易被眼前这个帅男打倒，而是用挑剔的细致眼光审视他的一举一动。哪知这大帅哥偏偏是个知书达理、温文尔雅的内涵男，讲起话来头头是道、句句入理，说起人间大道口若悬河、严丝合缝，对待秀苇彬彬有礼、礼让三分。初步看来，这是个内外兼修的好男儿啊。

秀苇不相信他没有缺点，两眼专注地盯着他，想要从他举止和神色中挑出什么破绽来，然而什么也没挑出。她听着听着，不由渐渐为他的话语所感染。他讲到平静处如淙淙溪水，激昂时似利剑劈石，很富有感染力。而且其许多话语的观点新颖、深刻，令人有耳目一新之感。她很快拿出自己平生所学，以其伶牙俐齿与他进行话语的碰触。这一谈，他们就谈了三四个小时。

天色渐渐暗淡下来，两人却谈性正浓。张克怀懂礼地站起来向她告辞。秀苇很欣赏他的博学和帅气，但又不想这么快就把事情定下来，她还想再沟通、交流几回。她很认真地对着他说："你看……你能不能跟你家大人说说，把我们订亲的事再推迟些日子，让我们再有机会交流几回，你看怎么样？"

张克怀突然现出少有的惊慌："这……这可是大人们定的事呀，我……我……"

秀苇说："你不是刚还说我们年轻人要把握好自己命运的么？你不想自己的事掌握在自己手里吗？"

张克怀显得有些尴尬，但他最终还是说："好……好的，我尽量跟长辈说。”

秀苇眼里流露出肯定的目光。这样的男子，是能够和自己相处、交流的。

这次见面，秀苇心里已有了几分肯定，但婚姻大事毕竟关乎终身幸福，她还想和他再见见面，再增加一些了解。

这以后，心神初定的秀苇也不大出去乱逛了，而且她为回避蒲生也不再走那条道了。蒲生几次守候扑空，便知秀苇是故意改道的。他向米行伙计打听情况，方才得知她将要与东门布行张公子订亲的消息，惊得几天没睡好觉。他不想就此放弃秀苇，他要以自己决不罢休的诚挚行动追求她、打动她、守护她。

等蒲生再见到她时，她还沉浸在和张克怀初次会面的细节和感觉的回放中，因此根本没心思搭理蒲生。等蒲生拦住她时，她带着愠怒说：“我都说过你彻底得罪我了，我不会原谅你了，你还想干什么？”

“你哪怕永远不理我，但我一定要向你讲我的故事，我一定要向你解释清楚上次为何要跟你爸过不去。难道你不想知道这是为什么吗？”

“我没兴趣听你的事，你就是个见利忘义的小人！”

“是的，我是小人！小人会对你忠心耿耿、百倍关心吗？小人会和你在芦苇荡生死与共，并留下那么多欢乐的记忆吗？小人会冒着生命危险从高白平手下救下你吗？”蒲生越说越激动，有泪淌下来了，润泽着过去两人交往的一幕幕生动的画面……

蒲生的话，也让她勾起了对往昔的记忆，不过却有种恍如隔世的疏远感。她说：“不错，我们当初是很好，你也救过我，保护了我的清白。我欣赏你的为人，我对你……是曾有过特别的好感。如果你还是当初的你，我是会考虑和你这样重情守义的人交朋友的。可是，你变了，你不再是以前的你了，所以我们一切的谈话都没有意义。”

“我重情守义，永远没有变！”他流着泪把一封信塞到她手里，“你有空看看吧，我的故事都写在里面了。自上次的事发生后，我和你们陆家的恩怨就算扯平了，不过我对你的初心永远没有变！”

蒲生竟然不可思议地向她鞠了一躬，噙着泪水走了。

秀苇听着他讲得有些怪怪的话语，整个人有些犯糊。这个男人究竟怎么了，一会舍身救人，一会恩将仇报，一会大谈恩怨，一会又说初心不改，他

究竟哪张面孔是真实的？

秀苇一回家，就遭到陆财神的一顿指责："两家大人都把订亲日期选好了，你为什么要跟人家提延期？你你你……你真是气死我了！"

于是，这对父女再度发生一场大吵。争吵的结果是：秀苇同意和张家订亲，但必须延迟举行，因为她还要对张克怀多作了解。陆财神无法用家长制的粗暴压制秀苇，只得同意和张家重新商量日期。

秀苇这一吵，心情便大乱，蒲生给她的信也就不知所终了。等今天这一页翻过，她便把蒲生给她书信的事忘得干干净净。

后天是秀苇20岁生日。在水城，逢10的生日谓"整生日"，平常生日谓"闲生日"。对大家闺秀的第一个整生日，陆财神自然要大肆庆贺一番。

生日宴是从前一天晚上开始的，谓之"暖寿"。

陆家大院内，张灯结彩，红烛高照，鞭炮声声，烟花满天，厅堂内寿幛、寿联、寿匾、寿桃、寿面目不暇接，亲朋好友，络绎不绝。一盘盘美味佳肴端上来，戏班的红男绿女扭着腰肢走起来……

张克怀带着重礼前来参加秀苇的寿礼。酒席上，他频频敬酒，言辞谦逊，显示出富家少爷的出众素养和不凡气度。众人不由交口称赞，秀苇暗暗喜在心。

在庆贺生日的三天时间，两个年轻人有了较多的接触和交流时间，这使秀苇对张克怀的学识和人品有了更多的了解。随着以后的交往日趋增多，秀苇对他的好感开始在心间埋下了……

一天晚上，两人约会结束，张克怀邀秀苇次日晨去著名的老君堂茶楼喝茶，言明届时来接。秀苇欣然应允。

次日晨，秀苇一直等到8点半，也未见张克怀来接。张克怀失约，让她大感意外，便走出门来，在街上翘首以待。

忽然蒲生走来向她打招呼。秀苇都没拿正眼瞧他一下，仍在望眼欲穿等候张克怀的到来。

蒲生问："我写给你的信看了吗？"

"没看！谁有闲空看你什么破信！"

"信的事以后再说。你不是在等张克怀吗？我知道他在干什么，你去一看便知！"

他说着还要拉秀苇的手前往，被秀苇打开。她说："我已经是有男朋友的人了，你以后少出现在我面前！要去，我自己不会走！"

"好吧，你去吧，他在四牌楼旁。我对你说过，我是不会让你受到任何人伤害的！"

秀苇对他的话感到很奇怪，就真的叫上人力车，朝千米外的四牌楼而去。

人力车刚在是古老的牌楼旁停下，秀苇就见到张克怀正被一个俏丽女子揪扯着争吵着什么。她顿时警觉起来，便隐于一旁看个究竟。

张克怀和那女子正贴墙站着，女子死死揪着他衣领不肯放松。张克怀用近乎哀求的语气说："花花，我说了一千遍一万遍，我现在真的有很重要的事要做，你怎么就是不让我先走呢？"

"不！不！我不能让你走！你不能丢下我不管！"被叫作花花的女子泪流满面地缠着他苦苦哀求，"你既然知道你父母不同意，可你当初为什么还要发疯地追求我？你说我是天下最美的小公主，发誓要一生一世守护我，可为什么一听说我有了你的孩子就要甩我？克怀，我……我什么都给了你，我就剩下了你，你不能丢下我不管！你……你就带我去向你爸妈求情吧，我……我很善良的，会孝敬好公婆的……"

犹如晴天一声霹雳，秀苇被击得大脑"嗡"的一下，整个人就摇摇晃晃几乎站立不稳了。她扶住牌楼立柱，却扶不住几乎破碎的梦想。她狠狠咬了下发颤的嘴唇，要求自己顽强站住，并把悲伤、愤怒的泪光透过去，看看他们究竟还会做些什么。

那边，张克怀语气已经极不耐烦了："花花，你怎么听不进去呢？我父母讲求的是门当户对，他们是不会见你的，你总不能叫我做个不孝子吧？我再说一遍，我会找医生帮你堕胎，会给你一大笔钱让你再找个好夫家，这……这个补偿办法怎就不行呢？"

"我开始知道你是富家公子了吗？我不要钱！我要的是人！"花花抓得更紧，指甲几乎要掐进张克怀的肌肤里，"你如不要我了，我一个姑娘家不明不白怀上你的孩子，我的家人，这个世界，会容我吗？你……你这不是把我往死路里逼吗？克怀，我……我知道你又有了相好的，这些天我……我一直跟踪你。我之所以没上前出你的洋相，是一直想暖暖你的心，谁想你……你如把我逼急了，我……我……"

“你敢!”张克怀脸骤然涨得黑红，暴突的眼球怒光闪闪，“你竟然敢跟踪我！我警告你，你如敢坏我的好事，我就将你一撕两半!”

“克怀，你，你……”花花被他陌生而凶狠的嘴脸吓坏了，脸色煞白如纸，眼里惊骇无比。

张克怀语气一缓说：“花花，你就别怪我心狠了，我们好分好散吧，我一定会好好补偿你的!”

花花颤颤的嗓音只透出丝丝幽微的哀求声：“让她做大，我做小，这……这也不行吗?”

张克怀厉声说：“不行!”

花花一吓，竟整个人绝望地软瘫下来，昏了过去。张克怀急忙抱住她叫喊。

然而仅过一分钟，他就弃花花而去。他刚跑几步远，就发现被一人挡住。他抬头一看，竟看到了秀苇痛苦痉挛着的脸颊和泪光中透出的逼视的眼神!他脸立时惊得脱了色!

前有高白平的伪善和凶狠，后有张克怀的欺骗和伪装，这天下男人都怎么啦?他们哪张面孔才是真实的?秀苇被这一枚又一枚爱的毒针射中，使她心碎在这一个个如川剧变脸般变幻莫测的男人中。她一回回迎接爱一回回被打得遍体鳞伤，她投身爱的梦想却被人残忍扯碎了再无情扔给她，她绝望而伤心、踉跄而不择路地奔跑而去，只有还留有她温度的泪渐渐冷却在她身后破碎的情梦里……

张克怀急急忙忙说：“秀……秀苇，你……你听我解释，听我解释……”

秀苇不睬他，一路奔跑到了家，便抱住妈妈委屈地大哭起来。家人问明原委，脸上全都乌云密布。秀苇又奔到房间，关上门，扑到床上大哭不止……

不一会，张克怀也来了，他卑躬屈膝，低声下气，哪有初见时高谈阔论的潇洒英姿?家人谁也不理他。他又去向秀苇解释，秀苇以无限的绝望将他拒之门外。

他只得向陆财神、大太太认错、求饶，说那女人心机太重，故意引诱自己以图嫁入富人家。他痛哭流涕、叩头作揖，说自己一定痛改前非，以后一定把百分百的爱献给秀苇一人。大太太大骂他用情不专，怒言把女儿嫁给他很不放心。陆财神先是义正辞严地斥责他一番，随后又向他面授机宜："你唯一的机会就是快刀斩乱麻，斩断旧情，不留尾巴！你把尾巴洗干净了，再来找我家姑娘！"

张克怀眼里快速掠过一道凶狠之光："我明白了！"他立即拱手告辞，快速走出陆家大院。

秀苇卧床三日，茶饭不思，哭肿了眼睛。她连续遇到道貌岸然的不良男，心痛了、累了、疲了，困乏的眼神已厌倦了人间的红尘俗爱，再也喷吐不出照耀自我的憧憬之光了。第四天，她起来了。她眼球发直，眼睛四周网上了一圈青晕，走路晃晃的很让人担忧。妈妈无限揪心地看着她，亲自给她梳理有些蓬散的头发。饭菜端上来了。秀苇只吃了几口，便重重搁下筷子，头也垂下了，满把不再光洁、滑溜的青丝垂挂而下，遮住了整张脸……

秀苇说要出去散散心。妈妈和妹妹都要陪她去。她说我想一个人静静。

她不知不觉便走到了西门外的小游园，那是她和高白平、张克怀常见面的老地方。歪脖子老柳树仍披头散发地把遍身情丝垂挂在多情时空，可是曾经站在这树下吐露情思的那两个男人都变了模样。树仍高挂着满头情丝，口口声声永葆情思的人怎就变了卦？她多情的泪水又淌下来了，却再也流不到往日的甜言蜜爱中……

蒲生缓缓走过来。他已跟踪多时了。

秀苇哭着大喊："怎么老碰到你？你怎么老是阴魂不散？走开！走开啊！"

蒲生很心疼她的模样，他想把积压心中多年的爱全部捧给她，又怕吓坏了她。他说："因为我是唯一不变、真正在乎你的人！我说过，我是绝对不允许任何人伤害你的！"

秀苇用泪眼里的"刀"狠狠剜了他一下："别吹牛吧，你还在乎我，你连我老爸都敢恩将仇报，还敢对我说唯一不变？像你这样厚颜无耻的人还真罕见，快在我面前消失！"

"那件事，你总有一天会弄明白的。一码事归一码事，我真正在乎的只有你！"

"我不听！我不听！男人的话，我都不信！"

"那好，张克怀家今天发生了什么事，你该是想知道的吧？想知道，就去看看吧！"

秀苇突然目露凶光，她恨不得用眼光杀他一百次一千次。她歇斯底里地大吼，把这几日受到的委屈尽数发泄到他身上：“你这个魔鬼，你管这些事干什么？你看到我失败会很高兴是吗？我被爱情踩得惨不忍睹正好让你笑话是吗？告诉你，我对张克怀的事不感兴趣！没有张克怀，还有王克怀，我嫁谁都不会嫁给你！”

秀苇使尽全身力量吼完，转身便走，把多情却一无所获的蒲生一个人孤零零地扔在那……

她刚一回到家，就碰到陆财神虎视眈眈逼来的问罪眼光。天啊，这世道怎么啦，怎么人人都要拿她是问，她是上辈子杀了人还是做了什么缺德事？她就这么好欺负吗？

陆财神大巴掌朝桌上的书信狠狠一拍：“你信誓旦旦跟我说不跟蒲生联系的，现在怎么又跟他联系上啦？”

秀苇吓了一跳，这才刚刚见面，而且是意外碰到，这老爸就知道啦？没这么夸张吧？她拼命抵赖：“我……我早就不理他了，我……我刚还骂过他呢……”她猛然觉得说错了什么，赶忙用手捂住嘴。

“哼！”陆财神狠狠把信推到她面前，“还说不联系，你自己看看吧！”

原来，那日秀苇回来因和老爸吵了一架而导致心情大坏，蒲生刚给的信就不知所终了。刚才女佣清理卫生时从沙发之间的地上发现了这封信，她一看内容重大，吓得立即交给老爷，这就有了陆财神的兴师问罪。

秀苇取过信，本想只是简单瞄一下，不想里面的内容重大而机密，她就认真看了下去。蒲生在信中讲了他的故事，讲了几个奸商是非颠倒联手制造了血迹斑斑的人间惨剧，讲了他誓言复仇的过程，讲了心中对她长期的暗恋。他在信中说：“我对你爸的复仇之意，我对你的爱慕，就这样长久交织在了我心中。不过一码事归一码事，我报复了你爸爸，但我对你的倾慕依然不变，永远不变！现在，我和你爸的恩怨已经扯平了，你能原谅我的这次过失吗？”

陆财神痛心疾首地跺脚道：“把这个包藏祸心的小东西留在行里这么多年，我居然没有发现。还好他滚蛋了，要不留在身边会后患无穷啊！”

秀苇搁下书信说：“爸，这就是你不对了！你干吗是非不分去伙同人家制造冤案呢？有因，才有果啊！”

“唉，这还不是那个死鬼老叶撺掇的……咦，不对，你这丫头怎么胳膊往外拐，还帮着那个小东西说话？我警告你啊，不许再跟他有任何联系！我姑娘嫁鸡嫁狗也不会嫁给那个小畜生！他是癞蛤蟆想吃天鹅肉——妄想！”

秀苇又把书信详细看了一遍，嘴里喃喃地说：“这么说，他只是为了报复，而不是品行发生了变化？”

“你说什么？”陆财神对女儿言行举止的怪异很是不放心，他想女儿是不是因为最近受了打击而大脑有些迷糊了。

秀苇还把书信拿给陆财神看，眼里竟跳出了久违的火花：“爸，你看他的信，他说得很明白，报复只是一个意外，他对我根本就没有变……不，不行，我还是要亲口去问问他，找他问个清楚！”

陆财神心痛得连连跺脚：“丫头，你这是要把老子给活活气死吗？不许去！你哪儿都不许去！”

秀苇已管不得这么多了，竟抓着信直接奔出去了。

陆财神忙指挥人把秀苇拦住。但伙计们看秀苇急冲冲奔出去的样子，谁也不敢出手拦。陆财神叹道：“真是女大不中留啊！要赶快和张家联系，今年内就把这丫头嫁了，再迟恐怕要出岔子！”

秀苇接连遭遇两个虚伪男的欺骗，内心早已把一个人的忠诚、品行摆到了至高无上的位置。她要找蒲生问个清楚！她一定要问个清楚！

路上，她对蒲生的好感又随着悠悠清风回来了。芦荡中漾溢过他们纯真烂漫的笑，古镇风情中还留有他从歹徒张大宝魔爪下勇敢夺回她的点点印记，草丛里还飘动着两人历经生死、见证初心的故事，生死危险中他从高白平手里救出了她……这些，怎会有假呢？历经风雨洗礼初心仍不变，他会是这样的人吗？老爸老骂他贱民、穷鬼，但人贱品高，这才是真金男儿呀！蒲生会是我欣赏的人吗？

她一口气跑到西门外的小游园，可蒲生已经离去。没事，蒲生家就在附近，那就到他家去问问！

她刚准备离开游园，忽然发觉张克怀也跟了过来。她一瞪眼说：“你来干什么？”

张克怀讨好地说：“我……我本来是去你家告诉你处理情况的，看你急急忙忙走出来，我很不放心，就一路跟来啦……”

“嗯，好吧，你准备告诉我什么情况？”

“是……是这样的，我跟她已经彻底完结了，我已经完全处理好了，想……想求你原谅!”

“那你以后还沾花惹草、四处留情吗?”

“绝对不会了。我发誓，以后我如对你有异心，就电打雷劈，不得好死!”

他见秀苇脸色有所缓和，便乘机去拉她的手，试图彻底化解此前的危机。哪知秀苇很警惕，朝后一退，成功避开他的手。她已吃过此男的苦头，不会轻易被他糊弄过去的。

“那你对花花姑娘是如何安置的?”

张克怀略显慌张，吞吞吐吐地说：“她……她……她还好，我反正已经处理好了，她不会再来找我了……”

“我问是如何安置的!”

“这……她……给了很多钱，安……安置好了……”

秀苇看他讲话破绽丛丛，顿时大怒：“你还想瞒我吗?快如实向我讲清楚!”

张克怀吓得身子一颤，就差下跪向她磕头了。他擦着豆大的汗珠，惊慌地说：“她……她上吊可不能怪我啊，是她自己寻死的……”

秀苇惊恐万分，心窝里灌满冷风般浑身直抖：“那……那她还活着吗?”

“死……死了。不过不怪我呀，是……是她自己……今天她家里人上门来，钱……钱也都赔了，处理好了……”

秀苇惊惧而愤怒，上前就抽了他一大巴掌：“花花可是有孕在身，你……你居然把她逼死，真是禽兽不如!”

张克怀“扑通”跪地，连连向她作揖说：“秀……秀苇，你要相信我，我没逼她，我没逼她……”

“好歹毒!”突然一声长啸，一个只露两只凶目的持刀蒙面人蹦跳而出，挡住两人去路。

自新四军解放水城以来，歹徒在城中行凶的恶性案件已极为罕见，此时这个蒙面歹人的出现，却是令两人猝不及防、惊慌失色。秀苇吓得抓住张克怀手臂，身子直往他身上靠。而张克怀更是惊恐，哆哆嗦嗦的竟还要往秀苇身后躲。

蒙面人把刀往前一伸：“再退，就把你们一起杀了!”

危险时刻还是秀苇镇定，她知道歹徒当街行凶多是冲着财物而来，于是踢了张克怀一脚："快把金银饰品和钞票拿给他！"

张克怀慌手慌脚地掏出身上全部值钱的东西，连连磕头求饶："大爷，大爷，东西都在这，求你放过我们……"

蒙面人一脚踢飞了地上的钱物，竟直接朝秀苇逼来。他眼里晃荡的淫邪之光朝她的俏脸扫描不息。他突然一把搂住她的腰。天啊，他原来不是劫财，是劫色！

秀苇急叫："克怀，救命！"

张克怀早已躲到大树后，仅露出战栗不止的屁股。

秀苇见自己逃无可逃，便大胆叫道："恶徒，不许羞辱我！你可以杀，但不可辱！"

这时，一个人影抓着石子悄悄从蒙面人背后摸过来。此人正是蒲生！

蒲生相距还有好几丈，就被蒙面人发觉了，他喝道："小子，快把石子放下，要不我就一刀宰了这丫头！"

真是好敏捷的歹人，其功夫已到了出神入化之境！蒲生犹豫再三，只得丢下石子。

秀苇却利用蒙面人说话走神的瞬间，突然使出全身之力猛抓对方右手，死命与之夺起刀来。她希望通过与之纠缠，给蒲生背后一击创造机会。哪知蒙面人直接铁臂一挥，竟将她打出几米远，然后把刀对准了她！

秀苇面如死灰。她想不到真爱没找到，却要把命丧在此处。

可是，刀并未刺下，而是转而对准了张克怀——那个抱头钻进草丛里却把瑟缩的屁股露在外的胆小鬼。

蒙面人一脚将他身子踢翻过来，怒问："快说，你是不是喜新厌旧，逼死了有孕在身的姑娘?!"

张克怀吓得浑身如筛糠般抖个不止，嘴里支支吾吾说不出话来。

"快说！"蒙面人几近疯狂，眼光如鹰爪般会把人抓出血。

"不……不是逼的，是……是她自己上吊的，是她自己……"

蒙面人怪啸一声，手臂闪电般急掠而过，张克怀便捂着下身如挨剐的野兽般惨嚎起来。

他竟被蒙面人阉割了下身！

蒙面人手里的刀殷红一片！

本已爬起身的秀苇吓得眼珠直翻，直挺挺地倒在地上。

这时，蒲生已如疾风般猛扑而来！

蒙面人身形一闪，钢刀已架在蒲生脖颈上！

第十五章　是人是狗

秀苇在感情上再度被骗之时，国内形势发生了重大变化：坚持内战的国民党军对解放区发动了全面进攻。1946 年 10 月，我驻水城部队除留下县独立团一部散布在芦荡滩涂坚持斗争外，其余皆奉命北撤。国民党军占领水城后，由县保安团负责驻守。此外，由逃亡返乡的地主、豪强组建的扩充队、保安队即“还乡团”在血雨腥风中而生，作恶多端的水匪也再度复活。这些黑恶势力与保安团相勾结，对共产党地方党组织和革命群众进行了疯狂反扑。一时间，城边村头、芦荡田野，到处是喷吐的弹火和挥舞的长刀，一批批共产党人和革命群众倒在了血泊中。

在城外芦苇荡，浸染了死难者鲜血的枯黄芦苇，在血腥味刺鼻的阴风中摇曳、悲鸣着。已摇身一变成为保安团某排排长的高白平一挥手，便有一阵密集弹雨扫过，又一排共党干部和群众倒在了苇丛中。

已杀红了眼的高白平疯狂嘶喊：“将下一批带上来……”

连日的血腥屠杀，已将他积压、鼓胀已久的原始野性发泄到极致。去年的水城之战中，他随父潜逃出城，半途与从密道中逃走的周洪发及少量从西门突围的残兵败将会合，最后接受了国军改编。周洪发在生死风云中再度选择变换自己的阵营，从伪军师长摇身一变为国军县保安团长。他虽职务降了，但水城的这片天又重新落到他掌控中。他为这次选择付出了惨重代价，他也自认在这次抉择中获得了新生。至于生死跟随他的高氏父子，他自然要委以重任，他向县政府推荐让高云虎重回警察局局长位置，高白平则被他任命为排长。从一名伪警察到国军基层军官，高白平自认也完成了他的生死抉择和凤凰涅槃。这一变，他多少还留存点的纯良本性在血腥的洗礼中荡然无存，原本白净、英俊的面孔被野蛮、残暴扭曲得面目全非。以至他回城后第一次

去陆府握住秀苇手掌的那一刻，秀苇竟毛骨悚然，以为见到了浑身血腥的魔鬼。

自国军杀回水城那天起，蒲生便一直蛰伏在家避祸。从洋洋自得、命运正向好发展的商管处副组长，到重新跌落为什么也不是的穷光蛋，境遇的巨大落差让他萎靡不振、意沮神丧。更何况，他好歹为共产党做过事，国军的反攻倒算随时会清算到他。老实说，他的事可大可小，就看怎么定性。如果他落到高白平那小子手里，硬把他扯到“革命干部”上，他断无生还之理。所以，他此时的境况已比水城解放前险恶一百倍。

这天，秀苇又来蒲生家看望他了。上次，如不是他挺身相救，她的后果不堪设想。

那天，张克怀被蒙面人阉割，秀苇吓得瘫倒在地，幸亏蒲生挺身而出，才赢得时间使她免遭不幸。可最终，蒙面人的刀子并没有割下去，他反倒对蒲生说了句奇怪的话：“你小子倒挺硬气的！”这时，周边群众报警了，有人安排来抓捕了，蒙面人身子一掠，便瞬即无影无踪。蒲生犹如在鬼门关上走了一遭，如蒙面人执意要杀他，他绝无侥幸存活的可能。所以这蒙面人是正是邪尚值得推究。不过，他当时也顾不及这么多，他先抱住晕倒的秀苇，接着又配合军警人员把张克怀送到医院急救……

等秀苇醒过来并明白一切后，她落在蒲生脸上的眼光明显柔和多了。人，是很难拿自己生命来冒险的，一旦他在蒙面人面前跳出来，他就会九死一生。可是在秀苇最危险关头，他还是不顾一切地跳出来了，面对钢刀威胁而面不改色。虽然最后是蒙面人自己撤回了钢刀，但蒲生敢于为了她而一搏的牺牲精神，却深深震撼了少女的心。她原本是要向蒲生追问她所想要的答案的，现在她不需要问了，她已经找到了她所要的答案——蒲生人品没有变，对她的爱慕和守护情意更没有变！

再说张克怀被送到医院后，虽命被保住了，但永远失去了生育的可能。秀苇想，他为了娶到富家千金而不惜逼死了花花，这是否是冥冥中的一种报应呢？此事发生后，陆家退回所有彩礼，并作了适当补偿，两家亲事遂告结束。

经历了这一连串的事，秀苇对高白平、张克怀之类薄情寡义、虚伪阴险的纨绔子弟很难再产生兴趣，相反对吃苦耐劳、重情守义、为所爱的人敢于挺身而出的蒲生却产生了极大兴趣和好感。她不管对方的尊卑贵贱，只看人品和忠诚度。她尽管还不能确定自己是否会对蒲生产生那种情感，至少说已拥有无限可能。

在新四军撤离水城前，秀苇和蒲生有过多次单独相处的时间。她会轻盈地在他身边忽闪来忽闪去，如可爱的小精灵围着他转，两只秋波闪闪的眼眸喷吐着无限美的青春光焰，她放歌美好未来的“咯咯咯”的欢笑声重新激活了她的生命热情。

她还瞒着父亲，拽着蒲生到芦荡里玩了一回。天是那样高，那样蓝，飘飘悠悠的白云载动两人的向往，把圣洁的心思排开在美丽蓝天。此起彼伏的蛙鸣和水鸟的欢叫，在大地见证中交织着他们的心愿心语。秀苇折了一大把蒲棒，对着天空使劲挥舞，一片片洁白、轻盈的蒲絮一点点在如诗如梦的云空里丢开来，成为长长的情丝连接在心灵天空。她一把抓住他手，一起唱，一起笑，一起舞。她长长披开来的秀发像波浪似迷雾如梦幻，连着她铺到天边的梦想，与她的身影、笑脸、苇丛一道，构成了一幅绝美的风景画。

在荡中，秀苇一刻不停地追小鸟，摘野花，编花环，足以照透人心灵的水灵灵的眸子，在顾盼中撒开万千迷人光波。蒲生把心融化在这光波里，整个人再也无法走出她的世界了……

秀苇朝脖颈里套上一个好漂亮的紫色花环，把他的神思又牵引到了这可爱的小物件上。秀苇调皮地问：“我好看吗？”蒲生喃喃地说：“好看，好看，像个小仙子。”秀苇喜得又是一拍巴掌，“咯咯咯咯”地大笑起来，用欢乐的声浪装饰她向往的多彩生活。她笑得前仰后合，笑得彩衣飞舞，她笑着笑着忽然倒在了蒲生怀中。蒲生浑身猛一颤栗，随即一股奇异的情感浪潮裹挟住他，把他带往如云如梦之境。他再也不管了，第一次张开期待已久的臂膀，把自己心爱的女人搂在心怀。他想，梦总算要归位了，这下自己的女人再也跑不掉了吧？

可是没几天，头上的这片天就变了颜色。秀苇还是高高在上的大小姐，他却跌落为人人都可踩一脚的卑微小民。经历了高起高落的沉浮，他一时难以适应这巨大的落差和变化。梦，再度变得飘忽不定，他曾大着胆子喊出来的要娶秀苇的声音又硬生生地收回到心底。秀苇依然孤悬在梦中，他不敢再想也摸不到了……

这天，秀苇来他家看望他了。他又回归到了以前，恭恭敬敬地喊了声：“大小姐！”

秀苇轻捶了他一拳：“你这家伙，前些天还不停地喊我秀苇，今天又叫我大小姐！”

蒲生神思还深埋在无尽的怅惘里，声音轻得只有秀苇能听进：“变了，一切都变了……”

“什么变了变了的，我看是你心理作怪！”秀苇挽住他手臂说，“在家里闷死了，我要你陪我玩！”

蒲生眼光软软的，再也没了以前敢于照耀一切的强烈底气。他万分不舍却又不得不扳开她手说：“你是大小姐，我是穷鬼，是危险分子，以后我不能再陪你玩了。”

秀苇看着他一脸窘迫样，不由破口而笑，并用纤纤手指轻点一下他额头说：“嘻嘻，你这样真逗！不过我告诉你，我就是要和你一起玩！”

她突然踮起脚跟，在他嘴唇上深深吻了一下，然后笑着飘悠开来。

蒲生大吃一惊，这可是他第一次得到秀苇甜蜜的吻，可是为什么她还愿献吻给他呢？两人有着咫尺天涯的距离，这样的梦还能做下去吗？

两人开始了交谈，可是始终沉浸在压抑心情中的蒲生总是不能给她带来开心的内容，而且还刻意与她拉开了距离。秀苇不开心了，嘟着嘴说：“我走了。”她说走就走，拦都拦不住。

财顺赶紧说：“快去送送她，这外面可不太平！”

是的，自国军占据水城，这城又乱了套了，让一个女孩在外走是有点不让人放心。蒲生赶紧追出去。

蒲生一直追到喧闹的大街，也没能追到秀苇。他怅然若失，转过身便要往回走，却不料被一个骑脚踏车的人撞倒在地。

“你眼瞎啦？敢撞我的车！”一个有些熟悉的呵斥声闯入耳鼓。

蒲生爬起来抬眼一看，顿时两眼瞪直了，此人竟是高白平！

高白平一见蒲生，立即扔掉脚踏车，上前就照着眼球部位猛击两拳，打得蒲生两眼金星四溅、视线模糊、眼球充血。高白平紧跟着大脚一踢，正中蒲生腹部，踢得他连退几步，倒在路旁的货架上，顿时货物飞撒，众人大叫。

高白平扭动着狼虎般的阔嘴嚎叫道：“好小子，我早就想收拾你了，你倒送上门来了！老账新账是要好好跟你算一算了！”他朝身后两个骑车的喽啰一挥手：“该你们好好表演表演了！上！”

两个士兵随即猛扑而来，照着蒲生的脸部、腹部就是一顿拳打脚踢，打得蒲生在地上直打滚，早上吃的食物尽数呕吐在地。

高白平早已失去理智，大嗓门一亮，吓得街上人群四散而逃：“给我打！打！我要叫他立马见阎王！”

蒲生已被彻底打瘫在地，无力挣扎，只有两束灯火般的愤怒眼光从通红的眼球里喷吐而出。

高白平深陷在往日的仇恨里，已疯狂得失了人样，嘴里只是喊着一个字：“打！打！打！打……”

突然，一只娇小的巴掌掀来千钧之力，狠狠抽打在他猖狂得失态的脸上。这一掌，让他清醒了些，却也让他更加恼怒。不过当他看清来人是心上小美人秀苇时，满脸的恼怒瞬间又纠结出古怪的笑纹来。

原来，秀苇虽然走得极快，但内心还是希望那个呆子能够追上来，好好向自己打招呼。她停下来等了会见他没跟上来，心里一气正准备走，忽然身后传来嘶喊和骚乱声，心想会不会是蒲生出事了，便立马往回走，这才有了她愤怒抽打高白平的一幕。

“哈哈，我的苇苇，你终于来啦！我找你几次，你都爱理不理，今天你终于想起我这个老情人啦？”

秀苇气得手指直颤：“高白平，不许瞎说！我要求你，立即把蒲生放了！”

“放了？有这么简单吗？”高白平故意做出夸张的嘴脸说，“我可查清了，他可帮共党做过事呢，很多商人对他可以说是大大的、大大的不满。这么跟你说吧，他这个小东西，事儿说大不大，说小也不小，他的死活可是捏在我手里呢！你听清了吗？”

秀苇听明白了，他这是想要挟、交换，逼迫自己就范，门都没有！她就一句话：无条件放人！

他突然又换上一副狐疑的面容，他猛然抓住她双手推搡着责问：“你怎么会拼命维护他？这一年多你和他发生了什么？今天你和他是偶遇还是在一起的？”

秀苇狠狠挣开他，厉声说：“我和你早结束了！你无权过问！你必须马上

放了他！”

高白平面色一寒，指挥两个手下说：“把地上这小子抓了，明天和那批顽固分子一起处决，然后把他挂到城墙上暴尸三日！”

两个士兵随即将蒲生从地上揪着提起来，推着押往大牢。

秀苇吼道：“高白平，你如果对他做出什么，我今生都不会再理你！”

高白平见拿捏的效果到了，立马说：“好，这可是你说的，我杀了他你就不理我，那么我留他一条狗命，你是不是就得同意跟我重新开始呢？”

秀苇不做声了。这可是不好回答的问题。

高白平赶紧开出他的条件：“要我留下他的狗命，第一你要同意重新和我交往，第二这小子必须成为我的一条狗，必须任我驱使、任我作践，做我脚下的一条没有尊严的狗！”

“高白平，你好歹毒！”

“中国历史上弱肉强食的生存法则你不懂吗？这个社会不是靠人品、靠道理，是靠铁拳说了算，你知道吗？”

高白平见秀苇不答应，命人将蒲生立即绑赴刑场，今天就处决。

在蒲生生死攸关时刻，秀苇一个外表刚强实则柔弱的女子真的扛不住了，她嚎啕大哭着答应了他的要求。高白平还做出怜香惜玉的做作之态搂住她，为她擦眼泪，用柔言蜜语哄骗她。

蒲生为了求生存，只得答应做他的一条狗，还含垢忍辱当街从高白平胯下钻过。高白平还坐在他身上把屁股颠了几颠，大笑道：“哈哈，好狗，好狗！记住明天一大早到我那报到哦！”

高白平和他两个喽啰扬长而去。

秀苇抱住蒲生的头大哭起来，委屈、悲伤的泪水洗不去今日的耻辱。蒲生则用微弱的声音责怪道：“你为什么要答应他呢？就让我去死好了，怎么能让你大小姐受这样的委屈呢？”

秀苇大声哭道：“我不管！我只要你活着！”大滴大滴的泪珠从她脸上垂挂下来，滴落到他脸上，透着心的温度。

蒲生也流泪了。两人泪水交融，在情感的热度里流淌……

第二天一大早，是老爹搀扶着蒲生去军营报到的。

高白平立即向全排士兵介绍：“大家来看，这是我刚领养的一条狗，你们可不要客气，每个人都可上去骑一骑啊！”

于是一群人涌过来，有人摸头打脸，有的朝他吐痰，有的骑在他身上享受骑狗的乐趣……

蒲生两眼低垂，外表温驯听话，任凭折腾凌辱，可内心却有一团火要把他反感的世界焚烧殆尽。

水城政局风云变幻，蒲生迅速从高高在上的市场管理者，跌落为他人膝下的一条狗，靠做没有尊严的狗来苟延残喘。就这样，高白平叫他向西，他绝不能向东，高白平要踢要打，他必须服服帖帖领受。一个星期狗做下来，他整个身心都麻木了，连他自己都分不清自己是人是狗了。

做狗也有惬意的时候，那就是跟着主人在大街横冲直撞或搜捕打砸时，他感受到了比狗还弱势的人惊慌大叫、四散而逃的狼狈样，原来狗也有让人敬畏的时候？难道这就是狗仗人势、狗假主威？

高白平养着他这条狗，不只是用来凌辱和折磨，还希望将他培养成一条疯狗、恶狗，以便做他的打手和刀枪。

这一天，蒲生第一次打了一下人。高白平带着一帮人到一家店里吃饭，临走却不给钱，店主揪着他不给走。高白平大手一挥，他手下的打手们一个个如狼似虎般扑过来，把店主、店小二打个半死，把店里的桌椅锅盆砸个稀巴烂。高白平见蒲生竟然畏畏缩缩躲在一旁，一脚将他踢倒在地：“打呀！老子白喂你了！”蒲生只好对着已被打成重伤的店小二举起拳头。可是当他看到店小二抖抖索索向自己伸出哀求的手，看到那双与自己何等相似的哀婉、无助的求救眼神，他的手发抖了，他的眼神发花了，他看到有成百上千个自己艰难爬行在生命的路上，向世人求助却被一次次忽视……他眼里有泪了。同是天涯沦落人，穷苦人何必打穷苦人。他做不了恶狗，是因为他还有人性。高白平嚎叫了，再一次拿脚踢他，逼他做恶狗。蒲生没办法了，只得紧闭双眼，用抖个不停的手轻轻拍打了一下店小二。这动作很轻，算不上真正意义上的打人。高白平怒了：“我教教你怎么做条狗！”他一声叫，打手们随即群扑上来将蒲生打得不能动弹。高白平用脚踩着他屁股说：“今天这课学会了没有？”蒲生一边在心里流泪，一边强忍着悲愤小声说：“学会了……”

这天他一回到家，就痛得躺在床上不能动弹。做人难，做狗也难，做恶狗难，做有人性的善良之狗更难。他用哀求的眼神翘问苍天做人做狗之道，

苍天无语，只把无边的浩瀚和深邃留给他揣摩。他沉重叹息一声，心里郁积的话语装满了屋子，飘不走散不去。

房门打开了，外面一线光透进来，是老爹来给他上药了。这个世界只有亲情永远不变，老爹以永远操心的关怀姿态，让他在非人非狗的生活中感受了特别的温暖。

老爹前些时候常抱怨他，不听老人言，吃苦在眼前，你对高白平种下了因，就有了高对你的果。现在要摆脱做狗的命运怕是难啰。我们小老百姓斗不过他们有生杀大权的，要尽量安分守己，不给自己和家人惹麻烦。

不过这两天，老爹不再抱怨了，只是叮嘱他，做恶狗容易，做好人很难，人任何时候还是要守住做人的本分，只要把人做好了，是人是狗都不重要。他拍拍蒲生肩头说，先保命，只要把命保住了，就有机会做个好人。

老爹虽不识字，但他讲的这些道理却很受用。蒲生说："你放心，我再难再苦，都不会让咱家丢脸。"

几天后，蒲生又遇到了大麻烦：国军最近又抓获一批共产党漏网人员和革命群众，高白平奉命要去枪毙人，如果高叫他开枪怎么办？

是的，他可不想身背血债，如果双手粘上鲜血，他就真的是恶狗了！

今年的芦滩很怪，在倒下一批批生命的地方，大片大片的芦苇提前枯死了，只把没有生命迹象的芦叶伸在提早到来的寒风中。是的，芦苇是有灵性的，生命的枯荣是与人道、天理息息相关的。

今天要枪毙的这8个人，虽然都已被打得皮开肉绽、血肉模糊，可是他们没有一个人被撬开嘴，没有一个人叫痛。他们一字儿排开在芦苇前，像树立的特别生命景象让蒲生震撼、动容。他们会死去，但他们顶天立地的气度，会让他们永远立在生命的一方天地。蒲生站在他们面前，才感觉到有一种东西是可以超越生死的。

蒲生忽然有些感伤，他没有能力保存他们的生命，他甚至还有可能成为刽子手杀人的帮凶，但他从他们身上，感受到了生命存在的意义。

高白平在动手前，朝当中的一个年轻女子多看了几眼。此女虽遍体鳞伤、头发散乱，却难掩其相貌的清丽。他忙道："先把这女的留下！"士兵随即把这女的押到另一边。

蒲生不是士兵，只是高白平个人临时收养的一条"狗"，高白平却果然叫他先拿一个共党分子练练手，以后手头也好多个枪手。蒲生吓坏了，他拄着拐杖说："我……我的伤还没好呢！"高白平说："拿得动枪，就能打！"蒲生没办法，抖抖活活接过枪，可他摸索一气，也没能摸到扳机。高白平一脚将他踢飞到老远："没用的东西，睁开眼看看，别人是怎么放枪的！"蒲生正好借故溜得老远。他是打过猎的，知道怎么放枪，不过他是故意装傻的，因为他不会对人开枪。

高白平一挥手，一排枪响过，7个硬汉倒在了地上。鲜血喷溅到芦苇上，红红的芦苇却树立着别样的生命景象。

蒲生的泪水悄悄淌下来了。他是第一次置身枪杀人的现场，他也是第一次强烈感受撕毁生命的残暴。他是这么弱小，连自己的自由都保证不了，还如何谈去守护生命和爱。他悄悄打了自己两个耳光。

接下来更令他触目惊心的事发生了——高白平竟直朝另一个活着的女囚扑过去，在光天化日之下竟做起人世间最野蛮的事。

上一次，蒲生利用补过的机会救回了被残害的水儿。这一次，他面对的敌人更强大，他如鲁莽行动，不光救不了人，也会让自己白白送死。就这样，他毫无办法地颤抖着身子，竟眼睁睁流着泪再次看到了他这一生最不愿看到的吞噬人性的惨剧。他亲眼目睹了人是怎么变成噬咬人血肉的野兽的。人，好好地立在世上很不容易，一个不小心就会变成野狗和恶狼。

就在他痛苦得浑身要爆炸之际，一个谁也想象不到的画面出现了——那女子竟然咬断舌头，使出生命中的全部力量，将断舌和满口鲜血吐到了高白平脸上，让鲜血糊满了他的眼和脸。

高白平歇斯底里地嚎叫道："上！上！你们统统给我上！给我把她活活弄死！"

蒲生狠狠用拳头捶着地。他虽然救不了女子，却看到了生命中有一种东西叫不屈。女子用最强烈的生命抗争维护了自己的尊严！

这时，突然芦苇"哗哗"一响，一个遍身黑衣、满脸疤痕、目光如炬、手执钢刀的丑陋女子飞抵眼前。那些士兵还没明白是怎么回事，只见黑衣人刀光闪闪，近旁几个家伙下身齐齐被阉割！

站得不远处的高白平吓得魂飞魄散，第一个滚进苇丛逃了。

剩下的几个家伙也随即一哄而散。他们平日也只会对手无寸铁的人逞凶，

一旦遇到真正厉害对手，只会比兔子逃得快。

现场仅剩下蒲生一人没跑。丑陋女人持刀走来，用冷森森的目光深深看了他一眼说：“又是你！”

蒲生从她嫉恶如仇的目光中看出，此人一定正是上次的蒙面人！

丑陋女子问：“他们都跑了，难道你不怕？”

蒲生答：“我不会害人，所以我也不会怕谁。”

丑陋女子警告道：“你赶快离开这些人！如果我哪天发现你跟他们一同作恶，我一定会第一时间割了你！”

丑陋女子迅疾跑到仅剩一口气的女子前，一把抱起她，一个飞掠便不见了人影。

等丑陋女子走远了，躲藏的这些家伙才拾起枪，对着芦苇一阵放……

由于队伍出了大事，高白平也没心思理蒲生，就罕见地给他放了两天假。

蒲生难得有空在家好好梳理一下自己的心情。芦荡里那一幕幕惊心动魄的画面一遍遍在他眼前回放，他激愤、悲伤、忧心却又透着点自己守住做人底线的庆幸。秀苇来看望他了，他又把近期情况及心情告诉了她。

秀苇得知高白平骇人听闻的兽行，面孔骤然变得好可怕，心里犹如被插上了一排钢针般疼得好厉害。她不禁用手捂住胸口，弯腰一阵干呕却什么也没呕出来。

蒲生见她心痛非常，赶紧扶她坐下来，又去倒来红糖茶，亲手舀着给她喝下。老实说，他开始也犹豫是否要把高白平的兽行告诉她，但从对她负责任的角度他还是得说，因为秀苇一旦真的落入那个灭绝人性的家伙的魔爪，那将多么可怕。

秀苇喝了茶，又休息了一会，脸上神情有所好转了。她美眸重新透出温馨四溢的柔光，那是从她心底播撒出的爱之光。在这一刻，她终于真正懂得该怎么爱、怎么恨了。她动情地说：“要谢谢你！你终于让我知道了我该怎么选择！”

“你……你怎么选择……”

她突然深情地抱住他头，透着情感热度的泪水滚动着她晶莹、透亮的少女之心，融入了蒲生的心窝，让他惶惑而激动。她说：“傻瓜，还会怎么选择，你不是说一直爱慕我吗？我今天正式告诉你，我接受你的爱了！”

是的，如果说她此前已表露出对他的极大欣赏和认可，那么现在她已真正明白自己需要的是什么了。在这乱世风云中，有人有狗，人狗混杂，他在狗群狼窝中守住了自己，这样的男子才是她生命中最珍贵的。她反对以贫富论贵贱，相反，这乱世里守身如玉的人格之光，才是她眼里最贵重的。她的选择也许行不通，但既已做出自己的抉择，她即便碰得头破血流也无怨无悔。

听到她的心语，他在心灵的震撼中流下了浸染人生五味的复杂之泪。她是个大小姐，她可以有自己很多的选择，却把一颗芳心放在了他这个在狗群中偷活的卑贱之人身上，这一非常人所能做出的大胆举动怎不令他动容。不过，水城变天，他从天堂到了地狱，他怎忍心误了她、伤害她？就让自己一个人痛苦地把爱留在心底吧！

他轻轻推开她，讲了自己的想法。岂料，秀苇竟把她整个人扑入他怀里，用透着少女芳香之爱的美唇紧紧贴住了他的嘴。他再度震惊在她的深情里，自己的手也不知不觉搂紧了她。他知道，这个女孩有着一颗执著的心，她认定的事，绝不会轻易放弃。这对他俩来说，是福，还是祸？他眼前忽又闪出高白平残忍的眼光，不由心头一哆嗦……

秀苇在他怀抱里不知待了多久，甜美的梦想照亮了她的全世界。在自己选定的爱的怀抱里深情小憩，她别提有多幸福。直至天色已晚，老爹叫吃晚饭了，她才依依不舍地放开他。

老爹提供的只是粗茶淡饭，他很担心她这样的千金大小姐是否吃得惯。哪知她吃得很香甜，后来还多盛了半碗稀饭，夹了不少家常小咸菜。老爹和奶奶开心地笑了。

晚饭后，蒲生执意要护送她回去。她答应了。两人手牵手，时不时用滚烫的眸光相视而笑，又心有默契地用相同的表情示以爱意。两人的家相距可不近，可两人很快就走到了该分别的小桥了。秀苇执意地再拉着他的手又在外面转了一圈。当他们再度走到这座小桥时，两人不得不分别了。秀苇再度搂住他的头，让两人贴在一起的心共同跳荡爱的心潮。她又流泪了，流淌着她的依依难舍情。蒲生吻干了她的泪，并把脸深埋在她的发梢里，让自己在爱的气息里轻轻深呼吸……

两人终于到了分别的时候了。秀苇细心地帮他理好衣衫，嘱咐他好好生活，她会尽快让高白平放他自由的。蒲生急忙说，自己宁可去做狗，也不想

让你受高白平的要挟。秀苇说，你放心吧，我会处理好的。她深情款款，眼里柔光四溢。两人一步三回头，手摇了又摇……

从这一天起，蒲生眼前及脑际活动的全是秀苇的甜美的笑脸、深情的眼眸，秀苇的形象及气息已深深融入他血脉，时时在他全身流动爱的春潮。他猛然觉得，自己生命里已离不开她。

再说秀苇当晚回到家后，遭到了父亲陆财神的指责："丫头，你怎么这么晚才回来？现在外面有点乱，还有那个持刀的什么……哎哟哟，太可怕了！你以后可要少到外面去！"

陆财神进而发现，这丫头竟面色潮红一片，眼里透出罕见的欢愉而多情的光，注意力不集中，搭话敷衍，显然还沉浸在什么情绪中。她回来后，首先是照镜子，摸自己乌溜溜的长发，看自己浮着红晕的脸蛋和眼眸。他吃惊地问："你究竟上哪去的？"

"哎呀，这都大人了，不用你操心。"秀苇说着就准备进房。

"等等！"陆财神赶忙说，"明晚你干爸高局长和高白平要来吃饭，你要好好准备，不要再让大人为你操心。"

秀苇一听高白平就来气："他来干什么？他的人品你们又不是不知道，我嫁给他会有开心的日子吗？还有，我们家要和高家少来往！"

"住口！你这丫头越来越不像话了！"陆财神大为光火，"没有后台撑腰，你以为在这乱世我们陆家的生意能撑得下去？去年我为什么被蒲生揪斗？那就是因为我们在共产党中没有能依仗的后台！给一家寻找一个安全的避风港，远比你说的什么个人优劣更重要！"

"那做人也不能这样随风倒！如果共产党再打回来呢？你还能靠高家吗？那时的我该怎么办？"

"谁有势我就倒向谁，这就是我的决定！"

"你要拉关系那是你的事，反正高白平我没兴趣！"

"你敢！我们一家命运的大事，你丫头难道不该承担应有的责任吗？"

父女两个你言我语争吵一气，又是大太太过来劝阻，才平息了一场家庭内斗。陆财神气得团团乱转："气死我了！气死我了！这丫头一点没有家庭观念！"秀苇则把自己关进房内，本来一天的好心情就这样被搅坏了，她很不爽。为什么要把她个人幸福和一家的兴衰连在一起？成天花天酒地的大哥更应该承担家的重任，为什么从不提他？她不明白！

第二天晚上，高氏父子来了。为了配合父亲的大局，秀苇只得走到高云虎身边，低低地叫了声："干爸！"

"哎！"高云虎乐得一把将秀苇拉到身边，用手抚摸了一下她头发，乐滋滋地说，"我从小看着我们的苇苇长大的，苇苇现在是越长越漂亮啦！"

秀苇却一声不吭，面无表情。

高白平则如痴如醉凝望他心爱的小仙女，陆财神都喊开席了，他还眼珠不错地傻望。高云虎拉了一下他衣角，他才慌忙装模作样地正襟危坐。

席间，高云虎对陆财神说："你要的那批货，我已经给你搞定啦。还有你说的那个什么竞争对手，没事，小事一桩，我帮你解决！"

"哎呀，高兄，你可是我们一家的大恩人啊！"陆财神赶忙叫秀苇一道起身给高云虎敬酒。

高云虎并不站起，只是用手势示意他们坐着敬就行。他说："还叫什么高兄啊，我们是亲家啦，该改口啦！以后我们就是一家人了，我不帮你们帮谁呀？"

"对！亲家！亲家！"陆财神赶紧把满满一杯酒喝掉。

高云虎在和陆财神频频碰杯间，还不忘给秀苇夹菜，并说："白平、秀苇也都不小了，该考虑给他们订亲啦，让他们小两口早点和美在一起。"

陆财神连忙附和："对对对，该订亲了，该尽早订亲了！"

高白平听了心里一乐，随即给秀苇夹了只大螃蟹："苇苇，这是你喜爱吃的蟹！"

秀苇搁下筷子，站起来就跑。

高白平赶紧追出去："哎，苇苇——苇苇——"

陆财神大怒，赶紧叫秀苇回来。高云虎说："还是小孩子嘛，就让他们两个年轻人去谈谈吧！"

小花园内，高白平拉她的手。她狠狠摔开。她嫌脏，嫌手上的血腥气。

高白平问："苇苇，你怎么老对我爱理不理的，我们马上都订亲了呀！"

秀苇眼里闪出咄咄逼人的目光："你什么时候把蒲生放了？我们之间的事为什么要牵连第三人？你不放他，休想让我理你！"

高白平惊讶而又狐疑："你怎么经常为那个穷鬼讲话？"

“他去年救过我，我总想有所报答吧？你就是想和我唱反调，不让我达成报答的心愿是不是？”

“这……”

“好，那你以后就别来找我！”秀苇气呼呼就想走。

高白平忙说：“嗨，那不就是个无足轻重的穷小子吗？告诉你不怕你笑话，那家伙笨笨的、木木的，打人、开枪都学不会，怎么教都学不上，这等智商我还嫌碍眼呢！好了，我让他走不就得了！”

秀苇开心地笑了。

高白平当然不明白她这笑的意思。他为她办了事，就立即想占便宜，他头一伸就想来个偷吻。秀苇何等机灵，赶忙闪开了……

陆家大堂，突然电话铃急促响起，是找高云虎的。高云虎接电话后脸色大变：“什么？那个持刀歹徒又跑到城里作案了？又……又割了5个？我马上部署抓捕！”

高云虎搁下电话，赶忙告辞。此事重大，陆财神不敢挽留，亲自把他送到大门外。

高云虎坐车离去后，陆财神心里打了个寒噤。又……又割了5个？这是个什么样的歹人啊？

第十六章　爱不容易

自前天有 6 个作恶的士兵被阉割后，这天晚上又有 5 个移情别恋的富商被割！

次日晚，全城又有几个花名在外的淫棍被割！

一时全城震动，舆论大哗。有人说，还乡团滥杀无辜，惹得天怒人怨，那丑陋女子实为何仙姑所变，她是专为人间除凶灭恶而来的。还有人说，丑陋女侠高如宝塔，头大如斗，眼似龙珠，能飞檐走壁、踏浪而行，腾越时如鹳鹤展翅，舞刀时似疾风闪电……

消息传到保安团团部大院，周洪发惊恐失色、如临大敌。他重返水城大肆捕杀一气后，刚刚才准备物色新人、填充"后宫"，这种不好消息传来，将严重威胁他新计划。如他也不幸被割，他作为一个伟男的梦想将破碎在这乱世争霸中。他下令悬赏捉拿女贼，一时间军警全部出动，全城戒备森严。他还特别命令在团部院墙四周架起数挺机枪，虎视眈眈瞄准院外一切可疑之人，全力将女贼阻止在大院外。

夜，显得黑洞洞、阴森森。夜风掠过小城，像无数游魂野鬼在呜呜咽咽，听了令人毛发倒竖，不寒而栗。冷风中，团部院门的卫兵缩着肩头，抱着长枪索索打抖，惊恐的眼珠在夜色中游移不定，生怕黑暗中蹦出个女侠来。

下半夜，正当他们恹恹欲睡时，一道黑影极快闪来，还没等他们明白是怎么回事，一道白光忽闪几下，他们无一例外都是咽喉被割，倒地而亡。此女侠动手有个特点，淫贼一律阉割，余皆直接割喉。

暗夜中，有个逃跑及时的家伙边逃边叫："不……不好啦，女……女贼来啦，女贼……"他还没来得及喊完，喉管已被割断。

霎时，院墙上的数挺机枪全部亮开火力。

顿时大院内乱作一团。院内卫兵们惊慌出动。正在酣睡的周洪发以军人的机警迅速滚到了床底下。正鬼鬼祟祟偷窥女人睡姿的周大少慌忙逃窜，被追赶的卫兵误以为是女贼而击伤在地。枪声、喊声、奔跑声响成一片。

丑陋女子终究没能闯进大院，留下一道长长血迹后逃了。卫兵一直追踪至天明，也未能将其捕获。

周洪发得知其子被误伤，气得七窍生烟，脑袋里像有石磙在来回滚动，又胀又痛。他下令全城挨家挨户搜捕，宁可错杀一千，不可放过一个！

几小时后，全城凡脸有疤痕的中青年妇女被尽数抓来。周洪发一挥手，几挺机枪喷吐火舌，被抓的妇女全部含冤倒地而亡。

周洪发把全部精力都投放在丑陋女子的抓捕上，并且脾气火爆，一般人不敢近身。副官硬着头皮前来提醒道："团座，吴副军长过一会就来巡视了，你……是不是……"

周洪发神经质地从太师椅上蹦跳而起："哎呀，这等大事咋忘啦？快随我出城迎接！"

周洪发是随原先的顶头上司吴副军长一道投奔国军的，如今吴副军长依然是副军长，而他因所带兵力损失殆尽，故从堂堂的师座跌落为小小的团长，他哪能甘心？现在吴副军长大驾光临，正是巴结、讨好的极好时机，他岂会放过？

一小时后，周洪发恭敬地从东门大码头将吴副军长一行迎回团部大院。

宴席上，周洪发躬腰屈背，满脸堆笑，频频敬酒。他知道老上司是个好色鬼，故除美味佳肴招待外，还特地安排了他用以公关的保留节目——由小妾组成的女子乐队表演。这个节目，是他珍藏多年的宝贝，只有在事关自己命运大局时才肯拿出来奉献。这些年他这招已用过多次，效果不错。如今，要在战争乱局中找回自己原来的位置，首先要把这位老上司伺候好。

对周洪发的这一套，吴副军长心知肚明。他把眼光从几个楚楚动人的娇女子脸上一一扫过，最后把视线停留在水儿身上。

水儿未死。在周大少黑洞洞的枪口威逼下，在性虐待狂周洪发的摧残中，在逃离水城后的流亡中，水儿历经磨难，侥幸未死。尤其是在逃亡途中，周氏父子连她也不放过，导致她中途流产，身心大伤。新四军的炮火曾让她看到解脱的机会，但是她在鬼门关上转了一圈后又回到了那种生活。她也曾想逃跑，但她担心自己父母会遭到报复，只得咬牙忍辱偷生，把流不尽的屈辱之泪淌过一个个受难的日子……

吴副军长见水儿未施粉黛却尽显清丽之色，两眼幽深、脸蛋挂泪，大有露珠滚过荷朵之妙，与他平日接触的浓艳女子相比，另有一种清爽的美。所以他暗暗点点头。

水儿见了，顿感大祸临头，清澈如水的秀眼尽露惊恐之光。她向周洪发投去求救的眼光，用眼神示意他，自己是他的女人，怎可送给别人。她在祈求中，有晶亮的大泪珠滚出了眼眶，使她显得楚楚可怜好生动。

周洪发看得心里酸酸的。这是他最喜爱的女人，还从没送过外人，不过女人就是礼物，该舍的时候还要舍。他强作欢颜说："水儿啊，你能得到吴长官垂爱，那可真是三生有幸啊！快去吧！"

就这样，那个吴长官在晚饭后便占有了她！

水儿耻辱的泪水一行行流过自己无边的苦难。自己还算是一个完整的人吗？不，自己只是男人们之间的小小礼物，需要用时谁都可以送！

次日下午，周洪发恭恭敬敬地将吴副军长一行送到东门码头。吴长官拍拍他肩头说："周，你不错，你的事我记住给你留意着！"这吴长官也不知是敷衍还是怎的，周洪发翘首以待两年多，也没等来他所要的东西。官场军营深如海，个中滋味谁又说得清。

周洪发一回来，就怒气冲冲地扑上门，一把揪住水儿的头发，连抽她数个耳光，并咆哮："你竟跟别人风流！"

水儿赶忙跪下求饶："洪发，我是求过你的呀！"

"住口！"水儿的话正说到他痛处。一个男人连女人都守不住，还要靠女人帮助在乱局中站立自己的身子，他的屈辱让他内心的痛楚无限放大。他脸色涨得黑红，眼中火光闪闪，脖上青筋暴突，显出某种受辱后急于报复的杀气。他吼道："你跟人家，我要你百倍、千倍地还我！"

他的声音在她脑中嗡嗡直响，成为碾压她身心的挥不去的经久轰鸣。

周洪发一张大嘴解恨般地直朝她脸颊咬去！

水儿一声惨叫，便昏厥过去……

以后一连几天，水儿都昏昏沉沉，她也说不清是死了还是活着。她用手掐掐自己，还晓得痛。她觉得，这样顶着人的皮囊没有灵魂地活着，真的

很难。

周洪发同意，在两个卫兵护卫下，几个小妾一同去逛大街、购物品。听到这消息，水儿眼球才转动了几下。是的，就是坐牢，也有放风的时间的。

这是几个小妾重回水城后第一次逛街，她们欢叫雀跃，眼里水晶似的光芒自在横扫这难得的自由时光。别人尝小吃、购饰物、挑布匹，水儿却站在街头发愣。她已近两年没见过蒲生了，他一切还好吗？她清楚地记得上一次，情绪大变的蒲生只想拥有她，她没有同意。现在想来自己真可笑，与其被周洪发作为礼品送人，还不如留情给自己有情人的好。那以后，她也想念过他，不过在周洪发折磨下自己已没有多少空间能存放别人了。这一刻，她好希望能再见见他，她想知道他成家了没有，如今生活过得是否还好。

水儿找了个理由骗过了卫兵，在巷子里拐了个弯后，直往蒲生家而去。

她跨进院门，刚准备进屋，忽听到屋里蒲生和一个姑娘正以满满的柔情蜜意开心说笑。她脸色骤变，身子如同被人抽去脊梁骨般晃了几晃。原来，蒲生又有了心上人！自己心爱的人又有了别的女人，她心里有着说不出的酸楚和哀伤，不过他总算成家有望了，自己该为他高兴啊！她有喜有悲，眼泪竟禁不住滚下来。

水儿还不想立即走，她想看看那姑娘长得怎么样。她又向前走两步，悄悄朝里瞥了一眼。哇，那姑娘好漂亮啊，胜过自己何止几倍，蒲生真有福气。她又想起了自己的苦命。自己这种女人，早已不配爱他，自己应该为他祝福才是啊！

水儿看到的姑娘，自然便是秀苇。

原来，秀苇是来告诉他，父亲又同意他去米行做工了，过会她带他去给父亲磕个头认个错就行。蒲生自结束短暂的做狗生涯后，就为自己的生活犯愁。秀苇自然要帮助他排忧解难，就三番五次求父亲，让蒲生重回米行。陆财神开始脾气很暴，一听就来火，坚决不同意。秀苇就说，以前的错还不是你先犯下的，蒲生说了，你们之间的恩怨已经扯平了，他不会再找你麻烦了。陆财神一再问，他肯定不再想复仇的事了？秀苇说，肯定不会了，再说冤家宜解不宜结，你就做个好事，给他个改过自新的机会吧！秀苇还说，蒲生几次救过我的命，就给个我报答的机会吧。陆财神沉吟良久，忽地想到，万一将来共产党再打回来，这小子说不定还能帮点忙。于是他同意蒲生来磕头认错后让他重回米行，不过只能到东门分店。秀苇喜不自禁，抱着陆财神大喊还是老爸好……

得知自己能够重回米行，蒲生感慨万千。自己转了一圈，又回到了生活的原点，这大起大落，真是不堪回首。伙计虽低贱，但要比身心撕裂的做狗生活强百倍。一定程度上说，甘于寂寞和平凡，不惹事、不出头，可免去多少灾难和忧烦。可是……唉，人生的事谁又说得清？

秀苇和蒲生说完正事，又手拉手享受绵绵情意了……

院子里，水儿看了几眼秀苇，又听了几句两人的情话后，心中五味杂陈，心想自己该走了，不要打搅他们了。她刚转身准备离去，便与刚打渔回来的财顺老爹碰面。

财顺吃惊地说："是……是水儿姑娘？你……你还好吗？"

水儿百感交集，无语凝噎。她只喊了一声"大伯"，便掩住泪水滚滚而下的面孔，快速奔跑而去。

老爹忙叫道："水儿姑娘——水儿姑娘——你要保重啊——"

屋里，蒲生好像听到老爹在叫水儿，急忙不顾一切地跑出来，急问："爸，你在喊谁？水儿？是水儿吗？"

跟着走出来的秀苇立时花容失色！

财顺看了脸色煞白的秀苇一眼，嘴唇颤动几下，便改口说："我……我是跟别人打招呼的，不是水儿。"

"我不信！我不信！我明明听到的！"他飞快地跑出去，一直追到人头攒动的大街，也没看到水儿的身影。

老爹和秀苇也追了过来。老爹说："真的不是水儿，是你听错了。"

秀苇提醒道："水儿不管是否还活着，她都是有夫之妇了，你难道还能从周洪发手中抢回来吗？"

蒲生眼神空蒙，面容悲切。

"你好坏！我不睬你了！"秀苇气得转身便走。

蒲生终于缓过神来。他急忙追上秀苇，拉住她手，把装满温暖和爱意的眼神无穷无尽地照到她脸上。

秀苇抽回手说："你给我讲清楚，如果水儿还活着，你选谁？快讲！"

蒲生再度拉起她手，动情地说："虽然……我还想念她，但我也知道，那

已经不可能了，我要找的人就是你！”

秀苇开心的笑意如春波般漾在她美丽的脸蛋上。

水儿并没有走远。在墙的另一面，滋味复杂的眼泪在她脸上流个不止。想爱的爱不上，人活着有多难。

蒲生随后跟秀苇去了米行，专门向陆财神磕头认了错。下午，他便去东门分店报到上工。回到原点，重新开始。他对自己说，好好干，平凡的位置也是命运的一种体现。

随着蒲生和秀苇见面的增多，两人感情日深，彼此已到了一日不见、如隔三秋之地步。

一天，蒲生奉命去米行总部办事，他看到小花园里仅有秀苇倩丽的背影在捕捉着什么，看看四周无人，便想上前给她个惊喜。他悄悄从背后摸上前，猛然抓住了她两只纤细的手臂。女子骤然发出尖利而陌生的惊叫。蒲生一听不对，仔细一看，这女子竟然是二小姐秀菱！

蒲生情知闯了祸，慌忙松开手，不住向她鞠躬打招呼：“对……对不起，二小姐，我以为是你姐姐的，以为是你……”他猛然感到不对，这不是不打自招吗？他又赶紧改口说：“不不不……不是你姐姐，是是是……是我弄错，是我错了，求二小姐原谅……”

秀菱惊慌、恐惧，白净净的秀脸早已羞成一片红。她看了这个胆大、冒失却又不失好奇的男子一眼，赶紧就跑。她见姐姐秀苇来了，赶紧躲到她身后。

秀苇见蒲生还在鞠躬认错，便朝他喝道：“你这是怎么回事？”

蒲生见是秀苇来了，赶紧走到她身边，有些不好意思是说：“我……我弄错了，以为刚才是你的……”

秀苇嗔怪地用手指一点他额头说：“你呀！以后可别再弄错了啊！”

蒲生连连点头称是。

机灵的秀菱立即看出是怎么回事了，她用含笑的意味复杂的眼神看了姐姐一眼。

秀苇随即用手轻拍了她一下：“鬼丫头，对外可不许乱说呀！”

秀菱轻轻应了声，含笑着轻悠悠飘然而去。

蒲生看着秀菱离去的身影，心里还在突突地跳。命运会有许多错，他没想到他和秀菱的第一次交集，竟是以这样的方式出现的。

蒲生深陷爱河的同时，头脑仍留有清醒：有身份的横隔，有高白平的阻挡，他和秀苇的爱究竟能走多远？秀苇性情刚烈、我行我素，但他作为男人，需要考虑到两人在一起的难度。他和水儿最终劳燕分飞，不就是前车之鉴吗？

秀苇把全部情感都投放到了蒲生身上，因而她对高白平日趋冷淡。高白平多次发出约会请求，她无一不是冷声拒绝。高白平绞尽脑汁、想方设法讨她欢心，终是徒劳无功。于是，高家再度向陆家提出订亲的事，陆财神于是开始张罗两家订亲之事。

秀苇得知陆财神也不向她征求意见就直接安排订亲事宜，便大吵大闹，和父亲发生了迄今为止最严重的一次冲突！

“要嫁你们嫁给他，你想叫我嫁给那个丧尽天良的色魔、杀人狂，我死也不从！”

“你敢！自古儿女婚事父母定，你难道想犯上作乱不成?!”

“你想找靠山，不要拉上我的幸福！我的事由我定！”

“你你你……你目无尊长，不规不矩，忤逆不孝，我要好好教训你！”

“就不嫁！就不嫁！”

“啪！”陆财神怒不可遏，把重重的大巴掌甩到她脸上。这一巴掌力道极大，竟打得她长发飞扬，使她在短暂的意识真空中失去站稳的能力，要不是大太太急忙伸手接住，她就得当场倒地。

大太太抱着秀苇大哭起来，并埋怨陆财神道：“姑娘是不是你养的，你忍心出这么重的手？你看嘴都出血了！”

“养不教，父之过！丫头就是你宠坏的！”

秀苇从片刻的神志迷离中缓过来后，有气无力地说：“妈，我不嫁，我不嫁。”

大太太对陆财神说：“你听到了吗？那个高白平我看着也觉得戾气太重，我丫头嫁过去得不到幸福，你赚那么多钱又有什么意思？”

“真是妇人之见！没有一点发展眼光！”

秀苇从妈妈怀里挣扎着站起来，甩下一句“你强逼，我就走”，就大步走出了厅堂。

陆财神怒嚎：“你如不回心转意，就别回来！”

“走就走！”秀苇洒着长泪冲出了大院。

大太太慌忙去追赶，陆财神拽住她：“让她走！看她翅膀有多硬！”

一晃几个小时过去了，秀苇还没回来。等愤怒情绪过去，陆财神开始有些后悔了。女儿是他百般娇宠的心头肉，他从没这样打过她，今天他竟下手这么重。大太太又缠着他跟他吵闹了。他脸上肌肉隐隐抽搐，眼里堆满了懊恼的光。

太阳渐渐西坠，秀苇还没回来！如今外面可不大太平，如果遇上歹人，她一个弱女子……陆财神顿时慌了神，赶忙下令提前打烊，所有伙计、佣人分头去寻。

天黑尽了，外出的伙计、佣人纷纷来报：未找到大小姐！

陆财神暴跳如雷：“废物！废物！统统再去找！”他吼罢颓然跌坐在太师椅里，眼里透出惊慌、失望的散乱的微光。

在东门分店的蒲生临近收工时也接到了寻找秀苇的通知。他大惊失色，心想秀苇出了什么事？她怎么不见了呢？他火急火燎就往外冲，眼里有道火，简直就要点亮大街。他在眼睛的光亮里跑遍秀苇常去之处，也没见到她踪影。就在他急疯了要大喊大叫时，忽然一线灵光透到他脑际：秀苇会不会到他家找他呢？对，很有可能！

当他浑身爬满冷汗跑到家时，秀苇正在和老爹、奶奶一起吃晚饭。他喜得一把拉住她，欣慰的泪珠已挂到了下巴。

双方一交流，就知道发生了什么事。蒲生说：“吃好晚饭，我就送你回去。现在全部伙计在满城找，你家都快乱成一锅粥啦！”

秀苇搁下碗筷说：“我就在这住下了！我决定不走了！反正我很快也要成为你们家媳妇了！”

蒲生很感动，心里却又涌动着莫名的惊慌。

老爹也深深锁起了忧患的眉头。

从这两个年轻人开始交往起，老爹就喜忧在心，以他这么多年的阅世经验，这事还真有点玄。他当然希望儿子能找到这么漂亮又重情义的女子为妻，但两家悬殊太大，而他家又是这么弱势，一旦出了什么事，倒霉的还是他家。所以对此事的发生，他忧虑深重。

蒲生思之再三，理智还是占据了上风：“这……恐怕不好吧？你一个姑娘家一夜不回，你家大人不会急疯了？”

秀苇太乐观了，指手画脚地说：“我呀，就是要他急！我就这么跟他耗下去，没准我还胜利了呢！”

蒲生虽然十分希望她留下，但还是摇摇头。他觉得事情没这么简单。

老爹已经独自抽了一阵闷烟了，这会儿他磕去烟锅里的烟灰，叹口气说：“秀苇姑娘，还是听我一声劝，先回去吧！来日方长，这事再想办法。”

秀苇吃惊地说：“你……不要我做儿媳了？”

“不是这意思。”老爹说，“你是个还没过门的大家闺秀，如住在这，会损了你清誉的。按我们水城的风俗，有做媒、订亲、结婚等一连串程序要做。等结婚后，你们才能名正言顺住在一起。你家里人一定急坏了，住在这会出漏子的，还是让蒲生送你回去，以后的事以后再说吧！”

“不！我不走！我死也不会走！”秀苇以相当坚定的口气说，“我不在乎别人说闲话！我不管什么传统、规矩！我不怕苦不怕累！我就是要争这一回，挣回属于我的东西！”

蒲生有些为难地说：“可是，这样会……真的对你不利。你不在乎，我也要为你着想……”

两人于是起了小争执。

“说到底，你就是不愿让我留下！好，我走！我走！”秀苇生气了，含着泪极快走出屋子，身影随即消失在黑暗里。

老爹叫道：“还不快去追！她如果碰上坏人怎么办？”

蒲生慌忙奔出小院，在巷子两头来去急切地奔走、呼喊，可夜晚的巷子死一般的沉寂，根本不见一个人影。他吓坏了，用带着祈求的哭腔直喊：“苇苇——你快回来，不要吓我，我答应你！苇苇——”

忽然，一个人影一闪，投入了他的怀抱！

原来，秀苇根本就没走，而是躲在一个墙角落。

蒲生像是与她久别重逢似的，张开双臂紧紧搂住她，生怕她再会离去似的，并张开动情的嘴巴不顾一切地吻她眼角的泪珠、染遍红晕的脸颊和激动得发颤的嘴唇。他陡然发现，自己原来已是这样离不开她。

秀苇激动地用手搂紧他的脖子，将发烫的面孔紧贴在胸前，细细的声音听来格外娇美动听：“你同意我留下了？”

“嗯……好好，我们回屋说吧。”

回屋后，他们就整理房间，蒲生的床铺让她住，蒲生则到另一间与老爹挤一挤。床铺理好后，蒲生又和她谈了一会。

蒲生有些愧疚地说：“你都看到了，我家一贫如洗，不像你家什么都有，让你住在这真是委屈你了。只是……这样的老屋你能住得惯吗?”

秀苇把头搁在他肩头说：“我喜欢的是你人好！只要你对我好，我就什么都不怕！我也有手呀，我也可以干活挣钱啊！这条路是我自己选的，我不会埋怨任何人的，遇到什么困难我都不怕!”

“秀苇，真是对不起你，是我没用，让你受苦了……”蒲生有些哽咽，眼里有感动的泪花。

秀苇帮他擦眼泪，可她自己的眼里泪水也越涌越多，连红红的脸蛋、漂亮的酒窝、翕动的嘴唇也都滚动起晶亮的泪珠，真像一枝露珠润过的鲜花，把无限的娇艳和清香流韵在屋里……

蒲生去老爹房间了。秀苇躺在散发着蒲生气息的床上，久久不能入睡。她大睁着眼望着屋顶，忽而偷偷地笑，忽而莫名其妙地悄声自语，摸摸脸蛋，滚烫滚烫的。不知过了多久，她才迷迷糊糊睡着。

在另一个房间里，蒲生和老爹一直未能入眠。他们谈论了很久，说了很多秀苇留下的诸多不妥。财顺低声说：“做人难，将来要做亲家更难。秀苇她不懂，可我们不能坏了规矩呀，这样的人家我们得罪不起呀！儿啊，你还是悄悄去一趟陆家，请他们把秀苇带回去吧!”

蒲生点头称是。

虽已是深更半夜，陆家人却一个也未休息。陆财神如困兽乱转，大太太已哭晕几次。等蒲生带来秀苇消息时，一家人又惊又喜。当陆财神问明一切时，他顿然醒悟是怎么回事了，横扫过来的刀子般锋利的眼光令蒲生感到心慌和胆寒。陆财神说：“你的事，等回头再跟你算账！快领路!”

因为家丑不可外扬，陆财神早把留守的伙计打发回家，自己仅带了儿子、儿媳等家人，提着灯笼赶往蒲生家。

当陆财神闯进秀苇房间，猛然将她从铺上拉起来时，仅穿薄薄内衣的秀苇惊醒并大叫，极快地抓过被子遮住了自己的身子。

陆财神横眉怒目地叫道：“你还知道羞耻！你一个尚未出阁的大家闺秀睡

在这样的穷窝里，如果传出去，我的老脸岂不要给你丢尽?！还不快快跟我回家!”

既然到了这一步，秀苇也顾不得什么羞耻了，她干脆跳到地上拉住蒲生胳膊说：“这就是我的选择！我，就快成为这家的媳妇了！以后是福是祸，是甜是苦，我都认了，你都别管了!”

陆财神惊得合不拢嘴巴！他的姑娘是水城有名的千金大小姐，不管嫁张三李四王大麻，都不会嫁给蒲生这穷光蛋。他的丫头竟是这个审美水准，让他惊得都要掉了下巴！他毛发直竖，脸被暴怒揪扯成酱紫色。他想大吼，又怕被人听去丢了他大老板的脸，便用压低的尽透威严的声音说：“你你你……你竟对一个卑贱的奴才……好，你先穿上衣服跟我走，回家看我怎么收拾你!”

秀苇衣服照穿，却不肯跟他走。陆财神就叫她的哥嫂拖她走。哥嫂拖不动，他也就顾不得堂堂大老板的脸面了，亲自张牙舞爪地扑上来，强行推她走!

秀苇大叫大嚷，不停喊着不走，怎奈陆家人多力量大，她还是被推出了屋子。

在跨出门槛的那一刻，陆财神狠狠瞪了蒲生一眼说：“好小子，我不计前嫌让你回米行，你竟然拐骗我女儿!”

蒲生战战兢兢地说：“我……我……我没……”

已被拖出门的秀苇忽然想起了什么，厉声问蒲生：“我家里人怎么会找到这里的？是不是你告的密?!”

蒲生支支吾吾说不出话。

秀苇流着泪一阵狂笑：“好啊，原来你也在骗我！你们男人真没有一个好东西!”

陆财神乘机说：“既然你认清了他的骗子面目，以后就不要睬他!”

秀苇不着他的道：“蒲生这么做肯定有他的苦衷，我不会放弃他的!”

蒲生立即流出感动的泪。虽说爱不容易，但心心相印就是我们情感的最好连接。

秀苇被拖走了。深长的小巷仍回荡着她的呼喊：“快放开我——放开我——”

屋外，蒲生神情木然地站着，四肢变得麻木而僵硬……

秀苇被拖回家后，被陆财神锁在房里闭门思过，由哥嫂亲自掌管钥匙并负责看管。他扬言，等她哪天反思好了，再让她重归自由。

秀苇在房间里砸椅掼枕，撕衣甩杯，大哭大闹，整日不得安宁。被关一个星期后，她不再盲目大闹，而是以嫂嫂为突破口大打悲情牌，试图以此感化嫂嫂。她恳求嫂嫂只放她出去一会儿，一会儿后马上回来。嫂嫂经不住她哀求，便乘陆财神不在时将她悄悄放了出来。

秀苇一出来就直奔东门分店找蒲生。她多日不见他了，她急切想见到他，她要和他诉说衷肠。可当她到了那，却得知蒲生早在6天前就被米行除名了。她心里嘀咕，真会反攻倒算。她随即又去蒲生家，终于从老爹口中得知，蒲生现在南门大码头做搬运工。她又朝南门大码头而去。

秀苇这么急急忙忙地在城里走来走去，被在街上巡逻的高白平发现。他暗暗相跟而去，想看看她究竟做什么。

南门大码头，寒风刺骨，尘土飞扬，面孔被冻得皴裂的搬运工们扛着上百斤的大麻袋弓腰前行。秀苇在人群中搜索几遍，才好不容易认出蒲生来。仅几天不见，背负生活艰辛的蒲生在重压面前苍老了几岁，那一头野草般的乱发被风揪得扯过来甩过去，布满灰土的脸上，干焦得裂出血口的嘴唇一张一闭的，在喘息和坚持中呼出大口大口的热气。

秀苇心头一酸，连忙奔过去，左手拉住他糊满泥污的衣角，右手捶着他哭起来："你这个坏家伙，躲到这儿做苦力，一点不管我怎么样，我打你！打你！"

蒲生吃惊地说："啊，你……你怎么到这来了？"

他们刚搭上话，工头就来干预了。蒲生只好等这船货物装完了，再跟工头请假几分钟，这才到一边和秀苇说话。

这时的蒲生大口大口地喘息，胸口扯风箱般急剧起伏，身子虚弱得摇摇欲坠。秀苇心疼得又淌下眼泪，恨自己怎么没能力帮帮他。她忙上前将他扶到遮风的僻静处坐下，帮他拍去身上灰土，又掏出手帕为他擦去脸上污垢和血迹。

秀苇心疼地说："你就不能不这么辛苦吗？再重新找个轻松一点的活计好不好？"

蒲生故作轻松地说："没事，我现在好了。牛拴在桩上也是老，力气花掉了，接着又会来，没事的，放心吧。"

突然，一个黑洞洞的枪口对准了他，一个炸耳的声音从天而降："好啊，蒲生，你小子竟敢勾搭我的未婚妻，我看你这回还往哪逃！"

高白平怒得龇牙咧嘴，抬脚狠狠朝蒲生踢下去。

毫无防备的蒲生刚从苦力场上下来，被踢中后心位置后猝然倒地，差点窒息和昏厥。若不是秀苇急忙把他抱到怀里，高白平第二脚就要踢上来了。

搬运场上顿时大乱，工友们纷纷指责高白平太蛮横。高白平拿枪指着他们说："你们是不是都不想活啦？都给我滚！"工友们敢怒不敢言。工头赶忙上前打招呼，并把自己的人拉走。

秀苇忍无可忍，压抑已久的怒火终于爆发："高白平，我什么时候成了你未婚妻了？我们一切都过去了，现在什么都不是！不错，我现在是跟蒲生好了，以后跟你没任何关系了！你走吧！"

高白平惊怒，斥责，求情。秀苇不为所动。他再度把枪对准蒲生说："你竟敢横刀夺爱，活腻了是不是？你也不撒泡尿照照自己是什么模样！我……我打死你！"

秀苇用身子挡住蒲生说："你想打他，除非先一枪打死我！"

高白平当然不敢打她，只得"扑通"一声跪下祈求："苇苇，你为什么要护着这样的人？这个吃了上顿愁下顿的人能给你什么？他怎么能和我相比？去年那事，我已经反复认错了，你……你怎么还不肯原谅？苇苇，我们和好吧……"

在高白平声泪俱下地哀求过程中，秀苇推了蒲生一把，让他快走。蒲生担心秀苇，不肯独走。秀苇一跺脚："呆子，还不快走！他不敢对我怎么样！"

蒲生这才离去。

高白平冷笑道："他逃得了今天，逃不了明天，他的小命在我手上捏着呢！要他没事，除非……"

"除非怎么样？"

"除非你嫁给我！"

"你做梦！"

在秀苇和高白平较量过程中，蒲生已一个人跑得远远的，把茫然的眼光

放在他无所适从的路上。他在一个僻静的小河边一坐老半天，泪水缓缓爬在他木然的心田间。他激进作为、多惹闲事往往会被碰得头破血流，甘愿做个安分守己的小角色，仍有麻烦不断找来。就说这两段感情吧，似乎连老天也在和他作对，先有周洪发夺走水儿之恨，后有高白平对秀苇的抢夺，自己欲爱不能，只有泪茫茫。自己究竟该怎么办？怎么办？

他不知呆了多久，才形影相吊地慢慢走回家。

他刚跨进家门，老爹就把一个包袱塞到他手里说："快去逃命吧，高白平刚刚带着兵来过，说要抓你，要把你碎尸万段！快走！"

顿时如一声暴雷击中头顶，蒲生晃了几晃，"扑通"倒地。他跪下连连磕头，泪如雨下："爸，孩儿不孝，又惹下祸端让你受累了……"

老爹抹抹泪说："我一个没用的孤老头，他不会拿我怎么样！你快走！快走！"

蒲生柔肠寸断，洒泪而别。

当天，他逃到了芦苇荡。此时的芦荡，芦花飘飘，满目枯黄，格外凄凉。他拨开芦苇，磕磕绊绊往里走。突然，他愣住了——

一个遍身血迹的丑陋女子正躺在地上痛苦呻吟！

他迟疑片刻，便蹲下身子想看个究竟，哪知丑陋女子却突然鱼跃而起，一把锃亮的钢刀架在了他脖颈上！

第十七章　芦荡奇遇

在苇丛间，蒲生正想看个究竟时，突然一柄钢刀架在了他脖颈上！这倏忽间的突袭让他吓得不轻，他哆嗦一气才吐出一句话："大姐，这这这……"

话音刚落，丑陋女人飞起一脚，将他踢至一丈开外。

这罕见的力道，几乎要让他筋骨错位、心脉震乱。他浑身疼痛欲裂，整个人似乎直往下坠，坠入漆黑而难以自拔的恐怖梦境里。过了好一会儿，他飘悠的神志才找到一块栖息地，再把眼神探出来，才知道自己还在这个地球上。他突然看到了一张狰狞可怕的面孔：一道道纵横交错的深深疤痕如暗红小蛇般爬满她的脸，再加之暴突的眼珠、一蓬乱铁丝般桀骜的头发，真是奇丑无比，不怒也带三分杀气。他想，我上辈子是杀了人了还是犯了什么滔天大罪，怎么倒霉的事尽是我碰到？怎么到哪都有煞星挡道？

丑陋女人用刀指着他胸脯问："你究竟是什么人？怎么老碰到你？快讲实话！"

蒲生怒道："我还问你是什么人呢，一见到也不问青红皂白就动粗，我怎么这么倒霉老碰到你！"

丑陋女子手一伸，刀尖已指着了他的喉管："再不说，就割你的喉！"

蒲生顿觉刀锋上的寒气已爬上身攥住他心脉，令他呼吸急迫、浑身紧缩。他慌忙说："大姐，别别别，我是好人。"

丑陋女子轻蔑冷笑："你悄悄逼近我想干什么？男人的狡诈我见多了！"

蒲生只好告诉她，自己确实是个好人，但命里就是个灾星，走到哪哪倒霉，不是女朋友被抢，就是遭奸人报复，现在连搬运工都做不成了，只得逃到这里避难。他还说，他看到她浑身是伤躺在这，想看一看要不要紧的，要不要帮什么忙。

丑陋女子仰天大笑："哈哈哈，世上花言巧语的男人我见得多了，有几个是好人？口蜜腹剑的，虚情假意的，伪善心毒的，喜新厌旧的，我早就看透了！老娘这就给你割喉，看你还拿什么说谎?!"

丑陋女子的言行令蒲生怒火陡起，豪气顿生，什么胆怯、疼痛、生死都抛到了九霄云外。他手指着对方怒声说："你口口声声自充好人，却不分是非滥杀无辜，难道你反倒成了好人？不错，世上坏蛋确实很多，我也是被恶人所逼才逃难到这儿的，可是一身正气的好男儿不也很多吗？至少你上两次碰到我，我没有做歹事吧?"

丑陋女子一愣，不过她还是朝他头部猛击一拳："别以为我好糊弄，任何恶贼都别想逃脱我除凶的钢刀!"

这狠毒的一拳，把他整个世界都打得飞旋起来。他晃晃悠悠中试图抓住什么，但在危难中他能抓住的只有自己。是的，只有自己才能救自己。他想跃起来，可还没立起来就又倒下去。他又极快地晃悠着站起来。

她觉得这小子是跟别人不一样，不过她并不想收手，她要看着他在她面前屈服。她飞起一脚，正中腹部，把他踢到了两丈开外。

这一脚更是狠毒，他的五脏六腑都似移了位，腹中翻江倒海，有如刀绞。他一张口，所食之物尽数呕吐在地。

丑陋女子再次把刀架在了他脖子上："再给你最后一次机会，快说出真实身份和来这里的动机!"

蒲生捂着剧痛的腹部，艰难地喘息着说："米行的伙计，最近做搬运工。别人叫我做狗，我不愿做狗。我不怕苦和累，只要对得起自己的良心。"

对男人早已恨绝的丑陋女子杀人如麻，但在她所对付之人中还从未有过他这样的倔强之人。自己对他一再犹豫，是不是看了他前两次的正义之举？或许他真的是个例外？她心念一动，便道："好，为了不枉杀好人，我便暂时信你一次，给你机会验证一下你的善恶。这些天里，你要任凭我使唤，只要稍稍露出邪恶的马脚，或伺候老娘不周，或偷偷逃跑，我都会割你的喉！起来吧!"

蒲生从鬼门关上挺过来，这时早已四肢无力，浑身不能动弹了。现在回想起刚才的凛然豪气，不由一阵后怕，因为一旦惹恼了她，便小命休矣。他两手撑地，吃力地支起身子，抬眼看看丑陋女子，突然惊呆了!

丑陋女子经刚才一番折腾，身上多处伤口又重新渗出血迹，苍白而丑陋的脸上滚下一串虚汗。她身子微颤，虚弱得似乎一阵风就能刮倒。蒲生吃力地爬起来，想上前相帮，却又不敢贸然开口。

丑陋女子在草丛中挑了几棵野草，嚼成草泥后敷到伤口上，然后盘膝坐地，闭目运功调息。

蒲生斗胆问能帮助做些什么。丑陋女子答，采些野菜来。

蒲生眼珠一转，这可是逃跑的好机会，和这个女魔头在一起，太危险。不过他又想，这女人说要给机会验证，这会儿又放任他去采野菜，这说明她有能力掌控他的行动。这么一想，他觉得不能冒险逃跑，先留下再见机行事。于是他去采野菜。

拨动芦苇，不时有一两只受惊的野鸡野鸭飞出苇丛，在空中紧张盘旋等待降落。蒲生想，如有猎枪准能打上一两只，不过现在只有望鸟兴叹了。

他跑累了腿，才挖到一节鲜藕、一把野荸荠。他想这满目枯黄的芦荡实在再难找到什么可食之物了，便只好往回走。想起丑陋女子急需止血消炎，归途中他又采了几株苦艾、半枝莲。

丑陋女子见他到这时才回，又是一顿大骂。蒲生辩解说，这季节实在难找到能吃的。她则说："人在江湖，什么不可吃?！天上的飞鸟河里的鱼虾，地上的野菜野果，地下的芦根茨菰，无不可以充饥!"

她"唰"地抽出钢刀，顺着地上的一个小孔挖下去，挖出了一条肥硕的黄鳝。她捏起黄鳝，削去其头，张开嘴巴吸尽鱼血，然后将黄鳝扔到地上。她又掐了几棵能吃的野草，洗净后朝嘴里一塞，有滋有味地嚼起来。

蒲生看得瞠目结舌，心想生鱼血哪能入口？置身在这芦花飘飘、满目荒凉的芦荡中，想起自已将要过这遥遥无期的与原始人无异的流浪生活，心中不免悲凉。

丑陋女子指指她包袱里的洋火、金属小盆说："还愣着干嘛！还不快去煮野菜!"

蒲生不敢迟疑，赶忙支起水盆，将洗净的黄鳝、荸荠、野菜等物尽数放入其中烧煮起来。等煮好了，他又小心翼翼地端给她吃。她毫不客气地吃了个精光。没办法，他又煮了点野菜汤聊以果腹。随后，他又为她捣药敷伤。

暮色如一张无边的网罩住了这个世界，人在网中怎么也走不出这天地。

蒲生叹息一声。他扯不开身边的网，只能看着暗色一点点丢下来，让自己眼前看不到亮色。

他按照丑陋女子指令，在最茂密的苇丛间割倒一片芦苇铺在地上，再割下厚厚一层芦花盖在她身上聊避风寒。他正欲仿效，丑陋女子突跃起身喝道："滚开去！不要把男人臭气沾到老娘身上！"

蒲生只得退到一边。等做好这一切，天已黑尽了。

寒风呼号，芦苇呜咽，野鸟野兽，对空悲鸣，听在耳中，陡生落寞之感。黑夜中，仅看到几颗赤裸的星星孤零地挂在天上，瑟瑟发着抖。蒲生紧抱着瑟缩打抖的双肩，心想这世界挨冻的又何止是你寒星，在人生寒流中流浪的人才真正孤寂而寒冷。他想水儿、秀苇、老爹等，此刻是不是也垂泪遥望夜空，把无尽思念张挂在遥远处呢？

忽然，他在芦苇的摇动中听出丑陋女子轻微的呻吟声。这女人实在可恶，不过她拖着伤体在这荒野之地苦度光阴，也着实可怜。每个人都有自己的故事，她如此偏激是否心灵内也有一处冻伤的地方？

呻吟声在加重。蒲生跃起身，又躺下去。自己也是寒夜里受伤的人，谁能为他送来光亮？不过，在寒流之下，人与人相互取暖，心暖了，这寒冷就不可怕。这么一想，他又跃起身。是的，堂堂七尺男儿尚难坚持，何况一个严重受伤的女人？他不再迟疑，脱下自己的破棉袄，强忍着上下牙的磕碰，蹑手蹑脚走过去，将棉袄轻轻盖在她身上。

他刚欲离去，突然丑陋女子一跃而起，两手极快地扣住他的喉头。

蒲生急忙解释："大……大姐，我看你哼得厉害，这才给你盖上棉袄的。"

丑陋女子一摸，果然有棉袄。她恶狠狠地说："这点小伎俩就想蒙过老娘？你们男人那点诡计，别想骗过我！快说，你想来干什么?!"

蒲生差点气歪了嘴："大姐，你别把所有人想得那么龌龊好不好？我的确是想真心帮助你！"

"真心？你们这些满嘴仁义道德、满肚男盗女娼的臭男人我见多了！再耍心眼，小心狗命！"丑陋女人冷声说，"就算你是想伺候老娘，仅虚情假意地送件破棉袄又顶个屁用！"

蒲生气得几乎要喷血，碰到这种蛮不讲理的女人，真是枉费了自己关心的本意！是的，对恶人仁慈，就是对社会的犯罪！他无语了，不想再说话。

他只希望，自己能尽早摆脱这女人的控制。

丑陋女人并不想放过他，又令他再割些枯草来。蒲生没法，只好小心摸黑割了一些草给她加盖上。

蒲生待忙完这一切躺下时，已冻得脸色青紫牙齿捉对儿厮杀不止。他遭遇冷脸已不止一次了，却从没这样要把整个身心冰结在世之冷酷里。他搂紧双肩蜷缩成了一团。人在抖，心在缩，寒冷的日子何时才能熬过头？他干脆爬起来蹦蹦跳跳。与其冻死，还不如给自己制造点温暖。

不知过了多久，他实在挺不住了，才躺下钻到一堆芦草里……

天刚亮，他脑子里回荡着丑陋女人的嗡嗡叫声。他搞不清这是现实中，还是梦中的回放。他浑身滚烫，头晕目眩，整个人似乎被抛入了大河，任他怎么游，就是游不到岸。

“臭小子，你听到没有？你再不去寻找食物，休怪老娘无情！”

这回他听清了。他吃力地睁开眼，丑陋女人妖魔般的夸张大脸晃荡着罕见的恐怖景象。意识一点点回到大脑，身体也开始有了知觉。命尚存，网还在。不过，他即便扯破这张网侥幸逃出去，还有很多的洞洞等着自己钻进去。网内网外，其实有何不同。

他一边有气无力地应答，一边用手撑地试图站起来，然而他头重脚轻，试了几次都没站起来。他掐掐自己，还有知觉，说明还没完全被冻坏。既然命运不让我彻底倒下，我就要为自己继续挣扎下去。

他终于晃悠着身子站起来。他试着走了几步，腿部渐渐灵便了。他想，再跟这蛮横无理的女人在一起有何意思？不如借寻找食物悄悄走出去。至于外面的险恶环境怎么应对，还是走一步算一步吧。

他规规矩矩走一段后，渐渐加快了脚步。他因慌不择路，走了一气后，竟迷失了方向。他正停步发怔，忽然芦苇“哗哗”响，一道黑影急掠而来。他还没缓过神来，丑陋女子已立在他面前！

“臭小子，这下你还有何话可说？！”丑陋女子朝他头部狠踹一脚。

这一脚狠毒无比，他头上立时鼓起一个大包。她又一把揪住他的耳朵将他拉得立起来，然后左右开弓，打得他大脑轰响，便什么也不知道了。

这时，距此不远的河道中响起了还乡团铁板船的马达声。丑陋女子停了打骂，忙俯伏在地……

过了许久，蒲生悠悠转醒。他吃力地抬起沉重的脑袋，睁开困乏的眼皮，四下里一打量，不由一怔！

身旁，丑陋女子正盘膝而坐，运功调息。她苍白如纸的脸上冷汗串串，浑身颤抖不已，衣服上又渗出了鲜红血迹。

蒲生不敢惊动，只是傻傻观望。

多了好久，丑陋女子突然口喷一道鲜血，仰头倒地，昏死过去。

蒲生再度迎来逃跑的极好机会。可是，当大好机会降临时，他却迟疑起来，除了刚才的教训使他不敢轻率造次外，还有这丑陋女子可能正面临危险，自己要不要伸手援助。不过他又想，管她呢，自己这烂命都已经自顾不暇，哪里还帮得了别人，我出事谁会管我。他刚跑开几步，又觉得，我命再烂或许还能做点好事，如果我还能救人性命，说明我这命还没烂到底，还有改变的可能。

这么想着，他又来到丑陋女子身边转着观察，继而摇着手臂喊叫。确定她伤势十分严重后，他果断为她捣药敷伤，又给她熬煮了草药汤并帮她喂服。他见她还没醒，又在水里捣了只鲫鱼。等鲫鱼汤的香气缭绕在鼻尖时，丑陋女子终于缓缓醒来。她看到他为她所做的一切后，僵硬的脸色才稍稍有所缓和。

丑陋女子还没来得及喝鱼汤，就以其高度灵敏和警觉判定危险的来临。她低喝道："有情况！快扶我躲起来！"

蒲生吓了一跳，想不到荒蛮的芦苇荡也是危机四伏，随时会遭遇危险。他刚把丑陋女子扶到隐蔽处，就有芦苇的响动传来，两个肩挎长枪的兵匪走了过来。好险啊，如不是丑陋女子及时醒来，自己可能就要横遭不测！

丑陋女子瞧准时机后突然出手，只见钢刀脱手飞出，竟精准割断了两个兵匪的喉管。

蒲生大骇，这女子的功夫已到了出神入化之境了。她如想杀自己，自己早就死过一百回了。看来，她虽穷凶极恶，却是有意给他留一命的。

丑陋女子杀了兵匪，夺了枪支，扒了衣裳。穿上厚厚的棉大衣，蒲生乐不可支。为了尽量避免引来还乡团和水匪的报复，两人掩埋了尸体，处理了现场。随后，蒲生搀扶丑陋女子转移至芦荡的纵深处。

丑陋女子因元气损耗过度，又昏迷过去。蒲生又是一番忙碌。

值得一提的是，丑陋女子前些天自己动用钢刀挖出了弹头，加之自带的绷带和伤药已用完，这才恶化了伤口。

捉鱼摸虾，拾鸟蛋，挖泥鳅，采茨菰……丑陋女子营养条件改善了很多。经过蒲生的精心护理，丑陋女子一周后伤口全部结疤消肿。再过十日，她虽身体尚未完全康复，但已显著改善。

随着接触和交流的增多，丑陋女子对蒲生的态度已明显好转，偶尔还有亲切、柔和的光泽闪现一下。但她仍不时大骂蒲生臭男人，骂世上一切奸邪之人。每当提到“用情不专”“淫邪险恶”之类字眼，她恨不得纵横天地间，杀尽一切虚情假意者。

一个月光如水的夜晚，两人点起篝火，一边取暖，一边烧烤所捕的野兔。浓浓的肉香弥漫开来，蒲生的心曲也慢慢打开来。他讲了自己童年的遭遇，讲了与水儿的恋情及周洪发的横刀夺爱，讲了与水儿生死茫茫两不知后与秀苇、高白平的三角关系。丑陋女子面色随蒲生的讲述而变化万端，眼神或哀伤，或激愤，或急切。

当蒲生讲到周洪发横刀夺爱时，丑陋女子竟从地上蹦起来，伤痕累累的面孔夸张地扭曲成不可思议的恐怖图案。蒲生惊奇地说：“大姐，你……你也认识他？”她用简单的“不认识”，掩饰了自己近乎失态的表情。当蒲生讲到水儿终于还是被周洪发霸占时，她眼里也腾起来了红红篝火。

当蒲生讲到水儿生死不知，自己等待几年后与秀苇发生恋情时，丑陋女子再度愤怒地蹦起来！如若不是蒲生多日细心照料她，她又得将钢刀横在他脖前了。她以绝不容忍的决绝态度狠声说：“你们臭男人都一个样，喜新厌旧、贪婪无情！对感情不专一的男人，我绝不会手下留情！”

蒲生说：“大姐，不是这样啊，水城解放时，我能找的都找了，眼泪哭尽了，人也傻掉了，就是不知道她是生是死，人在哪里。我尽管十分想念她，可是她如果一辈子不出现，我也不能有自己的爱吗？我很渴望有个安稳的家呀！”

“如果你是个重情守义的君子，等也要把她等回来！”

“她如果还活着，周洪发却一直霸着，我们还是注定不能在一起啊！”

“我帮你摸一下情况，正好我也要去。但我警告你，在水儿的情况摸清前，不许你再找秀苇那丫头！你如不想被我动手，就得老老实实等着水儿！”

蒲生急得跳起来："我凭什么不能再找秀苇呀？"

丑陋女子蓦然把刀子对准他，厉声说："我三番五次对你格外开恩，你不要逼我动手！"

蒲生瞠目结舌，不知她何故死抱僵化、偏执的"忠贞"观念不放。他心里嘀咕，真是个不可思议的怪女人！

后半夜，蒲生突然被她推醒。他揉揉惺忪的睡眼，见淡淡的月光下，她已重新戴上面罩，一身漆黑地站在自己面前。他诧异地问："大姐，你……你这是……"

她粗声喝问："蒲生，你对我说的一切，是不是真的？"

"我讲的句句属实！"

"好，这回我就信你！我有事要去城里一趟，明后天回来，你等着我！"

"哎，大姐……"蒲生话音未落，丑陋女子已闪身而去，在芦苇"沙沙"一响间，人便不见了。

后天夜晚，丑陋女子锁着眉头怏怏而还。蒲生问："大姐，事情……不好办？"她一刀砍去一大片芦苇。不过，她这次带回一大袋馒头、大饼、盐巴等物，可以好好改善一下伙食了。

丑陋女子连续去了三趟，这才于几日后的夜晚，扛着个大麻袋披星戴月地赶回来。蒲生正想问她带回的是什么，她说："这是送给你的礼物，你自己解开看看吧。"

蒲生很诧异，这会是什么礼物？他好奇地解开麻袋，见里面竟装着个年轻女子。他大吃一惊，大姐把女子抓回来干什么？这会是谁呢？他忙为女子松绑，并取出塞在她嘴里的布团，然后借着淡淡月色凑近一看，顿然怔住了！

这女子不是别人，竟是他思念已久的水儿！

蒲生陡地见到水儿，愣得一时说不出话来。他感觉自己又走回了梦一样的时光。月光溶溶，雾气弥漫，水流划过清脆的音乐声，芦苇摇动着浪漫的梦里仙境。他一时间恍惚了。他觉得眼前这画面太不真实了，一定是上天给了个他们梦里相见的虚拟机会吧？

"蒲生哥！"还是水儿先叫出了声。她已经泪流满面了。

蒲生惊讶、疑惑而又欣喜："水儿，真……真的是你？"他掐掐自己，很疼。装在他心底多年的情感骤然狂袭他全身，令人震颤地控制住了他，触电般在他生命的天地碰触奇异的火花。他癫狂了，他眼里的电流不断碰撞出光亮，他不顾一切地搂住她，把忘情的泪水和两人的身心相交融，深情润泽着久违的情感天地。他什么也不管了，他不顾大姐还在旁边，竟直接把两片灼热的、颤抖的嘴唇吻在了她的脸上、嘴上……

大姐转过身去，眼里流出欣慰的泪。

蒲生忽然吻到了水儿脖颈上被周洪发啃出的疤痕，立时一股酸楚的浪潮涌上心头，并从眼窝和鼻腔里钻出来。一霎时，千言万语齐涌嗓门口，可他只是哽咽着，一句也说不出来。他更紧地搂住水儿急剧耸动的瘦弱肩头，“呜呜”的哭声就难得间断了。

两人就这么紧紧地搂着，哭着，泪水就如“哗哗”的雨水直往下流淌，浇打着凄苦的心。

不知过了多久，两人才从强烈的悲伤中喘过气来，伸手轻柔地给对方擦去泪迹。他们还不忘齐齐朝大姐跪下，感谢她给他们创造了如此梦幻的重逢机会。大姐扶起了他们。

随后两人敞开心扉互诉衷肠。他们哭哭笑笑，看看抱抱，总有说不完的话，总有诉不完的情。

夜深了。多情的月亮透过柔和的雾气，深情地注视着这对多灾多难的有情人。芦苇轻轻摇动在柔美月色里，为他们的会面营造淡淡如诗的情调。

蒲生捧起水儿那虽清瘦却依然清秀动人的脸，两眼怎么也看不够，怎么也移不开。在月色下，这张脸镀着一层柔和的银辉，两眼微闭着，随着有节奏的呼吸，有温热的清香气息流溢而来，让人心醉。蒲生手指从她脸上摸过时，她薄薄的眼皮竟如知了的羽翼般微微颤动起来，两颗晶亮、幸福的大泪珠滑过她快乐的心情，让她带泪的样子生动如画。蒲生无法抵御情感的诱惑，不禁将嘴唇靠过去，靠过去，轻轻吻她的泪眼，吻她的发梢，吻两人的深情。水儿安静地靠在他怀里，幸福地闭上眼睛，任由他抚摸、亲吻。

蒲生的手指顺着她的脖颈摸下来。水儿吃了一惊，不过两人相会的机会是如此珍贵，所以这回她不准备阻止。蒲生的手停留在了水儿身上的疤痕上。那是那条疯狗用恶嘴咬下的。蒲生的万丈热情陡地从高空跌落下来，全身的热浪霎时冰结在心痛里。他拿开手，紧紧搂住可怜的水儿，无限心疼地哭起来。他不会再伤害她。他要用自己的温情抚慰她那颗受伤的心……

两人接着又说了好多话。他问水儿，大姐是怎么救她出来的。水儿告诉他："昨天吴妈悄悄告诉我，说有一个我最想念的人千万拜托转告我，让我今天下午去西门外的奶奶庙见这人。我猜想很可能是你，今天下午我就鼓动几个姐妹上街玩，恰巧今天周洪发心情好，就让两个卫兵护卫我们去了。半路上我又找了个理由溜了出来。到了奶奶庙后，有一个陌生人走来问我是不是水儿，我刚点头她就朝我身后一点，我就什么都不知道了。原来，是大姐带我来见你……"

蒲生感叹道："大姐真是个面冷心热的好人，她是想用这样的行动把你救出来。"

蒲生无意中一语惊醒梦中人，水儿惊慌地说："现在已经半夜了，我……我得回去了……我如一夜不回，他不会饶过我的。"

蒲生惊得跳起来："大姐好不容易把你救出来，你还要重投罗网？水儿，你……你没骗我吧？"

"没骗你，我……真的要回去了……"

"你……"

两人的对话把大姐也惊动了。她惊问水儿："我好不容易搭救你脱离虎口，你怎么还要回去？"

水儿忧伤地说："你们以为我真的能逃得出去？这方圆百里地是周洪发的天下，我这一逃，他马上会派兵追捕，我能躲到哪里？还有，我受苦受难事小，还要连累我的亲人。以我对周洪发的了解，他绝对不会放过我的父母亲，还会牵连到蒲生哥你和你的家人……"

难怪蒲生一开始就觉得今天的相会有很多的梦幻色彩，这不，水儿刚来不久就要回去了。他万没料到，水儿人虽脱离了虎口，却有这么多的绳索栓着她的腿脚！这个该死的周洪发！他狠狠撕扯着头发，在急剧抽搐的面孔上有两束愤怒的火焰在燃烧着。他嘴巴颤动了一气，却又不甘心地说出一句："到了这时候，还管那么多干吗?!"

大姐也说："是啊，能逃就逃，干吗还想那么多呢？要知道，你越软弱，对手就越凶狠!"

水儿哭成了泪水，手不停地舞："不！我要管！我不光要管我自己，还要管和我有关的人！管我的名节！生是男家人，死是男家鬼，我在周家吃再多的苦也没人嚼舌头，我要是……要是……”

“凭什么要我们女人承担这么多不该承担的东西？”大姐怒声说，“我冒险救你出来，哪能让你重落虎口？天一亮，你们两个就给我逃得远远的！”

“不！不！”水儿身子颤栗得像风雨中纤弱的小苗，“我也想和蒲生哥在一起，但这辈子没这个福气了。蒲生哥，对不起，水儿不能陪你过一辈子了，你就再找一个姑娘赶紧成家吧！上次我见到的那位姑娘就很不错，我……我祝福你们……”

“一个姑娘？”蒲生惊奇地说，“水儿，你是不是到我家去过了？上次我明明听到老爹喊你名字的，可老爹说不是……”

水儿洒着长泪点点头：“是的，我去过。那位姑娘和你很般配，你就和她好好过，把……把我忘了吧……我……我们命中注定无缘……”她嗓音里透着绝望的声气，她正说着，陡地被撕心裂肺的巨大嚎哭声淹没了。

蒲生头痛得要炸开了，他用手捂着直跺脚，却又不知该说什么好。

大姐说：“水儿，这就是你不对了，我救你回来是让你重续前缘，你怎么把自己爱的人拱手送给别的女人？”

水儿“扑通”给大姐跪下哀求道：“我和蒲生哥的缘分只能到此，求求大姐，求你赶紧把我送回去，我给你磕头了，磕头了……”

大姐不答应，水儿就磕个不止。大姐“唰”地抽出钢刀，铮亮的刀刃散发出阴森逼人的寒气，而她爆发的叫声也是格外寒气袭人：“周洪发，老娘恨不得立即宰了你！我迟早要割了害人的你！”

天，快亮了。水儿急得不行，跪在地上扯住大姐衣角苦苦哀求道：“大姐，求你行行好，快把我送回去，送回去……”

蒲生面孔扭曲得变了形，糊满泪水的眼里装满了痛苦、愤怒和无奈。他下了很大决心，才喃喃地说：“那你就走吧，走吧……”

大姐气得手臂一挥，钢刀尽数插入泥中！

分别的时刻到了。水儿哭着扑入蒲生怀中，与他吻别。暗云低浮，水流呜咽，芦苇垂泪，人神共泣。

大姐狠狠将他们扯开说：“既然给缘分你们不愿续，那就分开好了。”

水儿短促地一声惨嚎，身子一软，晕倒在地。

大姐极快地将她装入麻袋，扛起便跑。

蒲生疯狂地追过去，凄厉呼喊：“水儿——水儿——”可是，茫茫芦荡中，已无水儿身影。他跌坐在地，只知道哭。

天渐渐透出了亮色，抖抖索索的星星挣扎一气终退隐到云层里。梦，终究还是破灭了，梦醒的他又迎来寒冷新一天。

他突然从地上爬起来，蹦跳着，奔跑着，苇尖划破了他的手他的脸，他仍起舞在苇丛，癫狂笑又嚎。他忽被土块绊倒在地，他就捶打泥土，啃咬泥土，谩骂着，狂笑着，嚎哭着……

大姐回来了。两人相对而坐，泪眼相对，默然无语。

从这天起，大姐练功更加刻苦了。她每夜几乎只草草打个盹，便对着苍茫夜空挥刀苦练。她神情肃穆，再无笑容，成天不语，脸庞冰结着，不怒自有隐隐寒气来。蒲生几次想和她说些什么，她则变色呵斥道：“啰嗦什么！周贼未除，你还有闲情说话?!”说罢又凝神挥舞腾跃起来。蒲生再也不敢打搅，也悄悄跟着她比划起来。

一天，大姐练完武功，对他说：“我想今夜就潜入城内，寻机刺杀周贼！这一趟去，是生是死，不得而知。如果我四天内不回，定是死了，那就拜托你每年的这天为我烧把纸吧！”

蒲生也要求一起去，大姐沉吟良久，点头答应了。

是夜，两人潜至西城外的一间无人居住的荒草屋里。大姐说：“你在这等着，我先去摸一下情况，马上回来。”

蒲生整整等了一天一夜，也没见她回来。现在，太阳又要西沉了……大姐会不会……他心头一冷，不行，不能再等下去了！他要悄悄摸到周洪发团部大院外探看个究竟！

第十八章　危机重重

蒲生从灶膛里抓了把草灰将脸涂黑，又找了件破衣服套在身上，再捡了只肮脏破烂的旧布帽戴在头顶，活像个穷要饭花子。为了不留破绽，他又拿只破碗、拄根木棍在手，见人就讨要。就这样，他得以混进了西城门。

他摸到保安团团部大院门口，只见人员进进出出，卫兵正常值守，未见有何异样。那么大姐现在何处呢？

突然，一个大兵一脚将他踢倒在地："要饭的，在这里瞎转悠什么，还不快滚！"

蒲生痛得龇牙咧嘴，可也只得忍气吞声。他刚从地上爬起来，忽见高白平从大院内走出来，吓得连落在地上的破碗、木棍也不捡了，赶忙跑开。

天渐渐暗下来，街两旁的小吃摊铺把诱人的清香弥漫过来，勾起了他对寻常百姓生活的向往。是的，他离家这么久，连这寻常人家的生活滋味都这么遥远而又亲切，不由令他感叹不已。他一直幻想通过一步登天的改命行动改变这种底层生活，不想一番折腾，到头来连普通小老百姓都没得做了，只能在躲藏间聊以存命。他饥肠辘辘，却又不得不强忍着。他站在这熟悉而又疏离的市井生活画中，竟有些茫然无措、进退失据。是啊，跟周洪发、高白平争抢或搏斗，只会输光已拥有的或幻想拥有的一切，就连脚下仅有的立身之地也会失去。看来，跟大姐进城莽闯的事是得好好考虑考虑了。

现在，他急着要回到过去的生活，便要求自己放下大姐的事，赶紧离开这里。于是，他准备悄悄摸回家，去看看已离别一个多月的老爹和奶奶。

就在这时，一个熟悉的讨要声在前面响起。他蓦地一震，这声音怎么这么熟……不会吧，他怎么会要饭？

这是一个年轻的要饭花。他一只腿好像有问题，便拄着拐杖边吃力地缓

缓向前移动，边伸着碗向路人讨要零钱。他，不是阿才吗？

蒲生这下可吃惊不小。去年自己为了对付陆财神还曾请他帮过忙，事后也曾介绍他到另一处做工，他……他怎么变成现在这样了？

蒲生上前招呼，急问发生了什么事。阿才见是蒲生，急忙伸手死死缠住他，像遇到救星似地哭着求救道："蒲生，你快帮帮我，你快帮帮我，我没法活啦……"

阿才的求救，让蒲生很尴尬。阿才至少是自由身，而自己则成了有家难回的孤独客。同是落难之人在此相遇，除了凄冷的风中洒一把长泪外，彼此都无法焐暖对方冰冷的心。

蒲生觉得这街头目标太大，便把破帽檐往下拉了拉，然后搀着阿才送他回了家。

路上，阿才边抽泣边说起了自己的遭遇……

如前所说，阿才以前利用常去长沙镇进货的机会，与雨晴姑娘好上了，可雨晴却一直羞于对家里人说出口。直到去年底有媒人上门提亲，她才羞涩地将此事告诉了父母。父母摸清了阿才穷困潦倒的实情，当即反对，并于今年初将她许配给了本镇一个王姓生意人的儿子。雨晴难以割舍对阿才的爱，却又不敢违拗大人的意思，只有以泪洗面愁更愁。两个月前，在雨晴即将要与王家儿子成亲之时，阿才偷偷用暗号把她约出来。两人在镇外的竹林里又是拥抱又是哭泣，却无法阻挡分离的命运。天，黑尽了，两人紧紧抱在一起不忍分离，最后被提着灯笼找来的家人找到了。雨晴和阿才齐齐跪下，祈求雨晴之父给他们机会。雨晴之父怕家丑外扬影响了女儿声誉，急命跟随而来的几个门族之人强行把雨晴拖走。不料雨晴又哭又闹，不肯离开，阿才也死死拽住雨晴苦苦求情。结果几个门族之人挥舞木棒一阵暴打，竟打断了阿才一条腿。最后，还是雨晴暗中塞钱央求一个邻居用船将阿才送回了城。雨晴终于嫁了人，阿才因断腿又被老板除了名。他腿还未好，为了生存只得拄着拐杖上街乞讨……

蒲生把阿才送回了家。阿才仍在大哭，装满泪水的眼窝里晃动着无尽的哀怜、孤独、无助和绝望。以前那个眼珠油亮鲜活、话语俏皮油滑的阿才哪去了？时光是把刀啊，仅一年不见，人就被剜割得面目全非了。每个人都有各自命运的演绎方式，每个人都有一本自己难念的经，蒲生面对他的痛苦，无语凝噎间有说不出的悲伤揪紧了自己的心。

蒲生帮不了他任何忙，留下只有徒增伤悲，就安慰几句赶紧告辞。阿才抓着他手一遍遍地哀求：“蒲生，你一定要帮帮我，一定要帮帮我……”

蒲生赶紧溜了出去，后面的求救声还在不断传来。他跑得很远了，泪水也洒了一路，把他这些年起起落落的心情洒在无奈的时光里，让命里的愁越拉越长……

他还是以来时的要饭花模样，借着晚色回了家。哪知他一只脚刚跨入门槛，背后便飞来两个黑影，凶猛地将他扑倒在地！

他被押到了高家大院。

他刚被推入高家私设的刑堂，迎面高白平的一记铁拳猛击在他太阳穴处。这一拳好毒辣，竟击得他连退几步，出现短暂的意识空白。他在头晕目眩中还没缓过神来，高白平又猛扑而来，一把揪住他头发，将他的头朝墙上猛撞。高白平早已处于意识失控的癫狂状态，眼珠暴突得几乎要掉下来，歪斜得离了谱的阔大嘴巴喷吐着团团强烈的气流：“你竟敢跟我抢女人，老子玩死你！”

高白平抓住蒲生的头猛撞十多下，撞得蒲生连哼都没能哼一下，就直接身子软瘫着垂落在地，晕了过去。高白平并不解恨，随即命人将蒲生上上下下严严实实绑到木柱上，自己又抓住皮鞭疾风暴雨般一顿猛抽，抽得蒲生皮开肉绽，血肉模糊……

蒲生直到半夜，才有一点点的意识缓缓爬进脑子里。他眼皮很黏，睁了好久才勉强撑开一条缝，瞥见的画面则是幽暗的灯光、黑乎乎的刑具，还有面目狰狞、鬼魅一样存在的打手。他以为自己是进了地狱，因为只有地狱才有这样阴森、恐怖的画面。

高白平见他有了反应，立时亢奋起来，命大家继续战斗再开工。他拿着一根铁钉在他面前直晃，狞笑着说：“小子，挨打和死的滋味好受吗？要不要我把这铁钉钉满你的身子，直接送你见阎王？”他面色一寒：“要活命路倒有一条，那就是快把秀苇交出来！”

高白平离得很近，可在蒲生听来却如空谷传音，从隔世的光阴中隐隐传来，在他迷乱大脑中仅留下幽幽的嗡嗡声，根本没听清是什么。

高白平连接喝问三遍，对方竟没反应。他勃然大怒：“你小子死到临头还装蒜，那就别怪我不客气了！打！给我痛打一百大鞭！”

可是，还没等打手动手，蒲生就头一歪，再度陷入深度昏迷。

一盆冬日奇寒的冷水兜头浇来，淋湿了他全身。到了下半夜，蒲生浑身滚烫，意乱神迷，嘴里不时吐出幽微的呓语声。

高白平可没耐心跟他耗，命人继续浇水，偏要把他弄醒问话。几遍冰水浇下仍没效果，高白平眼里烧得通红的野火狂舞着他的暴怒和狠毒。他夹住一块烧红的铁板就直接抵住蒲生的胸部，顿时衣服和皮肉烧焦的气味就缭绕在蒲生骤然爆发的惨嚎声中。

贸然而至的剧烈疼痛将蒲生从昏迷中拉回到人间的另一种地狱中。他大脑如装满了浆糊般半醒半糊，两眼昏花仅依稀看得见高白平如小丑般蹦跳、叫骂。他终于记起来是怎么回事了，自己落到了高白平手里，正在生死的关口上不停地来来去去。他明白自己闯祸了。他几年来几乎不停地在闯祸。他尽管一直要求自己安守本分做个平安的小老百姓，可他是尝试过了，他做不到。这时说后悔已经太迟，他前面的路已经被堵死，他再也没有力量去撕破危机再度脱险。前因自己种下了，该来的自会来，自己躲不掉，就得坦然面对。

高白平喝问道："臭小子，命倒还挺硬！你再不说出秀苇下落，我就用烙铁烫遍你全身，看看是你命硬还是我的烙铁狠！"

这回蒲生倒是听清楚了，原来是秀苇失踪了。她……她为什么会失踪呢？他乱成一锅粥的大脑已经不会思索了，一想就迷乱成一团。在高白平一再喝问下，他以微弱的语气说："我……我一直躲着，我……我已经很久没看到她了……"

打手再度动手。蒲生再陷昏迷。

次日晨，高白平刚小睡一会，就有手下来报，称夜间秀苇小姐已被陆家人找到，现正在家里休息。他心里这才一缓，说："好了，现在留着蒲生也没用了，去弄个石磙把他绑上，扔到河里淹死算了。"手下得令刚要去执行，他忽又想，暂把蒲生留着或许是个拿捏秀苇的筹码，便赶紧叫手下暂停执行。

在陆府，秀苇正躺在闺房里发闷。她明显消瘦了，本来流动晶亮之光的眼眸也在愁云惨雾笼罩下退隐了光泽。她深深叹了口气，心里的愁绪长长吐出来，在这房间里越堆越满，压得她心里很沉。家里人又送来热好的饭菜了，她坚决不吃，还用被子罩住了脸。

她自得知蒲生被迫出逃后，就一直把忧虑的眼光放到芦苇荡，放到遥遥处，希望能看到他的影子。可是家人的盯防和高白平无所不在的身影挡住了她遥望的视线。蒲生是生是死，现浪迹何方，衣食温饱如何，无不牵动她的心。北风呼号，寒潮涌动，钻在暖暖被窝里的她更是忧思满怀、难以入眠。更令她憎恶的是，高白平那大献殷勤的虚假面孔常是晃动在她面前，让她心里要作呕。还有，特别让她接受不了的是，父亲面对高家父子的订亲要求，不住给她施加压力。最近几天，父亲在高家要求下定下了腊月里订亲的具体时间。她在这样的家里实在待不住了，便乘家人不备悄悄离家出走。她甚至幻想，倘若苍天有眼让她与逃难的蒲生相逢，便双双奔走他乡，去寻找她梦里想了多少回的桃园世界。可流浪生活并不像她想的那么简单，仅三天时间，她便被困乏饥饿折腾得没了气力，还差点落入歹人之手。水城之大，却找不到可以让她落脚之地。她狼狈地东躲西藏，最后在跌跌撞撞中被父亲派出去的人找回。唉，天边自由流浪的云，离自己究竟有多远？

就在这时，下人告诉她，高白平来看望她了。她说："不见！"

可是，高白平已经推门进来，满脸堆笑地说："苇苇，你终于回来啦？我担心死啦！玩失踪，这可不好玩，万一出了事，这可怎么办？还是让我守在你身边，这才安全啊！"

秀苇猛地从床上跃起来怒声说："高白平，你少给我来这一套！我是死是活，跟你没关系！你跟你早就结束了，我不会跟你订亲的！"

高白平一点不急，很有耐心地说："苇苇，我追了你这么多年，我的好你迟早会明白的。现在这个世界，只有我这样对你痴心不改。苇苇……"

秀苇抓起枕头就狠狠砸向他："我不想听，你这骗子、坏蛋，快滚！"

高白平并不生气，反而在她床边坐了下来，用近乎肉麻的温情声音说："苇苇，你是我的唯一，不管你怎么误会我、恨我、骂我，我都会好好留在你身边保护你。现在，一个流浪狗昨天落到我手里了，以后不会再有人骚扰我们了，整个世界都只属于我们两个人的了。"

秀苇一听，立即扑过来揪住他衣领大叫："高白平，你把话说清楚，什么流浪狗？你抓住谁了？你难道抓住了蒲生？"

秀苇的剧烈反应，更证实了她和蒲生关系不一般。高白平在心里阴冷一笑，口里话中有话："提那个小贼人干嘛，只要我们处得好好的，那个人就没

事。苇苇，我们去吃早茶吧，我们好久没单独在一起了。”

秀苇冷笑道：“你果然厉害。不过我警告你，你如果迁怒其他无辜的人，我不会放过你！”

两人经过一顿话语攻防，高白平最终以退为进，表面上同意放蒲生，实质却迫使秀苇同意尽快订亲。秀苇一听蒲生被抓就怒火攻心，她救蒲生心切，只得先在口头上原则同意与他订亲，等人出来了再想办法。以防他讹诈，她要亲眼看到蒲生被放回家，才会有实质松口。

走进高家刑堂，秀苇见蒲生血肉模糊地被绑在立柱上，心痛得泪水忍不住滑出眼眶。她气得浑身直抖，一把揪住高白平怒骂道：“你还是不是人?!凭什么把他打成这样?!”

高白平嘻嘻笑道：“怎么？心疼啦？宝贝，你放心，只要我们过得好好的，谁还会麻烦不相关的人？”

秀苇事先已派人通知财顺老爹。财顺老爹用板车把身负重伤的蒲生拉回了家。

高白平拉秀苇去吃早茶。秀苇狠狠甩开他说：“人在做，天在看，要给自己积点德！”

高白平看着她离去的背影，在心里阴阴笑道：“小宝贝，你可不知道，在这个社会没什么道理可讲。在水城，反正你就是蹦不出我的手掌心！”

蒲生被拉回家，老奶奶又喜又悲，纵横老泪滴滴淌着心里的痛。她赶紧又颠着小脚去庙里敬香了，把自己的愁眉苦脸深埋在缭绕的香烟和无限的虔诚里，嘴里的祷告之语说了一遍又一遍。尽管她多年来诚挚的祈愿多在严酷现实中化为泡影，但每逢大灾降临，她除了求佛保佑，又有何法能阻挡灾难？

仍在昏迷中的蒲生气息微弱，遍身皮开肉绽，几乎没一块完好，一些伤口仍在慢慢往外渗着血水。秀苇看得心如刀绞，泪眼朦胧，她一边托人去私人诊所请医生，一面打来热盐水为他清洗伤口。当热毛巾从他伤口上轻轻抹过时，蒲生肌肤一阵痉挛，干裂的、糊满血迹的嘴巴低低呻吟起来。秀苇心疼得一把抱住他头，泪水又禁不住滑落下来。

医生终于来了。他给蒲生敷了药，包了伤，开了一大堆内服外敷药，又叮嘱了一些注意事项，便起身告辞。秀苇付了费用，并连声称谢。

秀苇这个向来衣来伸手、饭来张口的大小姐，第一次做起为人熬药的事。

她手忙脚乱，常常出错，但最终还是把药熬好了。她亲手一口一口地把药给蒲生喂下了。她一直忙到天色将晚，在财顺老爹的几番催促下，才离去。

第二天，秀苇早早就跑过来，见蒲生已经苏醒，气息也顺畅了许多，一高兴，她白白的脸上飘起两朵淡淡的红云，眼里又有晶亮的粼光浮动而出。她抓起蒲生的手，就这样傻坐着，心里泛着难以言说的涟漪。

以后几天里，秀苇天天往外跑。陆财神估猜她定是去了蒲生家，便出言劝阻。秀苇说："我反正已经允了高白平，你还担心什么？蒲生是因为我而受伤的，我有责任帮助他治好。"陆财神说："送点慰问品就足够了。你一个快要出嫁的姑娘家，做事要经头脑想一想，你这样抛头露面往别的男人家跑，传出去会是什么影响？"秀苇说："让他们说好了，我只要自己无愧于心！你不要逼我逼得太过分！"她说罢就跑。陆财神知道她倔，也没太好办法管制她，只好摇着头暗自说，看来要抓紧把她的婚事办了，免得惹出什么丑闻有辱门风。

这一天，秀苇却意外和蒲生发生了少有的争执。

蒲生对秀苇的深情十分感动，也深知自己对她已迷恋得不可救药，但经过这一连串变故，他大脑变得冷静了不少。梦想高高挂在天上，在严酷的风雨中似乎离自己越来越远。他一直在辛苦努力，但总是碰得头破血流，那可恶的高白平成了挡住自己的不可逾越的山。这几天，他一直在想，自己和秀苇的事还能不能进行下去。他太过弱小了，高白平动动指头就能将他捏死。他若执意坚持下去，不光自己性命难保，也会连累秀苇陷入空前灾难。所以，当这一天秀苇说出实在不行两人远逃天涯海角时，他提出了反对意见。两人于是发生了罕见的争执。

秀苇激愤地说："你退吧！退吧！你就真忍心让我嫁给高白平，一生任由他折磨？你要当缩头乌龟，就不是个男人！既然是这样，那还不如让我去死算了！"

蒲生一惊。是的，如把秀苇的幸福交到高白平那畜生的魔爪里，那真是惨不忍睹啊！水儿不就是前车之鉴吗？想到这里，他眼里闪出纠结的复杂眼神。

他还想说什么，秀苇忽然用嘴唇堵住了他的嘴。秀苇那温热、湿润、富有弹力的香唇带着少女特有的柔情，袭得他心神迷醉。他进不得，退不得，

只在她一腔情感中徘徊。在她滚烫的爱意面前，在云遮雾绕的梦想云团中，他越坠越深，不能自已……

一天，秀苇又来看望蒲生，刚走进门内，突见蒲生和另一个女子执手相看泪眼，不由惊呆了！

那个女子，自然是水儿。

水儿今天来看蒲生，实属偶然。春节将至，水儿和一帮姨太太上街购物，恰巧碰到财顺老爹。水儿悄声询问蒲生下落。财顺告诉她，蒲生前几天不幸被人打伤，现正在家中养伤。水儿听了很是着急，便向同来的几个人谎称去看一下自己的亲戚，撒开腿就往蒲生家走。两人一见，潜藏在心底的情感又跳跃出来，于是便手拉手一番唏嘘感叹……

水儿那夜在芦苇荡与蒲生分别后，被大姐送到保安团团部大院门口。她用钱买通卫兵，让自己在天亮前混了进去，所幸躲过了周洪发的注意。在这以后，她每念起与蒲生的相会，便痛恨自己的冷酷无情，她真担心她的绝情会让他一蹶不振。她希望蒲生能理解她的情非得已。今天，两人再度见面，已没了先前情感的大起大落，只是执手默默相看，点点苦泪爬在两人伤痕痕累累的心上……

秀苇蓦地见到这一幕，顿时气得浑身直颤抖，忍不住伸手大叫："蒲生，你你你……你混蛋！"

秀苇的出现，令蒲生、水儿面皆失色，慌忙松开手。蒲生慌忙解释说："这……这是水儿，她……她是跟着我爸过来看看的……"

秀苇又把锐利的目光狠狠投向水儿说："我知道你！你不是早就跟了周洪发了吗？你为什么还来打搅别人？"

水儿愧疚地说："对……对不起，我今天来只是个意外，我……我们早就没什么了，妹子你别误会……"

秀苇怒道："你们……你们合伙欺骗我，我……我恨你们！"她一跺脚，呜咽着狂奔而去。

秀苇的出现，令水儿十分尴尬，她强自压抑住涌动在心中的千言万语，含着泪与他告别。

蒲生想留住她，却又不知自己该用什么来留住她，只得就这么眼睁睁地看着她从自己身边离去。他总是留不住女人，在身边的终究要离开。他心里一阵悲楚，追到大门口，一会儿喊秀苇，一会儿喊水儿，他也不知自己究竟是想留住谁，只是就这么悲伤地望着伸到远处的巷子，泪水流了一把又一把。

这一幕场景，被一个躲在墙角的不怀好意的女人看得一清二楚。自从水儿走进这扇大门起，恰巧从这里经过的她就注意上了。她瞪得溜圆的眼珠里喷吐着急欲复仇的怒火，嘴角浮现着几缕仇恨和幸灾乐祸的笑纹。

她，竟是阿凤！

蒲生并不知危机已经迫近，只是傻傻地站了一会，糊满泪水的眼珠直直地僵在那，透不出一点光。

他刚转身返回院里，突然迎面冷不防击来一拳，击得他连退几步，胸部几乎要被震裂。他奇怪，院里什么时候多出个人的。他还没看清是谁，还没站稳身子，迎面又飞来一脚，顿时让他感到眼前一片黑。他晕晕乎乎间，感觉自己飞了起来，又重重落到地上。这一踢一摔，让他感到五脏六腑瞬间移了位，浑身如被肢解了般让他找不全真实存在的自己。他想是不是天崩地裂了，自己是不是被震碎了，四分五裂的灵魂正在远离自己。他正被打得找不着南北时，身子又被人提了起来，一把锃亮的钢刀架在了他脖子上。

蒲生在那人手上迷糊了一气，才勉强从撑开的眼缝里抖出几缕光。面前的人渐渐由模糊转向清晰，他看到了一张被纠扯成可怕一团的满是疤痕的恐怖的脸！

袭击者，竟然是丑陋女子！

真是冤家路窄，蒲生一见她就挨打，他尽管已解释多次，但依然免不了被暴打。这女人真是暴力到家，打人上瘾了！他疼痛中挤出全身的力，愤怒地说出一句话："大姐，你怎么又打人了?!"

大姐怒道："你这脚踩两只船的小淫贼，不是被我亲眼撞见，还真要被你蒙骗！这回你还有何话可说?"

蒲生一时间还真不知该如何辩解。

早已看透人世、看穿男人的大姐，此生最为痛恨的便是用情不专、淫荡邪恶、玩弄女人之徒！她连刀都没用，仅一只手就死死卡住了他脖子，卡得他两眼直翻、脸色乌青。在他快陷入意识盲区时，她才倏地松开手，让他保住了细如游丝的气息。

过了好久，蒲生才从死亡边缘缓过神来，呼吸也慢慢变得顺畅起来，迷

糊的脑子里又有了声画和思绪。他说："大姐，不是你想的那样……"

于是他详细讲述了自己与水儿、秀苇的纠葛，讲了今天与两女的见面，讲了自己的苦恼、困惑。他说："大姐，上次是你亲手将水儿送回去的，尽管我们都很舍不得，但我们真的没法再复合了。难道我一辈子就不能再找女人了吗？再说，这不是我的错，是那周洪发造成的！"

"我看你就是花心，周旋在两个女人之间！"

"不是这样，不是这样……"

"好，今天这事我可以暂且放一下，但下次再被我见到你在操弄两个女人，我决不手软！"

两个人接着便谈起了报仇的事。大姐问他是否有胆量参加。蒲生一阵心怯，但一想到周恶贼就来火，便点了点头。大姐问他身体是否经得起折腾，他说已恢复得差不多了，能参加行动。

大姐说："我已经打探清楚，周洪发今晚将去怡春院寻花问柳，我们今晚便去行刺。你的任务只是扮作……"她悄声吩咐一遍。蒲生点点头。她留下句"我们晚上再会合"，便离身而去。

吃罢晚饭，蒲生紧张却有些亢奋地在院子里转来转去。今天要去给大姐做掩护，虽有些冒险，但却值得一行。想到周洪发要命丧今夜，他怎不兴奋异常。

忽然有人急促地敲起门来。他想，是不是大姐来接他了。他赶紧去开门，哪知三个手持长枪的大兵突然闯进来，将他绑得严严实实，然后押向保安团大院！

蒲生做梦也不会想到，告状者竟是阿凤！

自上次与蒲生有了一次酒后意外事却遭他拒绝后，阿凤对他憎恨到了极点，一直只恨找不到机会施以报复。在生活风浪洗刷中，她一个弱女人要想在艰难时世中好好活下来原本已经很难，再遭遇与蒲生的变故，她自此对男人彻底丧失了信心，在与陆财神各有所需的勾搭中越陷越深。自陆财神玩腻了将她甩掉后，她索性自暴自弃，在水城做起了暗娼。她涂脂抹粉，浑身异香，一扭腰肢，胸部直晃动。不管是富人、大兵、匠人，还是地痞、无赖、伙计，只要递上一叠钱，她都愿意。蒲生曾几次在路上看到她与人勾肩搭背、忸怩作态，立即便要作呕。他对她最后一点歉疚之心也被丢得干干净净，从此他再也不想看这女人一眼。

阿凤早就闻知蒲生与陆家大小姐秀苇情非一般，也曾听说过他与水儿的传闻，现在眼见他与两个女人同时有瓜葛，便更证实了她的判断：蒲生乃是一个貌似忠厚实质淫邪至极的恶徒！这就难怪他当年会将她玩弄于股掌之中了。她看透了男人，看透了这世道，她与男人逢场作戏都是为了生存，为了将儿子养大。她自甘堕落，除了生活的风雨让她很难站稳自己的身子外，蒲生的负心也有着直接责任。要知道，蒲生是她除了亡夫外唯一曾动过情的人。此等仇恨，她至死也得报！

这回，她正和一个嫖客坐人力车从蒲生家门前经过，忽见一个漂亮女人入内，忙叫停车。不一会，她又见到陆家大小姐也走了进去。她想，这下可有好戏了，我看你这伪君子还怎么伪装！俗话说打蛇要打七寸处，我要继续观察，寻机给这狗男以致命一击！嫖客不断催她走，她恶狠狠骂跑了嫖客。她目闪凶光，她咬牙切齿，她恨不得冲上前把曾害她的人撕个粉碎！

不一会，屋里传来争吵声，两个女人果真闹起来了。再接着，秀苇冲出来了，另一女子也含泪而别了。阿凤等蒲生返回院里后，赶紧追向那个打扮华丽的陌生女人。作为一个在男人堆里滚爬过来的人，她毒辣的目光一瞧就看出那女人绝不是一般人家所能养得起的，她要跟踪！她想那女人如果真是传说中的大院里的人……她脸上随即浮上了几缕狞笑。

阿凤追不多远就追上了水儿，便暗暗跟踪，一直看到她走进大院。阿凤使出女人的一切手段，终于从卫兵口中探知那女人真的是周洪发的姨太太水儿。她大喜过望，眼里腾出的复仇火焰几乎要把老天烧穿。蒲生，你就等着受死吧！

她悄悄找到保安团一个老相好的，向周洪发告了密。

周洪发一闻此讯，差点气炸了脑壳，他万没想到平日最为规矩的水儿也暗暗给他戴上了绿帽子。他自充男人之王，他觉得男人的尊严是站立在对女人的绝对支配里的。他可以忍受日本人和上司塞给他的绿帽子，却决不接受女人给他戴绿帽！他出去觅野食的兴致瞬间没了，随即暴跳着指挥抓捕蒲生，并叫人绑了水儿。他失去的男人尊严，要从这对狗男女身上找回来！

蒲生又一次命悬一线！

第十九章　生死离别

蒲生迟迟得不到他所想要的女人，却频频在女人身上栽跟头。为了给自己改命，为了能得到自己所爱的人，他常不安分守己，也便常跌得头破血流。这不，他一见自己被押往保安团团部大院，就知自己和水儿的事泄露了。这个时候，他甚至有过一些后悔，自己这个小人物不该作癞蛤蟆要吃天鹅肉之想，不该和这些权贵发生碰撞。他知道自己进了这里，不死也得脱层皮，他直到此时才真正体悟到老爹千叮咛万嘱咐的不要惹事的铁的真理。不过，到了这时说什么也没用了。他又退一步想，自己即便再规规矩矩，该来的还会来，一些灾祸不是躲就能躲得掉的。这么一想，他心里好受些了。

团部大院内，蒲生被五花大绑在立柱上，水儿则被捆绑着丢在一旁。目光如狼的周洪发，面孔抽搐成了可怕的酱紫色。他明白了，他记起来了，当年他第一次遇见水儿时，就是这小子陪伴在旁的，看来自己被瞒得好苦啊！自己今天一定要慢慢弄死他！他大手一挥，打手们便猛扑过去，一阵鞭打脚踢打得蒲生惨嚎不止，身上刚刚愈合的伤口重又破裂出血。

周洪发朝蒲生喝问："小子，快老老实实交代，你是什么时候勾搭我女人的？"

蒲生还不想和他硬碰，他还想寻找活命的机会，于是忍着剧痛艰难答复道："长官，我是认识她，我认识她是因为我在荡里救了她。你第一次遇见她，她刚刚在我家养好伤准备回家。我和她清清白白，没有发生任何事。"

披头散发蜷缩在地的水儿也立即说："洪发，我跟你这么多年，难道你还不知道吗？我不是跟你说了吗，水荡那次……如不是这位恩人救了我，你还能遇到我吗？我今天在街上碰到他爹，听说他受了重伤，才跟着去看望一下的。洪发，我们真的只是救和被救的关系，你要相信我啊！"

周洪发见他们配合默契看似天衣无缝，心里更是起疑。他可是从枪林弹雨里滚过来的人，他见多识广可不那么好糊弄。他说："就是救过命，我的女人也不能随便往别的男人家跑。你跑了，就是有私情！再不老实交代，就让你们尝尝我周某人新发明的各种刑法。来呀，先给那小子来个……"

"等一下！"蒲生赶忙说，"那个告状的人如果说看到了什么见不得人的东西，那你叫她出来，她究竟看到了什么？！"

"看来你小子是不到黄河心不死啊！"周洪发一招手，"带证人！"

被带上来的自然是阿凤。蒲生顿时吃惊不小，怎会是她？怎会是她？

阿凤一上来就猛揭蒲生当年酒后乱性的老底，她厉声说："这样一个有玩弄女性黑历史的人，会是个好人吗？"

全场震惊！蒲生震惊！阿凤这样的证词，对蒲生来说是致命的！而且，她还有更具杀伤力的话语："周长官，我亲眼看见他拉住姨太太的手不放，样子非常暧昧。他们没有奸情，鬼才相信！"

蒲生心中绝望地叹息一声，人说最毒不过妇人心，看来自己这回真要死在她手里了。自己对阿凤所做的事，是人生中不可回避的一大污点。看来人还是不能做亏心事啊，如果做了，一旦来报，自己在劫难逃。今天他栽在她手里，他认了。他无望地闭上眼，等待最狠毒的处罚。

在生死危急时刻，胆小惯了的水儿不得不为自己辩解："我与你无怨无仇，你是哪里来的女人要这样陷害我？我分明是随他爹去看他伤情的，哪里有半点私情？拉他的手，也是看一看他手上的伤。你们现在就可以去看一看，他手上有没有伤！而且我只看望了一刻钟就走了，哪里来的奸情？"

阿凤说："我把我真实看到的事报告了，你们是不是有奸情周长官自有主张！"

好厉害的女人！水儿狠狠地瞪她一眼。害人之心不可有，这女人为何这样恶毒！她随后把泪汪汪的求救的眼光移向周洪发说："洪发，你要相信我，我真的只是简短地去看望一下，我和他完全清清白白！"

周洪发朝阿凤挥挥手，意思是她可以走了。阿凤趾高气昂地瞥了蒲生一眼，意思是，好小子，敢玩弄老娘，你等死吧！

她刚要转身离开，突然两个大汉扑来，将她捆起来。她大惊失色，忙道："周长官，为什么绑我？"

周洪发阴森的眼光爬满了令人毛骨悚然的寒意："你知道得太多了，说了不该说的话！"

这话显然是要将阿凤灭口！周洪发不想让自己的丑事弄得满城皆知，便想痛下杀手了。

蒲生虽然憎恨这女人把自己送上了绝境，但毕竟自己有愧在先，怪不得别人报复。她虽然告了密，但其过不至死。他眼睁睁看着阿凤被推了出去，心里叹息一声。人生无常，福祸难知，人做好自己有多难。

接下来周洪发便开始慢慢收拾眼下的两人了。他喝令蒲生从速交代与水儿的奸情，蒲生坚称没有。周洪发头一甩，两个打手便极快地扯去蒲生裤子，将一把细密的铁针一根根密密麻麻地扎在他下体上。

从蒲生口中贸然蹦出的惨嚎声听在人耳，惊心动魄。这种细针，根根要他命，他用不绝如缕的哀嚎去撞击苦难的人生，人生在他痛苦中暗淡无光。

这针犹如扎在水儿心上，她心疼得整个人都颤颤地缩成了痛苦的一团。她心痛，却又不能为他流下泪；她爱，又不能爱不敢爱。这连心的痛，何时是个尽头啊。

等打手把一把细针都插上去，蒲生已痛得失去了知觉。

周洪发又来折腾水儿了。他一会儿做出卡脖子的动作，一会儿做出刀劈的手势。水儿受到惊吓，也晕了过去。

两盆冷水浇下去，蒲生先醒了过来。周洪发威吓，如若再不老实交代，就来"铁水烫掌"。用烧红的铁水烫手烫脚，一听这名字就别提多恐怖了！

就在这时，院门口突然传来惊呼、惨嚎声，随后又有震耳的枪声划破深长夜幕。周洪发皱皱眉，命人查看发生了什么事。

手下还没走出门，一把匕首"嗖"地直朝周洪发面门飞来！周洪发本能一闪，匕首穿进了后面一个躲避不及的打手的喉管。打手随即倒地毙命。

周洪发惊魂未定，一个浑身黑衣的蒙面人已如疾风般飞至他跟前！

这人正是大姐！

她今晚在怡春院静伏许久未见周洪发前来，心想他是不是变了卦，便悄悄摸到保安团大门外探听情况。她偷听到门口站岗的卫兵正交头接耳谈抓捕蒲生的事，便心知发生了意外的事。院里又隐隐传来咆哮声和惨嚎声，她断定一定出了事。这时两个卫兵推着装着一个大麻袋的板车出来。她悄悄跟了一段后，突然出手击昏一人，并用刀架在另一人脖子上，等问清情况后再将他击昏。她划破麻袋，竟见里面装着一个女人，不由一惊！她放了女人后，再回到大院门口，出其不意拔刀割喉，终于突破大门防线冲到了里面。

她投出匕首，紧跟着人已闪到周洪发跟前！她正要挥刀割喉，突然腰间一痛，身后已有人将尖刀刺入她体内！人在江湖总有失手时，她无法抵挡这出其不意的一击，却在眨眼间采取了果断弥补措施，一方面大腿后扫，将身后打手扫到了两丈开外，而对准周洪发的钢刀也同时挥了出去。但毕竟慢了半拍，使周洪发赢得了闪避的机会，钢刀仅削去其半片耳郭。

二击未成，对江湖人来说乃是极为凶险之兆。果然，当她准备发起第三次攻击时，周洪发仓皇掏出的枪响了，子弹射穿了她的胸膛！几乎与此同时，打手的一把长刀刺进了她的腹中！

她行走江湖几年未失过手，今天却注定要命丧于此了，但她行走江湖的主要使命就是刺杀周洪发！于是她在被击中的瞬间，忍着剧痛坚持发力，将刀朝周洪发狠命扔去。可周洪发早料到她必有后手，放枪后便即闪开，刀子从他流血的耳边急速闪过，凌厉地穿透了木板墙！

凶猛强悍、威震一方的大姐终于倒在了地上。她身上血流如注，很快地上就淌满了血。

周洪发狠狠扯去她的面罩，不由一愣！她……她怎么像……

打手们上前一看，也全都愣住了："这……这怎么像以前的三太太？"

大姐生命危急却瞪着怒眼冷声说："不错，我正是严梅！"

严梅的遭遇与水儿有相似之处，也有不同。她原本是行走江湖的卖艺人的女儿，从小就会些拳脚功夫。她行走于兵荒马乱中，一次凭借胆大心细在被打散的队伍中救起了周洪发。周洪发表面感念她的救命之恩，实则是贪恋她的姿色，便与她发生了一段情。严梅以为自己在茫茫乱世中终于找到了自己的真命天子，便喜极而泣，深深坠入爱河中。她帮周洪发治好伤后，帮助他找到队伍，并成了他的妻子。可是在婚礼过后，她发现他居然还有两个夫人，心立时寒了不少。更让她寒心的是，他留给她的蜜月期仅半年多，不久便又纳进了新欢。她强自压下了江湖人好冲动的性格，在他面前一再隐忍和委曲求全，但还是挡不住他广纳新人的节奏。在国军溃败、日军逼近的纷乱年代，周洪发进入阵营抉择的暴躁期，对女人也忽冷忽热，他要么冷落你，

要么将你折腾得死去活来。严梅对此倒也忍受了，只要他心里还有自己。哪知这周洪发竟大打女人牌，用女人来帮他拉拢、巴结其顶头上司。有次他竟命她去伺候上司，她压抑许久终于来了次怒火大爆发，她与他大吵大闹，坚决不从。周洪发大怒，差点掏枪击毙了她。从此两人彻底交恶。一次一个姓苟的上司来巡视，席间对她容貌大加赞赏。周洪发明白其意，便要将已经失宠的她作为礼物送给苟上司。她吓得慌忙跪地磕头求情，表示以后不再跟他闹了，一定规规矩矩的，只要不把她送人。可周洪发却厉声命人将她捆起来送交苟上司带走。她不再求情了，把生命里全部的愤恨堆积到眼眸中横扫了他一眼，便自己跟着苟上司走了。她作为一个女子，嫁人生子这最寻常不过的愿望被他生生撕个粉碎，最后被作为礼物送了人。复仇的因子就在这时悄然种下了。苟上司虽已逾半百，却常将她折磨得死去活来。这老苟被色掏空了身子，一次撤离中竟暴毙于路途。其子小苟见她风韵犹存，随即又霸占了她。这小苟是个见一个爱一个扔一个的花花公子，一次赌场输了钱竟要拿严梅做抵押。严梅见他又要将自己送人，积压心底的万丈怒火骤然总爆发，她扑向他要与他拼命。然而小苟有打手，将她暴打一顿后还是要将她送人。性情刚烈的她突然抓起一块瓦片，哗哗几下就将自己毁了容。是的，自己一再被送人，全因为这张迷人的脸，现在她自己将它毁了，男人便不会再要。果然，赢钱者见她一脸花容被毁，立即摇手不要了。小苟命人将她杖毙，然后扔到荒野喂狗。幸好一对心肠慈善的老夫妻在路过荒地时见她还有一口幽幽气息，便将她抬回了家，每天以土药草熬汤喂治，终于救活了她。经此生死变故，她感觉人应凭着一腔正气而存活于乱世，失却了这种正气，人或成为杀人的歹人，或成为被宰的羔羊。她已经是死过一次的人了，她要以惩恶扬善的侠女风姿把残命奉献给这多难的世间。她不忍拖累老两口，跪地拜别后便迈开了自己的流浪生涯。不久，她落入一伙占山为王的匪人手里。这些人武功高强，能飞檐走壁、腾挪飞跃；这些人半正半邪，既打家劫舍又极讲义气，敢于操戈反击日本人。经过一番波折，她成了他们当中的一员。经过四年苦练，她终于练就了一身好武艺。后来，这伙人被日本人击散，她便孤身一人勇闯江湖。她首先找到小苟，痛快淋漓地割喉和割去其下身后，便直扑水城找周洪发寻仇！哪知团部大院防守极严，她曾偷袭却负伤而逃。此次她冒死入内，孤注一掷，哪知就在欲得手之际，她却重重倒在了仇人面前。她大仇未报先自殒，真是苍天无眼地无珠啊！

痛得龇牙咧嘴的周洪发一边去医疗室处理伤口，一边怒冲冲指挥道：“快！绑起来！绑起来！老子要将她千刀万剐！”

脸色惨白得吓人、身下流了一大滩血的严梅，虽已一只脚跨进了鬼门关，却依然奇迹般颤颤地支起半截身子，吃力地用微弱却灌满愤怒的声音叫骂着。她被绑在了大院中的铁柱上。她的世界天旋地转，可她凭借还清晰的神志，坚持将自己的仇恨和不屈立在当场，纷乱、颤动的眼神依然凌厉。

简单处理好伤口的周洪发，发狠要一刀刀将她切割至死。他在她身上割去一块肉后，她仍提着一口气不屈不挠地骂着。周洪发恼得将刀子刺入她胸膛内，并不住搅动。

严梅痛得浑身直痉挛，豆大的冷汗自失血的脸上滚落下来。她眼前的画面已渐渐模糊了，生命中晃晃悠悠的灵性仍顽固地支撑着她的仇恨。“呸！”她用尽最后一点力气狠狠吐出一大口带血的浓痰，恰巧糊住周洪发的眼睛。

周洪发暴跳如雷：“快！烧！烧！给我烧死她！”

打手们立即在她身下架起木柴。

严梅笑看死亡，无所畏惧。在大火点燃前，她又提起残存的气息远远地对蒲生喊道：“你要像个男子汉一样活着！别让我失望！”

蒲生心中一凛。这，是大姐留给他的最后一句话了。人有生也会有死，天下没有不散的筵席，可她用这样的方式与他生死告别，让他一生刻骨铭心。

一堆熊熊烈火将严梅吞噬了。然而在烈焰中，她竟奇迹般把最后一点生命能量顽强放大为惊人的笑声：“哈哈哈……周洪发，我死也不会放过你，我变成厉鬼也要咬死你……哈哈哈……”

严梅死得之惨烈，令所有打手都心惊胆颤。

蒲生看得惊心动魄，惊惧而悲伤的泪水滚滚而下。生命很微弱，轻易就可以被掐灭；生命又能做得很强大，不管生与死都可以不一样的方式存在着。

严梅被烧成了一团黑炭！

周洪发颓然坐在椅上一动不动。虽然敌手灰飞烟灭了，他却一点兴奋不起来，因为这敌人毕竟来自他的女人。女人来造他的反，这让他情何以堪。他的伤又痛了。他看到被捆着丢在他面前的水儿，身体伤、心里伤连着痛。他用手指着同样给他心头来一刀的水儿，却迟迟说不出话来。

不过，他最终还是艰难地作出了对水儿的处理决定：送人！

水儿一听说她将被送人，悲酸的泪水就没完没了地垂落而下了。她只是男人的玩物和礼品，他想送给谁就送给谁，她丧失了对命运的自我主宰。她无法做到像严梅一样轰轰烈烈地以死相抗，就只有乖乖地听从安排，从一个火坑跳到另一个火坑。她在被拉走前，用痛彻心扉的泪眼与蒲生深深对望了一下。他们用眼神相互做了个惨痛的生死诀别。这一别，此生他们恐再无相见之日。

蒲生在泪流满面中，看着自己曾经心爱的女人一步一步离别了自己。

处理完自己的两个女人，周洪发身心交瘁，回房休息去了。打手问他该如何处置蒲生。他有气无力地说："不会让他痛快死去的，明天有的是办法折磨他。"

休息了一夜，第二天的周洪发如打了鸡血般格外来神。在清醒和昏迷间转了几个轮回的蒲生，知道新一轮严刑拷打又要开始了。昨天他本已站到了死亡的边缘，大姐严梅的出现才打乱了周洪发的节奏，今天又有谁能来救他呢？

蒲生万万没想到，今天他和周洪发一碰面，就陷入生死绝境。因为，周洪发今天不再纠缠于男女偷情，而是摆出了新话题——他要蒲生交代当时他是如何迎新四军入城的！

1945 年水城失守，是周洪发数十年从军生涯中最为耻辱的一战，而胜败转换的关键竟是蒲生将新四军引入了城内！这一来情况就万分严重了，难怪周洪发今天一来眼里就狂吐逼人的杀气。

蒲生知道，纸终究是包不住火的，他得为当年的举动付出死亡的代价了。这一回，神仙也救不了他了！

不过，面对周洪发的指控，他口头上坚决不承认。是的，传闻毕竟是传闻，谁又能拿出真凭实据！

周洪发手一挥，高白平带着拄着拐杖的阿才上堂了。原来是高白平在搞事啊，他要借证人阿才一举将蒲生送入地狱！

蒲生一见阿才，脸瞬间大变。他和阿才毕竟是一起经历过生死的兄弟，阿才为何此时突然反目来举报他？

阿才惊慌而难堪的双目躲躲闪闪，然而还是不小心碰到了蒲生逼人的目光。他浑身一哆嗦，拐杖没扶稳，双膝便不由自主地直接跪地。他眼神慌乱只敢盯着地，高度紧张的脸上涂了一层油般糊满了汗水。高白平踢他一脚，叫他快说。阿才便带着哭腔向蒲生作揖道：“蒲……蒲生兄弟，你……你别怪我，我……我也是没办法了……”

原来，穷困潦倒的阿才竟利用乞讨做掩护偷起了东西，几次成功得手后，今早竟在贵夫人身上下手，钱袋刚到手人就被抓住了。贵夫人大叫大嚷，恰巧被巡游于此的高白平撞见，而这贵夫人偏偏又是高白平的顶头上司郭营长的姨太太。高白平便想好好表现一番，命手下将阿才另一条好腿卸了。几个手下如狼似虎地直扑而来，要下掉他腿子。阿才知道大难临头，呼天抢地连连告饶，却没有人应。他在情急之下，竟慌不择口地叫道：“长官，蒲生通敌！新四军就是他带进城里的！”他昨晚看到卫兵押着蒲生从旁而过，就知道蒲生犯事了。蒲生反正是跑不掉了，再给他加一条罪名又有何妨。于是阿才脱口而出，想用指控蒲生的办法来实现自救。可是，他话刚出口，就大吃一惊，蒲生毕竟是他的兄弟，自己怎能陷他于绝境呢？阿才急中乱咬人的话，高白平却听出了重要信息。他已经认出了阿才，这小子与蒲生同为伙计，一定知道不少蒲生的秘密。他于是一个手势叫停手下，让阿才把话说清楚。阿才自知说漏了嘴，怎么也不肯再说。高白平冷声说：“不肯讲是吧？来呀，卸他的腿！”阿才见打手再度扑来，只得哭着说：“我讲！我讲！”于是，他把蒲生在新四军攻城之夜的种种言行详细讲了一遍，末了还确定地说：“我亲眼看到他拿着斧头从我家出去的！新四军就是他接进城的！”他虽然觉得供出蒲生换自己平安很可耻，不过他又想，人不为已天诛地灭，自己命都快没了还守着兄弟情有屁用，只有蒲生一副傻样不知变通，以至傻到被人卖了都不知道。就这样，高白平一大早就把阿才带到团部大院，他要借周洪发的手除去蒲生，到时秀苇闹起来也不关自己的事。他在周洪发面前彬彬有礼，可眼里阴冷的笑意却泄露了他的阴险与狠毒……

就这样，阿才在周洪发的喝问中，当面指证蒲生那夜的种种过激表现，并一口咬定蒲生拿着斧头去接进了新四军。他指控完毕后，朝怒视的蒲生拱拱手说：“兄弟，对……对不住了，你别怪我，我这也是没办法了，要怪你……你就怪你爸妈带给你一条烂命吧。等你去了以后，我一定给你烧纸，就算我的谢罪吧。”

阿才一副昔日兄弟的面孔霎时在蒲生面前急剧变幻，变得陌生而可怕。世上的风很大，一个人即便在风中把自己站到老，早已在情感里立地生根的兄弟情也不可以有丝毫改变。你，怎么可以为了一己私利，而陷兄弟于生死绝境呢?!

在阿才变得几乎不认识的丑陋嘴脸前，蒲生愤怒得浑身如筛糠般直打抖，近乎心碎的巨大痛苦化为滚滚之泪淌在这炎凉世态里。他嘴唇嗫嚅一气，才吐出一句："做人，是要有底线的!"

是的，一个人任凭外面的风雨多猖狂，该守住的还是要坚守，底线是人的立身之根本啊！阿才原本是个穷苦的可怜人，他却把可怜人做成了咬人的恶人，好人和恶人就在这一线之分啊！

阿才该指控的都指控了，周洪发觉得留着他也没用了，朝高白平做了个手势。高白平会意，将阿才带出后，一顿猛打，打断了他的另一条好腿。对这种见风便是雨的小人，周洪发、高白平是不会手下留情的。

阿才彻底成了个瘫子。他，无法在这个世界上站起来，只好龟缩到自己的小房子里，并且病得不轻。他勉强拖了一年，在水城的寒流中凄惨死去。或许他做梦也没想到，他会以这种方式与人世作别。

再说阿才被带出后，周洪发恶狠狠地对蒲生说："小子，死到临头，你还有什么话可说?"

阿才的出现，将蒲生貌似坚挺的世界击得七零八落。蒲生深陷兄弟情变的颓丧和痛苦里，在泪水横流中一时竟难以自拔。周洪发的问话，让他猛醒。是的，这是死神的最后问话，他不甘，他不服，他要为自己作出最后一搏!

他说："不错，阿才是看到我拿着斧头冲出去，可他并没有亲眼看到我和新四军碰面呀，凭什么说新四军就是我带进来的呢？周长官，你是行家，我没枪没炮，光肉体凡胎能挡住机枪的扫射吗?"

周洪发咆哮道："你小子不到黄河心不死！来呀，把没用过的刑罚统统用上，我看你还说不说实话!"

蒲生嚷道："你把我打死，我也是这样说！我当时是有气，可是转转也就回去了。你当我是傻子啊，会用身体挡子弹？我连城墙边都靠不了，拿什么去接新四军?"

他这么说，是拿周洪发不知墙底有暗洞来赌一把。果然，周洪发闻言也是一怔。是呀，他就愣小子一个，层层封锁线下他拿什么去接新四军？也许是那阿才为了避灾乱咬人的。不过，周洪发恨意难消，不让这小子尝尽人间最残酷的刑罚，难解自己的心头之恨。他挥挥手，让各种刑罚轮番使了一遍。

蒲生再度昏死过去。

一盆奇寒的冰水从头浇到脚。

就这样，醒了打，打昏了再浇。周洪发已决计用最残忍的手段弄死他，死了就拉到荒田里埋了。

临近中午，有卫兵来报，说有个漂亮女子在大门口和卫兵争吵不休，说一定要见长官。

周洪发本准备叫卫兵将女子驱走的，但"漂亮女子"四字在他头脑里转了转，他又改变了主意，命人把女子放进来。

女子进来了。周洪发抬眼一瞧，顿时呆住了！天啊，这女子简直如从画中走下来的仙子，眼如明月，肤似凝脂，身姿曼妙，清丽绝俗。看惯了人间美色的周洪发，竟有那么一刻不淡定了，迷乱的色眼早被眼前的人间秀色照花了。他装模作样地咳嗽一下，试图来掩饰自己的窘态。他忙邀请女子到前面的赏春亭里坐一坐……

这女子，便是秀苇。

两个小时后，秀苇跟着一个小头目来到蒲生面前。蒲生刚从深度昏迷中醒来，眼前晃动着一个女子模糊的丽影。这时他已被松了绑，他身子站立不住便朝地上软瘫下来。秀苇赶紧扶住他。蒲生这时终于看清了秀苇的脸，他不知自己这是在梦中，还是灵魂脱壳后往地府的途中，他感觉自己被梦中女神扶着的幸福画面太不真实。

秀苇丢给他一个嗔怪的眼神说："还不快走！"

蒲生这时才明白，这不是幻景，之前被折磨的一幕幕场景又跃动在他脑海里。他奇怪，自己注定活不了的命，怎又被秀苇救起？不过，在秀苇的反复催促下，他也不敢在此久留，就在秀苇搀扶下吃力地坚持着一步一步往外走。

一出团部大院，秀苇就急忙叫来人力车，让车子载着自己和蒲生快速往城外拉去。

"我又活过来了！我又活过来了！"蒲生在内心欢叫着，堆满喜悦的眼眸在对自由的顾盼中流溢罕见的奇光异彩。是的，活着真好！自由真好！不过，

他兴奋没多久，情绪又一点点低落下来。复仇愿望的落空，严梅大姐的惨死，与水儿情梦的幻灭，让他心里堵得慌。

接着，他又对这次顺利出来的种种不合理怀疑起来：大魔头周洪发欲置我死地而后快，怎会大发善心放我出来？就凭秀苇的脸面，绝不可能让周洪发改变杀人念头，除非……除非有什么见不得人的大交易！这么一想，蒲生高度紧张，急忙问秀苇，她是怎么让周洪发改变主意的。秀苇苦涩一笑，心里说，能有什么办法，交换呗。

昨天，秀苇看到蒲生和水儿待在一起时，被气愤冲昏了头，整整一夜是在流泪和愤恨中度过的。她最憎恨的便是男人对爱情不忠，自己一向看好和喜爱的蒲生难道也是这种脚踏两条船的人？她曾想放弃这段感情，可又有所不甘，也许他是真的有什么隐情呢？

今天早上，她在米行门口转来转去，正纠结着是不是要去求证一下此事，忽见财顺老爹走来，便迎了上去。蒲生被抓后，老爹愁了一夜，茫无头绪地转悠了一夜，实在想不出能够营救蒲生的办法了，这才来找秀苇商议营救之法。秀苇听说蒲生被抓了，如被惊雷击中般，两眼发直，身子颤栗了几下。她对蒲生的怨恨转瞬便被关心和牵挂取代了。直到这时，她才明白，蒲生已无法从自己生命中移除了，即便有误会自己仍强烈关心着他的安危。这时她又从老爹口中得知了昨天的实情：是水儿路遇老爹得知蒲生情况而主动上门探望的，而不是蒲生自己去招惹水儿的，这也只是个探望，并不能由此断定蒲生变了心。这下令她对蒲生的信心大涨了不少。她以为是高白平故伎重演，便好言安抚财顺老爹回家，说自己会有办法。她随即叫上人力车去找高白平算账，心中对高白平的愤恨已到了无以复加的地步。

两人一见面，她便把一腔怒火倾压过去，呛得高白平一时说不出话。高白平最终还是告诉她，蒲生不是他抓的，是周长官抓的，因为他和水儿的奸情在昨天暴露了，这下他恐怕要凶多吉少。秀苇闻言大惊失色，蒲生落入周洪发之手，岂能还有活命？高白平见她惊慌失措的样子，便想再打击她一下，以便让她断绝了念想而尽快回到自己身边来。他说："不止如此，你们米行的伙计阿才今天还到团部找周长官，举报蒲生通共迎敌的罪证。这下子，就算有神仙下凡，也救不了蒲生小命啦！"秀苇顿时两眼发黑，一个趔趄差点跌倒。高白平一脸狞笑，这招高明啊，通过借刀杀人除去蒲生，秀苇还恨不上自己，还愁小美人不老老实实回到自己怀抱？他乘机扶住秀苇，做出满脸的关心，以示自己才是最爱她的。秀苇不相信他会安什么好心，使劲推开了他。

走到大街，秀苇心乱如麻，巨大的恐惧如铁索般几乎勒得她喘不过气来。怎么办？怎么办？蒲生危在旦夕，自己怎么就一点想不出办法呢？直到临近中午，她才在强大心理压力中想出了一个飞蛾投火的冒险之法，这种拿自己作赌注的方法稍不小心就会葬送了自己，但要想救出蒲生，她也只有咬牙铤而走险了！她果断前往保安团团部大院，要求见周洪发！

坐在周洪发对面，在他色迷迷的眼网笼罩中，秀苇心里直打哆嗦。周洪发可是水城一号大色魔，被他看中的女人至今还没有一个能逃脱，自己的计谋能顺利实施吗？她心里慌张，表面却强作镇定。条件已经提出来了：只要放了蒲生，她愿以身相许。周洪发一听蒲生，便要咆哮，但一看她娇艳的脸庞，便有原始的愿望涌遍周身，让他坐卧不宁。他想，这小美人不能不要，蒲生那小子也不能真的赦免，可先将他放出去做做样子，待将这小美人娶过来，再暗地派人将他……对，就这么办！

他忽然想到什么，立即拍案大叫："小丫头，那小子是你什么人，值得你以身相救?!"

秀苇心神一慌，脸立即涨得通红。

周洪发是何等眼光，一眼就看出两人关系定然不一般。他责问："你们到底是什么关系?!"

秀苇很快调节好自己的情绪，可不能让他看出破绽。她说："他救过我命，我自愿回报他！怎么啦？我想报恩也不可以?"

他妈的，又是救过命，怎么跟我有关的两个女人都这么说？不行，可不能让她给蒙蔽了！他用怀疑的眼光逼视她，试图通过她表情的破绽突入内心，捕捉她心头的隐秘。

秀苇站起身说："你不信拉倒，那我走啦!"

哟，这丫头还有小脾气，可不像水儿那么好摆弄。他赶忙换出一副笑脸说："秀苇姑娘，我怎会不相信你呢。好，我们就这么说定了，就按你说的办!"他心里说，就算你们有什么特别关系也不要紧，等你落到我手里，就万事大吉啦，因为到时一个死人是不会跟我抢女人的。

秀苇本以为他立即放了蒲生的，哪知狡猾的他却派人接来了陆财神，当

着陆财神的面敲定了两人关系。这一招很是毒辣，因为一旦秀苇出状况，他便可以上陆家要人！

陆财神用凌厉的眼光狠狠逼视了她一眼。她胆大妄为到如此田地，令他陷入极大被动中，他极为光火。让女儿做这周老贼不知第几的姨太太，他很是不愿，不过自己从此又找到了一个更强大的靠山，这也算是对自己的一个补偿。他于是谦恭地挂满笑意对周洪发说："只是那高公子……"

周洪发了解情况后，挥挥手说："高白平这边，你不要管，我会处理。你回去抓紧筹备，春节期间就把婚事办了！"

陆财神唯唯诺诺。周洪发一挥手，他便退了出去。

这时周洪发眼里有了电，有了原始野性直勾勾探出来，在她如花似玉的脸上肆意扫描。秀苇一看不妙，赶紧跑，可是迟了，周洪发已一把抓住她手。她一惊，使力狠狠挣开了他。

秀苇正色道："周长官，我好歹也是个大户人家的小姐，你应该通过明媒正娶，用一顶花轿堂堂正正把我抬进来！在成婚之前，你不能毁了我的清白！"

哟，还是朵带刺的玫瑰，我就喜欢这号的。他强压下从心头窜出的欲念，叫一个小头目，把蒲生放了。秀苇要亲眼看着蒲生被放。他只得由着她去了。他心想，反正没几天就是我的人了，在水城地盘上还怕你飞了不成？

就这样，秀苇带着蒲生出了城门。蒲生问她这是去哪。她一瞪眼："去哪？逃！"

蒲生倒吸一口冷气。

秀苇瞥他一眼说："不逃，难道你真要我嫁了那周老贼？本小姐只是耍耍他，哪会真的嫁给他！"

秀苇的话语，泄露了她通过交换来换取他出来的所有秘密。蒲生感动得泪水涟涟，感激的话不知怎么说，就只好用泪水表达他的情意。

这便回到了本文的楔子部分，秀苇雇了一条农用船，请农夫将他们送到了水荡，开始了他们路途险恶的逃亡生活。到了第六天，事先所带的糕馒已经吃完，他们只得挖野荸荠等充饥。这天，秀苇在一旁挖荸荠时，突然被三个扛枪的还乡团匪徒围住。蒲生闻声急忙来救。匪徒将他一顿猛揍，打得他伤口重新迸裂，鲜血淋漓了衣裤。随后匪徒撕扯秀苇衣服，欲行不轨。秀苇宁死不受辱，一昂头颅，大喊："畜生！我宁可去死，也决不让你们玷污！"

匪徒一愣神，就在他们再度动手要抓时，秀苇已猛然朝身旁的墓碑撞去！一道艳丽的热血从秀苇头部喷射而出，也让蒲生头脑“嗡”的一声灵魂出窍。他乱舞乱叫，却拨不开眼前的红色迷雾、救不回自己的心上人。气急败坏的匪徒用枪杆狠砸向蒲生。蒲生当即昏在地……

风呜呜咽咽，在芦荡里鸣响着世间无尽的苦难。芦花飞得有些凌乱，以纷飞起落于水天间的白色歌吟，点染荒野的苍凉与悲意。

过了一会，蒲生悠悠醒来，他又回到了噩梦般的残酷现实。匪徒已经离去。秀苇一动不动地躺在一旁。他嘴唇乱颤，低低地喊着秀苇的名字，嗓音透着绝望、凄厉的声气。他用手撑着地皮想爬起来，可两条胳膊软软的，怎么也使不上劲。他再度仰天大叫：“苇苇——”嘶哑喊声，直撞苍天。苍天无语，乱云沉沉，芦苇垂首，水流低泣。

他终于爬到秀苇身边，颤颤地把她抱到自己怀里。他想用自己心的温暖给沉睡的秀苇输入能量，让她重新睁开灵动的眼。他用一声声呼喊叩动她飘飘悠悠的灵魂，用放满天地间的一汪深情牵绊她飘向鬼门关的美丽影子。

已处于弥留之际的秀苇在他爱的召唤中，竟真的缓缓睁开含泪的秀目。蒲生悲喜交集，忘情地把自己爱的嘴唇深情地吻在她苍白却美丽万分的脸上。秀苇艰难而欣慰地露出浅浅笑意，两行感动的泪水无怨无悔地流在她爱的旅程里。两人的泪水又有了交集，在情感泉流的交汇中流溢神圣的爱的光芒。

在蒲生怀抱中，秀苇凝望着他，嘴巴微微动了动，却一个字也说不出。蒲生把耳朵贴近，用心去倾听，隐约听到了“秀菱”二字。蒲生先是一愣，继而猛然醒悟：秀苇此番逃跑，周洪发必定迁怒陆家，他会不会把黑手伸向秀菱小姐……他面色大变。他从秀苇的唇语中，听到了愧疚，听到了一种嘱托。他郑重点点头说：“苇苇你放心，只要我还活着，一定代你照顾好秀菱，照顾好你家人。”秀苇安心地合上双眼，把含着全部生命温度的最后一行泪水，淌在依依不舍的爱意里……

蒲生的天掉下来了，他尽管想用爱撑住自己的一切，可是他错了，他根本撑不动他要呵护的一切。他眼睁睁看着自己所爱的女人与自己生离死别，他却没一点办法去拽住她的身影、她的灵魂。他对着天、对着地大声喝叫，我为什么要爱她？我为什么要用无能的爱去害她？他疯狂撕扯自己头发，他在芦荡里嘶喊蹦跳，哪怕匪徒一枪把他毙了他也在所不惜。是的，自己为什

么偏偏不甘寂寞要癞蛤蟆吃天鹅肉去追富家大小姐？自己从小就被算命先生打为灾星了，谁碰到谁倒霉，可我为什么还要让一个个纯情女子栽倒在自己面前？我还是人吗?!

风更大了，白莹莹的芦花在空中盘旋着，飘飞着，最后一点点一片片落在水上，给呜咽的流水铺上了一层巨大的挽幛。

天，又一点点黑下来，他的世界变得漆黑一片。

这天，是传统的大年三十。在荡子的另一边，鞭炮轰鸣，烟花烂漫，节日的喜庆在他看来就是个天大的笑话。他的苇苇去了，所有的欢乐全都冰封在哀痛里了。红尘滚滚，人世茫茫，他的世界已经没有欢乐立足之地了。他摸不到前面的方向，他不知道哪里还有他的路，他究竟该往何处去呢?

这天夜里，他搂着早已冰凉、僵硬的秀苇一动不动。他想用残存在体内的温暖和心中的爱意焐暖她，他想用爱的低语唤起她一梦醒来，可是他用了种种方式都没让秀苇醒来。秀苇是真的离他而去了，她再也不会如快乐的小仙女般在他面前起舞明媚风情了！他又咧开嘴哭起来，其哭音丝丝缕缕，在野鸟悲鸣应和中飘逸得很远……

哭到天明，蒲生完全呆了。他身子纹丝不动，神情呆滞木然，两眼空空地望着远方，一瞬也不瞬。

蒲生就这么坐着，一坐就是两天！

直至第三天，他才小心翼翼地给秀苇理好衣服，然后选了块地，用树枝加手指在地上默默扒泥土，扒得手指鲜血染红了泥土，他也没吭一下。淌吧，就让自己红红的深情延伸到泥土深处伴你而眠，让你在另一个世界永远有我的赤诚和温暖伴随在旁。墓穴扒好后，先铺上厚厚一层干草，然后小心将秀苇抱至坑内，接着捧起一捧细碎的泥土，让细泥从指缝里缓缓地、生怕惊醒她似地漏了下去……第二捧漏完了，第三捧漏完了……一层薄薄的泥土掩盖了秀苇的遗体。他突然惊叫起来，他看不到苇苇了，他生命里不能没有苇苇！苇苇是他永不能分离的命根子！他慌忙扒开泥土，害怕别人夺去似的紧紧将秀苇重新搂入怀抱，再把深情的一吻留给她。他又哭了，可他喑哑的嗓子再也发不出声音，眼里再也淌不出一滴泪……老天为何这样无情，要夺走他心爱的女人。他要跳到天上与老天讲理，他要把天国全部撕烂，迎回他可爱的人儿……

坟，终于还是垒好了。他找了一块木板，用手指的鲜血写下“蒲生之妻陆秀苇之墓”几字，然后立在墓地旁。他呆呆地跪在坟前，饥饿、疼痛、困乏他全然不觉。他一跪就是一天多，直至虚弱得晕倒在坟前。

他悠悠转醒后，又到了心里被涂得一片黑的夜间，他已虚弱得连抬起手臂的力气都没有了。他想，秀苇死了，水儿也远去了，他的世界了无生趣，他的世界没有一点光能透给他些微温暖。就让生命的热度一点一点消逝吧，让我也化成一捧泥与秀苇相伴随。这么一想，他就了无牵挂地躺着了，等时光一点点把自己风干……

忽然他想起了秀苇临终的唇语，想起了秀苇、严梅的惨死，想起了水儿的远去，想起了正伸向陆家人的那双罪恶的黑手，他再也不能任由生命一点点逝去了。他已折腾得遍体鳞伤，他已站不起来了，他还要坚持站起来，他还要为自己、为所要保护的人折腾一回……

他经过几日调息，伤口已初步愈合，体力也有所恢复。这天黄昏，他悄悄潜入了城里。

这天是正月初八，空中还洋溢着新春祥和的气息，地上还残留着鞭炮的碎屑。他借着晚色的掩护，来到了自家熟悉的小巷，却不见了自家的小屋和亲人。他这一下吃惊不小，房子怎被人拆除了？他的奶奶和老爹呢？他敲门问邻居吴大伯。吴大伯急忙将他拉进屋，并迅速关上门。吴大伯告诉他，你逃走后没几天，就有一群大兵来拆房子，你老爹阻止，结果被打成重伤，两天后便去了。老爹一死，悲痛欲绝的奶奶随即倒下，没两天也跟着去了。是街坊邻居实在看不下去，才帮助将两人草草葬了的。蒲生一声惨叫，两眼一黑，两手在空中乱抓，却什么也没抓着，人已倒地昏迷过去。吴家二老则用米汤将他灌醒，门外又有大兵敲门了，说有人看到蒲生回来的，要搜查。吴大伯赶紧塞了块米饭团给他，打开后门就要他快走。蒲生跪下给二老磕个头，洒泪而逃……

在水城流浪的一夜，他受伤的心再度被揉得粉碎。老爹一再告诫他不要惹事，他不光惹事了，还葬送了二老和秀苇的性命。他跪倒在茫茫夜里，泪水一遍遍洗刷着他懊恼的心。他的亲人和所爱的人，因为他的惹事而一个个走了，他简直就是杀人的罪魁祸首啊！瞎先生说得没错，自己就是个瘟神，是天注定的烂命，和谁在一起就尅谁。他一遍遍抽打自己的耳光，一遍遍咒

骂自己该死该杀，泪水早已模糊了自己的视线，他已看不清哪是对哪是错了。他更是怀疑，他以前所作的一次次抉择，难道全错了？

在水城，他还听到了不好的消息，恶魔周洪发得知秀苇和蒲生双双出逃，果然魔性大发，打上陆府要人，实际已盯上了温婉懂礼的二小姐秀菱。被逼无奈的陆财神只得献上二小姐，才化解一场灭府的危机。可怜的二小姐温良恭俭让，对父命哪敢说声不，只得洒下一串长泪被周家一顶花轿抬走了，一朵鲜花就这么被插在了牛粪上。蒲生得知此消息后，除了捶胸顿足大骂自己无能，还有何办法？只可惜秀苇所托非人，他连自己一条残命都难保护周全，还谈何照应别人？

他，又回到了水荡。他烧了两把纸，一把烧给秀苇，一把烧给惨死的奶奶和老爹。他把自己头磕出了血，他向他们沉痛忏悔。他个人的自私行为直接导致二老和秀苇惨死，他的无能又错失保护秀菱的机会，他还能作为一个有责任的人站立在这个世界吗？他究竟该怎么办？

在亲人和所爱的人一个个失去的巨大惨痛里，在寒风灌满身心的人生关口，他痛定思痛，为自己，也为失去的亲人和爱人，作出了影响自己一生的抉择。

第二十章　记住许诺

1953年秋，蒲生转业回到了离别数年的水城，成了商业系统的一名基层干部。走在既熟悉又新鲜、处处洋溢着热闹而清新气息的老街，蒲生万端思绪横贯在来来往往的人流中。他在水城的巨大变化中收不住自己的脚步和想法，就让透过蒙蒙泪光的真情眼眸在梦里萦回多少遍的故土上看个够吧。他在生与死的战火中传奇性地完成了自己的改命计划，成了一名国家干部，可以说基本完成了他在父母坟前立下的誓愿。沧海桑田，世事变迁，对他一个从死亡线上奇迹般挺过来的人来说，他唯有用行行眼泪抛洒于多情时光，让自己泪水洗过的每一步都有意义。

在蒲生身旁，有一个美得惊人、疯得也惊人的年轻女子，不受掌控地东跑西撞，不分场合地把神经质的惊呼和笑声随意撞击在人群里。她摸摸一个小孩的头，小孩吓得大哭；她拿起一个小贩的水果就以难看的吃相大咬，引来小贩责骂。蒲生该打招呼的就打招呼，该赔钱的就赔钱，还不时拉拉女子的手，不让她太过失态。不过他眼里流出的尽是充满溺爱的光，只要她有所求，他即便摘星星摘月亮也毫不迟疑。

女子疯疯傻傻、不合情理的举止引来几个路人指指戳戳："这是个女疯子！这是个女疯子！"女子觉得好玩，还走到一个大妈面前，对着她露出白痴样的一笑。大妈嫌恶地狠狠推了她一掌，大骂："神经病！"女子刚还阳光灿烂，此刻竟如见了魔鬼般惊恐万状，不要命地抱着头乱窜乱喊起来，还拼命往蒲生怀里钻。

蒲生用长长的臂膀护住她，用温馨四溢的眼光罩住她，让她感到不会有危险来了。他用手一遍遍轻柔地抚摸她的发辫和脸庞说："秀菱不怕，秀菱不

怕，哥在呢，有哥保护你呢！”蒲生百般呵护、抚慰，一点点化解她眼里的惊惧之色。

女子如小孩投入大人怀抱般扑到他怀里，委屈地哭叫起来：“她要打我……”

蒲生好耐心地哄劝她：“秀菱乖，秀菱乖，别哭，别哭啊，哥带你去吃好东西……”

这女子，自然是秀菱无疑。

秀菱是蒲生5年前在战地逃散人群中找到的！

秀苇和自己一家人惨死后，走投无路的蒲生选择去投奔解放军水城独立团。他走遍水城的水泊芦荡，历经千辛万苦，终于找到了杨大成和独立团，成了一名解放军战士。他作战勇猛，在芦荡游击中屡立战功，到1948年收复水城时已被提拔为副排长，并入了党。

1948年底，随着淮海战役的一场场胜利，江淮一带已成惊弓之鸟的国民党军纷纷后撤逃跑。12月13日凌晨，周洪发率保安团分乘数十艘大木船，弃城沿南荡河南逃，在南家舍这一咽喉要地遭到解放军独立团的伏击。顿时河面上火光冲天，枪炮声、惨嚎声不绝于耳。保安团的船只沉的沉，被烧的被烧，除最北边的几艘掉头逃脱外，其余均被摧毁。独立团随即又追击北逃之敌。北逃的敌人弃舟登岸，向东投奔了邻县之敌。

在打扫战场和清点俘虏时，发现敌县长等重要敌首被俘获，恶贯满盈的他们自会受到应有惩罚，但周洪发、高白平却未在其中。蒲生愤怒的铁拳将地上泥土砸出个大洞，眼里喷吐着懊恼和不甘的火焰。杨大成安慰说：“周洪发罪恶滔天，他跑不掉的！”

水城又回到了人民手中！收复战结束后，独立团奉命与其他部队一道，向东向南追歼欲逃跑的敌人。

仅仅几天之后，他们在邻县地界围住了一股欲向南逃窜之敌，经过一番激战，血债累累、几番逃脱的周洪发终于落入人民军队的铁掌，真是大快人心！

需特别一提的是，在俘获周洪发的同时，还发生了一件关乎蒲生未来命运的事。当时，战友们在追击零散逃敌时，忽见一个披头散发、疯疯傻傻的年轻女子在不要命地疯狂嘶喊、奔逃。只要见到人，她都要撕破嗓门般拼命尖叫，并如没头苍蝇般乱撞乱窜。

蒲生听其音、观其形，心中猛然一动，忙对战友大叫："你们别追！让我把她带过来！"他怕吓了她，便悄悄地朝她背后摸过去。

女子已经不辨方向，只是一味地乱叫乱跑。当她蓦然发现蒲生出现在身边时，受了极大刺激般瞪直了惊骇无比的双眼，煞白如纸的脸浮现出不知所措的短暂痴呆。不过只过一瞬，她又扯开尖利的大嗓门，用惊恐划破了遥远的天幕。

她，正是蒲生要寻找的二小姐秀菱！

在她要撒腿奔逃的一霎那，蒲生紧紧抓住了她手！

秀菱吓得三魂悠悠七魄荡荡，白多黑少的眼球直朝上翻，眼看就要吓晕。蒲生赶忙用手臂扶住她，把满是温善的眼神一点点透到她心底，试图能抹去她心底的惊恐不安。他还一遍遍柔声说："秀菱，我是蒲生，我是蒲生，我是曾在你家做工的蒲生，你还记得吗？我可找到你了！"

秀菱也许是看到他不会要自己命，便从快要吓死的边缘上回过神来。看到战士们朝这边走近，她又不要命地大喊大叫起来，在他围成圈的手臂里乱冲乱撞。她眼神在抖，身子在抖，生命在抖，整个人如筛糠的般剧烈颤动在他手臂里。

蒲生很是惊异，她怎么吓得连我蒲生都不认识了？不过他很有耐心，一遍遍地报着自己的名字，还报她父亲和姐姐的名字，报她秀菱的名字。她抖动的眼神于是呈现出吃力思考的迷惘和痴傻。

蒲生又用树枝在地上缓缓划了"蒲生"二字。

秀菱很吃力地看，并慢慢读出"蒲——生——"两个字。

蒲生心里松了口气。真是谢天谢地，她总算还认识这两个字！

秀菱混沌一片的大脑里隐隐约约有了点对蒲生的记忆。她于是不再大喊大叫了，但浑身还在抖，惊魂未定的眼眸如受惊的小鸟般四处游移。

蒲生扶着她倚着大树坐下来，用手紧紧握住乱颤的纤纤之手，努力用心的温暖来焐暖她受惊的心，用万般抚爱触摸她心的伤痛。他还不住用话语抚慰她："秀菱不怕，秀菱不怕，有哥哥保护你，以后谁也不敢欺负你……"

他用眼里的温润之光一点点抹去她眼中的惊恐之色，用一点点落在她心里的和风细雨送给她安全和放心。于是，他感到她的手渐渐不抖了，感到她颤抖的生命渐渐放松了。

有战友问："蒲生，这个女人是谁啊？"

"她是我惨死的未婚妻的妹妹，她是被敌人强抢过去害成这样的！"

"哇，好可怜啊……"

蒲生指着战友们对秀菱说："他们都是好人，他们不会害秀菱的。来，站起来，认识认识他们！"

经过短时间相处，秀菱不再害怕了。她摸摸这人的脸，拍拍那人头，傻乎乎一笑说："好人！好人！"她突然不停地拍着巴掌自个儿转着圈傻笑起来："嘻嘻，好人，好人……"

她忽然碰到一个面孔严肃的大胡子战士，刚还笑眯眯的眼睛骤然吃惊地瞪得老大。她一边朝蒲生身边躲，一边指着那人惊恐地说："坏人，坏人……"

一个战士小声说："蒲生，她……她头脑是不是……"

蒲生脸色立时变得阴沉无比。他完全明白了，秀菱不是被今天的战斗吓怀的，而是早已被恶魔周洪发折磨成了疯子。所以他稍后对着周洪发的那一扑，凝聚了多少仇和恨。

此时战斗已完全结束，指挥押送俘虏和打扫战场的连长训斥道："蒲生，你守着个女人干什么？没见过女人吗？还不快把她押到俘虏队里！"

蒲生一听要把秀菱当俘虏一样看押起来，反应过敏地跳跃起来："连长，她是我未婚妻的妹妹，是被强迫抓走的受害者，是好人！你看，人都疯掉了！不能把她当俘虏！"

连长嚷道："什么乱七八糟姐姐妹妹的，我只知道她是俘虏！听命令，把她押到俘虏队里！"

"连长，不能押！"

"蒲生，难道你敢违反纪律？"

蒲生宁可违反纪律，也决不让秀菱再受到任何身心伤害。他耐心向连长解释她的情况。脾气火爆的连长则扬言再不执行命令，就要给他纪律处分。

秀菱见围绕她发生了争吵，再度抱着头惊骇地“啊——啊——”大叫起来。

蒲生赶忙奔过去，用手一遍遍轻柔地抚摸着她头发说：“好秀菱，别怕，别怕，有哥在呢，乖，我会保护你的……”

这边的声响惊动了巡视战场的杨大成。他问：“发生了什么事呀？”

蒲生赶忙把秀菱拉到杨团长面前，讲秀苇的惨死，讲秀苇的重托，讲秀菱被强抢过去被逼成了疯子。他恳求道：“团长，你看，她被逼疯成了这样，她经不起再折腾了！她是被压迫者，她是好人！”

杨大成是认识陆财神的，也曾听说过他有两个女儿，只是想不到短短两年间，一个堂堂的二小姐竟被折磨成人不人、鬼不鬼的女疯子！他感叹道：“她和我们一样，也是个苦命人啊。她是被反动派压迫成这样的，她也是我们要解放的对象。我宣布：秀菱无罪，当场释放！”

蒲生感动得热泪盈眶，赶紧拉着秀菱要给杨大成磕头，被杨大成扶了起来。

这时，一队俘虏押过来了，这当中就有周洪发。秀菱又惊吓得叫起来。

周洪发几度变换自己阵营并屡试不爽，此刻他见到杨大成，居然还幻想再来一次更换门庭的把戏，试图以此挽回自己覆亡的命运。他装模作样地朝杨大成深深鞠一躬，扮出深刻反省并深明大义的样子说：“长官，周某被你们正义之师所感召，愿洗心革面率残部加入解放军，加入人民的行列！”

杨大成凌厉的目光早已看穿他的小伎俩。是的，对一个十恶不赦、毫无节操的墙头草来说，人民不会再给他机会。杨大成狠狠一挥手：“带走！”

“周洪发，老子饶不了你！”

随着一声暴喝，一个人突然鱼跃而起，将周洪发猛然扑倒在地。是蒲生！

蒲生把多少年的愤恨集于这一扑，有如泰山压顶般重重将周洪发压倒在地。他又是撕扯，又是挥拳，骂中带劲、笑中透哭的声音伴着泪雨飞奔而出，震撼着这特别的战斗场面。多少年了，心一次次被撕扯得鲜血淋漓，生命死去又活来，奶奶、老爹、水儿、秀苇、严梅等一个个离去的样子一回回把他神魂揪扯得支离破碎。这一刻，命运终于倒转，他报复的拳头终于把生命的千钧之力砸到了生死之敌上，以至他被几个战士使劲拉开时，仍在跃，仍在

舞，仍在吼……

在两天后的公审大会上，一颗子弹结束了周洪发不甘败亡的罪恶生命。

蒲生跪倒在对家人的歉疚和告慰里，跪倒在对水儿、秀苇的深情和怀念中。泪水连接了两个世界，灵魂在遥远的地方触摸亲人和爱人的影子。他跪在新旧生活的交汇点上，发誓要为所爱的人好好奋战下去……

秀菱见他跪下，也跟着跪下来，并浑然不知地搞笑般地嬉笑起来。

这一笑，透露了她极大的悲哀，她被折磨至此却浑然不觉，她神志错乱而不知恨在何处。蒲生用含泪的悲悯眼神深深看了她一眼，在心里郑重对自己说：要遵照秀苇嘱托，这辈子一定要把秀菱保护好！

部队即将奔赴新战场，蒲生无论如何不能将秀菱丢下不管，便跑到杨团长的指挥所，百般恳求要将秀菱留下。他说："秀菱的状况太让人不放心，我们不能把她一丢了事。团长，求求你暂时先留她在卫生队，等她状况好些了再让她离开吧。"杨团长破例同意了他的请求。

就这样，秀菱被临时留在卫生队随队治疗。蒲生渡长江、战江南，因作战勇猛、屡次立功，先后被提拔为连长、副营长、营长。等战斗暇隙，他必定来看望她。等全国解放、驻地相对固定，蒲生又把她安置在一个适合她去的地方。

有医生告诉他，要治愈她的病，也并非完全不可能。他说除了必要的药物治疗外，如有一个能进入她心灵并契合她心智恢复的人长期坚持帮助其训练，特别是帮助她安心养神、疏导心理、调节中枢神经平稳运行，抑制发病、改善智力条件便有机会。蒲生听了心神大振，他愿做这样一个帮助其恢复的人。

转眼5年过去，蒲生用无微不至的关爱，把她近乎迷糊的大脑慢慢恢复至几岁儿童智力的清醒状态，发病的机率也有所下降。这时的秀菱已完全离不开他了，她的全部世界里就只有他一个人。她虽智力有限，却有自己的一套办法来表达对他的依恋。她一看到他就近乎失态地猛扑到他怀里，并做出各种亲昵姿态；如久看不到他就会生气、发怒，一旦怒起来谁也劝不住。她有时偏要他一口口喂她，才肯吃饭；她有时会无缘无故对着他发怒，只为等着他永不知疲倦的哄劝、安抚……而蒲生，也早已在心里把她认作了自己的亲妹妹，无怨无悔守护她、照料她、宠着她……

如今转业回了乡，蒲生就得亲手把秀菱交给她的父母了。可不知为何，他这些日子心里一直空得慌，尽管自己将来还有其他方式来看望、照料她，但毕竟不能留在自己身边了。而且依水城的民间偏见，他也不能不明不白地把她留在身边，否则百姓的唾沫会淹死他。

离秀菱的家越来越近了，他的心不由莫名紧张起来。因为与自己私奔，秀苇才横遭不测，而且自己也只是在逃离水城前托一个熟人捎去了秀苇的死讯，自己从此一走了之，却把无尽的痛苦留给了二老，还直接导致秀菱的悲剧。这一切，二老能饶恕吗？再说秀菱，自己找到她，也只是请当地跟水城有往来的老乡捎去一个口信，这个口信是否捎到还是个问题。自己带着秀菱的这五年，可以给二老写信告诉这一切的，但自己没写，前两年战斗时奔波不定是理由，但近三年相对稳定了却也没能拿起笔。虽然忙忙碌碌是一大原因，内心不知怎么面对二老才是主因。现在终于要面对他们了，他只有硬着头皮诚恳接受责罚。

米行还是那个米行，但陆财神和他的老伴却迅速衰老，显出不可思议的龙钟老态。是的，两个女儿的不幸遭遇，几乎毁了这个家，也摧垮了他们的身体。蓦然见到他们，蒲生对当年的仇恨再也生不起一点了，有的只是巨大痛苦面前的懊恼和愧疚。

当蒲生把秀菱带到二老面前时，陆财神昏沉沉的眼里猛然放出巨大光亮，继而嘴巴及脸上的每一块皮肉都急剧颤动起来，再接着便有悲喜交集的浑浊泪水一行行滚淌在满脸的纵横沟壑里。身旁，骤然泪奔的秀菱妈在不顾一切扑向女儿的同时，喊出一声催人泪下的颤颤之音："丫头——，你还活着呀！"接着，二老轮流与秀菱拥抱，淌过六七年思念云空的泪水在此交集，在心头浩浩滚淌着惊与喜、苦与乐……

蒲生哭了。哥嫂哭了。服务的员工哭了。

不过，蒲生听到秀菱妈那一声喊，便心里一沉：那个老乡果然没把秀菱生还的信息带到！

秀菱还认得出爸爸和妈妈，但凭她现在的智力，还做不出那么复杂的情感，因而更多的是被动地被拥抱和被呼喊。爸妈大哭，她也跟着洒几行泪，

只是受其感染而已，并不知这泪里的意思。她甚至还掉头朝蒲生做了个鬼脸，并笑了一下，意思是，你看，他们哭得多有意思。

爸妈想和她诉说衷肠，她却如古灵精怪的孩童般在屋里屋外奔跑起来。她这儿摸摸，那儿看看，忽然对着桌上的美食伸出长长的舌头说："哇，这么多好吃的呀！"她一把抓起好东西就夸张地啃咬起来。她忽而又追赶着院里的猫咪叫喊起来："猫猫——猫猫——等等我——"

陆财神骤然色变，严厉地对蒲生说："怎么回事？"

蒲生沉痛地说："我在战地里找到她时，她比这还严重，是周洪发把她逼成这样的。"

陆财神喝退江河般的巨大怒吼骤然拉扯在天地间："蒲生，我两个女儿跟着你，你是怎么照料她们的？！"

蒲生心又是一坠：该来的风暴终于来了！他浑身一颤，两腿一软，竟跪在他面前。是的，以他和秀苇的关系，秀苇的爸爸自然也是他长辈了，他没有把秀苇安全地带回来，自然没法向她爸交代！

接下来，蒲生猜想了一千遍、一万遍的场景终于上演：秀菱妈揪扯他头发、衣领歇斯底里地哭叫、痛骂："你这个魔鬼，你还我姑娘来！"陆财神抓起根大棒没头没脑地打下去："你害死了苇儿，你让我们白发人送黑发人，你让我们一家生不如死……我……我打死你！打死你这个小畜生……"

正在院里玩耍的秀菱蓦地见到这暴力一幕，不顾一切地惊呼着猛扑到蒲生身上："不许打我蒲生哥哥！不许打我蒲生哥哥！"陆财神推开她欲继续打，秀菱则抱着脑袋没命地惊呼起来："啊——啊——啊——"

陆财神停了殴打，以怒其不争的泪眼望着她，痛心疾首地说："丫头，你怎么胳膊往外拐啊！我老陆上辈子做了什么缺德事啊，两个丫头都对这小子着了魔，怎么被害的也不知道啊……"

蒲生泪流满面，不停地朝二老磕头说："以后我就是你们的儿子，我要代秀苇照料你们、孝敬你们！"

陆财神颓然朝椅子里一坐，如孩童般哇哇大哭起来。秀菱妈身子摇了摇，哭得晕了过去。屋里人一阵忙碌……

等秀菱妈醒来、众人稍稍平静，蒲生便提出告辞："秀菱交到你们手里，我就放心了。以后我会常来看望你们的。”

他哪里知道，秀菱却拼命抱住他胳膊要跟他走，而不愿留下。陆财神吃惊地说：“丫头，你好不容易到家了，怎么不肯留在家里，反而要跟他走?”他自然不明白，秀菱的世界里就只有蒲生一个人，她哪里还离开得了他。

陆财神一家人轮番哄劝，叫她留在家里，别这样缠着一个男人，说出去不好听。秀菱反而把蒲生胳膊抱得更紧了，还把脸甜美贴在他肩头。陆财神来火了，狠狠拽开她说：“一个姑娘家，别这样不懂规矩，快让他走!”秀菱随即如孩童般放开嗓子大哭起来，谁都劝不住。

蒲生帮她擦去满脸滚滚的眼泪，抓住她手耐心哄劝道：“秀菱乖啊，秀菱不哭，哥哥又不是不来。你在家好好陪爸妈，我过几天来看你，好吗?哎，秀菱最懂事了，不哭，来，给你爸妈笑一下，笑一下……”

秀菱就喜欢听他的哄劝，就喜欢被她宠着的感觉。她就真的不哭了，还对爸妈露出了带泪的笑脸。

见他们如此亲昵，陆财神心里猛叹一口气，看来这丫头又要步她姐姐的后尘，又非这小子不嫁了！老天真是造化弄人，我老陆欠了他什么，让两个女儿不顾死活要跟着他。这小子简直就是我们陆家的魔鬼和灾星啊!

蒲生开始走了，秀菱还又跑上前大大拥抱了他一下。陆财神狠狠扯开她，用千年奇寒的阴冷目光逼视着他说：“希望以后永远别再见到你!”

蒲生朝他深深鞠一躬，眼里满是泪。这一躬，他是代秀苇鞠的。他信守承诺，这一生一定要代她好好照顾她的家人!

陆财神冷着脸掉过头，不再看他。蒲生便含泪而别。

以后几天，蒲生一头扎入到新岗位的磨合和适应中，用高度的敬业写着人生路上崭新的内容。当陆家人找来时，沉浸在千头万绪事务中的他抬起懵懂的面孔：“怎……怎么了?”

来人说：“二小姐快和家里闹翻啦，你再不去，怕是要出大事啦!”

蒲生一拍脑袋，自己一忙起来，怎把秀苇给忘了？秀菱刚到家，自然会有很多不适，自己有责任帮她融入家庭生活中。

蒲生赶到她家时，正见秀菱站在阁楼的窗台前，扬言再不让她见蒲生就要跳楼。已被她闹得焦头烂额的一家老小正在苦求她别做傻事。

这几天，她早已把家里闹得鸡犬不宁，她闹腾的全部内容就只有一点——要和蒲生哥哥在一起！家里自然不想让她再和那个灾星有任何瓜葛，秀菱数日没发作的疯癫本性再度被她发挥到极致——她或持续用恐怖得炸耳、闹心的“哈哈哈”的怪笑声揉皱家里的安宁气氛，或抓住根木棒砸花台、打工友、摧毁遮挡她不快乐心情的一切东西，或声言寻死觅活以威胁家人……整个家顿然成了疯癫人的离奇展示馆，陆财神如热锅上的蚂蚁，乱转却无解。他对蒲生唯恐避之不及，却又最终不得不请他来摆平乱局。

蒲生站在楼下，朝秀菱招招手说：“秀菱乖，哥哥看你来啦！”

秀菱立时满脸阳光灿烂，眼里爆出璀璨的小星星，在喜爱的人面前透出五彩的光。她如小飞鸟般起飞身心，让自己投入那熟悉的怀抱，并在他怀里做出又喜又哭、又嗔又怨的复杂神态。她也只有在他面前，才能把有限智力所能承载的全部内容尽情挥洒而出。

秀菱还在用小小玉拳一遍遍捶打他胸脯，在他面前幸福地笑着哭着。蒲生则用满眼溺爱照亮她的世界，用抚摩她发辫的手儿送给她特别的心灵的抚慰。蒲生一句话也没说，就轻轻松松化解了她的精神危机。

秀菱平静了，家里安宁了，小鸟又歌唱起一家幸福和谐的声声歌谣。

然而以满眼忧虑眼光看着这一切的陆财神，深锁的眉头却把难解的结堵在了心头。他一声浩叹，命运怎会如此作弄人。他憎恨蒲生，眼下却又离开不了蒲生。他，要好好和蒲生谈一谈了。

陆财神与他讨厌的这个年轻人对坐在八仙桌旁，脸色阴沉，话语难启，却又不得不说。他对着香茶吹了又吹，终于把茶杯往桌上一搁说：“你今年也有30出头了吧?”

“31了。”

“个人问题打算怎么解决?”

“这个……还没定。”

“你把秀菱留在身边几年，以后准备怎么对她?”

“她是我的好妹妹，我会常来看望她的。”

陆财神猛然捶了一下桌子，怒道：“你们如今这样子，还能算是一般的兄妹吗?你要管她，就要管到底!”

陆财神心里很憋屈，对这个害死自己大女儿的人，自己却又不得不亲手把二女儿交给他。他眼里如虎狼般通了电，恨不得电死他。

“这个……”蒲生感到难以作答。为了遵守对秀苇的承诺，他内心早已把小自己5岁的秀菱当成了自己的至亲妹妹，为了呵护好这妹妹，他可以不顾一切。可是，她在自己心里的真实存在就是妹妹这一角色，并无关爱情。

“怎么？我家二姑娘配不上你这个国家干部？你嫌她大脑有问题？”

“不不不，她是我的好妹妹，妹妹……妹妹的那种。”

陆财神再度提高了嗓门：“你这个没良心的小东西，你害死了我家大姑娘，又想把我家二姑娘一扔了之？你说，你到底想不想负起这个责任？！”

他这话说得很重了，吓得蒲生诚惶诚恐地站起来。

陆财神要的就是这个效果。以他这个尊贵的身份，用不着把女儿强塞给昔日的下人，不过眼下棘手的特殊情况是，秀菱已非他不要，而且秀菱眼下这状况也需将她托付给一个有强烈责任心和爱心的人。看得出蒲生对她的照料无微不至，况且他的身份也已今非昔比，他已成为一个很有发展潜力的国家干部了。

陆财神说：“现在秀菱天天叫着要跟你走。你如要把她带走，可以，你们必须以某种关系确定下来！”

陆财神的话直指问题的核心。两人关系的定位至关重要，不确定关系，陆财神打死也不会把女儿让他带走，而且水城的社会舆论也不会饶过他。

蒲生顿感自己碰到了大麻烦，原本以为将秀菱交给她父母就万事大吉了，没想又遇到了全新问题。是啊，谁来照料秀菱的一生一世呢？以兄妹关系？这样天大的笑话在水城社会是行不通的。

他表示，这样的问题提得太突然，他要好好考虑一下，目前还是让秀菱住在家，他每天下班后过来陪陪她。他还说，秀苇的重托一生不敢忘，他一定不会弃秀菱不管的。

话已至此，陆财神也不好再强逼什么，就先让他们两人以这种方式继续交往，随着两人感情的加深，相信关系终会定下的。

蒲生还提出去秀苇的墓地拜祭一下。陆财神的目光立时凝重起来。秀苇是他心头永远的痛，一提起，心便在泪水浸泡中揪扯在天人永隔的巨大痛苦

里。他，恨不得杀了蒲生；他，在颤颤的眼神变幻中艰难地同意了其请求。

当年，陆财神凭借蒲生所托之人传递的口信，到水荡找到了蒲生立下木牌的秀苇之墓。看到秀苇连棺木都无就这样草率埋葬，他仰天洒泪大骂一声：“天杀的——”他把秀苇遗体重新起出来，用珍贵楠木棺材重新择地厚葬。女儿没了，他没了情感支撑的身心也摇摇晃晃难以站稳。他眼里怨毒的目光越聚越浓。他一语双关地说：“你该明白，你这辈子要拿什么来赎罪!”

这回，陆财神亲自陪同蒲生来祭拜秀苇。看到女儿的墓，一想到她年轻的生命无端消逝在与蒲生私奔的惨祸里，陆财神顿时老泪纵横、泣不成声。他猛地举起拐杖就朝跪在地上的蒲生猛打。泪如泉涌的蒲生正在愧疚、懊恼中痛苦挣扎，一动不动任凭抽打。秀菱惊呼着扑向陆财神，阻止他殴打。陆财神索性连她一块打，哼，谁叫你胳膊往外拐的！最后还是秀菱妈上前阻止，他才停了打。他被失女之痛摧残得如风中的枝叶颤栗不已。秀菱妈扶住他，陪他一起哭。

泪水洗过了将近 7 年的时光，美丽的秀苇仍在蒲生的泪光中闪现着可爱的影子。他哭得不成样子，以至情不自禁地伸开手去拥抱往日的秀苇，然而他抱住的却是冰冷的墓碑。他就这么久久抱住墓碑，在时光倒流中用飞撒的情感去连接她的香魂，让她灵动的眸光和甜美的笑意永远留在他生命里……

还是秀菱妈提醒，蒲生才从追忆中收回神思。他在大家协助下，烧了很多很多的纸。火光跳跃，秀苇生动的脸庞又在他恍惚的视线中隐现了。他泪水流得更畅快了。他把依然火热的心送过去了，火光里的炽热温暖着他的情思。是的，这份情感在心中堆积得重而疼，以至这么多年过去了，他都没有再找女人，怀揣着这份思念一直过到老又有何妨。

“咯咯咯……咯咯咯咯……”忽然秀苇撒在他梦里的银铃般的笑声再度抛撒在他的世界。他以为秀苇又给他梦想中送来一串串撞击心灵的欢笑声了，再听，不对，是现实里的声音。他诧异地抬起头，难道是秀苇显灵给他送来真实的欢笑了？

他循声而望，原来是风卷走了一团燃着火的纸，心智不全的秀菱只觉得好玩，竟欢笑着追着火纸而去了。蒲生一看不好，生怕秀菱被火烫着，赶紧追过去，一把抓住她手让她停下来。等两人牵上手，火纸也便落了地。蒲生心中一动：难道是秀苇显灵，以此来暗示、提醒他什么？

他又回到秀苇墓前，认真地说：“秀苇你放心，你嘱咐的事我会永远记住的，我会好好照顾秀菱的！”

秀菱也在一旁调皮地学着说：“我会好好照顾秀菱的！”

陆财神以异样深沉的眼光看着他说：“好小子，这可是你对着秀苇的墓说的，你可要记住你今天的许诺！”

从秀苇墓地回来，蒲生就投入到紧张的工作中。他遵守自己的承诺，白天忙工作，晚上下班便来陪一会秀菱。

秀菱白天没精打采，晚上一见到蒲生身影，眼里便有阳光万丈拉长她的无比快乐。她甚至会猛扑上前，一把紧紧搂住他的脖子大叫：“蒲生哥哥！蒲生哥哥！”陆财神见了，只好感叹地摇摇头，现在也只有先让他们以这种方式交往着。

蒲生或带点好吃的，或变法戏般猛然拿出个糖人或小玩具，让秀菱拍着巴掌兴奋半天。他还牵着她手带她看夜市、看露天文艺表演，只要看到秀菱开开心心，他便比什么都高兴。只要秀菱想要的，他拼命也要想方设法实现她的心愿。

蒲生牵着一个疯疯癫癫的女子的手跑来跑去，再听到他和这女人的传闻，单位同事不免猜疑和嘀咕：这小子31岁了也不讨个老婆，却和一个傻子相伴几年也不结婚是咋回事？他好歹是局里的中层干部，找个正常的女人还怕找不到？有探出点消息的还说：“这女人是陆家米行的千金，蒲生找个疯女人一定是为了攀上富豪！”于是，有同事再看到他时，眼里便流露出鄙夷之色。

转眼到了次年春，一对衣衫褴褛、蓬头垢面的母女打听到了他的单位。蒲生不经意地一瞄，陡地瞪圆了吃惊的眼：那不是思念已久、离别7年多的水儿吗？

第二十一章　情到浓处

失踪已久的水儿突然出现，让蒲生惊喜、欢欣、怜惜、悲酸，他嘴巴颤动一气才叫出："水儿!"他张开大大的双臂，将这对可怜的母女紧紧搂在怀里，激动的泪水瞬间淌过多年的苦难情感历程……

蒲生不可思议的举动，在单位引起轰动：他之前与一个疯女人交往就已经很出格，现又不管不顾将一个女要饭的搂在怀，是不是哪点少了窍?

蒲生可不管，他和水儿痛快地、尽情地、放肆地大哭着，把积郁多年的无穷苦水统统倾吐出来。水儿哭得更为厉害，她那孱弱的身子在蒲生怀中剧烈地颤动，尖厉而嘶哑的哭声拖过了她此生多少的凄苦。蒲生知道，水儿这些年一定受尽了苦难，然而只要活着就好！他为自己还能见到她而欣喜若狂！他已经把她们引到外面了，可仍有同事远远围观。

这对母女出现的事，还惊动了局长。局长以前已听过蒲生关于他和秀菱情况的汇报，今又见到他和一对要饭母女相拥在一起，心想这年轻人身上的故事真多!

蒲生对这样的个人大事，自然要向领导汇报。他向局长简要讲了他和水儿的故事。局长感动地说："不容易啊，蒲生，你可要好好珍惜啊!"

蒲生向局长请了个假，把她们安顿到自己的宿舍。蒲生透过一层迷蒙的泪水凝视水儿那黄瘦、污脏的脸，一股酸涩的热浪弥漫心胸并升腾于鼻腔，嘴巴撇了撇，叫了声"我可怜的水儿呀"，一把将水儿母女紧紧搂入怀里。他一边哭，一边怜爱地亲吻她们那糊满泥迹的脸。水儿和女儿阿枝也心中生悲，哭得软瘫在他怀里。三人的泪水混和于一起，滴进了彼此的脖颈里……

天色渐渐暗下来。蒲生这才想起她们一定早饿坏了，急忙下了两大碗鸡蛋面。母女俩风卷残叶般将面条、鸡蛋一卷而光，连面汤都舔得一滴不剩。蒲生又带她们到商店选购了一整套新衣新鞋，再送她们去理发、洗澡。这期间，他又找了个电话跟秀菱家打了声招呼，说今天家里来人，去不了了。他又嘱咐秀菱要好好的、开开心心的，自己改日再去看她。

想起秀菱，他心里一阵起伏。他心中一直把她当亲妹妹看，尽管自己对她百般宠爱，但并无男女之情，看来自己是给不了她名分了。当然，作为哥哥，他对她的关爱有很多种，他不会忘记自己的许诺的。不过，他一想起秀菱天真无瑕、充满深情的眼眸，一想起陆财神满是期待的面容，便深感歉疚和不安。一个最现实的问题盘旋在他脑中已经很久了：以后究竟谁来照顾秀菱的一生一世呢？毕竟哥哥和丈夫不是一回事！

他又想起了秀苇。他尽管坐在对她的怀念里多年不娶，可毕竟人死不能复生，他也很难真的做到孤独到终老。现在水儿回来，往昔旧情重燃就在眼前，对此他显然是难以抗拒的。他把自己的心思延伸到天堂，希望能与秀苇的在天之灵对话，以求得她的宽恕和谅解。

水儿母女洗尽污垢、穿上新衣，重新露出光洁照人的面容。水儿还是那样清新秀美，她在温柔晚风的抚爱中把一脸的欢悦和柔情流溢无余。蒲生看了一阵心动，自己对她的爱依然这般深沉。

回到宿舍，蒲生把阿枝安排到里间床上。阿枝洗澡后一身轻松，很快睡着。

在外间，蒲生和水儿手挽手，互相含情脉脉地看着对方。看着看着，水儿就幸福地依偎到他胸前，蒲生则深情地抚摩她的长发，就如抚过长长的梦幻。时光变幻，云聚云散，与他几经离散的水儿又回到了他身边，这样的美好场景好不真实啊。他深深吻了她一下，澎湃的心潮化为激动的泪水，在他心爱的人面前奔涌不止……

直到这时，蒲生才有机会倾听水儿对她过往经历的倾诉……

水儿被周洪发作为礼物送给一个姓张的上司后，受尽折磨和凌辱，在耻辱中生下了女儿阿枝。一年多后，南下的解放大军以摧枯拉朽之势攻占了这座城，张老贼竟撇下这对母女径自而逃。孩子是她的耻辱，孩子又是无辜的，她决心忍辱负重将孩子养大。从这天起，她抱着小阿枝，用艰辛的脚步拉开

了几年沿街乞讨的流浪生涯。她本来可以重返水城的，但又怕声势浩大的镇压反革命运动殃及到她，毕竟她反动军官家属的身份摆在那，况且她又带着个反动派的崽，她不能冒这个险。她即便不为自己，也得为小孩着想。她隐姓埋名，浪迹四方，在一个面慈心善的老奶奶家待过一段时间，要饭时被一个老实农民收留过一段时日。眼看小阿枝由于营养不良瘦小得仅剩一副小小的骨架子，而且她也到了入学的年龄，她不想让孩子和自己一样荒废在看不到希望的乞讨生涯中。同时她也听说镇压反革命运动早已结束，社会主义建设正如火如荼地展开，她感觉到了一种新希望。她还向人家咨询过，她这种情况不属反动派，而是反动派摧残的受害者。于是，她强烈地要回去，她渴望寻找一个能给孩子安稳地遮风挡雨的家。就这样，她边乞讨边打听水城的方向，历时近半年从千里之外的南方回到了离别多年的水城。一对饱经磨难的苦命鸳鸯在阔别数年后，终于又把深情的手牵到了一起……

噩梦般的惨痛时光终于过去，没有人再来抢夺她了，也没有人敢于作践她身心，如今她可以安稳地靠在蒲生温馨的港湾里放松心情了。蒲生则感慨万千，把泪淌过过去和未来，把久违的爱连接在今朝的喜悦里……

水儿抬起头娇羞地说："蒲生哥，今晚……今晚我们就结婚了吧？"

"今……今晚？"蒲生愣怔了好一下，才说，"这太急促了吧？还是挑个良辰吉日，我们也该做些准备吧？"

水儿在他胸前轻捶一拳说："等，等，我们等了多少年了？我们等不及了，再等我们就全老了。"

"好，那……那就明天吧。"

蒲生以她行走数日疲劳为由，硬是将她劝回阿枝的房内去休息。水儿哀怨地看了他一眼，只好走回里间。

灯熄了。蒲生躺在外间的床上，又兴奋，又不安。黑漆漆的视线中又浮现出秀菱真纯、清澈的可爱明眸，他曾发誓要让她的眼眸永远这样快乐闪亮下去，他害怕自己结婚后有不可知的阴影爬上这明亮的眼。唉，自己结婚后，将如何关爱这位可爱的小妹妹呢？

第二天一早，一串串鞭炮升腾起无限的喜气，淡淡的火药味把两人牵挂多年的情感洋溢在他们的期盼里。随后，两人对着香烛拜了天地。他们用最简易的方式完成了结婚的仪式。他们笑嘻嘻地给前来看热闹的小孩散发喜糖，对成年人则递根烟。阿枝叫道："妈，我也要糖！"蒲生将糖袋朝她面前一递："抓吧，抓吧，想抓多少就抓多少！"

接着，水儿在家收拾和做饭，蒲生去单位请假和发喜糖。局长对他的决定表示理解，对他一番祝愿后批了他三天假。蒲生则给大家散发喜糖。大家对他突然与一个要饭花闪婚大惑不解，以他目前的身份原本是可以找个好女人的，他为何偏偏选择了一个拖油瓶的要饭花呢？而且他省略了所有排场直接宣布结婚，也太不合常理了吧？

蒲生从同事不可思议的怪异目光中走出来。他想，只要有爱，这路怎么走都行。他又到商店买了个漂亮玩具去看望秀菱，并向她打招呼，这两天自己因事不能来了，过两天来看你。秀菱并不知道他的事，只是抱着玩具好开心地玩，让快乐心情放飞在新玩具的获得中。蒲生看向她的目光透着怜悯和自责，手儿一遍遍抚摸她的发辫，心里一阵叹息，却说不出一句话。他不知她得知自己结婚后会有何反应，他希望她永远这样开心、快乐！

等他回到家时，水儿已把家里收拾得井井有条，并做好了饭菜。蒲生感叹：家里有个女人就是好！

晚上，蒲生在家摆了一桌酒席，只是邀请了极少几个好友参加，算是对婚礼的简易庆贺吧。

夜深了。小阿枝早已入睡。在明亮的烛光下，蒲生和水儿两手相执，泪眼相对，心潮荡过十多年的苦难恋情，让此时此刻变得别有意义。

他轻轻捧起她的脸。这张脸，瘦而清丽，浮着浅浅的、复杂的笑意，一双泪光莹莹的眼睛像掩映在流云里的月亮，梦幻般闪动在他面前。他心疼地抚摸着她眼角过早出现的细密的鱼尾纹，就如摸过十多年的情爱伤痛，想说什么却一阵哽咽，有泪淌出了他难言的悲喜心情。水儿让脸靠着他，欢喜而酸楚的泪水像珍珠般一粒粒、一粒粒滑下来，使她的脸如顶着露珠的花儿，在情感滋润中显着别样生动。

这对经历了太多离别和楚痛的苦命鸳鸯，终于把爱连在了今朝。蒲生幸福地吻了她的脸和唇，她则回敬更多的吻。在挡不住的爱的潮水面前，水儿双颊竟然染上了久违的红晕，一双含着晶莹泪珠的眼睛真像春雨润过的清新

叶片，在幸福到来之际闪烁新生的光泽。

然而两人在进一步亲密接触时，蒲生竟尴尬地停下来。原来他的身体竟遭到了损坏。他猛然想起当年周洪发对他的下体所做的动作，浑身如通电般颤栗了一下。原来他早就不是个完整男人了？他还有复苏的可能吗？他惊异，他不甘，他茫然。他望着两眼微闭、脸庞通红、正沉醉于爱海的水儿，无限愧疚地垂下了头。周洪发留给他的创伤，居然依然让他痛！

水儿睁开了眼。当她明白了怎么回事时，沮丧得几乎要哭了。她在苦痛中巴望了这么多年，当终于走到一起时，他们却不能进一步亲密示爱了，上苍为何如此作弄人？她看蒲生面色如土、神情颓丧，便忍着心头的痛含泪颤声说："不行……就不行吧，能和你在一起，我就已经很满足了……"

两人又重新拥抱在一起。是的，历经苦难终能团聚，这已是不幸中的万幸了！

这一夜，他们兴奋异常，睡意全无，爱抚不够，情话没完……

次日，蒲生、水儿带着阿枝去宋王庄看望久别的宋爹一家人，并向宋爹解释两人不能再等待而仓促结婚的理由，恳请他原谅。宋爹原谅了他们。一家人相拥相抱，喜极而泣。宋爹宰了头猪，在家中摆了酒席，请族中人来饮，也算是弥补了婚礼的缺陷……

就在蒲生与水儿族人聚饮时，蒲生与别的女人成婚的事传到了陆家。陆财神剧烈地戳着手杖痛骂："这个不讲信用的东西，才许诺要好好照顾秀菱的，转眼就……就……"他突然两眼翻白，面孔抽搐，人竟软瘫到了地上，不省人事。一家人急忙扑上来，又是掐人中，又是喊医生，折腾一气，他才悠悠醒来。他望着正抱着蒲生送的玩具一个人傻笑、玩耍的秀菱，不由心中生悲、怆然泪下。这个傻丫头，谁能来贴心地照顾你一生一世呢？

又过了一天，秀菱又闹着要见蒲生哥哥了。陆财神心中正烦，怒道："去去去！这就是你的什么好哥哥，他已经不要你了，去和别的女人结婚啦！"

秀菱虽然疯傻，却有情感的一窍与蒲生相通。她问天，她问地，她追问碰到的每一个人，问蒲生哥哥是不是不要她了。她变得更傻了，一整天不吃不喝，只是疯疯癫癫地说着同一句话。嫂嫂用手在她眼前舞了舞，眼神呆滞的秀菱竟没有半点反应。嫂嫂使劲摇撼她的身子。秀菱呆呆地说："蒲生哥哥不要我了……”

陆财神后悔不已，自己怎么忍不住把这话告诉她呢？

到了傍晚，秀菱一个人跑到米行大门外，竟直接跳到了市河里。所幸工友发现及时救起了她，才保住她一条命。陆家顿时乱了套……

蒲生刚从宋王庄回来，蓦地听到秀菱投水的事，万分震惊和尴尬。他原以为他与秀菱以兄妹相称是能持续下去的，却不想还是出了大问题。他向一脸诧异的水儿解释了他与秀苇、秀菱姐妹的特殊关系与交往，特别说明了秀菱被周洪发逼疯后对他的依恋。水儿表示理解，嘱他以兄长的名义去看望秀菱。

婚姻是男女交往的分水岭，线内线外大不同。如今秀菱被他放在了线外，他该如何处理这棘手的关系呢？

蒲生以最快速度赶到了陆家。陆家上下对他一脸的冷漠和愤怒。陆财神大骂他是不讲信义的小人，指向蒲生的手杖几乎要戳到了他鼻尖。秀菱妈则一把鼻涕一把眼泪地哭道：“你害死了她姐姐，你又要害死她吗？你是人还是鬼呀？”蒲生感到压力巨大，耐心向他们解释，自己一直是把秀菱当妹妹看待的。二老则不管，直骂他无情无义。蒲生和他们怎么也说不通，那边秀菱的嫂嫂则向他招手，引他去看望秀菱。

以往的秀菱虽常疯疯傻傻，神志也时而恍惚不清，眼眸却是透着心灵的亮度的，在其有限而简单的认知方向上，有一种光亮直指她遥望的地方。可现在病床上的她却完全呆掉了，神散了的眸珠像凝固了般聚不起一点光，只是怔怔地、没有一点表情地看着神思的黑洞，连蒲生的轻声叫唤也吹不起曾经的一池春水。她嘴巴微动，说着永远不变的梦呓般的一句话：“蒲生哥哥……别不管我，别不要我……”

蒲生听了很心酸，愧疚感加码堆积在他难以承受的心间。她是秀苇托付的人，她是与自己生命一样珍贵的妹妹，自己有责任唤醒她，让她重回开心时光。

于是，他一声声叫唤她，并用手轻轻抚摸她的手，抚摸她的脸蛋和秀发，让熟悉的温暖感一点点碰触她已麻木的肌肤，爬行在她已冰结的往昔记忆里。终于，她手指和脸颊先后微微动了动。蒲生心中一喜，继续用自己的方式来

叫唤。

秀菱定定的眼珠被牵出了幽微的光，在微光浮现的方向有蒲生脸的轮廓隐现而出，并在混沌一片的心灵大幕上显现出来。在这一刻，她的神志全面苏醒，她猛然跃起来勾住他脖子投入他怀抱哭起来："蒲生哥哥，我以为你不要我了，不管我了……"

蒲生一遍遍抚摸她的发辫，抚摸着自己生命中有别于爱情的珍贵情感，融含了泪的心声淋漓着他别样的情和爱："傻丫头，哥哥不是在这吗？秀菱只是多了个嫂嫂，哥哥怎会不管妹妹呢？"

陆财神和秀菱妈过来了，陆家人全都过来了，他们亲眼看到，对一家人束手无策、医生无能为力的秀菱，竟在蒲生独特方式的叫唤下醒过来了。陆财神看得泪流满面，他颤颤地用手杖指着蒲生说："我不管你结没结婚，我不管你用什么方法，你一定要想办法让我女儿变得好好的！"他一个大老板，此刻已顾不得外面的风言风语了，他唯一要的是让女儿好好活着！

这天，蒲生和秀菱正式结为兄妹。蒲生决定这么做，也是为了方便两人交往，并多少挡住外面的一些议论。陆财神认可了他的做法。

第二天，善解人意的水儿还主动和蒲生一道上门，带秀菱去家里玩。如今智商仅停留在儿童阶段的秀菱竟与阿枝一拍即合、打得火热，两人很快成了最好的玩伴和朋友。蒲生心中感慨万分，爱的表达有多种形式，只要她在自己的关爱中开心活着，就好。

就这样，秀菱成了蒲生家的常客，蒲生一家三口外出逛街、游玩，也总是带着她这个"大小孩"。时光一天天过去，这奇怪的一家人相扶相搀，在生活的路上行走着别样的故事和情意。

这期间，单位分给蒲生一套新房。搬入新居，一家人乐不可支。

平静而幸福的日子缓缓流淌。蒲生努力用爱试图潜移默化地抹去周洪发留给水儿的身心创伤。水儿也把爱点点滴滴融入他心性和灵魂，努力唤起他创伤笼罩下的男人的爱的本能。蒲生明显感到了身体复苏的迹象，他不由感叹爱的力量的强大。

1955年，一条好消息传来：在全国掀起的肃清一切暗藏反革命分子运动中，失踪多年的暗藏在群众中的高白平在异县他乡被揪出，让蒲生异常兴奋。

这一天，蒲生特地叫水儿打来一壶酒，他自斟自饮，好不痛快。他喝着喝着，竟喜极而泣，心儿又飞旋到那与敌斗智斗勇的激情年代。他大吼一声：“自作孽，不可活！”水儿则从背后深情抱住他，陪他一起激动流泪。是的，从苦难中走过来的人，一旦听到恶人最终被收入网中，该是多么大快人心！

可是，接下来的一条坏消息，却让这对小夫妻陷入极大的困惑和凶险中！单位有个别看不惯蒲生的人，竟借此运动抛出一封揭发信，控告水儿、秀菱是大汉奸周洪发的小老婆，而水儿先后嫁过两个反动军官，还为反动派传宗接代，她是地地道道暗藏在人民群众中的反革命分子。揭发者笔锋一转，说蒲生长期周旋于两个汉奸婆子中间，令人可耻地站到了人民的对立面，是政治立场有严重问题的投机分子。一石激起千重浪，这封包藏祸心的揭发信，在水城商业系统制造了极大轰动效应，单位一些不明真相者“如梦初醒”：怪不得蒲生与两个极不正常的女人保持特别关系，原来他是包庇反动派啊！

平地骤起风暴，水城有关部门组成专案组严肃调查此事。蒲生顿时被击懵了，他万没想到在苦难中挣扎、奋战出来的人，竟被别有用心者诬陷为反革命的包庇者，还没晾干一身斑斑血泪的水儿竟被诬为反动派！

久经风雨考验的蒲生，对骤然而至的风暴保持着一种本能的警醒的自觉。是的，不要以为成了革命干部，就不会被风浪掀翻了，老爹告诫的“穷不失志，富不癫狂”在今天仍然不可忘啊！不过对检举者的上纲上线，他也不敢掉以轻心，而是准备充分事实来应对调查。他还给已担任专区专员的杨大成写信，反映此事。

杨大成对蒲生来信的处理是慎重的，他在写给水城县委的信件中，再度讲了自己对秀菱性质的判定：“秀菱和我们一样，也是个苦命人。她是被反动派压迫至疯的，她也是我们要解放、要团结的对象。”对水儿，他指示对反动军官家属与反革命分子要作严格区分，要看其是否确有反革命行为，在调查中千万注意不要冤枉一个好人。对蒲生，他认为此同志“立场坚定、爱憎分明”，对他娶水儿一事的性质要作恰当认定。

杨大成的信，首先撇清了秀菱与反革命的关系，这对长期以来秀菱身份的认定起了至关重要的作用。他对水儿、蒲生的看法也很客观，让蒲生看到了澄清事实的希望。

杨大成的信也只是给出个调查的指引方向，而对水儿身份的最终认定却是掌握在专案组手里。专案组已经约谈过水儿一次了，他们对她为反革命军官生崽、对姓张的反革命军官去向及与其是否有接触语焉不详、1949 至 1954 年的历史空白讲述不清深有疑惑，因而并不能排除她反革命的嫌疑。如若她再这样敷衍调查，不排除对她实行强制性隔离审查！

此时的水儿已如惊弓之鸟，嘴在抖，身在抖，心在抖，人生命运再度在风雨中颤栗。而且商业系统的好事者已在牵头、鼓动批斗她这个“汉奸婆子”了，对蒲生形成的革命立场的巨大冲击也箭在弦上。

专案组第一天刚找水儿谈过话，第二天商业系统的好斗分子就已把蒲生家围个水泄不通。他们高呼口号，吼声震天，革命的铁拳狠狠落在阻挡在门口的蒲生身上。蒲生经历的大风大浪多了，他把冷静、果敢的身姿横堵在大门口，为亲人提供身体与真情的保护墙。他深信，水儿的嫌疑终有被洗脱的一天，因为清者自清，浊者自浊。

水城揪出个大汉奸婆子，这消息如飓风般瞬间刮遍全城，不明真相的百姓就如见到周洪发般，愤怒地朝水儿扔东西、挥拳头，还有人用墨水把她脸涂黑。是的，水城无人不痛恨反革命分子，周洪发留给水儿的伤害至今仍在沸腾民意中作痛……

夜深了，浑身是伤的水儿仍在流泪。蒲生帮她擦了一遍又一遍，泪水淌了一回又一回。是的，心的泪是擦不完的，心的痛就是她命运的阵痛，难道她肌肤里、血脉里再也洗脱不了周洪发肮脏的影子了？蒲生一遍遍安慰她，会好起来的，一切会搞清楚的。但水儿再也站不起自己自信的身体了，她要倒下了，她心里的伤愈合不了了。

突然，哭泣的水儿给蒲生跪下了。蒲生大惊失色，赶紧来拉她起来。水儿却执意跪着，要求蒲生答应一件事。

蒲生忙问：“什么事？”

水儿脸上的悲意无休止地揉扯着她心里的伤，一声一句透着泣血的意味：“不管发生什么事，我求你一定要好好把阿枝抚养长大，不让她受一点伤害。”

“你的女儿，不也是我的女儿吗？我自己的女儿，一定会好好把她抚养成人！”他扶起她身子，忽又吃惊地说，“夫妻是同命鸟，你干嘛要说这么生分的话？这还要你叮嘱吗？”

水儿只是痛苦流泪。她忽然想和他再亲热亲热，可是蒲生却发觉自己的身体又退回到原点。两人就这样拥抱着，把泪水洒到天明……

第二天，蒲生下班回到家，发现饭菜烧好，衣服洗好，水儿却不见了。家里被收拾得整整齐齐，除少了水儿的换洗衣物，其他什么都没动。他联想起昨夜水儿奇怪的嘱托，顿时惊慌失措，跑到外面凄厉叫喊起来：“水儿——水儿——”然而大街上人海茫茫，哪里还有水儿的身影？

身上有伤的他像个疯子，忍痛四处乱奔，凄切的呼喊随着他的脚步传遍了古城的每一个角落……

有认识的人告诉他，看到水儿提着个包袱往轮船码头方向去的。他立即赶往轮船码头。码头上人头攒动，却早已没了水儿身影。蒲生心里一沉：水儿一定是丢下他和阿枝，远走他乡了！他对着苍茫水路一声大喊：“水儿——”他的声音已送不到水儿身边，他瘫在地上用泪水洗着心头无尽疼痛……

天黑了。跑得身心连着痛的他丧魂落魄地往回走，街灯将他孤单的身影拉得老长老长……

他回到家，早已放学的阿枝正瘫坐在地上哭着喊妈妈。他一把抱住她抽泣着哄骗道：“阿枝乖，妈妈很快就回来了，别哭，别哭啊……”

阿枝在他怀里乱挣乱叫，高音喇叭似的大嗓门始终说着四个字：“我要妈妈！我要妈妈！我要妈妈……”

阿枝不知哭了多久，哭久了就蜷缩在他怀里睡着了，圆圆的小脸上糊满了泪迹，小小的鼻子还不时地抽搭。蒲生轻轻把她抱到床上，哽咽着说：“以后，我既是你爸爸，又是你妈妈！”

水儿的离去，使蒲生跌入痛苦的深海中一时难以自拔。他拨开眼前看不到头的愁绪，把目光伸展到每一个所要找寻的地方，可就是碰触不到她的影子。他在酒中沉醉过，他把自己搞得筋疲力尽过，可是团团堆积在心间的愁一直铺到了天边，以至他无论清醒还是醉着，都无法走出这无边的愁海。

由于出了这等大事，他也被下放到某企业担任排名最靠后的副厂长。

这天，他忽然收到水儿的来信，这是封请人代写、盖了她手印的信，说

白了就是同意离婚书。她说，她这辈子就这样了，她不想连累他，不想影响孩子的成长，就这样远远到异乡去，说不定哪天累了，也许会落下脚跟嫁在当地。她说两人缘分已尽，嘱他不要找她、想她，带好孩子，再找个贤慧女人，重建一个完整的家……

他捧着书信泣不成声，一汪汪眼泪载着他沉浮人生中多少的苦和痛，流向视线望不到边的情感深处……

忽然有人拉住他手说："蒲生哥哥，别哭，还有我呢！"

蒲生抬起头，竟看到秀菱一双水汪汪的大眼睛正多情闪动在他心灵深处。此时正是他最寂寞、凄苦时，秀菱一句最平常的真挚问候，却深深撞击了他心中最柔软处，让他感动万分。他不禁一把轻轻搂住她肩头，动情的泪水继续流淌在他情感深处……

原来，秀菱听说他遭遇了家庭变故后，天天吵着要来看望他。家里人拗不过她，最终同意派人送她来蒲生家。

秀菱的到来，让天天吵着要妈妈的阿枝情绪有了好转。秀菱陪她说陪她玩，还开始学着做妈妈的样子，给阿枝端茶送水，甚至学着做饭。尽管她做的饭一塌糊涂，但回来的人有热饭吃了，她便兴冲冲跑出去对着满世界的人大喊："我会做饭啦——我会做饭啦——"晚上，她便和阿枝睡在一张床上，陪阿枝说着讲不完的话……

对秀菱在蒲生家留宿一事，陆财神得知后一声叹息。他不想管了，他也管不了了。女儿和蒲生的关系早就不清不楚了，如果借此成全了好事，正好解决他烦忧多年的大问题。

水儿出走半年后，又一个女子引起蒲生注意，她就是已成为娼妇的阿凤。

一天蒲生从大街经过时，忽见一群人在游斗一个娼妇。此女头发乱糟糟，脸上被人用泥巴涂得白一道黑一道，脖颈上挂着写有游斗标语的大黑板和两只破草鞋。她顶着耻辱，挂着沉重拷问，在水城新时代行走着格格不入的落后姿容。她也曾想改变，却不知怎么变，所以只好自抛自弃。

蒲生仅仅是一瞄间，便认出了阿凤。阿凤水城解放前就已堕落为娼妓，解放后她仍是恶习不改，所以要被处罚。蒲生对她的丑德恶行极为憎恶，特别是她向周洪发的举报直接导致了自己和水儿的人生惨剧，也间接引发了秀苇的惨祸。对这样一个道德败坏的女人，他不落井下石就算是对她的宽容了。

他正要将眼前的这幅画面忽略过去，忽见一个浑身污脏的男孩跟在队伍后边追边凄厉叫喊："妈妈——妈妈——"这男孩，个头不大，脑袋倒不小，像个上圆下尖的大萝卜，黄巴巴的脸上竟看得见与年龄不相称的突出颧骨。他，仿佛从往昔画页上走过来的自己，在屈辱和无助中徒劳挣扎着……蒲生心头一震：这，应是张大哥与阿凤的孩子吧？他，多像自己的过去，满腔苦楚对谁倾诉。蒲生心中一痛，张大哥当年敢于为替我进货而去死，我怎没勇气面对昔日心的疤痕？何况自己当年也对阿凤做了亏心事，有因才有阿凤报复的果啊。

游行队伍远去了，蒲生愣怔在往事的风中，不知该怎么办。

最终，他提出了一个大胆设想：批斗之，不如改造之，把她改造成自食其力的劳动者，孩子不也就赢得健康成长的环境了吗？他把想法向有关领导一提，得到大力肯定。在有关领导支持下，蒲生给阿凤在厂里安排了个仓储管理员的职位，使阿凤从娼妓变成了堂堂正正的工人。

阿凤为表示对蒲生的感谢，数日后专门把蒲生约到一个无人处，还试图抓着蒲生的手往自己身上放。

蒲生吓了一跳，急忙制止她说："你究竟要干什么？"

阿凤边说边往他身上靠："别假正经，你帮我找工作，还不就是图这个？我这是报答呀！来吧，别不好意思，你反正也不是第一次了。"

蒲生狠狠推开她，厉声说："阿凤，你别乱来！你帮你，是想让你成为一个自食其力的劳动者，谁想图你这个了？"

阿凤说："谁相信你的鬼话？！我把你搞得那么惨，你会好心帮助我？你没所图，鬼才相信！"

"报报报，我图你什么报？！"蒲生咆哮道，"时代变了，劳动最光荣！我就想你做一个堂堂正正的劳动者！我想你总不至于永远甘愿落后于别人吧？"

"你……你真的会放下恩怨白白帮助我，而不要任何回报？"她不相信，她大感疑惑，她要问个明白。

蒲生便耐心跟她讲道理，说谁也不会比谁高贵或低贱，只要让自己的生活重新开始，每个人都是值得尊敬的。他还把自己平日节省的零钱塞给她，

叫她给孩子买点吃的穿的。

阿凤惊愕当场，对人心的认知急速翻新着。她用泣不成声的倾说表达自己的悔意和感激：“我……我一直误解了你，我……我不该那样报复你……以后，我一定会做个好工人，我一定不会再比别人落后……”

蒲生做完这件事，顿感悬挂心中多年的一个结终是放下了。是的，一个人应敢于直面自我、弥补自我，通过以德报怨来解开心头的结，人心的温暖会抹平你所有的阴影，让你的生命在阳光普照中接受到更多人心的热度。

阿凤这一页从心头翻过去了，可折磨自己已久的水儿这一页，他却不知该怎么翻动。

需提及的是，历时近两年的肃清暗藏反革命分子运动终于落下帷幕，根据中央“大部不捉，一个不杀”的方针和“有反必肃，有错必纠”的精神，对错斗、错批的好人，分别做了甄别和平反。对这个好消息，不知身在外地的水儿有没有听到，蒲生把深情的目光遥遥送到远方，希望能给水儿送去心灵的慰藉。他积极跑有关部门，希望能给水儿平反。不过，由于当年专案组并未对水儿之事作出认定，所以也就无需平反了。蒲生一声叹息。

蒲生还带着阿枝到宋王庄看望宋爹、宋妈，并探听水儿消息。宋爹、宋妈搂着阿枝一番唏嘘感叹，称他是好人。宋爹告诉他，水儿已远嫁外地了，他们的缘分确实已尽，并嘱他另择好女子尽快成家。蒲生默然无语，他心的泪已不知往何处流了，只是堆积在情感浓处让他伤悲……

至此他心已冷，不想再娶妻，只想把阿枝好好培养成人。此时的阿枝，已长成为一个头扎美丽羊角辫、眼闪生动眸光的可爱小姑娘。他开心地看着她一天天长大，却忽略了另一个女子期盼里含愁的眼神，这人便是秀菱。

这一年，蒲生 35 岁，秀菱也已 30 岁。

这一天，秀菱因一件小事而情绪大爆发，她罕见地再度抱住头不要命地大喊：“啊——啊——啊——”这一回，连蒲生使尽浑身解数也劝慰不了了。

这几年在蒲生精心诱导、训练下，秀菱的智力正令人欣喜地一点点缓慢提升中，她疯癫发作的次数也在逐年下降。可这一次，她为何又大爆发呢？

秀菱还跟蒲生玩起了失踪，任凭他找遍全城喊哑嗓子，她就是不出来。

陆财神神情严肃地找上门来了，他使劲戳着手杖说：“我丫头含辛茹苦守你这么多年，你给她个名分就这么难吗?!”

蒲生恍然而悟，是的，名分是护身符，只有给了她名分，自己才能理所当然一心一意照顾她一生一世。既然自己视她如生命般珍贵，给她个名分又算什么？于是他当作陆财神的面做出承诺：与秀菱结婚！

蒲生要与一个傻子结婚的消息，像长了翅膀般很快飞遍水城街坊各处。人说不在同一错误里犯两次，水儿已经因汉奸婆子的罪名而黯然离去，蒲生以其政治敏感性不至在同一错误上再犯，可他却冒了巨大风险再与另一个曾经的汉奸婆子成婚。一时间舆论大哗，这小子是不要前程了吗？

蒲生是疯了，在关乎自我命运沉浮的关键大事上，他再度做出了令人瞠目结舌的抉择。对他来说，他已经失去了一个水儿，他不想让自己关爱的另一个女人受到任何伤害。他要像保护生命一样守护她、照顾她、爱她。因关心而爱护而爱慕，爱往往因生命的高度而站立起自身的制高点。

一个相扶相爱、温情满满的特别家庭就这样建构在彼此的关爱中。在以后的日子里，有风雨，有波折，蒲生却毫不动摇地张开羽翼般大大的臂膀，庇护在他的女人和女儿生活的岁月，无论光阴如何变幻，他对她们的爱都不再有失了……

多年过去了，早已担任县商业局副局长的蒲生忽然从阿枝口中得知水儿将来看望他们，身形不由在往日情感的叩击中微微一颤。他愧疚地向秀菱笑了一下。智力已渐渐恢复常人水准的秀菱善解人意地挽住他手臂，把深情款款的目光投注到他心坎，让他感到心安和坦然。

历史的尘埃早已落定，水儿的身份问题早已流逝为人们追忆往昔的可叹谈资。翘望起起落落的过往时日，蒲生凝定的视线又变得生动多情起来。他用真心穿缀的一段段情感挂在他的天上，照耀他的烂漫心怀。秀菱更紧地挽住他，和他一起翘望过去。蒲生则悄悄把自己的手放在了她的手上……

2017年2至12月写于泰州

2018年1至4月改于海陵

后　记

在我注目的里下河的岁月风云中，有一个题材牵动我思绪好多年，并让我为此两度执笔来提炼流淌于心中的诗情。

我的家乡是位于苏中里下河腹部的一座著名水城，这里水网交错、四面环水、水城一体。在我童年的视野里，这里湖荡连绵、渔舟点点，满目芦苇把不可思议的壮美景象铺展到我看不到边的乡情遥远处。如再把目光拉长到20世纪40年代，那时的水城水灾、兵灾频繁，除有伪22师长期盘踞于此外，尚有小股日军活动，另有国民党军残余、共产党游击队散于草泽水洼间，四方互有渗透，水城四易其主。我小说的主体部分便着落在这特定乱世背景里，当然此“水城”非彼水城，活跃在我脑海里的人物和故事也都是虚构出来的。不过，遥远的历史与风情却不时碰触我拉长的思绪，使我有了创作这部小说的最初动因和想法。

我的这部作品以故乡的部分历史事实为背景，描构了一幅乱世里城市沉浮、命运沉浮的斑驳岁月画面，描绘了20世纪40年代水城的市井风俗画、水城人的生存状态，写出了一组上至官长、富豪下至伙计、流民的精神流变图，并试图形成对一个时代、一个地域人性的、精神的、历史的观照。作品并不写战争，而是把主人公放置于乱世背景中，着重考察其在命运沉浮中的精神起伏、人性变化、人格与尊严的完好与缺失，考察其如何找寻生命和情感的着落之根。

主人公蒲生是小说所要考察的核心人物，作品以他与几个女子的情感纠葛来演绎故事，在想爱却难牵手中，在“做人难，做狗也难”之类的迟疑间、转念时、得失中，考察其精神状态、人格与人性。蒲生在世事洪流中由一个城市商户的少爷沦落为米行小伙计，他谨遵义父“安分守己、决不惹事”的乱世“真言”，在谨小慎微中也不乏拥有一些小计谋，甚至为了改变自己而有过屈从某派势力的小小合作要求，最后无一不碰壁告输。新四军攻取水城，他因意外助力而成了新四军的红人。他一时忘乎所以，借机打击曾落井下石的商户。新四军撤退，由当年伪师长摇身一变为国军保安团长的周洪发杀回水城，蒲生被迫成为他人胯下的“狗”，又艰难而顽强地从“狗”寻回到他曾瞧不起的普通小民的尊严。参军并成为革命干部的蒲生，解放后有意外获得，有沉痛的爱的割舍。在别人“同一错误不犯两次”的理解里，他却再度做出了令人瞠目结舌的爱的抉择。以后不管命运如何起伏，他都用大大的臂膀牢牢庇护着他的女人和孩子，自己的生命之根、情感之根终于有了着落的地方。

我在写作中极为注意捕捉和把握蒲生在风雨路上的种种迟疑、痛苦和挣扎，并透露其精神艰难成长的踪迹。比如高白平想把蒲生训练成打人的恶狗，蒲生则在人与狗中艰难爬行：“他的手发抖了，他的眼神发花了，他看到有成百上千个自己艰难爬行在生命的路上，向世人求助却被一次次忽视……他眼里有泪了。同是天涯沦落人，穷苦人何必打穷苦人。他做不了恶狗，是因为他还有人性……做人难，做狗也难，做恶狗难，做有人性的善良之狗更难。他用哀求的眼神翘问苍天做人做狗之道，苍天无语，只把无边的浩瀚和深邃留给他揣摩。”“人，好好地立在世上很不容易，一个不小心就会变成野狗和恶狼。”

与蒲生有关的几个女性，在各自不同的命运沉浮中凸显了她们精神存在的价值。渔家女水儿美丽、善良、柔弱、怯懦，在严酷生活中常被男人掌控，在作为男人的玩物、礼物中洒下一曲曲无尽的人生悲歌。她有自己的爱的取向，她却在男人主导的命运洪流中抓不住自己所爱；她渴望离开周洪发，但当人救出她并把她重新送回蒲生身边时，她却甘愿重投周洪发的狼窝。她背负了生命中不能承受的东西，她只能在一波波的命运传奇中把自己交付世事去操弄。米行大小姐秀苇天真烂漫、性情刚烈，其灵动神思让其人生挥洒无尽亮色。她一直在寻找与她的爱相契合的男人的真性情，无奈却一次次失望。当她最终在心里认定了蒲生时，命运之船却又起伏起来。她想以自己的方式决定自己，当决定不了时她便以极端方式结束这一切。二小姐秀菱是个性情胆怯、小鸟依人的小女生，生活让她成为疯子，奇迹相遇、爱的牵手慢慢唤醒了她。寡妇阿凤有着城市小市民突出的优缺点，她疯狂报复蒲生，一个把

持不住就沦落风尘。蒲生以德报怨，并自觉修补自己人生的小小污点，终于助阿凤上岸。女侠严梅一次次成为男人间赠送的礼物，她最终选择使用暴力掀起水城及其自我人生的惊涛骇浪。她们在关键节点上的性情表现是我注视的重点，因而我也力求使作品女性人物塑造透露别样的人文关怀和人格光辉。

反面人物典型周洪发，几度变换自己的阵营，透过其性格的喜怒无常和对女人的忽冷忽热，透视、剖析了其人性畸变的过程。他做狗又做人，在真假、笑怒中活，在军界和官场得不到的却试图用女人来验证男人的“铁血本性”。他最后被俘获时，居然还幻想再来一次更换门庭的把戏，然而对一个十恶不赦、毫无节操的墙头草来说，人民不会再给他机会。其他如底层小人物阿才，在危难中为求自保而出卖好兄弟蒲生，使蒲生直接身陷生死绝境。“蒲生愤怒得浑身如筛糠般直打抖，近乎心碎的巨大痛苦化为滚滚之泪淌在这炎凉世态里。他嘴唇嗫嚅一气，才吐出一句：‘做人，是要有底线的！’”“是的，一个人任凭外面的风雨多猖狂，该守住的还是要坚守”，“好人和恶人就在这一线之分啊”。

此外，我努力在这特定地域的地脉中发掘具有自我风味和品格的地气与神韵，试图让这种气、味、神香浓于读者的审美感受里。优美的水荡风光、淳厚的民风乡情、浓郁的市井生活气息，在里下河岁月画面里流淌我所认知的别样诗意。

1996 年，我曾根据此故事的初步框架写成长约 25 万字的长篇初稿《水城》，后总感未能将此题材充分挖掘到味，故长期搁置了下来。在这 20 多年中，我工作和生活的城市发生了变动，住所几经变更，当年那 9 本泛黄的稿纸在我生活沉寂的一角不时给我的记忆吐露点别样滋味。这回我再翻旧作，往日的思绪再度在家乡的风云中强烈搅动起来，我对城市和人的命运的思考，在 20 多年文化与生活积淀的全新支点上迸发新的火花，照耀着我推翻旧篇，去重新构架我的长篇。2017 年，我在跨度近一年的时间段中抽取其中的 6 个月，利用晚上和双休日重新创作此小说。感谢泰州市文联将之纳入“里下河文学流派长篇小说资助项目”，使之有了出版的机会。现谨以此书奉献给里下河故土和读者诸君，不足之处请不吝指正。

2018 年 4 月 15 日